GARGANTUA

Rabelais

GARGANTUA

*Édition établie, annotée et préfacée
par Guy Demerson,
professeur émérite à l'université Blaise-Pascal
(Clermont-Ferrand)*

*Texte original établi par Michel Renaud
et les chercheurs du laboratoire Equil XVI
de l'université Blaise-Pascal
(directeur: Marie-Luce Demonet)*

Avec une translation de Guy Demerson

*Textes latins établis, présentés,
annotés et traduits
par Geneviève Demerson
professeur émérite de Langue
et littérature latines
à l'université Blaise-Pascal*

Éditions du Seuil

TEXTE INTÉGRAL

Extrait de l'édition corrigée
et refondue des *Œuvres complètes* de Rabelais publiee en 1995
initialement parues en 1973 dans la collection « L'Intégrale »,
cet ouvrage comporte une préface inédite de Guy Demerson

ISBN de la présente édition 2-02-030032-X
(ISBN de l'édition corrigée et refondue 2-02-023585-4
ISBN de la première édition 2-02-000747-9)

© Éditions du Seuil, 1973, novembre 1995 et septembre 1996
pour la préface et la présente édition

Préface par Guy Demerson

Notre édition

La lecture intelligente et délectable des œuvres mères de la littérature universelle suppose une relation vivante entre le livre, inscrit dans l'histoire, et un public toujours renouvelé. L'intérêt de la présente édition ne se limite pas à un texte qui se voudrait sérieusement établi et à une annotation qui tente d'apporter quelques lumières ; il réside surtout dans un essai de traduction en français contemporain qui permet à beaucoup de lecteurs de s'y retrouver, de nos jours, dans des mots dont l'apparence effarouche souvent. Ce travail de traduction a été courageusement envisagé en 1973 par une équipe de jeunes étudiants clermontois.

Que cette tâche fût nécessaire, d'innombrables témoignages l'ont très vite prouvé, provenant de lecteurs étrangers et français, d'auteurs dramatiques et de comédiens, de pédagogues actifs, voire d'éducateurs de très jeunes enfants, d'animateurs de toute sorte, et aussi d'hommes et de femmes simplement amis de toute littérature vivifiante.

Cette transfusion de la langue contemporaine dans un corps ancien révèle, certes, un parti pris de *vulgarisation* ; il y a là un choix culturel qui pourrait paraître s'opérer au détriment des valeurs de l'érudition de haut niveau, dont, précisément nous n'avons pas cessé de profiter pour les mettre au service du grand nombre. Maintenir vivante une grande œuvre du passsé peut se faire en restituant à force d'érudition et de généreuse sympathie le contexte historique où elle a surgi ; mais on doit aussi lui garder sa chaleur et son efficacité en prenant en compte le contexte linguistique nouveau. La *translation* suppose une foi dans les capacités d'accueil du public contemporain et dans la faculté inépuisable de toujours émerveiller qui caractérise les œuvres de l'esprit.

Les lecteurs, en effet, proclament que Rabelais est un auteur vraiment *populaire* : un large public l'a adopté et le revendique avec entêtement, non pas *à cause* de ses énoncés parfois orduriers ou obscènes, ni *malgré* la truculente indécence des débordements d'érudition qu'on y lit, mais *pour répéter* inlassablement le répertoire cocasse de Panurge et de Jean des Entommeures, et aussi celui de Janotus de Bragmardo.

« A cette fontaine large, féconde, salutaire et réjouissante qu'est Rabelais, il faut que tous puissent boire aisément » concluait Faguet en réponse aux objections portées contre une édition en français contemporain.

– Dans notre édition, la substance des *notes* constitue, délibérément, un réseau destiné à préserver cet esprit de dialogue actif qui doit être celui de la lecture curieuse ; le jeu des renvois internes suppose que la meilleure façon de comprendre un passage difficile est de le comparer à un autre : les systèmes de traitement de texte ont banalisé ce genre de promenades intratextuelles que nous jugeons propre à éveiller les esprits.

– La *translation,* avec ses nécessaires gaucheries et ses arbitraires, ne prétend pas donner un équivalent du texte ! Il suffira de faire glisser le regard vers la page authentique, maintenue proche grâce à l'habileté de l'éditeur, pour s'apercevoir que l'original ne peut qu'être trahi. Mais on a tenté de se rapprocher du rythme et de la couleur de la phrase originale en songeant que ce texte est souvent utilisé pour la lecture à haute voix, qui, à elle seule, est déjà explication et lumière. On a surtout cherché à ne pas soumettre Rabelais à notre conception d'un style correctement policé, sans rugosités surprenantes.

L'édition du *texte ancien* est due à Michel Renaud, membre de l'Equipe Informatique et Littérature (Equil XVI) de la faculté des Lettres de Clermont. Ses interventions pour faciliter la lecture ont été le plus discrètes possible :

l'accent grave est employé pour éviter les ambiguïtés : *à, où, là, çà ; dès, ès, près, après* (mais *proces*) ;

l'accent aigu marque les finales toniques : *esté, phées, aorné* (mais *ornez*) ;

le tréma est ajouté (*aguës, ciguë*) ;

la ponctuation a été adaptée à l'usage actuel lorsque les singularités étaient trop déconcertantes ;

des alinéas ont été introduits pour faciliter la compréhension des dialogues, mais l'impression de confusion donnée par une typographie compacte a été gardée dans des accumulations du type des exclamations proférées par les Bien Ivres (chap. 5) ;

on n'a pas séparé les éléments que l'ancienne graphie agglutinait (p. ex. les superlatifs : *tresprecieux, tresbien*), ni soudé des éléments qui étaient considérés comme séparés (*ce pendant, la plus part, un bon homme, de rechef*) ;

l'emploi des majuscules a été respecté, même s'il peut nous paraître illogique ;

la correction des coquilles même « évidentes » a été opérée avec la plus grande prudence : les intentions satiriques de Rabelais peuvent se manifester par exemple dans la variation de l'orthographe de certains noms propres...

Nous espérons que cette édition trouvera des lecteurs pleins de pantagruélisme, c'est-à-dire ouverts au dialogue, d'esprit joyeux, et de bon vouloir.

Rabelais entre 1531 et 1535

Après un séjour en 1531 à la faculté de Médecine de Montpellier, Rabelais est installé à Lyon au printemps de

1532 ; il y fréquente l'humaniste Dolet, des poètes comme Mellin de Saint-Gelais et Antoine du Saix, commandeur de l'ordre des Hospitaliers de Saint-Antoine-du-Bourg. – Le *Pantagruel* a peut-être été imprimé pendant l'hiver de 1531-1532 et publié, sous le pseudonyme de Maistre Alcofribas, au début de l'année 1532 (A. Lefranc préfère la date des Foires de Lyon en novembre). – En juin, Rabelais publie chez Sébastien Gryphe son premier ouvrage savant, le second tome des *Epistres médicinales* de Jean Manardi, célèbre médecin de Ferrare. Il traduit également du grec au latin les *Aphorismes* d'Hippocrate, qu'il publie à Lyon en format de poche au mois d'août. Le 1er novembre, il est nommé médecin de l'Hôtel-Dieu de Notre-Dame-de-la-Pitié du Pont-du-Rhône avec la rétribution de quarante livres par an. A la fin de l'année il publie un texte juridique, le *Testament de Cuspidius* et la *Pantagruéline Prognostication* pour 1533, texte de propagande humaniste et évangélique contre les superstitions populaires.

En octobre 1533, la Sorbonne condamne le *Pantagruel*, rangé parmi les livres obscènes. Le 17 janvier 1534, Rabelais accompagne en Italie le cardinal Jean du Bellay, conseiller du roi François Ier, en qualité de médecin ordinaire et de secrétaire. Au printemps, il séjourne à Rome, où il étudie la botanique et la topographie de la ville. En mai, de retour à Lyon, il publierait à ce moment-là (?) le *Gargantua*. En août, il réédite chez Gryphe la *Topographie* de la Rome antique de Marliani. – C'est à ce moment que François Ier crée sept Légions à l'imitation des anciens Romains pour mettre de l'ordre dans l'institution militaire (voir chapitre 33). – Dans la nuit du 17 au 18 octobre a lieu l'affaire des Placards ; dans les carrefours, et jusque sur la porte de la chambre du Roi, sont affichés, selon les termes de l'historien Belleforest « des placards & libelles blasphémans Dieu & ses saincts, & se moquans des sacrez mystères de la Religion catholique & romaine, & pour ce fallut que la Cour de Parlement usât de coertions fort sévères ». Les intellectuels suspects de sympathie pour la Réforme doivent se taire ou s'exiler. C'est sous l'influence des frères du Bellay que la persécution s'adoucira au printemps suivant. – Rabelais donne à l'impression un *Almanach* pour l'année nouvelle : au nom de la foi chrétienne, il y conteste la possibilité de la divination.

Le 13 février 1535, il quitte Lyon brusquement ; il est possible qu'il se soit rendu en Poitou auprès de l'évêque Geoffroy d'Estissac, son protecteur. Au printemps, Charles Quint rassemble une flotte immense à Cagliari ; au début de l'été, il mettra le siège contre Tunis. Les humanistes s'inquiètent de cette politique belliqueuse. En mai, Rabelais est de retour à Lyon ; c'est peut-être à cette date qu'il publie le *Gargantua*.

Le Gargantua

Le *Gargantua* a été publié à Lyon chez François Juste ; le seul exemplaire connu de la première édition est amputé de la page de titre, ce qui ne permet pas de le dater avec exactitude : il a pu être imprimé entre le printemps de 1534 et l'été de 1535. Même si certains chapitres ont dû être composés dès 1533, les allusions à la politique impérialiste de Charles Quint pourraient confirmer la date de 1535 L'édition de 1542, la cinquième, est celle que nous reproduisons : elle comporte les dernières révisions dues à l'auteur. Les modifications principales consistent surtout en la substitution du nom de *sophistes* aux qualificatifs désignant en clair les Sorbonnagres).

Le *Gargantua* exploite le succès du *Pantagruel* publié avant lui ; il est conçu comme le tome I du roman puisqu'il met en scène le père du premier héros. Une de ses intentions principales est d'ailleurs de remodeler la figure des géants folkloriques : dans les deux livres, le récit des Enfances du géant est entrecoupé par celui de son arrivée à Paris et comporte une satire des méthodes et des textes surannés, mais cette partie compte vingt-quatre chapitres dans le

Gargantua – au lieu de huit dans le *Pantagruel* – et suggère maintenant que l'éducation de l'homme soulève de nombreux problèmes.

L'art est plus médité, la pensée plus assurée, la structure narrative plus ferme. La Geste du *Pantagruel* se divisait à parts égales entre les saynètes animées par Panurge (chap. 14 à 22) et les prouesses burlesques d'une guerre à la stratégie confuse (chap. 23 à 32), tandis que l'épopée gargantuesque, fourmillant d'allusions, d'allégories et de conseils aux Grands, est essentiellement consacrée à la guerre désastreuse qu'entreprennent Picrochole et ses suppôts. Tandis que le *Pantagruel* consacrait quatre chapitres (10 à 13) à des plaidoyers absurdes, donnant lieu à un jugement génialement absurde, les chapitres 17 à 20 du *Gargantua* introduisent le plaidoyer autrement absurde de Janotus de Bragmardo, en un débat plein de mouvement, de couleur et empreint d'intentions satiriques multiples : cet épisode lié à celui des cloches dérobées développe précisément une vague indication du *Pantagruel* (chap. 7) qui, en 1532, rattachait le livre à la littérature folklorique et, en 1535, semblera prendre pour référence le tome précédent, le *Gargantua*. La bonne farce pétulante, le conte populaire sont devenus récit symbolique et satirique : les stupides Parisiens, maladivement attachés à la sonnerie de leurs cloches au point de fomenter une émeute contre les rois qui voudraient les en débarrasser, préférant les clochettes d'un mulet au sermon d'un prédicateur évangélique, représentent évidemment la foule incapable de comprendre les réformateurs, manipulée par les sorbonnistes qui ont toujours à la bouche l'accusation d'hérésie.

Les intentions humanistes et évangéliques sont donc plus évidentes, les épisodes guerriers plus clairement reliés, malgré leur bouffonnerie, aux problèmes concernant ce que nous appelons les droits de l'homme. Un important Prologue constitue une véritable Méthode de lecture intelligente et généreuse : le Livre, dont l'apparence grotesque

semble n'avoir pour but que d'« exciter le monde à rire »,
est en fait comparable à un os qu'il faut briser pour en
extraire la « substantifique moelle ». Mais chaque lecteur
sera conduit à choisir un sens qui s'accorde aux valeurs
qui l'animent : Frère Jean lit l'*Énigme* finale comme la
description d'un tournoi de jeu de paume, et Gargantua
comme une allégorie des supplices subis par les martyrs
de la foi évangélique.

Le compagnon du nouveau héros n'est plus Panurge
mais ce Frère Jean, moine à la fois combatif et paillard,
qui revendique bruyamment son droit à l'ignorance. Au
début du roman, il sème le trouble dans son abbaye en
prêchant le devoir de résistance contre l'envahisseur et en
organisant la défense de la vigne ; après ses faits d'armes,
à la fois héroïques et brutaux, il sera récompensé par
Gargantua, qui le nomme abbé d'un monastère où sera
expérimenté un mode d'existence dégagé des vœux
d'obéissance, de pauvreté et de chasteté.

Le *Gargantua* s'achève par cette allégorie de Thélème,
utopie humaniste qui apparaît comme un retour à l'âge d'or,
mais qui n'est rien d'autre que la description des cours
d'ici-bas, quand les rois les auront tout simplement débar-
rassées de ceux qui ont précisément fait vœu de quitter
le monde mais ne tiennent pas leurs promesses. Le *Pantagruel* se terminait sur une burlesque Descente aux Enfers
dans les entrailles du géant, où le voyageur s'apercevait que
l'autre monde du mythe, avec ses prés, ses forêts, ses villes
et ses planteurs de choux, ne pouvait différer substantielle-
ment de ce monde-ci. Les deux finales évoquent la puissance qu'a la littérature de changer le monde, mais cette
puissance a changé de sens. Il s'agit maintenant d'inciter
le souverain à transformer la société politique, économique
et religieuse.

1483 – Année de la naissance de François Rabelais, si l'on en croit un épitaphier (copie du milieu du 18e siècle) de l'église Saint-Paul à Paris : « François Rabelais, décédé, âgé de 70 ans, rue des Jardins, le 9 avril 1553, a esté enterré dans le cimetière de Saint-Paul. » Mais ce document n'est pas très fiable (voir plus bas : **1553**). Fils d'Antoine Rabelais, avocat au siège de Chinon, sénéchal de Lerné, François naît à Chinon, ou peut-être à la métairie de la Devinière ; « et quelle joye secrette ne conçeut point la nature à la naissance de celluy qui, par ses bons mots et par ses doctes railleries, devoit tant faire rire la nature humaine ! » (Guillaume Colletet, *Notice sur François Rabelais*, milieu du 17e siècle). – Naissance de Martin Luther en Saxe. Mort de Louis XI ; avènement de Charles VIII.

1486 – A cette date a lieu un combat de pies et de geais dans le ciel d'Angers ; le petit Rabelais sera intrigué par des peintures représentant, dans une auberge d'Angers, ce fait divers.

1494 – Date possible de la naissance de Rabelais selon les conjectures, peu solides, d'Abel Lefranc. – Sébastien Brant publie *La Nef des fous*. Charles VIII envahit l'Italie, inaugurant une période de soixante-cinq ans de guerres. L'an 1494, « les Ambassadeurs françois furent coffrez & enfermez par les Aragonnois… mais le Pape les feit délivrer, ausquels il commanda néantmoins de vuider de Rome. Il envoya derechef vers le Roy, François Piccolomini, qui depuis fut Pape & appelé Jule second, la légation duquel le Roy ne daigna ouyr, à cause qu'il le sçavoit ennemy du nom françois » (F. de Belleforest, *Les Grandes Annales & Histoire générale de France*, 1579).

1495 – « Noz gens, pour toutes despouilles de la conqueste de Naples, n'en rapportèrent qu'une peste & infection… Or l'origine de ce mal procédoit des plaisirs de la chair & de paillardise… Ceste maladie commençoit par les génitoires, & comme rampant se trainoit jusqu'en l'intérieur des moelles, affoiblissant les joinctures… Si l'intérieur sentoit des assauts douloureux, on veoit encor au dehors certaines pustules & bubes & ulcères, lesquelles difformoient tellement les faces de ceux qui estoient attaints de ceste infection que les Ladres souvent apparoissent plus beaux que ceux qui avoient la vérole : car c'est ainsi qu'on appela ceste maladie… Les remèdes estoient lors si difficiles que plusieurs, par faute d'estre secourus, furent rongez misérablement par ceste gangreneuse corruption, & mouroient comme ceux qu'on brusle à petit feu l'un membre après l'autre. Advint que quelques Chirurgiens ayans guéry d'autres fois les roigneux par application de quelques unguens se mirent à les pratiquer sur ces corps, desquels ils ostoient avec l'onction de mercure le mal extérieur, mais ils multiplioient les douleurs intérieures, & donnoient plus d'effort à la corruption qui altéroit les humeurs au dedans. Ce qui fut cause que les plus sages, advisans que la superfluité d'humeurs corrompues causoit ceci, inventèrent aussy la diète & abstinence des viandes nourrissantes, grossières & humides… Et estoient ceux-cy plus heureux que les premiers, évitans les mains sulphurées & violentes des empiriques qui en mettoient plus au tombeau qu'ils n'en ostoient de sains & gaillards de leurs fontes. Depuis a l'on inventé les décoctions de Gaiac, de Bois d'Esquille & de Salzaperilla » (Belleforest).

1495-1499 – Erasme, professeur au collège de Montaigu à Paris, finit par tomber malade par la faute du régime sordide de cet établissement « de pouillerie ». A la fin du siècle et au début du siècle suivant, les humanistes comme Erasme ou Budé inaugurent une réforme profonde dans les études de théologie, de droit, d'histoire grâce à un retour aux textes anciens.

1508 – L'humaniste Jacques Lefèvre d'Etaples publie une Bible en français ; il préconise le retour au texte original des Ecritures et professe que les dogmes sont d'origine humaine, que c'est la foi qui est la seule source de justification. Guillaume Budé publie ses *Annotations sur les Pandectes* (voir ce mot au *Glossaire*), qui seront rééditées en 1528 et en 1541.

1509 – Erasme publie *L'Eloge de la folie*.

fin 1510 ? - début 1511 ? – Passage de Rabelais au couvent de franciscains de La Baumette près d'Angers ; selon Bruneau de Tartifume (1574-1636), « M^{tre} François Rabelais, docteur en médecine, a esté novice en ladicte maison ».

1511 – Le pape Jules II, que l'on voit alors, morion en tête, diriger le siège contre La Mirandole, reconstitue la Sainte-Ligue contre Louis XII, qu'il projette de détrôner, et décrète le transfert à Genève des foires de Lyon. « Il ne pouvoit s'abstenir d'infamer toute la nation gauloise, les appelant pisse-vin & yvrongnes, qui estoit un des vices le plus signalé en luy. Cela fut cause que quelques poètes françois ne firent conscience de publier des vers le peignant de ses *vertus* » (Belleforest). Parmi les écrivains qui soutinrent la cause du roi, on trouve les futurs amis de Rabelais, Jean Lemaire, Jean Bouchet, Jean d'Auton.

1512 – Le concile schismatique de Pise dépose Jules II, qui réplique en convoquant le concile de Latran.

1513 – Mort de Jules II, que l'on retrouvera aux enfers (*Pantagruel,* chap. 30) ; « il fut enterré solemnellement, sans nulle larme du peuple, qui détestoit sa cruauté, & le blasmoit de ce que par luy y avoit plus d'églises ruinées que restaurées… Enfin fut eslu Léon dixiesme de ce nom, Prélat digne de ceste charge pour estre paisible, de grand sçavoir, & qui favorisoit les bonnes lettres » (Belleforest). – Le juriste Tiraqueau publie deux ouvrages concernant le mariage et recommandant la soumission totale de l'épouse à son mari.

1514 – Le cardinal Jimenez publie à Alcalà le premier volume de la première édition de la Bible polyglotte (comportant le texte original).

1515 – « Suyvant la loy coustumière de ce Royaume, François Comte d'Angoulesme vint à la succession de Louis douziesme. » « Le treiziesme de septembre de l'an mil cinq cens quinze, sur les deux heures après midy, les Suisses vinrent au lieu de Marignan investir les bandes noires des Lansquenets, où commandoit le Seigneur de Guise…, emportant un grand honneur le seigneur Duc de Bourbon, les trouppes duquel combattirent cette journée avec une grande furie, & firent un grand eschec des Suisses » (Belleforest). – Entre 1515 et 1518, Rabelais fait probablement quelques séjours à Angers.

1516 – « Quant au Concordat, qu'on a tenu pour très-préjudiciable à toute l'Eglise Gallicane, entre le Pape & le Roy », il se fit « en l'entrevue qui fut à Bologne la Grasse… Ce fut en ce beau Pourparler que le Roy accorda au Pape l'assujectissement & servitude des Eglises de Gaule, affranchies au Concile de Basle par la Pragmatique Sanction qui fut abolie pour la pluspart par ce Royaume, Léon donnant à entendre au Roy qu'icelle estoit directement contre les libertés & authorité de l'Eglise de Rome. Ainsi fut convenu que le Roy auroit la nomination des bénéfices, laquelle auparavant appartenoit aux Collèges & aux Chapitres des Eglises : le Pape eslargissant sa conscience envers le Roy, qui desjà pouvoit choisir ès Elections lequel que luy plaisoit des nommez » (Belleforest). En vertu de ce Concordat, François Ier nommera abbé et évêque Geoffroy d'Estissac, un humaniste protecteur des lettrés qui donnera son amitié à Rabelais. – Thomas More publie *L'Utopie*. Erasme édite le Nouveau Testament.

1517 – « Lors qu'on s'apprestoit à courir sus au Turc, voicy un autre ennemy qui s'esleva contre la mère l'Eglise. Ce fut frère Martin Luther, faisant profession de Théologie, qui sema ce venin & peste qui a empoisonné toute l'Europe… ; ny les abus de plusieurs du Clergé, ny leur avarice ny la mauvaise fin qu'eut la levée des deniers de la Croisade, ny les sermons pleins de fard de ceux qui la preschoient ne pourront absouldre Luther, quoyque ceste levée de deniers servist à plusieurs d'un sujet de Symonie, qui employèrent cest argent en usages prophanes & indeuz » (Belleforest) : Luther affiche sur le porche de l'église de Wittemberg 95 thèses concernant les indulgences

1518 – Deux faits divers que mentionneront les romans de Rabelais ont lieu à Angers : une chaîne est tendue sur la Maine pour contrôler la navigation ; une épidémie ravage la ville.

1519 – Charles Ier d'Espagne « fut esleu & nommé & publié hautement pour Roy des Romains & Empereur du S. Empire de Rome » sous le nom de Charles Quint.

1520 – 10 février : D'après une lettre de G. Budé à P. Lamy, Rabelais n'est pas encore moine au couvent de

Fontenay-le-Comte, malgré ce qu'écrit Colletet : « Son père, voyant comme dès sa plus tendre jeunesse il se portoit gayement à l'estude, n'ayant peut-estre pas les moyens de l'y entretenir, s'advisa de le rendre moyne. En effet, à peine ce jeune enfant eut-il l'aage de dix ans, que celuy qui l'avoit mis au monde l'en retira bientost, lorsqu'il le renferma dans le couvent des Cordeliers de Fontenay-le-Comte, en Poitou. Ce fut là que, contraignant d'abord son humeur enjoüée, il se vit réduit au point de pratiquer les austéritez d'une règle qu'il ne pouvoit violer sans crime et sans chastiment ». – **Mai** : François Ier rencontre Henri VIII d'Angleterre au Camp du Drap d'or : « Les Rois furent là dix ou douze jours follatrans & joüans ensemble, tandis que leur conseil discouroit des affaires d'estat & ne voyoit-on que joustes & tournois, & plaisirs, & passe-temps ; mais sur la fin une tempeste vint, laquelle renversa & tentes & pavillons, quoyque fussent de prix inestimable, comme si l'air eust présagé que ces paix extérieures se convertiroient un jour en guerres & troubles » (Belleforest). – **Octobre** : Rabelais est alors moine à Fontenay-le-Comte ; « il n'est pas croyable avec quelle contention d'esprit il s'appliqua à l'estude des sciences et des langues qui font les sçavans, je veux dire aux langues grecque et latine, et de quelle sorte il y réussit. Ce fut en ce tems-là que son sçavoir prodigieux l'insinua dans la bienveillance et dans les bonnes grâces de cette lumière éternelle des sçavans hommes, Guillaume Budé, Conseiller et Maistre de requestes ordinaires du Roy François Ier, qui prenoit plaisir de s'entretenir avecque luy, tantost de vive voix et tantost par lettres, comme on le voit par les doctes épistres grecques et latines que ce grand homme ne dédaigna pas d'escrire à ce docte religieux quoyqu'il fust encore fort jeune » (Colletet). Rabelais et son savant compagnon, frère Pierre Lamy, sont accueillis dans le cercle érudit du légiste Tiraqueau. – **21 octobre** : Magellan, « à cause qu'il proposa, ce qui est vray, que vers le pôle antartique y avoit un sein & destroit par lequel on pouvoit passer pour aller aux Moluques sans faire un aussi long circuit que les Portugais souloient allans aux épices, donna nom à ce destroit qu'ores on dit de Magellan » (Belleforest). – **10 décembre** : Luther jette solennellement au bûcher la bulle papale qui l'excommunie. « Ainsi un moyne crotté, un petit compaignon, un besacier, un paillard & adultère, fut celuy qui… s'enhardit de se dire juge des escrits des anciens, rejetta les Docteurs de la saincte Eglise, brusla les décrets & canons, mesprisa l'autorité des Conciles, donna autorité aux Princes lays de juger les causes de la religion, & en somme abolit toute sorte d'escriture, sauf ce qui est contenu au vieux & nouveau Testament » (Belleforest).

1521 – **4 mars** : Rabelais, dans une lettre à Budé, se qualifie d'*adolescens* ; mais ce terme prouve plus certainement sa modestie que son jeune âge.

1522 – Amaury Bouchard, ami de Tiraqueau, publie, en riposte au livre de ce dernier (voir 1513), une apologie du sexe féminin ; il y indique que Rabelais écrivit une traduction partielle d'Hérodote. – « On tascha de trouver des nouvelles inventions pour avoir deniers : le Roy créa vingt Conseillers nouveaux en la Cour de Parlement de Paris, lesquels donnèrent une grande somme d'argent pour l'achapt de leurs offices… Comme encor' furent créez les Lieutenans criminels par tous les Bailliages & Sénéchaussées de France… & des offices de Procureurs du Roy, dequoy fut recueillie une merveilleuse finance ; mais Dieu sçait si la justice en fut mieux administrée… Et fut décrétée commission contre les Usuriers pour leur faire rendre ce qu'injustement ils avoient pris sur les créanciers » (Belleforest).

1523 – On note une grande activité du mouvement humaniste, qui applique aux textes sacrés les méthodes d'analyse philologique. L'éditeur wurtembergeois Sébastien Gryphe, spécialisé dans l'impression de textes érudits, s'installe à Lyon. Lefèvre d'Etaples publie le *Nouveau Testament* en français. – **5 janvier** : Commentaires d'Erasme sur le texte grec des Evangiles ; la Sorbonne s'alarme et tente d'empêcher l'étude du grec à la fin de l'année, les supérieurs de Rabelais et de Pierre Lamy confisquent leurs livres de grec. Budé, dans une lettre à Rabelais, condamne « l'horrible calomnie de ces malheureux ignorans qui vouloient faire passer pour heretiques ceux qui s'appliquoient à cette belle langue et les poursuivoient avec un exces d'inhumanité » (Colletet).

1524 – 27 janvier : Dans une lettre à Rabelais, Budé se félicite de ce que ses livres de grec lui aient été rendus ainsi qu'à Pierre Lamy. Ce dernier fuira les « Farfadets » (voir *Tiers Livre*, chap. 10) pour se réfugier dans un couvent de bénédictins avant de s'exiler à Bâle ; « il y a bien aussy de l'apparence de croire que Rabelais se voyant traité de la sorte eust été fort aise d'abandonner ces lasches persécuteurs de la science… mais je trouve, par la lecture d'une très-humble requeste qu'il présenta au Pape sur le sujet de sa sortie fondée sur l'austérité de la règle de saint François, … qu'il passa de l'ordre des frères Mineurs de saint François à l'ordre de saint Benoist, et qu'il en prit l'habit solennellement parmy les religieux de l'abbaye de Maillezais, en Poitou, où il demeura plusieurs années à estudier toujours… Ainsy, par la force de son esprit, et par ses longs travaux, il s'acquit cette polymathie que peu d'hommes ont possédée ; car il est certain qu'il fut très-sçavant humaniste et très-profond philosophe, théologien, mathématicien, géomètre, astronome, voire mesme peintre et poète tout ensemble » (Colletet) ; à Maillezais, près de Fontenay-le-Comte, il est accueilli par un prélat humaniste, Geoffroy d'Estissac, qui fait sans doute de lui le précepteur de son jeune neveu et le compagnon de ses tournées d'inspection dans ses abbayes et ses terres à travers le Poitou. Rabelais doit séjourner avec lui au prieuré de Ligugé près de Poitiers. Il fait connaissance du poète Jean Bouchet, à qui il envoie une épître, sa première œuvre imprimée. Au monastère tout proche de Fontaine-le-Comte, il rencontre le noble abbé Ardillon.

1525 – Achèvement du château construit à Bonnivet, dans le voisinage de Poitiers, par l'amiral Gouffier, et dont la splendeur servira de référence à celle de l'abbaye de Thélème. – **24-25 février** : Désastre de Pavie : « Le Roy fit acte & de grand Capitaine & de vaillant soldat », mais fut « faict prisonnier après avoir tué de sa main Fernand Gastriot issu du sang des Rois d'Albanie en Macédone. » Rabelais prétendra s'être trouvé ce jour-là à Lyon, où il aurait appris par télépathie le désastre national. Des désordres se produisent dans le royaume ; « la nouvelle vint de la deffaicte des nostres, & de la prise du Roy, ce qui mit un grand effroy au cœur de chascun, & estonna grandement la Régente mère du Roy ; ce néantmoins envoya-elle par tous les Parlemens… pour advertir les gens tenant les courts à ce qu'iceux exhortassent le peuple à se contenir en debvoir ; fut commandé aux Prévosts, Maires & Consuls des villes qu'ils fissent dresser guets & sentinelles, & assurassent le peuple, afin que nulle esmotion ne se levast & que les remueurs de mesnage ne pussent causer quelque plus grande combustion que celle qui desjà affligeoit la France » (Belleforest).

1526 – 13-14 janvier : Traité de Madrid ; François Ier obtient de Charles Quint sa liberté moyennant d'écrasantes concessions.

1527 – Conférences de Paracelse à l'université de Bâle sur la « nouvelle médecine ». – **6 mai** : Sac de Rome par les Impériaux. « Les Espaignols voyans l'estonnement des Romains & la faulte de cœur des chefs, entrèrent en la cité, & là fut commencé le plus hideux, cruel, furieux & espouvantable sac qu'on ouyt jamais… Je laisse le nombre des morts, les rançonnements faicts sur tous sexes, aages & conditions ; je taise les larcins, rapines, sacrilèges & dévalisemens & pillages des églises… » (Belleforest). – **Novembre** : Au cours d'une discussion solennelle sur les conséquences du traité de Madrid, le Premier Président fait valoir que le Roi est « obligé de garder les droits de la couronne, laquelle est à luy & à son peuple & sujets comme à ses membres, y ayant comme un mariage entre le Roy & ses sujets » (Belleforest).

1528 – *Chansons* de Me C. Janequin *nouvellement imprimées à Paris* par P. Attaingnant. Publication du *Courtisan* de Baltasar Castiglione. – Une ordonnance royale visant à « l'abréviation des procès » recommande aux avocats de retrancher de leurs plaidoiries « tous les faits superflus, impertinents, non véritables ». – Il est possible que cette même année Rabelais quitte le froc des bénédictins pour l'habit de prêtre séculier.

1528-1530 – Rabelais séjourne probablement à Paris, où il a pu commencer ses études de médecine.

1529 – Supplice de Berquin, adversaire de la Sorbonne, accusé d'être luthérien. A la fin de l'année, Budé publie, en latin, ses *Commentaires de la langue grecque*.

1530 – Mars : « Le Roy François premier du nom, estant amoureux & des bonnes lettres & des professeurs d'icelles, establit en l'Université de Paris, en laquelle s'estoit introduite une estrange obscurité, douze Lecteurs publics en langue Latine, Grecque & Hébraique, en Mathématique, Philosophie, Art oratoire & Médecine, pour instruire la jeunesse, je ne dy pas seulement françoise, mais de toute la Chrestienté » (Belleforest) ; cette institution, plus modeste en ses débuts que ne le dit Belleforest, du futur Collège de France, marque le triomphe de l'humanisme ; les lecteurs royaux, qui échappent au contrôle de « l'ignorante Sorbonne », sont poursuivis par elle ; « bien ignorante elle est d'estre ennemye / De la trilingue et noble académie… » (Marot) – **17 septembre** : Rabelais est immatriculé sur le registre des étudiants de la Faculté de médecine de Montpellier ; il est reçu bachelier le 1er novembre suivant. Le délai pour obtenir le doctorat est de sept ans.

1531 (?) – Rabelais joue à Montpellier un rôle dans la farce de *La Femme muette*. – **17 avril-24 juin** : Il fait un cours comme stagiaire : « Les doctes commentaires qu'il fit alors sur les *Aphorismes* d'Hippocrate et sur l'*Art* de Galien dont il faisoit des leçons publiques, témoignoient bien jusques à quel point il possédoit ces deux grands génies de la médecine » (Colletet).

1532 – Dans un livre sur l'étude des lettres, Budé montre que le grec n'est pas une mine d'erreurs comme le croient les ennemis des évangélistes. – « Le Clergé de France se plaignit au Roy de l'excessive somme qu'il falloit payer pour les Annates » (Belleforest). – **Printemps** : Rabelais est installé à Lyon ; il y fréquente l'humaniste Dolet, le poète Saint-Gelais, le néo-latin Salmon Macrin, le « grand rhétoriqueur » Antoine du Saix, commandeur de l'ordre des Hospitaliers de Saint-Antoine-du-Bourg. – Le *Pantagruel* est peut-être publié, sous l'anagramme de Maistre Alcofribas, au début de l'année 1532 (A. Lefranc préfère la date du 3 novembre : Foires de Lyon). – **Juin** : Rabelais publie chez Sébastien Gryphe son premier ouvrage savant : « Ce fut luy qui prit soin de publier en France le second tome des *Epistres médicinales* de Jean Ménard [Manardi], ce docte et célèbre médecin de Ferrare, qu'il avoit apportées d'Italie [?], et qui n'avoient jamais vu le jour auparavant cela, comme on le peut juger par la lecture d'une préface de sa façon qu'il adressa au docte jurisconsulte Tiraqueau » (Colletet) ; « il traduisit élégamment les *aphorismes* d'Hippocrate de grec en latin, qu'il accompagna de doctes observations dont les sçavans médecins font grande estime » (*id.* ; publiés à Lyon en format de poche au mois d'août). – **1er novembre** : Il est nommé médecin de l'Hôtel-Dieu de Notre-Dame de la Pitié du Pont-du-Rhône avec la rétribution de quarante livres par an. – **30 novembre** : Rabelais écrit à Erasme, qu'il considère comme son père spirituel, pour lui annoncer l'envoi d'un manuscrit de Flavius Josèphe. A la fin de l'année il publie un texte juridique, le *Testament de Cuspidius,* qu'il dédie au légiste poitevin Amaury Bouchard. Il publie la *Pantagruéline prognostication* pour 1533.

1533 – Printemps : Le Carême prêché au Louvre par un « Evangélique » a un grand succès. – « Nostre Roy fait son entrée à Tholouse, capitale du pays & province de Landgoth, ou terre Gotthique, comme encore à Mompelier, cité belle & plaisante, & renommée pour les estudes de Médecine » (Belleforest). – **En mai-juin** : La Cour séjourne à Lyon à l'occasion du mariage du Dauphin, le futur Henri II ; Rabelais est en relations avec Mellin de Saint-Gelais. – **Octobre** : La Sorbonne condamne le *Pantagruel*, rangé parmi les livres obscènes. – **1er novembre** : Cop, recteur de l'université de Paris, prononce une harangue rédigée par Calvin et exposant les idées des réformateurs ; la Sorbonne réplique par des poursuites pour crime d'hérésie. – C'est sans doute en 1533 que Salmon Macrin écrit l'ode latine à Rabelais qu'il publiera en 1537.

1534 – Jacques Cartier découvre le Canada. Le sultan Kheir-ed-Din Barberousse envoie à François Ier des animaux sauvages pour enrichir sa ménagerie. – **17 janvier** : « A l'imitation de ces anciens philosophes qui entreprenoient toujours de grands voyages pour voir de nouveaux peuples, et pour toujours apprendre des choses nouvelles, se sentant piqué du désir de visiter l'Italie et Rome mesme », Rabelais « trouva moyen d'accompagner le cardinal Jean du Bellay, qui faisoit grand cas des hommes sçavans, et qui l'estoit extrêmement luy-mesme. Il ne luy fut pas fort difficile de s'introduire chez luy, car sa réputation y estoit déjà connüe, et comme ce généreux cardinal eut goûté sa doctrine, et d'ailleurs qu'il l'eut reconnu de belle humeur et d'un entretien capable de divertir la plus noire mélancholie, il le retint toujours auprès de sa personne en qualité de son médecin ordinaire et l'eut toujours depuis en grande considération » (Colletet). – **Février-avril** : Rabelais séjourne à Rome, où il étudie la botanique et la topographie de la ville. – **Mai** : De retour à Lyon, il publierait à ce moment-là (?) le *Gargantua* (voir ci-dessous, mai 1535). – **Août** : Il réédite chez Gryphe la *Topographie* de la Rome antique de Marliani. – **24 juillet** : « Le Roy, ... afin que la discipline militaire fust étroitement gardée en ce Royaume, ordonna sept Légions. Il fit... les ordonnances, suivant que les Romains en usoient jadis, afin que les soldats, ne soulassent le peuple & n'usassent d'aucun désordre, mesmes ès terres ennemies » (Belleforest ; voir L. I chap. 33, n. 29). – **Nuit du 17 au 18 octobre** : Affaires des Placards ; dans les carrefours, et jusque sur la porte de la chambre du roi, sont affichés « des placards & libelles blasphémans Dieu & ses saincts, & se moquans des sacrez mystères de la Religion catholique & romaine, & pour ce fallut que la Cour de Parlement usast de coertions fort sévères » (Belleforest). Les intellectuels suspects de sympathie pour la réforme doivent se taire ou s'exiler. C'est sous l'influence des frères du Bellay que la persécution s'adoucira au printemps suivant. – Rabelais donne à l'impression un *Almanach* pour l'année nouvelle ; au nom de la foi chrétienne, il conteste la possibilité de la divination.

1535 – 13 janvier . Une nouvelle action contre les catholiques provoque une violente répression, qui ne s'atténuera qu'avec l'édit de Lyon (31 mai 1536). – Mort d'Antoine Rabelais (père ou frère ? de François). – **13 février** : Rabelais quitte Lyon brusquement ; il est possible qu'il se soit rendu en Poitou auprès de Geoffroy d'Estissac. – **28 février** · Le théologien de la Sorbonne Noël Béda, qui avait accusé d'hérésie Marguerite, la sœur du roi, doit prononcer en public sa propre critique. – **Printemps** : « Afin que comme un bon père il se portast vers ses sujets, y ayant plusieurs de ce Royaume qui s'en estoient fuys de peur d'estre recerchés pour le Luthérisme, & ausquels le Pape Paul avoit octroyé un indult & pardon, … le Roy confirma cette rémission » (Belleforest). – **Avril** : Charles Quint rassemble une flotte immense à Cagliari ; les humanistes s'inquiètent de cette politique belliqueuse. – **Mai** : Rabelais est de retour à Lyon ; c'est peut-être à cette date qu'il publie le *Gargantua*, qui contient des allusions à l'impérialisme de Charles Quint. – **A la mi-juillet** : Départ pour Rome de Jean du Bellay ; à la fin du mois, le cortège fait étape à Ferrare, où Marot et d'autres exilés avaient trouvé refuge auprès de la duchesse Renée de France. – **20 juin-14 juillet 1535** : Siège de Charles Quint contre Tunis.

Août 1535-mai 1536 – Séjour de Rabelais à Rome ; « Godefroy d'Estissac, son Mécène, l'ayant reconnu d'un esprit propre à tout faire, ne fit point difficulté de le charger des affaires les plus considérables qu'il avoit à la Rotte, et en la cour du Pape, dont il s'acquittoit toujours avec adresse, au grand contentement de ce prélat… Les lettres que ce mesme Rabelais luy écrivit de cette grande ville, et qui ont esté depuis peu [1651] publiées à Paris, faisant voir les diverses intrigues de la Cour romaine, font connoître en mesme temps l'esprit de discernement de l'autheur » (Colletet). « Pendant toutes ces négociations qu'il faisoit pour les autres, il se mit à penser sérieusement à luy-mesme, et considérant le crime énorme d'apostasie et d'irrégularité (qu'il avoit encourue en quittant son cloistre et changeant d'habit et de profession), ... il présenta une seconde requeste à Sa Sainteté, par laquelle il exposa que le Pape Clément VII l'ayant absous du crime d'apostasie et d'irrégularité, et luy ayant permis de reprendre l'habit de religieux dans l'ordre de saint Benoist, en cas qu'il trouvast quelque supérieur qui eust la charité de l'y recevoir, il ne souhaittoit rien plus ardemment » (Colletet). Paul III lui indique les démarches à effectuer, mais Rabelais suit une procédure plus longue et plus sûre indiquée par les cardinaux qui le protègent.

1536 – 17 janvier : Un bref de Paul III l'autorise à regagner un monastère bénédictin de son choix et à exercer la médecine sans pratiquer d'opérations chirurgicales. **– 29 février** : En prévision de l'arrivée de Charles Quint à Rome, Jean du Bellay part pour Lyon, où Rabelais le rejoint au mois de mai. On pense que c'est en 1536 que Rabelais est père, à Lyon, d'un enfant naturel, Théodule, qui mourra à l'âge de deux ans. – **Mars** : Calvin achève à Bâle, où il est réfugié, la rédaction latine de l'*Institution de la religion chrétienne*, dédiée à François Ier. – **Juin** : « Le Roy, considérant par les déportements de l'Empereur que la guerre luy estoit ouverte, manda à son Ambassadeur estant près l'Empereur de se retirer en France, & à celuy de l'Empereur qu'il s'en allast vers son maistre... » Paris est mis en état de défense : « Le Roy dépescha Jean Cardinal du Bellay lors Evesque de Paris pour aller en sa grande Cité pour y commander comme Lieutenant général pour Sa Majesté... » « L'Empereur donc passant avec son armée en Provence, soit qu'il eust des secrettes intelligences en France, ou qu'il s'attestast aux prédictions des devins, ... rejetant tout conseil se résolut de tenter la fortune & assaillir le pays, ou contraindre le Roy à venir à la bataille » (Belleforest). « Or comme l'Empereur Charles & nostre Roy fussent esgaux en puissance, estoient néantmoins fort différends en humeurs & complexions : Charles se monstroit dur, aspre & non ployable envers ceux qui l'offensoient, & François estoit fort courtois, clément, gratieux & débonnaire ; Charles embrassant les Capitaines accorts & rusez, Nostre Roy aimoit les esprits excellents & èsquels paroissoit le lustre de quelque rareté ; & l'Empereur estant aucunement chiche & mesnager, nostre Roy adjoustoit à la douceur & humanité une modeste diligence, & estoit si libéral qu'il n'y avoit Prince qui le surpassast en magnificence » (Belleforest). – Eté : « Sur ce que le cardinal du Bellay, évesque de Paris et abbé du monastère de Saint-Maur-des-Fossez, s'estoit offert de le recevoir dans ce monastère, il représenta au Pape qu'il luy restoit encore un scrupule dans la conscience : c'est, disoit-il, que ce monastère a changé de face, et qu'au lieu que c'estoit un couvent de religieux, c'est maintenant une église collégiale de chanoines, et par ce moyen-là, de moine que je prétendois estre, je suis devenu chanoine régulier. C'est pourquoy il supplioit très-humblement Sa Sainteté de luy accorder un indult sur ce sujet, afin que les degrez qu'il avoit reçeus de docteur en médecine ne luy fussent pas entièrement inutiles... et finalement que les bénéfices qu'il avoit fussent par luy possédez légitimement et canoniquement » (Colletet). Les chanoines de Saint-Maur protestent contre l'arrivée de ce collègue supplémentaire.

1537 – Février : Rabelais assiste au banquet offert par des humanistes, dont Budé et Marot, à Etienne Dolet poursuivi pour homicide volontaire. – **22 mai** : Rabelais, qui était retourné à Montpellier pour y prendre sa licence, est reçu docteur en médecine à la Faculté. Il exerce la médecine pendant l'été, et l'enseigne même à Lyon ; « il connoissoit encore si exactement toutes les parties du corps humain qu'il passa pour un des plus renommez anatomistes de son temps. La dissection fameuse qu'il fit à Lyon du corps d'un homme qui avoit servi de spectacle public en cette ville justifiera cette vérité, et ce d'autant plus qu'Estienne Dolet fit sur ce sujet une épigramme latine qui se trouve encore dans ses œuvres... Le poëte faisant parler ce misérable conclut qu'il avoit reçeu plus d'honneur après sa mort en servant de sujet et de matière aux doctes observations d'un si sçavant médecin qu'il n'avoit reçeu de honte et d'infamie par son genre de mort » (Colletet). – **10 août** : Rabelais manque d'être emprisonné pour avoir envoyé à Rome une lettre contenant des indiscrétions dangereuses pour la sécurité de la nation. – **27 septembre** : Il participe à l'Assemblée de la Faculté de médecine à Montpellier.

18 octobre 1537-14 avril 1538 – A Montpellier, pour compléter l'examen du doctorat, Rabelais fait un cours sur le texte grec des *Pronostics* d'Hippocrate ; à la même époque, il procède à des démonstrations d'anatomie.

1538 – Parution d'un livret populaire : *Panurge disciple de Pantagruel avec les prouesses du merveilleux Bringuenarilles*, ou *Navigations de Panurge* (1538 ?). Mort du petit Théodule, fils naturel de Rabelais. – **Juillet** : Charles Quint et François Ier « se virent & parlèrent, non sans larmes, accolades & embrassemens à Aigues-Mortes » ; à la suite de cette entrevue, le roi abandonne sa politique de tolérance : les humanistes seront plus prudents, ou prendront plus nettement parti pour la Réforme. Rabelais est dans la suite de François Ier, et revient avec elle à Lyon à la fin de juillet.

1539 – **Fin septembre** : Il part pour Turin dans la suite de Guillaume de Langey, gouverneur du Piémont et frère du cardinal Jean. Il aura, entre autres responsabilités, la charge des jardins et de la librairie.

1540 – Mort de Guillaume Budé. Fondation de la Société de Jésus destinée à ranimer l'esprit du catholicisme. François et Junie, enfants bâtards de frère Rabelais, sont légitimés par Paul III. – **27 juillet** : L'ambassadeur du roi à Venise écrit à Rabelais pour lui demander si un enfant né moins de sept mois après le mariage de ses parents doit être tenu pour légitime. Rabelais édite un calendrier calculé sur le méridien de la noble cité de Lyon.

1541 – **Novembre** : Il rentre en France avec Langey ; en passant à Lyon, il donne une nouvelle édition de son *Gargantua-Pantagruel* expurgée des railleries contre les théologiens. Rupture avec Dolet qui publie, sans le prévenir, une édition non expurgée du même ouvrage.

1542 – Fondation à Rome de la Congrégation de l'Inquisition pour combattre l'hérésie. – Antoine Heroët, poète platonicien, publie *La Parfaicte Amye* à l'honneur du sexe féminin. – En même temps que l'édition remaniée de *Gargantua-Pantagruel*, paraissent à Lyon les *Stratagèmes c'est-à-dire prouesses & ruses de guerre du pieux & très-célèbre chevalier de Langey dans la tierce guerre Césariane*, ouvrage latin de Rabelais aujourd'hui perdu et traduit en français par C. Massuau. – **Mars** : Rabelais est à Saint-Ayl, près d'Orléans, chez un familier de Langey, Etienne Laurens, ami des humanistes. – **Mai** : Langey repart pour le Piémont, « presque desnué d'hommes… de sorte que tout ce qu'ils pouvoient faire estoit de garder les places fortes qu'ils tenoient, & ce-pendant le plat pays demouroit en proye & à la mercy des Impérialistes… » (Belleforest). – **13 novembre** : Langey, gagné par la paralysie, mentionne Rabelais dans son testament. – **Décembre** : Départ de Turin pour la France.

1543 – Copernic publie son traité sur la révolution du système solaire et Vésale son livre sur l'anatomie de l'homme.

– **9 janvier** : « Le seigneur de Langey se retirant en France pour estre si maladif & tant perclus de ses membres qu'il le falloit porter en lictière ne put venir jusques à la Cour, ains trespassa à Sainct-Saphorin sur le mont de Tarare » (Belleforest) ; voir *Tiers Livre*, chap. 21. – **2 mars** : *Gargantua-Pantagruel* censuré par le Parlement à la requête des théologiens. – **5 mars** : Au Mans, Rabelais assiste aux funérailles de Langey ; le jeune Ronsard est présent à cette cérémonie. – **30 mai** : Mort de Geoffroy d'Estissac, un autre protecteur de Rabelais.

1544 – Mort de Clément Marot, de Bonaventure des Périers. – **14 avril** : « Fut donnée la bataille mémorable de Cerisolles… Le prince d'Enghien ayant faict visiter les morts, trouva qu'il n'en y avoit pas moins de quinze mille du costé des ennemis, là où il n'y en avoit pas deux cens des nostres » (Belleforest). – « L'an 1544, venoit un estrange orage sur la France, d'autant que toute l'Allemaigne estoit en armes, l'Espaigne nous couroit sus, l'Italie estoit esmeüe contre nous, les forces du Pays-Bas nous assailloient, & l'Anglois passoit la mer pour nous faire la guerre… Les citoyens de Paris voyans les Impériaux si près de leur ville, transportèrent leurs biens vers Orléans & autres lieux forts, pensans y estre plus assurez qu'en la Capitale du Royaume… Monsieur le Duc de Guise fut celuy qui dressa les remparts du costé de Montmartre ; & peu de temps après le Roy mesme arriva, deffendant qu'homme n'eust à sortir ni à transporter chose quelconque, ce qui fut cause que la fuite cessa, & que les Parisiens commencèrent à reprendre cœur » (Belleforest). – **20 septembre** : La paix de Crépy « fut publiée à Paris au grand plaisir & contentement des bons sujets du Roy » (Belleforest). – **19 août** : Les livres de Rabelais figurent sur une liste d'œuvres censurées par la Sorbonne.

1545 – Rabelais aurait à cette date signé en tant que curé de Saint-Christophe-du-Jambet (diocèse du Mans) un acte, aujourd'hui perdu, mais signalé par Richard Cooper. Ambroise Paré publie son ouvrage *De la manière de traiter les plaies par arquebuse*. « Le Pape Paul troisiesme du nom, voyant la paix faicte entre l'Empereur & nostre Roy, désireux d'assouplir les troubles que Luther avoit suscités en la Chrestienté, fit publier le Concile général à Trente… » « Par la Savoye, y avoit plusieurs gros villages, lesquels avoient persisté en ceste folle persuasion des anciens Vaudois… Quelques ans auparavant, il y avoit eu arrest en la Cour du Parlement d'Aix en Provence, par lequel avoit esté dict que les édifices de Mérindol seroient ruinez & les habitans punis. Mais l'exécution de cest arrest fut délayée par la sollicitation de messire Guillaume du Belay seigneur de Langey… Cette secte croissant…, François Cardinal de Tournon obtint du Roy que l'arrest seroit exécuté. Ainsi au mois d'apvril de l'an de nostre salut mil cinq cens quarante & cinq, tout y (fut) désolé & rasé de fond en comble, y exerçant le soldat de telles choses qu'il vaut mieux les taire que les escrire » (Belleforest). – La Sorbonne envoie au bûcher les théologiens qui refusent de signer les « articles de foi ». – **19 septembre** : Rabelais obtient un privilège royal pour l'impression du *Tiers Livre des faictz et dicts héroïques de Pantagruel*. – **Décembre** : « A Mézières fut mis le seigneur de Langey [Martin du Bellay] avec les arrière-bans de Bourgoigne, & partie de ceux de Champaigne, & mille hommes de pied » (Belleforest).

1546 – « Auquel temps mourut la teste de l'Hydre des peversitez ruées de nostre temps ; à sçavoir Martin Luther » (Belleforest). Michel-Ange est chargé de la construction de Saint-Pierre de Rome. Pierre Lescot commence la reconstruction du Louvre. Tiraqueau publie une troisième édition de son livre sur les lois de mariage (voir **1513**).

Rabelais publie le *Tiers Livre*. Celui-ci est condamné par les théologiens qui lui reprochent d'être « farci d'hérésies », bien qu'ils n'en puissent « une seule exhiber en endroit aulcun ». – **Mars** : Rabelais se retire à Metz chez Etienne Laurens (voir mars 1542) ; il est nommé médecin de la ville de Metz aux gages de 120 livres par an. – **Avant Pâques** : Publication à Paris du *Tiers Livre*. – **Juin** : « L'Anglois marry de ce que & l'Empereur & le Roy avoient fait paix sans rien luy en communiquer, enfin fut accordé que les députés s'assembleroient en pleine campagne entre Ardres & Calais, & que là feroient une paix finale » (Belleforest). – **3 août** : Dolet est envoyé sur le bûcher pour avoir fait nier à Platon l'immortalité de l'âme. – **31 décembre** : Le *Tiers Livre* est condamné par la Sorbonne.

1547 – 6 février : Rabelais adresse de Metz une lettre pleine d'« anxiété » au cardinal du Bellay. – **30 mars** : François Ier « ayant dit Adieu à tous ses serviteurs, & iceux priés de luy pardonner s'il s'estoit oublié en leur endroit, baisé encor' son fils & luy donné la bénédiction, prenant la croix & se resjouyssant en Dieu, partit heureusement de ce siècle… » « Henry second de ce nom, son fils unique, succéda légitimement à la couronne » ; on peut espérer une politique religieuse plus libérale : Jean du Bellay est maintenu au Conseil royal, et il obtient même la surintendance générale des affaires du royaume en Italie. – **16 juillet** : « Le seigneur de Jarnac mit à bas La Chastaigneraye, lequel mourut de ceste blessure, ce qui fut cause que le Roy (trop tard) défendit tout duel » (Belleforest). Rabelais est à Paris au moment de ce duel. – **Juillet-août** : Rabelais, médecin de Jean du Bellay, se met en route pour Rome ; en passant par Lyon, il remet au libraire Pierre de Tours le manuscrit de onze chapitres du *Quart Livre*. « Pour témoigner aussy comme il estoit fort versé dans l'astrologie, on voit encore un almanach de luy, ou *Pronostication* pour l'an 1548, imprimé à Lyon » (Colletet). – **27 septembre** : Arrivée à Rome ; il y rencontrera notamment Philandrier, familier du cardinal d'Armagnac.

1548 – Publication de onze chapitres du *Quart Livre*. *Contr'un* de La Boétie. Le Parlement de Paris interdit la représentation des *Mistères*, qui jouissaient encore de la faveur populaire. Henri II établit au Parlement de Paris une chambre ardente chargée d'instruire contre l'hérésie ; les biens des condamnés seront confisqués et distribués en partie à ceux qui les auront dénoncés ; l'épuration des juges eux-mêmes est prévue. – **Août** : « Le Roy allant faire son voyage de Savoye & Piedmont, il oyt quelque bruit de l'émotion du peuple en Guienne à cause de ceste Gabelle, lequel s'estoit mis en armes... Ceste grande assemblée faisoit environ quarante mille hommes confusément assemblez... Les seigneurs de Montmorency & d'Aumale envoyez de par le Roy furent aussi départis en divers endroits pour brider les pays blasmez de révolte... sı bien que toute l'armée fut assaillir la pauvre cité de Bourdeaux comme la plus criminelle... »

1549 – **3 février** : « La Roine accoucha d'un beau fils, qui eut à nom Louis, & soudain honnoré du tiltre de Duc d'Orléans ; la naissance duquel fut publiée le mesme jour à Rome » (Belleforest) ; à cette occasion, Jean du Bellay donne des fêtes au peuple romain, dont, en septembre, la *Sciomachie* sur la place Sant'Apostolo ; Rabelais en rédige en français la relation, qu'il fera imprimer à Lyon lors de son retour. – **Printemps** : Gabriel de Puy-Herbaut, moine de Fontevrault, attaque dans son *Theotimus* « l'absolue perversité » de Rabelais, « d'autant plus méchant, d'autant plus violent qu'il est instruit ». – **Avril** : Joachim du Bellay publie la *Deffence & illustration de la langue françoise* ; le texte de Rabelais qui sera utilisé comme préface du *Cinquième Livre* s'associe à cette campagne de nationalisme linguistique. – **22 septembre** : Le cardinal du Bellay quitte Rome ; mais à son passage à Lyon il apprend « qu'au mois de **novembre**, & le neufiesme d'iceluy, mourut à Rome le bon & religieux pasteur le Pape Paul troisiesme de ce nom, amy de la vertu & bonnes lettres, & ennemy mortel des hérésies » (Belleforest) ; du Bellay reçoit l'ordre du roi de repartir pour le conclave à Rome, où sans doute Rabelais ne l'accompagne pas. « Les Cardinaux entrez au Conclave, & y estans longuement, enfin eslurent le Cardinal Jean Maria de Monte, qui se fit nommer Jule troisiesme du nom » (Belleforest). « Mourut au mois de **Decembre** très-illustre & héroïque Princesse Madame Marguerite d'Orléans Roine de Navarre & sœur unique du grand Roy François, & un miroir des Dames de son Age » (Belleforest).

1550 – « Jean Calvin, ce grand hérésiarque, traista [Rabelais] d'impie et d'athée, comme on le voit dans son *Traité des scandales* ; si est-ce que jugeant cette religion nouvelle et de l'invention des hommes plustost que de Dieu, il regimba contre elle » (Colletet). Ronsard publie les *Odes*. – **19 juillet** : Jean du Bellay, malade, quitte Rome, Rabelais n'est pas dans sa suite. Le cardinal se retirera dans son château de Saint-Maur : dans ce « lieu de délices & tous honnestes plaisirs », Rabelais, son médecin, rencontre le cardinal Odet de Châtillon, qui le recommande auprès du roi ; il travaille à la version définitive du *Quart Livre*. – **24 juillet** : Edit des « petites dates », instituant un contrôle sur les revenus perçus en France par le Saint-Siège : « Mais or Bulles & Signatures / Et Dates levez paravant, / Mandats, Parafes, Escriptures, / Dépravez par leurs impostures / Seront meilleurs dorenavant » (Ronsard, *Ode au roi sur ses ordonnances faictes l'an 1550*). « Mais le Pape résolu à la guerre & imitant Jule second en mauvaise affection envers nos Rois, le Roy fut contraint d'user de voye de faict, avec toutes protestations deües que c'estoyent le Pape & l'Empereur qui rompoyent la paix » (Belleforest). – **6 août** : « Sur ce qu'aux ouvrages qui estoient effectivement de sa composition, quelques-uns y en avoient adjouté d'autres scandaleux, libertins & dépravez au possible, que l'on faisoit passer soubs son nom, il obtint du Roy un privilège pour toutes ses œuvres, tant grecques que latines, tant françoises que toscanes, avecque inhibitions et deffençes à toutes personnes de les imprimer sans son consentement, ny d'y rien adjouter de faux et de supposé, soubs peines de grosses réparations envers l'autheur ; privilège daté de Saint-Germain-en-Laye » (Colletet).

1551 – 18 janvier : « Tous ses écrits joyeux et divertissans n'empêchèrent pas que le Cardinal du Bellay ne luy [Rabelais] conférast la cure du bourg de Meudon » ; contrairement à ce qu'écrit encore Colletet, il ne semble pas qu'il « la desservit effectivement », non plus que la cure de Saint-Christophe-du-Jambet dont il était bénéficiaire à la même époque (voir ci-dessus, **1545**). – La guerre dite de Parme oppose la France à Jules III qui tente de déposséder le duc de Parme au profit de l'Empereur. Menace sérieuse d'un schisme gallican. « Le Roy envoya au Concile de Trente son ambassadeur pour déclairer que Sa Majesté ne pouvoit envoyer là les Evesques de son Royaume, ni tenir ceste assemblée pour Concile général, eu esgard à l'animosité de laquelle le Pape usoit envers ceste Majesté... Toutesfois afin que les luthériens de France ne pensassent que ce Roy très-chrestien & catholique voulust par ses Edicts se retirer de l'obéissance de l'Eglise de Rome, il fit des ordonnances plus sévères que jamais contre les Hérétiques & Sacramentaires » (Belleforest). – Querelle entre Pierre Galland et Pierre Ramus (voir *Quart L.*, Prologue).

1552 – Importante épître au cardinal de Châtillon datée du **28 janvier** en tête du *Quart Livre*, qui est censuré le

1er **mars** par les théologiens, mais Rabelais, contrairement à la légende, conserve le soutien des parlementaires. – « Sur le commencement de l'an de grâce mil cinq cens cinquante & deux, Sa Majesté dépescha le seigneur du Fresne pour Embassadeur vers les seigneurs Electeurs de l'Empire, avec lettres. . jurant sa parolle de Roy qu'en général ayant intention de délivrer tous les estats de Germanie de l'oppression de l'Empereur, en particulier il prétendoit ce faire en faveur de ses très-chers & très aimez cousins Jean duc de Saxe, & Philippes Lantgrave de Hessen détenus en misérable servitude par Charles » (Belleforest ; voir *Quart L.*, Prologue). – Construction du château d'Anet par Philibert Delorme. – Institution des présidiaux, tribunaux concurrençant les parlements et les tribunaux de bailliages. Cette procédure était justifiée notamment par la nécessité de l'« abréviation des procès ». – **29 avril** : La paix est signée entre le Saint-Siège et la France. – **5 novembre** : Le bruit que Rabelais serait emprisonné court à Lyon. – **Décembre** : « L'Empereur irrité au possible que le Roy l'eût bravé à sa barbe, & qu'il eût pris Toul, Metz & Verdun, citez des dépendances impériales, dressa son armée pour aller à Metz... Lendemain de Noël, l'Empereur voyant le peu qu'il avoit advancé par sa batterie, se résolut de se retirer & quitter ce siège » (Belleforest).

1553 – 7 janvier : Rabelais résigne ses cures de Meudon et de Saint-Christophe-du-Jambet. – **Avant le 14 mars**, selon les documents mis au jour par J. Dupèbe (voir ci-dessus **1483**), Rabelais mourut « à Paris l'an 1553, âgé de 70 ans, en la rue des Jardins, sur la paroisse Saint Paul, au cymetière duquel il fut enterré, et proche d'un grand arbre que l'on y voyoit encore il y a quelques années... Il rendit son esprit en fidèle chrestien... Nous en avons un garant en la personne de messire Charles Faye d'Espesse, conseiller du Roy, qui m'a dit plusieurs fois de sa bouche propre que Rabelais estoit mort ainsi dans le sein de l'Eglise » (Colletet). « Mais la Mort qui ne boivoit pas / Tira le beuveur de ce monde, / Et ores le fait boire en l'onde / Qui fuit trouble dans le giron / Du large fleuve d'Achéron » (Ronsard, *Bocage*, 1554). – **28 octobre** : Servet, qui découvrit vraisemblablement la circulation pulmonaire du sang, est exécuté sur le bûcher à Genève à l'instigation de Calvin.

1555 – **16 octobre** : Calvin prononce un sermon attaquant l'impiété ordurière des livres de Rabelais.

1562 – Publication de *L'Isle Sonante* (16 chapitres du *Cinquième Livre*). – **Mars** : Première guerre de religion : « De ce faict que ceux de la Religion : appellent le massacre de Wassy, & duquel ils font une estrange parade de cruauté. provint l'occasion de s'assembler que firent les seigneurs protestants, assemblans en grand nombre... Le Roy se déclaira ennemy de la faction protestante, à cause qu'elle ne voulut se désarmer » (Belleforest).

1563 – **23 novembre** : L'ambassadeur d'Espagne à la cour de France critique l'éducation donnée au jeune Charles IX : « On lui fait la lecture d'un livre de bouffonneries qu'on nomme Pantagruel, fait par un anabaptiste et plein de mille plaisanteries sur la religion. »

1564 – « Comme le sainct Concile de Trente eust esté conclud, & que le Pape en eust advertis les Princes Chrestiens, iceux ayans soin de la jeunesse de nostre Roy, ne faillirent d'envoyer leurs Embassadeurs & Agens en France... » « Ce fut en cest an que mourut Jean Calvin, natif de Noyon, & fut enterré au cemetière commun de Genève, où il estoit comme le souverain Evesque & Ministre des Sacramentaires » (Belleforest). – Publication d'un *Cinquième Livre* en entier. L'*Index librorum prohibitorum* indique les œuvres de Rabelais comme hérésies de premier rang.

1565 – Publication des *Songes drolatiques de Pantagruel,
où sont contenues plusieurs figures de l'invention de
maistre François Rabelais.*

Vers 1572 – L'Allemand Jean Fischart traduit la *Pantagruéline pronostication.*

1575 – Jean Fischart fait paraître le premier volume de sa
traduction de *Gargantua-Pantagruel.*

1791 – Ginguené écrit un ouvrage *De l'autorité de Rabelais dans la révolution présente & dans la constitution
civile du clergé.*

1837 – *Le Voyage de Megaprazon*, écrit par Goethe en vue
de donner une suite au *Pantagruel.*

1903 – Fondation de la Société des études rabelaisiennes.

1971 – 6 novembre : Le conseil de l'université de Tours
décide que l'université prendra le nom de François Rabelais, savant précurseur des études « pluridisciplinaires »,
esprit critique « sans complaisance à l'égard du confor-
misme ».

1983 et 1994 – Célébrations dans le monde scientifique et
dans le grand public du cinquième centenaire de la naissance de Rabelais.

La vie treshorrificque du

Grand Gargantua

pere de Pantagruel

Jadis composée par M. Alcofribas
abstracteur de quinte essence

Livre plein de Pantagruelisme

MDXLII

On les vend à Lyon chez Francoys Juste,
devant Nostre Dame de Confort.

AUX LECTEURS

Amis lecteurs qui ce livre lisez,
Despouillez vous de toute affection,
Et le lisant ne vous scandalisez.
Il ne contien mal ne infection.
Vray est qu'icy peu de perfection
Vous apprendrez, si non en cas de rire ;
Aultre argument ne peut mon cueur elire,
Voyant le dueil qui vous mine et consomme.
Mieulx est de ris que de larmes escripre,
Pource que rire est le propre de l'homme.

AUX LECTEURS

Amis lecteurs, qui lisez ce livre,
Dépouillez-vous de toute passion
Et, en le lisant, ne soyez pas scandalisés.
Il ne contient ni mal ni corruption ;
Il est vrai qu'ici vous ne trouverez
Guère de perfection, sauf si on se met à rire ;
Autre sujet mon cœur ne peut choisir
A la vue du chagrin qui vous mine et consume
Il vaut mieux traiter du rire que des larmes,
Parce que rire est le propre de l'homme.

Prologe de l'Auteur

Beuveurs tresillustres et vous Verolez tresprecieux (car à vous non à aultres sont dediez mes escriptz) [1], *Alcibiades ou dialogue de Platon intitulé* Le Bancquet [2], *louant son precepteur Socrates, sans controverse prince des philosophes, entre aultres parolles le dict estre semblable ès Silenes. Silenes estoient jadis petites boites telles que voyons de present ès bouticques des apothecaires pinctes au dessus de figures joyeuses et frivoles, comme de Harpies, Satyres, oysons bridez, lievres cornuz, canes bastées, boucqs volans, cerfz limonniers et aultres telles pinctures contrefaictes à plaisir pour exciter le monde à rire (quel fut Silene maistre du bon Bacchus) ; mais au dedans l'on reservoit les fines drogues, comme Baulme, Ambre gris, Amomon* [3], *Musc, zivette* [4], *pierreries et aultres choses precieuses. Tel disoit estre Socrates : par ce que le voyans au dehors et l'estimans par l'exteriore apparence, n'en eussiez donné un coupeau d'oignon tant laid il estoit de corps et ridicule en son maintien, le nez pointu, le reguard d'un taureau, le visaige d'un fol, simple en meurs, rustiq en vestimens, pauvre de fortune, infortuné en femmes, inepte à tous offices de la republique, tousjours riant, tousjours beuvant d'autant à un chascun* [5], *tousjours se guabelant, tousjours dissimulant son divin scavoir. Mais ouvrans ceste boyte, eussiez au dedans trouvé une celeste et impreciable* [6] *drogue : entendement plus que humain, vertus merveilleuse, couraige invincible, sobresse non pareille, contentement certain, asseurance parfaicte, deprisement incroyable de tout ce pourquoy les humains tant veiglent, courent, travaillent navigent et bataillent* [7].

PROLOGUE : Une abondante bibliographie est consacrée à ce *Prologue* ; voir G. Demerson, *Humanisme et facétie*, Caen, 1994, pp. 309-340.
1. Maître Alcofribas, médecin, s'adresse à des malades pour les guérir par le rire mais il faut noter qu'au chapitre 54 du *Gargantua* l'accès de l'abbaye de Thélème sera interdit aux *verollez*. – 2. Tel que. – 3. Herbe aromatique. – 4. Sécrétion animale parfumée employée par les apothicaires. – 5. Répondant à tous les toasts (buvant autant que chacun de ses compagnons). – 6. Tous les adjectifs qui désignent le parfum des Silènes ou l'esprit de Socrate soulignent le caractère divin de l'enseignement de ce philosophe : les néo-platoniciens voyaient en lui un prophète inspiré par l'Esprit Saint. – 7. La comparaison entre Socrate et les boîtes appelées Silènes vient des *Adages* d'Erasme.

Prologue

Buveurs très illustres et vous, vérolés très précieux (c'est à vous, à personne d'autre que sont dédiés mes écrits), dans le dialogue de Platon intitulé Le Banquet, Alcibiade faisant l'éloge de son précepteur Socrate, sans conteste prince des philosophes, le déclare, entre autres propos, semblable aux Silènes. Les Silènes étaient jadis de petites boîtes comme on en voit à présent dans les boutiques des apothicaires ; au-dessus étaient peintes des figures amusantes et frivoles : harpies, satyres, oisons bridés, lièvres cornus, canes bâtées, boucs volants, cerfs attelés et autres semblables figures imaginaires, arbitrairement inventées pour inciter les gens à rire, à l'instar de Silène, maître du bon Bacchus. Mais à l'intérieur, on conservait les fines drogues comme le baume, l'ambre gris, l'amome, le musc, la civette, les pierreries et autres produits de grande valeur. Alcibiade disait que tel était Socrate, parce que, ne voyant que son physique et le jugeant sur son aspect extérieur, vous n'en auriez pas donné une pelure d'oignon tant il était laid de corps et ridicule en son maintien : le nez pointu, le regard d'un taureau, le visage d'un fol, ingénu dans ses mœurs, rustique en son vêtement, infortuné au regard de l'argent, malheureux en amour, inapte à tous les offices de la vie publique ; toujours riant, toujours prêt à trinquer avec chacun, toujours se moquant, toujours dissimulant son divin savoir. Mais en ouvrant une telle boîte, vous auriez trouvé au-dedans un céleste et inappréciable ingrédient : une intelligence plus qu'humaine, une force d'âme prodigieuse, un invincible courage, une sobriété sans égale, une incontestable sérénité, une parfaite fermeté, un incroyable détachement envers tout ce pour quoi les humains s'appliquent tant à veiller, courir, travailler, naviguer et guerroyer.

A quel propos, en voustre advis, tend ce prelude et coup d'essay? Par autant que vous mes bons disciples et quelques aultres foulz de sejour [8] *lisans les joyeux tiltres d'aulcuns livres de nostre invention comme* Gargantua, Pantagruel, Fessepinte, La Dignité des braguettes, Des poys au lard cum commento, *etc., jugez trop facillement ne estre au dedans traicté que mocqueries, folateries et menteries joyeuses, veu que l'ensigne exterieur (c'est le tiltre), sans plus avant enquerir, est communement receue à derision et gaudisserie. Mais par telle legiereté ne convient estimer les œuvres des humains. Car vous mesmes dictes que l'habit ne faict poinct le moine et tel est vestu d'habit monachal, qui au dedans n'est rien moins que moyne et tel est vestu de cappe hespanole, qui en son couraige nullement affiert à Hespane. C'est pourquoy fault ouvrir le livre et soigneusement peser ce que y est deduict. Lors congnoistrez que la drogue dedans contenue est bien d'aultre valeur que ne promettoit la boite. C'est à dire que les matieres icy traictées ne sont tant folastres, comme le tiltre au dessus pretendoit.*

Et posé le cas qu'au sens literal vous trouvez matieres assez joyeuses et bien correspondentes au nom, toutesfois pas demourer là ne fault, comme au chant des Sirenes, ains à plus hault sens [9] *interpreter ce que par adventure cuidiez dict en gayeté de cueur.*

Crochetastes vous oncques bouteilles? Caisgne [10] *: Reduisez à memoire la contenence qu'aviez. Mais veistes vous oncques chien rencontrant quelque os medulare* [11] *? C'est comme dict* Platon lib. ij de Rep. *la beste du monde plus philosophe. Si veu l'avez, vous avez peu noter de quelle devotion il le guette, de quel soing il le guarde, de quel ferveur il le tient, de quelle prudence il l'entomme, de quelle affection il le brise et de quelle diligence il le sugce. Qui le induict à ce faire? Quel est l'espoir de son estude? Quel bien pretend il? Rien plus q'un peu de mouelle. Vray est que ce peu plus est delicieux que le beaucoup de toutes aultres, pource que la mouelle est aliment*

---

8. Fous disponibles. – 9. L'allégorisme du Moyen Age distinguait entre le *sens littéral* des Ecritures et le *plus haut sens* qui révélait de façon occulte quelque mystère théologique ou quelque vérité morale. – 10. Littéralement : Chienne ! – 11. Cette image de l'os à moelle avait été employée par Philippe Béroalde, précisément dans un ouvrage consacré à l'*Explication morale des symboles de Pythagore* (édition de 1520, f° xij v°).

A quoi veut aboutir, à votre avis, ce prélude, ce coup d'envoi ? C'est que vous, mes bons disciples, et quelques autres fols en disponibilité, lorsque vous lisez les joyeux titres de certains livres de notre invention comme Gargantua, Pantagruel, Fessepinte, La Dignité des Braguettes, Des Pois au lard assaisonnés *d'un commentaire, etc., vous jugez trop facilement qu'il n'y est question au-dedans que de moqueries, pitreries et joyeuses menteries vu qu'à l'extérieur l'écriteau (c'est-à-dire le titre) est habituellement compris, sans examen plus approfondi, dans le sens de la dérision ou de la plaisanterie. Mais ce n'est pas avec une telle désinvolture qu'il convient de juger les œuvres des humains. Car vous dites vous-mêmes que l'habit ne fait point le moine ; et tel a revêtu un habit monacal, qui n'est en dedans rien moins que moine, et tel a revêtu une cape espagnole, qui, au fond du cœur, ne doit rien à l'Espagne. C'est pourquoi il faut ouvrir le livre et soigneusement peser ce qui y est exposé. C'est alors que vous vous rendrez compte que l'ingrédient contenu dedans est de bien autre valeur que ne le promettait la boîte ; c'est-à-dire que les matières traitées ici ne sont pas aussi frivoles que, au-dessus, le titre le laissait présumer.*

Et, en supposant que, au sens littéral, vous trouviez une matière assez joyeuse et qui corresponde bien au titre, il faut pourtant ne pas s'arrêter là, comme enchanté par les Sirènes, mais interpréter dans le sens transcendant ce que peut-être vous pensiez être dit de verve.

N'avez-vous jamais attaqué une bouteille au tire-bouchon ? Nom d'un chien ! Rappelez-vous la contenance que vous aviez. Mais n'avez-vous jamais vu un chien rencontrant quelque os à moelle ? C'est, comme le dit Platon au Livre II de La République, *la bête la plus philosophe du monde. Si vous en avez vu un, vous avez pu remarquer avec quelle sollicitude il guette son os, avec quel soin il le garde, avec quelle ferveur il le tient, avec quelles précautions il l'entame, avec quelle passion il le brise, avec*

elabouré à perfection de nature, comme dict Galen, iij Facu. natural. *et* xj De usu parti.

A l'exemple d'icelluy vous convient estre saiges [12] *pour fleurer, sentir et estimer* [13] *ces beaulx livres de haulte gresse, legiers au prochaz et hardiz à la rencontre. Puis par curieuse leçon et meditation frequente* [14] *rompre l'os et sugcer la sustantificque mouelle C'est à dire ce que j'entends par les symboles Pythagoricques* [15] *avecques espoir certain d'estre faictz escors et preux à ladicte lecture. Car en icelle bien aultre goust trouverez et doctrine plus absconce, laquelle vous revelera de treshaultz sacremens* [16] *et mysteres horrificques, tant en ce que concerne nostre religion, que aussi l'estat politicq et vie œconomicque.*

*Croiez vous en vostre foy qu'oncques Homere escrivent l'*Iliade *et* Odyssée, *pensast ès allegories, lesquelles de luy ont calfreté* [17] *Plutarche, Heraclides Ponticq* [18], *Eustatie, Phornute* [19] *et ce que d'iceulx Politian* [20] *a desrobé ? Si le croiez, vous n'approchez ne de pieds ne de mains à mon opinion : qui decrete icelles aussi peu avoir esté songées d'Homere, que d'Ovide en ses* Metamorphoses, *les sacremens de l'evangile : lesquelz un frere Lubin* [21] *vray croquelardon s'est efforcé demonstrer, si d'adventure il rencontroit gens aussi folz que luy et (comme dict le proverbe) couvercle digne du chaudron* [22].

Si ne le croiez, quelle cause est, pourquoy autant n'en ferez de ces joyeuses et nouvelles chronicques ? Combien que les dictant n'y pensasse en plus que vous qui paradventure beviez

---

12. Comme des limiers *saiges*, c'est-à-dire doués de flair. – 13. Ces trois verbes désignent la progression non seulement des perceptions du chien mais du processus intellectuel de l'homme selon les théoriciens de la connaissance. – 14. Deuxième phase, propre à l'homme, de l'acquisition de la connaissance. – 15. Les *Symboles* de Pythagore passaient pour être l'objet d'une science initiatique voir l'ouvrage cité ci-dessus, n. 11 et *Quart L.*, chap. 62, n. 19. – 16. Synonyme de mystère. – 17. Calfaté (comblé les « trous » de leurs travaux). – 18. Héraclide du Pont, grammairien alexandrin qui étudia les allégories d'Homère. – 19. Cornutus, stoïcien du 1er siècle après J.-C., auteur d'une théorie sur la *Nature des dieux*. – 20. Ange Politien, poète et humaniste florentin (1454-1494), auteur d'un éloge d'Homère où il n'avait pas craint de plagier les auteurs antiques. – 21. Type populaire du moine stupide. Au Moyen Age, le dominicain anglais Thomas de Walleys avait « moralisé » les *Métamorphoses* d'Ovide, interprétant les fables païennes comme des intuitions préchrétiennes de la Vérité ; son travail avait été complété au 16e siècle par d'autres interprétations « tropologiques » des plus subtiles. – 22. En les dictant (: quand je les composais).

quelle diligence il le suce. Quel instinct le pousse ? Qu'espère-t-il de son travail, à quel fruit prétend-il ? A rien de plus qu'à un peu de moelle. Il est vrai que ce peu est plus délicieux que le beaucoup de toute autre nourriture, parce que la moelle est un aliment élaboré jusqu'à sa perfection naturelle, selon Galien au livre III des Facultés naturelles et au livre XI de L'Usage des parties du corps.

A l'exemple de ce chien, il vous convient d'avoir, légers à la poursuite et hardis à l'attaque, le discernement de humer, sentir et apprécier ces beaux livres de haute graisse ; puis, par une lecture attentive et une réflexion assidue, rompre l'os et sucer la substantifique moelle (c'est-à-dire ce que je comprends par ces symboles pythagoriques) avec le ferme espoir de devenir avisés et vertueux grâce à cette lecture : vous y trouverez un goût plus subtil et une philosophie cachée qui vous révélera de très hauts arcanes et d'horrifiques mystères, en ce qui concerne tant notre religion que, aussi, la situation politique et la gestion des affaires.

Croyez-vous, en votre bonne foi, qu'Homère écrivant L'Iliade et L'Odyssée, ait pu penser aux allégories par lesquelles Plutarque, Héraclide du Pont, Eustathe, Phurnutus, l'ont utilisé pour leurs rafistolages, et à ce que Politien a pillé chez ceux-ci ? Si vous le croyez, vous n'approchez ni des pieds ni des mains de mon opinion, selon le décret de laquelle Homère n'a pas songé davantage à ces allégories qu'Ovide en ses Métamorphoses n'a songé aux mystères de l'Evangile, théorie que certain Frère Lubin, un vrai pique-assiette, s'est efforcé de démontrer pour le cas où il rencontrerait par hasard des gens aussi fous que lui et, comme dit le proverbe, couvercle digne du chaudron.

Si vous ne le croyez pas, comment expliquer que vous n'adopterez pas la même attitude vis-à-vis de ces joyeuses et nouvelles Chroniques en dépit du fait que, quand je les dictais, je n'y pensais pas plus que vous qui, par hasard, étiez peut-être, comme moi, en train de boire ? Car, pour

*comme moy. Car à la composition de ce livre seigneurial, je
ne perdiz ne emploiay oncques plus ny aultre temps, que celluy
qui estoit estably à prendre ma refection corporelle, scavoir
est beuvant et mangeant. Aussi est cela*[23] *juste heure d'escrire
ces haultes matieres et sciences profundes. Comme bien faire
scavoit Homere paragon de tous Philologes et Ennie pere des
poetes latins, ainsi que tesmoigne Horace*[24], *quoy q'un malau-
tru ait dict, que ses carmes*[25] *sentoyent plus le vin que l'huile.*

Autant en dict un Tirelupin[26] *de mes livres, mais bren*[27] *pour
luy. L'odeur du vin o combien plus est friant, riant, priant, plus
celeste et delicieux que d'huille? Et prendray autant à gloire
qu'on die de moy, que plus en vin aye despendu que en huyle,
que fist Demosthenes quand de luy on disoit que plus en huyle
que en vin despendoit*[28]. *A moy n'est que honneur et gloire
d'estre dict et reputé bon gaultier et bon compaignon, et en ce
nom suis bien venu en toutes bonnes compaignies de Pantagruelistes: à Demosthenes fut reproché*[29] *par un chagrin que
ses oraisons*[30] *sentoient comme la serpilliere d'un ord et sale
huillier*[31]. *Pourtant interpretez tous mes faictz et mes dictz en
la perfectissime partie, ayez en reverence le cerveau casei-
forme qui vous paist de ces belles billes vezées*[32] *et à vostre
povoir tenez moy tousjours joyeux.*

*Or esbaudissez vous mes amours et guayement lisez le reste
tout à l'aise du corps et au profit des reins. Mais escoutez vietz
d'azes*[33], *que le maulubec vous trousque*[34]: *vous soubvienne
de boyre à my*[35] *pour la pareille*

et je vous plegeray[36]

tout ares metys[37].

---

23. *Ce:* le moment où l'on boit et où l'on mange. – 24. Selon Horace
(*Epître*, I, 19, v. 6-8), les poètes épiques Homère et Ennius (239-169 avant
J.-C.) étaient amis du vin. Voir *Tiers L.*, Prologue, n. 77. – 25. Poèmes: le titre
latin des Odes d'Horace est *Carmina*. – 26. Membre d'une secte de gueux
(mange-lupin); voir *Quart L.* chap. 65, n. 18. – 27. «Bren, c'est merde à
Rouan» (Rabelais, *Quart L.* chap. 10). – 28. La sobriété du célèbre orateur
athénien (384-322 avant J.-C.) était illustrée par cet exemple dans les *Adages*
d'Erasme (I, 7, 71). – 29. *Adage* d'Erasme, I, 4, 73. – 30. Latinisme: discours; cf. G. Defaux, « Plaidoyer pour l'histoire », in *Rev. d'hist. litt.* 1977.
– 31. L'anecdote se trouve dans Lucien, *Eloge de Démosthène.* – 32. En poitevin: boyaux gonflés, c'est-à-dire discours plein de vent. – 33. Vits d'ânes;
interpellation à la fois grossière et affectueuse. – 34. En gascon: que le
chancre vous fasse clopiner. – 35. A moi; à ma santé. – 36. Terme d'avocat
et de buveur. – 37. En gascon: maintenant même.

composer ce livre seigneurial, je n'ai jamais perdu ni passé d'autre temps que celui qui était fixé pour me refaire, c'est-à-dire pour boire et manger. Aussi est-ce le moment convenable pour traiter de ces hautes matières et de ces hautes disciplines, comme savaient bien le faire Homère, le modèle de tous les philologues, et Ennius, père des poètes latins, au témoignage d'Horace, bien qu'un maroufle ait dit que ses vers sentaient plus le vin que l'huile.

Un paltoquet en dira autant de mes livres, mais merde pour lui ! Le bouquet du vin est, ô combien, plus friand, riant, priant, plus céleste et délicieux que celui de l'huile ! Et si l'on dit de moi que j'ai dépensé plus en vin qu'en huile, j'en tirerai gloire au même titre que Démosthène, quand on disait de lui qu'il dépensait plus pour l'huile que pour le vin. Ce n'est pour moi qu'honneur et gloire, que d'avoir une solide réputation de bon vivant et de joyeux compagnon ; à ce titre, je suis le bienvenu dans toutes bonnes sociétés de Pantagruélistes. Un esprit chagrin fit à Démosthène ce reproche que ses Discours avaient la même odeur que le tablier d'un marchand d'huile repoussant de saleté. Aussi, interprétez tous mes gestes et mes paroles dans le sens de la plus haute perfection ; révérez le cerveau de fromage blanc qui vous offre en pâture ces belles billevesées et, autant que vous le pourrez, prenez-moi toujours du bon côté.

A présent, réjouissez-vous, mes amours, et lisez gaiement la suite pour le plaisir du corps et la santé des reins ! Mais écoutez, vits d'ânes, et puisse le chancre vous faucher les jambes ! Souvenez-vous de boire à ma santé pour la pareille

et je vous ferai raison

subito presto.

De la genealogie et antiquité de Gargantua

CHAPITRE I

Je vous remectz à la grande chronicque Pantagrueline[1] recongnoistre la genealogie et antiquité dont nous est venu Gargantua. En icelle vous entendrez plus au long comment les Geands nasquirent en ce monde et comment d'iceulx par lignes directes yssit Gargantua pere de Pantagruel, et ne vous faschera si pour le present je m'en deporte. Combien que la chose soit telle, que tant plus seroit remembrée, tant plus elle plairoit à voz seigneuries comme vous avez l'autorité de Platon in *Philebo* et *Gorgias*, et de Flacce[2] qui dict estre aulcuns propos, telz que ceulx cy sans doubte, qui plus sont delectables quand plus souvent sont redictz.

Pleust à Dieu qu'un chascun sceust aussi certainement sa genealogie, depuis l'arche de Noé jusques à cest eage. Je pense que plusieurs sont aujourdhuy empereurs, Roys, ducz, princes et Papes en la terre, lesquelz sont descenduz de quelques porteurs de rogatons et de coustretz[3]. Comme au rebours plusieurs sont gueux de l'hostiaire[4], souffreteux et miserables, lesquelz sont descenduz de sang et ligne de grandz roys et empereurs attendu l'admirable transport des regnes et empires,

des Assyriens ès Medes,

des Medes ès Perses,

des Perses ès Macedones,

des Macedones ès Romains,

des Romains ès Grecz,

des Grecz ès Francoys[5].

CHAPITRE 1 : L'allure historiographique de ce chapitre a suscité de nombreux commentaires; voir notamment G. Defaux, « Rabelais et son masque comique », in *Etudes rabelaisiennes* 1974 et G. Demerson, *Humanisme et facétie*, Caen, 1994, pp. 79-104.

1. Il s'agit peut-être du chap. 1 du livre II paru avant le livre I : *De l'origine et antiquité du grand Pantagruel.* – 2. Le poète latin Horace, *Epître aux Pisons*, v. 365 *telle pensée dix fois répétée sera délectable.* – 3. Mendiants porteurs de reliques et manouvriers porteurs de hottes de vendanges. – 4. Gueux de l'hospice, voir *Pantagruéline prognostication*, n. 55. – 5. Les juristes et les historiographes favorables aux prétentions de la monarchie de François Ier soutenaient la thèse d'un « transfert de l'Empire » de l'Orient antique à la France contemporaine

La généalogie des Gargantua.
Ses antiques origines

CHAPITRE 1

Je vous renvoie à la Grande Chronique pantagruéline pour y prendre connaissance de la généalogie et des origines antiques de Gargantua. Vous y apprendrez plus en détail comment les géants apparurent en ce monde et comment en descendit, en ligne directe, Gargantua, père de Pantagruel. Vous ne serez pas offusqués si, pour le moment, je m'abstiens d'en parler, bien que la chose soit telle que plus on la ressasserait plus elle plairait à Vos Seigneuries ; vous avez sur ce point l'autorité de Platon, dans le *Philèbe* et le *Gorgias*, et celle d'Horace, selon qui certains propos, tels que ceux-ci sans doute, sont d'autant plus délectables qu'ils sont plus souvent répétés.

Plût à Dieu que tout un chacun connût aussi sûrement sa généalogie depuis l'arche de Noé jusqu'à l'âge présent ! Je pense que plusieurs, aujourd'hui empereurs, rois, ducs, princes et papes sur cette terre, sont descendus de quelque porteur de reliquailles ou portefaix, comme, en revanche, plusieurs gueux de l'hospice, souffreteux et misérables, descendent de la race et de la lignée des grands rois et empereurs, étant donné l'admirable transfert des règnes et des empires,

des Assyriens aux Mèdes,

des Mèdes aux Perses,

des Perses aux Macédoniens,

des Macédoniens aux Romains,

des Romains aux Grecs,

des Grecs aux Français.

Et pour vous donner à entendre de moy qui parle, je cuyde que soye descendu de quelque riche roy ou prince au temps jadis. Car oncques ne veistes homme qui eust plus grande affection d'estre roy et riche que moy, affin de faire grand chere, pas ne travailler, poinct ne me soucier et bien enrichir mes amys et tous gens de bien et de scavoir. Mais en ce je me reconforte, que en l'aultre monde je le seray, voyre plus grand que de present ne l'auseroye soubhaitter. Vous en telle ou meilleure pensée reconfortez vostre malheur et beuvez fraiz si faire se peut.

Retournant à noz moutons[6] je vous dictz que par don souverain des cieulx nous a esté reservée l'antiquité et genealogie de Gargantua, plus entiere que nulle aultre, Exceptez celle du messias, dont je ne parle, car il ne me appartient, aussi les diables (ce sont les calumniateurs et caffars[7]) se y opposent. Et fut trouvée par Jean Audeau, en un pré qu'il avoit près l'arceau Gualeau au dessoubz de l'Olive, tirant à Narsay[8]. Duquel faisant lever les fossez, toucherent les piocheurs de leurs marres un grand tombeau de bronze long sans mesure, car oncques n'en trouverent le bout, par ce qu'il entroit trop avant les excluses de Vienne. Icelluy ouvrans en certain lieu signé au dessus d'un goubelet, à l'entour duquel estoit escript en lettres Ethrusques, HIC BIBITUR[9], trouverent neuf flaccons en tel ordre qu'on assiet les quilles en Guascoigne[10]. Des quelz celluy qui au mylieu estoit, couvroit un gros, gras, grand, gris, joly, petit, moisy, livret, plus mais non mieulx sentent que roses.

En icelluy fut ladicte genealogie trouvée escripte au long, de lettres cancelleresques[11], non en papier, non en parchemin, non en cere[12], mais en escorce d'Ulmeau, tant toutesfoys usées par vetusté, qu'à poine en povoit on troys recongnoistre de ranc.

---

6. Expression proverbiale tirée de *La Farce de Maistre Pierre Pathelin.*
– 7. Hypocrites; le mot *diable* avait en grec le même sens; voir *Quart L.*, Ancien Prologue n. 38. – 8. Ces noms de lieux-dits du Chinonais, de même que les écluses de la Vienne, ne sont pas des inventions de Rabelais; mais l'histoire des fouilles de Jean Audeau n'est pas connue. – 9. Cette expression latine (*Ici l'on boit*), gravée en lettres archaïques comme les mystérieuses inscriptions des Etrusques, a sans doute inspiré le *Trinch* que prononcera l'oracle à la fin du L. V. – 10. Dans le jeu de Gascogne, les quilles étaient *assises* (c'est-à-dire *rangées*) sur trois lignes de trois, formant un carré autour d'une quille isolée au centre. – 11. Les documents manuscrits émanant de la *chancellerie* romaine posaient de difficiles problèmes de déchiffrement. – 12. En cire, comme les tablettes sur lesquelles écrivaient les Anciens.

Et pour vous permettre de faire connaissance avec moi qui vous parle, je pense être descendant de quelque riche roi ou prince du temps jadis, car vous n'avez jamais vu homme plus avide que moi d'être riche et roi, afin de faire grande chère, de ne pas travailler, de ne pas me faire de souci et de bien enrichir mes amis et toutes gens de bien et de science. Mais je me console à penser qu'en l'autre monde je serai sûrement plus grand que je n'oserais à présent le souhaiter. Vous aussi, en faisant de telles spéculations ou de plus hautes encore, consolez-vous de votre infortune et buvez frais, si faire se peut.

Pour en revenir à nos moutons, je vous dis que c'est par un don souverain des cieux que les origines antiques et la généalogie de Gargantua nous ont été transmises plus intégralement que toutes les autres, excepté celles du Messie dont je ne parlerai pas, car il ne m'appartient pas de le faire ; et puis les diables (ce sont les calomniateurs et les cafards) s'y opposent. La généalogie fut trouvée par Jean Audeau dans un pré qu'il avait près de l'Arceau Galeau, au-dessous de l'Olive, en tirant sur Narsay ; il en faisait curer les fossés ; les piocheurs heurtèrent de leurs houes un grand tombeau de bronze, d'une longueur incommensurable, car ils n'en trouvèrent jamais le bout, du fait qu'il pénétrait trop avant sous les écluses de la Vienne. En l'ouvrant à un certain endroit, marqué d'un gobelet, autour duquel était écrit en lettres étrusques : ICI L'ON BOIT, ils trouvèrent neuf flacons, dans l'ordre qu'on dispose les quilles en Gascogne. Celui qui était au milieu recouvrait un gros, gras, grand, gris, joli, petit, moisi livret, d'une senteur plus forte mais non meilleure que celle des roses.

On y trouva la généalogie en question, écrite non pas sur du papier, du parchemin ou de la cire, mais sur de l'écorce d'ormeau, rédigée tout du long en lettres de chancellerie, mais tellement altérées par le temps que c'est à peine si on pouvait en reconnaître trois de suite.

Je (combien que indigne) y fuz appellé et à grand renfort de bezicles practicant l'art dont on peut lire lettres non apparentes, comme enseigne Aristoteles [13], la translatay, ainsi que veoir pourrez en Pantagruelisant, c'est à dire beuvans à gré et lisans les gestes horrificques de Pantagruel.

A la fin du livre estoit un petit traicté intitulé *Les Fanfreluches antidotées* [14]. Les ratz et blattes ou (affin que je ne mente) aultres malignes bestes avoient brousté le commencement, le reste j'ay cy dessoubz adjousté, par reverence de l'antiquaille [15].

Les Fanfreluches antidotées trouvées en un monument antique [1]

CHAPITRE II

> A i ? enu [2] le grand dompteur des Cimbres [3]
> Ysant par l'aer, de peur de la rousée,
> ' sa venue on a remply les Timbres [4]
> d' beure fraiz, tombant par une housée
> = uquel quand fut la grand mere arrousée
> Cria tout hault, hers [5] par grace pesche le.
> Car sa barbe est près que toute embousée
> Ou pour le moins, tenez luy une eschelle.

13. La physiologie aristotélique accordait une grande importance aux phénomènes de la perception visuelle et à ses anomalies, mais ce n'est pas Aristote qui a enseigné l'art de la cryptologie comme le prétend facétieusement Rabelais. – 14. Titre absurde, d'allure « surréaliste » avant la lettre. – 15. Par respect de l'antiquité (aucune nuance péjorative) ; voir plus bas chap. 8, n. 15.

CHAPITRE 2 : Parmi les tentatives d'explication les plus cohérentes de ce texte, on peut noter celles de C. Bruston, *Les Fanfreluches expliquées*, Paris, Fischbacher, 1930 ; C. Gaignebet, *A plus haut sens*, Paris, 1986, t. II, pp. 230-242 et M. Berlioz, *Rabelais restitué*, Paris, 1985, t. II, chap. 2.
1. Si ce poème est une *Enigme* (voir plus bas chap. 58), nous ne savons pas quel mot est désigné par ces métaphores déroutantes ; mais il est vraisemblable que Rabelais propose au lecteur une parodie d'*Enigme* pour la joie de céder au vertige des rimes libérées de la raison et des mots débarrassés de la logique. – 2. Le début des cinq premiers vers, rongé par rats et blattes, est facile à reconstituer : « Voici venu… », etc. – 3. Les Cimbres, envahisseurs germaniques déferlant sur les rives de la Méditerranée, furent écrasés par Marius à Vercelli en 101 avant J.-C. – 4. Auges. – 5. Messieurs ; parodie de quelque dialecte germanique (Herren).

Bien que je ne sois pas qualifié, on fit appel à moi et, appliquant à grand renfort de besicles l'art de lire les lettres non apparentes tel que l'enseigne Aristote, je la transcrivis, comme vous pourrez le voir en pantagruélisant, c'est-à-dire en buvant tout votre saoul et en lisant les horrifiques exploits de Pantagruel.

A la fin du livre, il y avait un petit traité intitulé *Les Bulles d'air immunisées*. Les rats et les cafards ou, pour ne pas mentir, d'autres bêtes nuisibles, avaient brouté le commencement. J'ai inséré ci-dessous le reste, par respect pour l'antiquité.

Les Bulles d'air immunisées trouvées en un monument antique

CHAPITRE 2

> *A i ? enu le grand dompteur des Cimbres,*
> *Ɏ sant par l'air, de peur de la rosée.*
> *' sa venue, on a rempli les timbres*
> *ꝺ beurre frais tombant en une ondée.*
> *= quand la grand-mère en fut arrosée,*
> *Cria tout haut : « Sire, de grâce, pêchez-le,*
> *Car sa barbe est presque toute embousée.*
> *Ou, au moins, tenez-lui une échelle. »*

Aulcuns disoient que leicher sa pantoufle [6]
Estoit meilleur que guaigner les pardons
Mais il survint un affecté marroufle [7],
Sorti du creux où l'on pesche aux gardons
Qui dict, messieurs pour Dieu nous engardons
L'anguille y est et en cest estau [8] *musse.*
La trouverez (si de près regardons)
Une grand tare, au fond de son aumusse [9].

Quand fut au poinct de lire le chapitre,
On n'y trouva que les cornes d'un veau.
Je (disoit il) sens le fond de ma mitre
Si froid, que autour me morfond le cerveau
On l'eschaufa d'un parfunct de naveau
Et fut content de soy tenir ès atres,
Pourveu qu'on feist un limonnier noveau
A tant de gens qui sont acariatres [10].

Leur propos fut du trou de sainct Patrice [11]
De Gilbathar et de mille aultres trous :
S'on les pourroit reduire à cicatrice,
Par tel moien que plus n'eussent la tous
Veu qu'il sembloit impertinent à tous :
Les veoir ainsi à chascun vent baisler.
Si d'aventure ilz estoient à poinct clous,
On les pourroit pour houstage bailler

En cest arrest le courbeau fut pelé
Par Hercules qui venoit de Libye.
Quoy ? Dist Minos, que n'y suis je appellé
Excepté moy tout le monde on convie.
Et puis l'on veult que passe mon envie,
A les fournir d'huytres et de grenoilles
Je donne au diable en quas que de ma vie
Preigne à mercy leur vente de quenoilles.

---

6. Allusions évidentes au pape. — 7. Ce rôdeur (littéralement : matou) qui dérange la politique papale n'est pas forcément un hérétique. — 8. Etal. — 9. Chaperon fourré porté par les ecclésiastiques. — 10. Fous atteints de la maladie de saint Acarius. — 11. Cette cavité célèbre d'une île d'Irlande passait pour être l'entrée du purgatoire.

Certains disaient que lécher sa pantoufle
Valait mieux que gagner les pardons ;
Mais survint un fieffé maroufle,
Qui dit, sorti du creux où l'on pêche les gardons,
« Messieurs, pardieu, il faut que nous nous en gardions,
L'anguille y est et en cette boutique se musse.
Vous y trouverez, si bien y regardons,
Une grande tare au fond de son aumusse. »

Quand il fut temps de lire le chapitre,
On n'y trouva que les cornes d'un veau :
« Je sens, disait-il, le fond de ma mitre
Si froid qu'il m'enrhume le bord du cerveau. »
On le réchauffa d'un parfum de poireau
Et il se contenta de rester près de l'âtre
Pourvu que l'on fît attelage nouveau
A tant de gens qui sont acariâtres.

Ils parlèrent du trou de saint Patrice,
De Gibraltar et de mille autres trous :
Pourrait-on les réduire à des cicatrices,
De telle manière qu'ils n'eussent plus la toux,
Vu qu'il semblait inconvenant à tous
De les voir ainsi à tout vent bâiller ?
Si par hasard on les fermait d'un coup,
Comme otages on pourrait les bailler.

En cet arrêt, le corbeau fut pelé
Par Hercule qui venait de Libye.
« Quoi ! dit Minos, on ne m'a pas appelé ?
A part moi, tout le monde on convie
Et, après, l'on veut que passe mon envie
Pour les fournir d'huîtres et de grenouilles !
Je me donne au diable si, de ma vie,
Je prends à cœur leur vente de quenouilles. »

Pour les matter survint Q. B. qui clope
Au sauconduit des mistes [12] *Sansonnetz.*
Le tamiseur, cousin du grand Cyclope,
Les massacra. Chascun mousche son nez
En ce gueret peu de bougrins sont nez [13],
Qu'on n'ait berné sus le moulin à tan [14].
Courrez y tous et à l'arme sonnez.
Plus y aurez, que n'y eustes antan.

Bien peu après, l'oyseau de Jupiter [15]
Delibera pariser pour le pire.
Mais les voyant tant fort se despiter
Craignit qu'on mist ras, jus, bas, mat, l'empire [16]
Et mieulx ayma le feu du ciel empire [17]
Au tronc ravir où l'on vend les soretz
Que aer serain, contre qui l'on conspire,
Assubjectir ès dictz des Massoretz [18].

Le tout conclud fut à poincte affilée,
Maulgré Até [19], *la cuisse heronniere* [20],
Que là s'asist, voyant Pentasilée
Sur ses vieux ans prinse pour cressonniere [21]
Chascun crioit, vilaine charbonniere
T'appartient il toy trouver par chemin?
Tu la tolluz la Romaine baniere,
Qu'on avoit faict au traict du parchemin [22].

Ne fust Juno, que dessoubz l'arc celeste
Avec son duc tendoit à la pipée [23]

---

12. Bien mignons (adjectif sans doute choisi pour l'équivoque avec *mystes*, prêtres, initiés). – 13. Le mot *bougre* (Bulgare) désignait un hérétique et un sodomite. – 14. L'écorce de chêne broyée dans un moulin donne le *tan* (qui sert au tannage du cuir). – 15. L'aigle ; on peut deviner ici une allusion caricaturale à l'aigle héraldique de l'Empire de Charles Quint. – 16. Qu'on rase, qu'on écrase, qu'on abatte et qu'on mette échec et mat l'Empire. – 17. L'Empyrée, sphère céleste habitée par les dieux. – 18. Massorètes, interprètes hébreux du texte de la Bible. – 19. « Homère dit que Jupiter avoit une fille nommée *Até*, c'est-à-dire Lésion ou Outrage au 7. de l'*Iliade* : *Até, fille à Jupin par laquelle il eslance / Encontre les humains son ire et sa vengeance* » (Conti, *Mythologie*, trad. Montlyard, 1611, p. 58). – 20. Grêle comme celle d'un héron. – 21. Dans le *Pantagruel* (chap. 30, n. 61) Rabelais faisait déjà de la Reine des Amazones une vendeuse de cresson. – 22. Selon Screech, allusion à la Donation de Constantin. – 23. On employait le grand duc pour chasser les oiseaux *à la pipée*.

Pour les mater, survint Q. B. qui clope,
Sur sauf-conduit des prêtres sansonnets.
Le tamiseur, cousin du grand Cyclope,
Les massacra. Que chacun mouche son nez !
En ce guéret, peu de bougres sont nés
Qu'on n'ait bernés sur le moulin à tan.
Courez-y tous et l'alarme sonnez :
Vous y gagnerez plus que vous ne fîtes antan.

Bien peu après, l'oiseau de Jupiter
Décida de parier pour le pire,
Mais les voyant si fort se dépiter,
Craignit qu'on ne rasât, écrasât, matât l'empire
Et préféra le feu de l'Empyrée ravir
Au tronc où l'on vend les harengs saurets,
Que l'air serein contre lequel on conspire
Assujettir aux édits Massorets.

Le tout fut conclu à pointe affilée,
Malgré Até, la cuisse héronnière,
Qui s'assit là, voyant Penthésilée
Sur ses vieux jours prise pour cressonnière.
Chacun criait : « Vilaine charbonnière,
Est-il bon que tu te trouves sur le chemin ?
Là, tu enlevas la romaine bannière
Qu'on avait faite en étirant le parchemin ! »

Sans Junon qui sous l'arc céleste
Avec son duc chassait à la pipée,

On luy eust faict un tour si tresmoleste
Que de tous poincts elle eust esté frippée.
L'accord fut tel, que d'icelle lippée
Elle en auroit deux œufz de Proserpine
Et si jamais elle y estoit grippée,
On la lieroit au mont de l'Albespine.

Sept moys après, houstez en vingt et deux,
Cil qui jadis anihila Carthage [24]
Courtoysement se mist en mylieu d'eux,
Les requerent d'avoir son heritage
Ou bien qu'on feist justement le partage,
Selon la loy que l'on tire au rivet [25],
Distribuent un tatin [26] *du potage*
A ses facquins qui firent le brevet [27].

Mais l'an viendra signé d'un arc turquoys [28],
De v [29] *fuseaulx et troys culz de marmite,*
Onquel le dos d'un roy trop peu courtoys
Poyvré [30] *sera soubz un habit d'hermite.*
O la pitié. Pour une chattemite
Laisserez vous engouffrer tant d'arpens?
Cessez, cessez, ce masque nul n'imite.
Retirez vous au frere des serpens [31].

Cest an passé, cil qui est [32], *regnera*
Paisiblement avec ses bons amis.
Ny brusq, ny Smach lors ne dominera,
Tout bon vouloir aura son compromis.
Et le solas qui jadis fut promis
Es gens du ciel viendra en son befroy.
Lors les haratz qui estoient estommis
Triumpheront en royal palefroy [33].

---

24. Le général romain Scipion Emilien, surnommé le *second Africain*, dirigea le siège à l'issue duquel Carthage fut enfin détruite (146 avant J.-C.); en 1535 Charles Quint devait reprendre Tunis (Carthage) au corsaire Barberousse qui s'en empara en 1534; voir plus bas chap. 33, n. 6. – 25. *Tirer au rivet* signifiait soutirer équitablement, autant d'un côté que de l'autre. – 26. Un petit coup, un peu. – 27. L'acte, le contrat; allusion politique obscure. – 28. Cet arc à double courbure désigne ici la lettre M. – 29. Cinq (en chiffres romains). Il est tentant de décrypter « M. D. XXX. ». – 30. Littéralement : saupoudré d'insecticide; c'est-à-dire bâtonné ou vérolé. – 31. Au diable (le Serpent d'Eden). – 32. Yaweh. – 33. La strophe parodie les pro-

On lui eût joué un tour tellement funeste,
Que de partout elle eût été fripée.
On tomba d'accord pour que de cette bouchée
Elle eût deux œufs de Proserpine,
Et que si jamais elle y était agrippée,
On la lierait au mont de l'aubépine.

Sept mois après (ôtez-en vingt-deux)
Celui qui jadis anéantit Carthage
Vint courtoisement se glisser entre eux,
Leur demandant d'avoir son héritage,
Ou bien que l'on fît justement le partage
D'après la loi qu'on tire au balancier,
Distribuant un soupçon du potage
A ses faquins qui firent le brevet.

Mais l'année viendra, marquée d'un arc turquois,
De cinq fuseaux et de trois culs de marmite,
Auquel le dos d'un roi trop peu courtois
Sera poivré sous un habit d'ermite.
Oh ! Pitié ! Pour une chattemite,
Laisserez-vous engouffrer tant d'arpents ?
Cessez, cessez ! Ce masque, que nul ne l'imite ;
Retirez-vous près du frère des serpents.

Cette année écoulée, Celui-qui-est régnera
Paisiblement avec ses bons amis.
Injure ni rixe alors ne dominera ;
Tout bon vouloir aura son compromis
Et le plaisir qui fut jadis promis
Aux gens du ciel viendra en son beffroi ;
Alors les haras qui étaient déconfits
Triompheront en royal palefroi.

Et durera ce temps de passe passe
Jusques à tant que Mars ayt les empas [34].
Puis en viendra un qui tous aultres passe,
Delitieux, plaisant, beau sans compas [35].
Levez voz cueurs [36] : *tendez à ce repas,*
Tous mes feaulx. Car tel est trespasse
Qui pour tout bien ne retourneroit pas
Tant sera lors clamé [37] *le temps passe*

Finablement celluy qui fut de cire
Sera logé au gond du Jacquemart [38].
Plus ne sera reclamé, Cyre, Cyre,
Le brimbaleur, qui tient le cocquemart [39].
Heu, qui pourroit saisir son braquemart ?
Toust seroient netz les tintouins cabus [40]
Et pourroit on à fil de poulemart [41]
Tout baffouer [42] *le maguazin d'abus.*

Comment Gargantua fut unze moys porté ou ventre de sa mere

CHAPITRE III

Grandgousier estoit bon raillard en son temps, aymant à boyre net [1] autant que homme qui pour lors fust au monde et mangeoit voluntiers salé. A ceste fin avoit ordinairement bonne munition de jambons de Magence et de Baionne, force langues de beuf fumées, abondance de andouilles en la saison et beuf sallé à la moustarde. Renfort de boutargues, provision de saulcisses, non de Bouloigne [2] (car il craignoit ly boucon de

phéties politiques assimilant le règne d'un nouveau roi au retour de l'Age d'or. – 34. Jusqu'à ce que Mars ait les entraves, c'est-à-dire jusqu'à la paix. – 35. D'une beauté sans commune mesure. – 36. C'est la traduction du *Sursum corda* de la messe ; voir plus bas chap. 58, n. 1. – 37. Désiré à grands cris, c'est-à-dire *regretté*. – 38. Statuette frappant les heures sur le gong des horloges des villes. – 39. Bouilloire pansue, voir plus bas chap. 54, 5e strophe. – 40. Seraient nettoyés les soucis bien pommés. – 41. Avec de la ficelle à faire les cordes. – 42. Encorder ; voir plus bas chap. 43, n. 7.

CHAPITRE 3 : Sur ce chapitre, voir M. A. Screech, « Eleven-Month Pregnancies », in *Etudes rabelaisiennes* 1969, pp. 89-106.
1. A *nettoyer* son verre d'un seul trait. – 2. Bologne, en Emilie, exportait de la charcuterie.

Il durera, ce temps de passe-passe
Jusqu'à ce que Mars soit enchaîné.
Puis il en viendra un qui tous les surpasse,
Délicieux, doux et beau comme on n'a pas idée.
Elevez vos cœurs, désirez ce repas,
Tous mes fidèles. Car tel est trépassé
Qui pour un empire ne reviendrait pas,
Tant seront alors regrettés les temps passés.

Finalement, celui qui était de cire
Sera logé au gond du Jaquemart.
On n'appellera plus : « Sire, Sire ! »
Le brimbaleur qui tient le coquemar.
Ah ! si on pouvait prendre son braquemart,
Ils seraient vite réglés, les tintouins cabus,
Et au gré du fil, on pourrait sans retard
Ficeler tout le sac aux abus.

Comment Gargantua fut porté onze mois au ventre de sa mère

CHAPITRE 3

Grandgousier était en son temps un fier luron, aimant boire sec aussi bien qu'homme qui fût alors au monde, et il mangeait volontiers salé. A cette fin, il avait d'ordinaire une bonne réserve de jambons de Mayence et de Bayonne, force langues de bœuf fumées, des andouilles en abondance, quand c'était la saison, du bœuf salé à la moutarde, une quantité de boutargues, une provision de saucisses, non pas de Bologne, car il redoutait le *bouillon du Lombard*, mais

Lombard[3]) mais de Bigorre, de Lonquaulnay[4], de la Brene[5] et de Rouargue.

En son eage virile espousa Gargamelle fille du roy des Parpaillos[6], belle gouge et de bonne troigne. Et faisoient eux deux souvent ensemble la beste à deux doz, joyeusement se frotans leur lard, tant qu'elle engroissa d'un beau filz et le porta jusques à l'unziesme moys.

Car autant, voire dadvantage, peuvent les femmes ventre porter[7], mesmement quand c'est quelque chef d'œuvre et personnage qui doibve en son temps faire grandes prouesses. Comme dict Homere que l'enfant (duquel Neptune engroissa la nymphe[8]) nasquit l'an après revolu : ce fut le douziesme moys. Car (comme dit A. Gelle, *lib. iiij*[9]) ce long temps convenoit à la majesté de Neptune, affin qu'en icelluy l'enfant feust formé à perfection. A pareille raison Jupiter feist durer xlviij heures la nuyct qu'il coucha avecques Alcmene. Car en moins de temps n'eust il peu forger Hercules qui nettoia le monde de monstres et tyrans[10].

Messieurs les anciens Pantagruelistes ont conformé ce que je dis et ont declairé non seulement possible, mais aussi legitime l'enfant né de femme l'unziesme moys après la mort de son mary : Hippocrates, *lib. De alimento*, Pline, *li. vij, cap. v*, Plaute, *in Cistellaria*, Marcus Varro, en la satyre inscripte *Le Testament*, allegant l'autorité d'Aristoteles à ce propos, Censorinus, *li. De die natali*. Aristoteles, *libr. vij, capi. iij et iiij De nat. animalium*, Gellius, *li. iiij, ca. xvj*, Servius, *in Egl*. exposant ce metre de Virgile,

Matri longa decem, etc.[11]

3. Bouchée *(boccone)* de Lombard : mets préparé par un empoisonneur. – 4. Longaulnay (Ille-et-Vilaine). – 5. Voir plus bas chap. 15, n. 3 : *un taillebacon de la Brenne*, région située entre l'Indre et la Creuse. – 6. Roi des Papillons, sauvages légendaires réputés hostiles à la foi chrétienne. – 7. C'était l'opinion des médecins humanistes, qui s'appuyaient sur l'autorité des Anciens, contredisant ainsi les textes du droit romain ; André Tiraqueau, juriste ami de Rabelais, discute doctement de cette grave question ; voir *Chronologie*, 27 juillet 1540. – 8. Le dieu des eaux séduisit la nymphe Tyro, qui lui donna des jumeaux. – 9. Cette référence aux *Nuits attiques*, ouvrage de compilation du grammairien latin Aulu-Gelle (2e siècle après J.-C.), a été indiquée à Rabelais par Tiraqueau. – 10. L'histoire de cette longue nuit sera le sujet de l'*Amphitryon* de Molière. – 11. Tous ces auteurs étaient allégués par Tiraqueau ; la sèche énumération de Rabelais fait ressortir leur disparate : le livre *De l'alimentation* attribué à Hippocrate n'admet nullement une gestation de onze mois. Pline l'Ancien est un savant naturaliste latin ; la *Cistellaria* est une comédie due à Plaute. On n'a conservé que quelques bribes des *Satires Ménippées* du savant latin Varron (mort au

de Bigorre, de Longaulnay, de la Brenne et du Rouergue.

A l'âge d'homme, il épousa Gargamelle, fille du roi des Parpaillons, un beau brin de fille de bonne trogne, et souvent, tous les deux, ils faisaient ensemble la bête à deux dos, se frottant joyeusement leur lard, tellement qu'elle se trouva grosse d'un beau fils qu'elle porta jusqu'au onzième mois.

Car les femmes peuvent porter leur ventrée aussi longtemps et même davantage, surtout quand il s'agit de quelque chef-d'œuvre de la nature, d'un personnage qui doive en son temps accomplir de grandes prouesses. Ainsi Homère dit que l'enfant dont Neptune engrossa la nymphe naquit après un an révolu, c'est-à-dire au douzième mois. Car, comme le dit Aulu-Gelle au livre III des *Nuits attiques*, à la majesté de Neptune convenait cette longue période, afin que, durant celle-ci, l'enfant fût formé à la perfection. C'est pour la même raison que Jupiter fit durer quarante-huit heures la nuit où il coucha avec Alcmène, car en moins de temps il n'aurait pu forger Hercule, qui nettoya le monde de monstres et de tyrans.

Messieurs les anciens Pantagruélistes ont confirmé ce que je dis et ont déclaré non seulement possible, mais également légitime, la naissance d'un enfant survenue au onzième mois après la mort du mari : voir Hippocrate au livre *Des aliments*, Pline au livre VII, chapitre 5, Plaute dans *La Cassette*, Marcus Varron dans la satire intitulée *Le Testament*, où il allègue l'autorité d'Aristote à ce propos, Censorinus au livre *Du jour de la naissance*, Aristote au livre VII, chapitres 3 et 4, de *La Nature des animaux*, Aulu-Gelle au livre III, chapitre 16, Servius sur les *Eglogues*, citant ce vers de Virgile :

La mère au bout de dix mois, etc.

et mille aultres folz. Le nombre desquelz a esté par les legistes acreu *ff. De suis et legit., l. Intestato § fi.*, et *in Autent., De restituit. et ea que parit in xj mense* [12]. D'abondant en ont chaffourré leur robidilardicque loy [13] *Gallus, ff. De lib. et posthu., et. l. Septimo, ff. De stat. homi.* et quelques aultres, que pour le present dire n'ause Moiennans lesquelles loys, les femmes vefves peuvent franchement jouer du serrecropiere à tous enviz et toutes restes [14], deux mois après le trespas de leurs mariz.

Je vous prie par grace vous aultres mes bons averlans, si d'icelles en trouvez que vaillent le desbraguetter [15], montez dessus et me les amenez. Car si au troisiesme moys elles engroissent, leur fruict sera heritier du deffunct. Et la groisse congneue, poussent hardiment oultre et vogue la gualée, puis que la panse est pleine. Comme Julie fille de l'empereur Octavian ne se abandonnoit à ses taboureurs [16], sinon quand elle se sentoit grosse, à la forme que la navire ne reçoit son pilot, que premierement ne soit callafatée et chargée. Et si personne les blasme de soy faire rataconniculer [17] ainsi suz leur groisse, veu que les bestes suz leur ventrées n'endurent jamais le masle masculant, elles responderont que ce sont bestes, mais elles sont femmes, bien entendentes les beaulx et joyeux menuz droictz de superfection [18], comme jadis respondit Populie selon le raport de Macrobe, *li. ij, Saturnal* [19]. Si le diavol ne veult qu'elles engroissent, il fauldra tortre le douzil [20] et bouche clouse.

1er siècle avant J.-C.). Aristote, dans l'*Histoire des animaux*, admet la possibilité de quelques gestations anormales, mais, selon le grammairien Censorinus (3e siècle après J.-C.) il est bien le seul à admettre la naissance au onzième mois. Gellius est Aulu-Gelle. Quant au commentaire du grammairien Servius (5e siècle après J.-C.) sur la quatrième *Bucolique* de Virgile, il n'a rien à voir avec la question des accouchements retardés. – 12. Rabelais s'amuse à reproduire les abréviations rébarbatives dont usaient les juristes ; les lois auxquelles il fait allusion traitent de la légitimité des enfants nés à un terme inhabituel. – 13. Ils en ont barbouillé leur loi de Gratteurs de lard (mot forgé sur *Rodilard*, le Rat Ronge-lard, et sur *robe*, à la *dérobée*, faisant sans doute allusion aux veuves *joyeusement se frotans leur lard* sous le couvert de la loi) ; cf. E. V. Telle, « Notule », in *Etudes rabelaisiennes* 1974, p. 143. – 14. Termes de jeu. – 15. Le fait de délacer la braguette. – 16. Julie, la fille d'Auguste, le premier empereur de Rome, était célèbre pour la liberté de ses mœurs. – 17. *Rataconner* : rapetasser ; Rabelais, séduit par l'expressivité du suffixe *conner*, surajoute au verbe un second suffixe, complémentaire et symétrique, si l'on ose dire, du premier *culer*. – 18. La *superfétation* est une grossesse s'ajoutant à une première grossesse. – 19. Les lignes qui précèdent sont précisément la traduction de la réponse prêtée par Macrobe (grammairien latin du 4e siècle après J.-C.) à une certaine Populia. – 20. Le *dousil* est

et mille autres fous, dont le nombre s'est accru des légistes : voir *Pandectes*, *De ses propres et légitimes*, loi *Sans laisser de testament*, § *Des fils*, et dans les *Authentiques*, *Des restitutions* et *De la femme qui accouche au onzième mois*. Ils en ont copieusement enrobé leur grattelardonesque loi *Gallus*, *Pandectes*, loi *Des enfants et héritiers posthumes* et septième loi *De la condition humaine*, plus quelques autres que, pour le moment, je n'ose dire. Grâce à ces lois, les femmes veuves peuvent librement jouer du serrecroupière, en misant ferme et en assumant tout risque, deux mois après le trépas de leur mari.

Je vous en prie, de grâce, vous autres, mes bons lascars, si vous en trouvez qui vaillent le débraguetter, montez dessus et amenez-les-moi. Car si elles se trouvent engrossées au troisième mois, leur fruit sera héritier du mari défunt ; et, leur grossesse connue, qu'elles poussent hardiment plus loin, et vogue la galère puisque la panse est pleine ! Ainsi, Julie, fille de l'empereur Octave Auguste, ne s'abandonnait à ses tambourineurs que quand elle se sentait grosse, de la même façon que le navire ne reçoit son pilote que lorsqu'on l'a calfaté et chargé. Et si quelqu'un les blâme de se faire rataconniculer de la sorte sur leur grossesse, vu que les bêtes quand elles sont pleines ne supportent jamais les assauts du mâle, elles répliqueront que ce sont des bêtes, mais qu'elles sont, elles, des femmes qui saisissent par le bon bout les beaux et joyeux petits droits de superfétation. C'est le sens d'une réplique que, jadis, fit Populie selon le témoignage de Macrobe au livre II des *Saturnales*. Si le diable ne veut pas qu'elles engrossent, il faudra tordre le fausset et... bouche cousue !

Comment Gargamelle estant grosse de Gargantua mangea grand planté de tripes

CHAPITRE IV

L'occasion et maniere comment Gargamelle enfanta fut telle, et si ne le croyez, le fondement vous escappe.

Le fondement luy escappoit une apresdinée le iij jour de febvrier, par trop avoir mangé de gaudebillaux. Gaudebillaux sont grasses tripes de coiraulx. Coiraulx sont beufz engressez à la creche et prez guimaulx. Prez guimaulx sont qui portent herbe deux fois l'an. D'iceulx gras beufz avoient faict tuer troys cens soixante sept mille et quatorze, pour estre à mardy gras sallez, affin qu'en la prime vere ilz eussent beuf de saison à tas, pour au commencement des repastz faire commemoration de saleures [1] et mieulx entrer en vin.

Les tripes furent copieuses, comme entendez, et tant friandes estoient que chascun en leichoit ses doigtz. Mais la grande diablerie à quatre personnaiges [2] estoit bien en ce que possible n'estoit longuement les reserver, car elles feussent pourries. Ce que sembloit indecent. Dont fut conclud qu'ilz les bauffreroient sans rien y perdre. A ce faire convierent tous les citadins de Sainnais, de Suillé, de la Roche Clermaud, de Vau Gaudray, sans laisser arriere le Coudray, Montpensier, le Gué de Vede et aultres voisins [3], tous bons beveurs, bons compaignons et beaulx joueurs de quille la [4].

Le bon homme Grandgousier y prenoit plaisir bien grand et

une cheville qu'on enfonce dans un petit trou pratiqué dans le bouchon de la bonde : pour empêcher le vin de couler, on donne un tour au dousil. Seul le diable pourrait tordre le dousil aux galants des veuves dont des lois absurdes protègent les débordements.

CHAPITRE 4 : Sur ce chapitre, voir M. Jeanneret, *Des mets et des mots*, Paris, 1987, p. 25 ; C. Gaignebet, *A plus haut sens*, Paris, 1986, I, pp. XXII et 14.
1. Faire, en hors d'œuvre, une petite prière aux salaisons : la *commémoration* est une oraison rappelant brièvement la mémoire d'un saint dans une messe en l'honneur d'un autre saint ou d'une fête liturgique. – 2. Les jeux scéniques du Moyen Age où apparaissent quatre diables ou plus (*grandes diableries*) avaient la réputation de dérouter l'entendement des spectateurs par leur complication. – 3. Toutes ces localités ou lieux-dits se trouvent autour de la Devinière, maison familiale de Rabelais ; Grandgousier est donc censé habiter la ferme des Rabelais. – 4. Les chansons gaillardes de l'époque font comprendre facilement ce que voulait dire *jouer de quille à une fille*.

Comment Gargamelle étant grosse
de Gargantua mangea profusion de tripes

CHAPITRE 4

Voici en quelle occasion et de quelle manière Gargamelle accoucha, et, si vous ne le croyez pas, que le fondement vous échappe !

Le fondement lui échappait, par un après-dîner, le troisième jour de février, pour avoir mangé trop de gaudebillaux. Les gaudebillaux sont de grasses tripes de coiraux. Les coiraux sont des bœufs engraissés à la crèche et dans les prés guimaux. Les prés guimaux, ce sont ceux qui donnent de l'herbe deux fois par an. Ces bœufs gras, ils en avaient fait tuer trois cent soixante-sept mille quatorze pour qu'on les sale à mardi gras, afin d'avoir en début de printemps du bœuf de saison en abondance, de façon à pouvoir faire au début des repas un bénédicité de salaisons, et mieux se mettre au vin.

Les tripes furent copieuses, comme vous vous en doutez, et si savoureuses que chacun s'en léchait les doigts. Mais là où il y eut bien une diablerie à grand spectacle, c'est qu'il n'était pas possible de les mettre longtemps de côté car elles se seraient avariées, ce qui paraissait inadmissible. Il fut donc décidé qu'on les bâfrerait sans rien en perdre. A cette fin, ils convièrent tous les villageois de Cinais, de Seuilly, de La Roche-Clermault, de Vaugaudry, sans oublier ceux du Coudray-Montpensier, du Gué de Vède et les autres, tous bons buveurs, bons compagnons et fameux joueurs de quilles-là.

Le bonhomme Grandgousier y prenait grand plaisir et

commendoit que tout allast par escuelles. Disoit toutesfoys à sa femme qu'elle en mangeast le moins, veu qu'elle aprochoit de son terme et que ceste tripaille n'estoit viande moult louable. « Celluy (disoit il) a grande envie de mascher merde qui d'icelle le sac mangeue[5]. » Non obstant ces remontrances, elle en mangea seze muiz, deux bussars et six tupins[6]. O belle matiere fecale que doivoit boursouffler en elle !

Après disner tous allerent (pelle melle) à la Saulsaie[7] et là, sus l'herbe dure, dancerent au son des joyeux flageolletz et doulces cornemuses tant baudement que c'estoit passetemps celeste les veoir ainsi soy rigouller.

Les propos des bienyvres [1]

CHAPITRE V

Puis entrerent en propos de resjeuner on propre lieu[2]. Lors flaccons d'aller, jambons de troter, goubeletz de voler, breusses de tinter :

« Tire ! – Baille ! – Tourne ! – Brouille[3] ! – Boutte à moy sans eau, ainsi mon amy. – Fouette moy ce verre gualentement[4] ! –Produiz moy du clairet, verre pleurant[5]. – Treves de soif ! – Ha ! faulse fiebvre, ne t'en iras tu pas[6] ? – Par ma fy, ma commere, je ne peuz entrer en bette[7]. – Vous estez morfondue[8], m'amie ? – Voire. – Ventre sainct Qenet ! parlons de

---

5. Mange ; les tripes passaient pour n'avoir pas toujours été bien raclées. – 6. 16 cuves de 18 hectolitres + 2 barriques de plus de 250 litres + 6 pots. – 7. Une prairie basse de la Devinière porte encore ce nom.

CHAPITRE 5 : Sur ce chapitre, voir M. Jeanneret, « Parler en mangeant », in *Etudes rabelaisiennes* 1988, p. 279 et E. Gilson, « Rabelais franciscain », in *Les Idées et les lettres*, 1932, pp. 202 et suiv.
1. Rabelais a considérablement enrichi cette suite vertigineuse de balivernes après la première édition, ce qui témoigne de son succès ; on croit distinguer, parmi ces bons ivrognes, moines, soldats, juristes, commères, un Allemand, un Basque. – 2. Re-déjeuner, prendre le goûter, dans un endroit convenable. – 3. Mouille le vin. – 4. Calotte-moi vivement ce verre, vide-le en coup de fouet. – 5. Exhibe-moi (langage de juriste) du rosé, à verre débordant. – 6. On pense généralement que ce buveur veut signifier qu'il utilise le vin comme remède contre le feu de la fièvre. Mais il est possible qu'il enrage de ce que, comme le notaient les médecins anciens, la fièvre provoque une répugnance pour le goût du vin, ce qui expliquerait les trois répliques qui suivent. – 7. Je n'arrive pas à me mettre à boire. – 8. Vous frissonnez (sans doute pas de froid).

commandait qu'on y aille à pleines écuelles. Il disait toutefois à sa femme d'en manger le moins possible, vu qu'elle approchait de son terme et que cette tripaille n'était pas une nourriture très recommandable : « On a, disait-il, grande envie de mâcher de la merde, si on mange ce qui l'enveloppe. » En dépit de ces remontrances, elle en mangea seize muids, deux baquets et six pots. Oh ! la belle matière fécale qui devait boursoufler en elle !

Après dîner, tous allèrent pêle-mêle à la Saulsaie, et là, sur l'herbe drue, ils dansèrent au son des joyeux flageolets et des douces cornemuses, de si bon cœur que c'était un passe-temps céleste que de les voir ainsi se rigoler.

Les propos des bien ivres
CHAPITRE 5

Puis, il leur vint à l'idée de faire quatre heures en ce bon endroit, et flacons de circuler, jambons de trotter, gobelets de voler, brocs de tinter !

« Tire ! – Donne ! – Tourne ! – Baptise-le ! – Verse-m'en sans eau ! Comme ça, mon ami ! – Calotte-moi ce verre proprement ! – Produis-moi du clairet, que le verre en pleure. – Trêve de soif ! – Ah ! mauvaise fièvre, ne passeras-tu pas ? – Ma foi, ma commère, je n'arrive pas à me mettre en train. – Vous avez des frissons, m'amie ? – A foison ! – Ventre saint Quenet, parlons boisson. – Je ne bois

boire[9]. – Je ne boy que à mes heures, comme la mulle du pape[10]. – Je ne boy que en mon breviaire[11], comme un beau pere guardian[12]. – Qui feut premier, soif ou beuverye? – Soif. Car qui eust beu sans soif durant le temps de innocence[13]? – Beuverye. Car *privatio presupponit habitum*. Je suys clerc: *Foecundi calices quem non fecere disertum*[14]? – Nous aultres innocens ne beuvons que trop sans soif. – Non moy, pecheur, sans soif et si non presente pour le moins future, la prevenent comme entendez. Je boy pour la soif advenir[15]. Je boy eternellement, ce m'est eternité de beuverye et beuverye de eternité. – Chantons, beuvons, un motet entonnons[16]. – Où est mon entonnoir? – Quoy! je ne boy que par procuration[17]?

– Mouillez vous pour seicher, ou vous seichez pour mouiller[18]? – Je n'entens poinct la theoricque: de la praticque je me ayde quelque peu. – Haste! – Je mouille, je humecte, je boy, et tout de peur de mourir. – Beuvez tousjours, vous ne mourrez jamais. – Si je ne boy, je suys à sec. Me voylà mort. Mon ame s'en fuyra en quelque grenoillere. En sec jamais l'ame ne habite[19]. – Somelliers, o createurs de nouvelles formes[20], rendez moy de non beuvant beuvant! – Perannité de

---

9. Le mot *voire* (oui) a appelé cette paronomase, qui révèle une obsession. – 10. Les proverbes populaires imaginaient la mule du pape (chaussure) comme une *mule* (animal au caractère fantasque). Voir ci-dessous, chap. 33, n. 7 et L. V chap. 8, n. 13. – 11. Si la mule pontificale boit à ses heures, le clerc qui parle ici suggère que la lecture de ses *heures* liturgiques lui donne soif; voir plus bas chap. 41, n. 5. – 12. Supérieur de Cordeliers (les « beaux pères » des contes facétieux), voir L. V chap. 29, n. 5. – 13. Au Paradis terrestre, à l'origine du monde. – 14. Le juriste, qui cite d'abord une maxime de philosophie scolastique (« Privation présuppose propriété ») est assez *clerc* pour alléguer un vers d'Horace (*Épître* 1, v. 19: « Est-il homme au monde que les coupes fécondes ne rendent pas orateur? »). – 15. Je ne bois pas sans soif, puisque je bois pour prévenir la soif à venir. Cette plaisanterie repose sur une définition scolastique de l'éternité, possession parfaite et simultanée, dans un « présent » intemporel, de tous les biens à venir; cette allégation explique la maxime précédente la *privation* suppose une connaissance en quelque façon « préalable ». – 16. Jeu de mots le clerc propose d'*entonner* non pas du vin, mais un chant d'Eglise. – 17. Langage de juriste quelqu'un d'autre se charge de boire à ma place. – 18. Autre formulation de la question; « qui fut premier, soif ou beuverie? ». – 19. Traduction bouffonne d'un dicton attribué à saint Augustin: « L'esprit ne peut subsister en un lieu aride. ». – 20. Métamorphoses; cette phrase est une plaisanterie d'étudiant en philosophie scolastique: en théorie, les formes nouvelles n'ont pas de créateur elles sont des causes intrinsèques du devenir, par lesquelles, par exemple, le buveur se pose dans l'être en niant en lui le non-buveur.

qu'à mes heures, comme la mule du pape. – Je ne bois qu'à mon livre d'heures, en bon père supérieur. – Qu'est-ce qui vint en premier lieu, *avoir soif* ou *bien boire*? – *Avoir soif :* qui aurait bu sans soif à l'Age d'Innocence? – *Bien boire*, car *privation suppose possession*, je suis clerc en la matière. – *Une coupe féconde a toujours aux mortels donné grande faconde.* – Nous autres, innocents, ne buvons que trop sans soif. – Moi, pauvre pécheur, ce n'est pas mon cas : faute de boire pour la soif du moment, je préviens celle à venir, vous saisissez? Je bois pour les soifs de demain. Je bois éternellement. C'est pour moi une éternité de beuverie et une beuverie de toute éternité. – Chantons, buvons, entonnons un cantique! – Où est mon entonnoir? – Quoi! je ne bois que par procuration?

– Mouillez-vous pour sécher ou vous séchez-vous pour mouiller? – Je n'entends point la théorie, en la pratique je trouve quelque peu d'aide. – Dépêche-toi! – Je mouille, j'humecte, je bois, tout ça de peur de mourir. – Buvez toujours, vous ne mourrez jamais. – Si je ne bois pas, je suis à sec et me voilà mort. Mon âme s'enfuira vers quelque mare aux grenouilles : l'âme n'habite jamais en un lieu sec. – Sommeliers, ô créateurs de nouvelles entités, de non-buvant rendez-moi buvant! – Un arrosage perpétuel à

arrousement par ces nerveux et secz boyaulx ! – Pour neant
boyt qui ne s'en sent. – Cestuy entre dedans les venes : la pis-
sotiere n'y aura rien[21] ! – Je laveroys voluntiers les tripes de ce
veau que j'ay ce matin habillé[22]. – J'ay bien saburré mon sto-
mach[23]. – Si le papier de mes schedules[24] beuvoyt aussi bien
que je foys, mes crediteurs auroient bien leur vin quand on
viendroyt à la formule de exhiber[25]. – Ceste main vous guaste
le nez[26] ! – O quants aultres[27] y entreront avant que cestuy cy
en sorte ! – Boire à si petit gué[28], c'est pour rompre son poic-
tral ! – Cecy s'appelle pipée à flaccons[29]. – Quelle difference
est entre bouteille et flaccon ? – Grande, car bouteille est fermée
à bouchon et flaccon à viz[30]. – De belles ! – Noz peres beurent
bien et vuiderent les potz. – C'est bien chié[31] chanté ! Beuvons.
– Voulez vous rien mander[32] à la riviere[33] ? Cestuy cy va laver
les tripes. – Je ne boy en plus qu'une esponge. – Je boy comme
un templier[34]. – Et je, *tanquam sponsus*[35]. – Et moy, *sicut
terra sine aqua*[36]. – Un synonyme de jambon ? – C'est une

21. Ce vin est assimilé intégralement. – 22. Le Bien Ivre parle comme un
boucher qui a *habillé*, c'est-à-dire apprêté, un animal ; mais c'est lui le veau
qu'il a habillé (vêtu en se levant) et dont il veut laver les tripes (avec du vin).
– 23. Voir *Quart L.* chap. 65, n. 9 et Erasme *Adages*, III, 7 « *Saburratus*
(lesté) est une métaphore prise à la navigation. » – 24. *Cédules*, reconnais-
sances de dettes ; c'est un débiteur qui parle, et rien n'indique que ce soit
un homme de loi comme le disent généralement les commentateurs. –
25. Mes créanciers auraient leur pourboire (seraient bien déconfits) quand
on leur demanderait d'exhiber leurs titres (car sur du papier buvard, l'écriture
est illisible). – 26. Votre main est responsable de votre couperose : elle
lève toujours votre verre. – 27. Il s'agit de bien utiliser le temps qui sépare
l'absorption de l'excrétion. – 28. Devoir boire un liquide de niveau trop bas
(on sait qu'il est dangereux de faire tendre le cou à un cheval harnaché).
– 29. Les charcutailles attirent les flacons comme le miroir attire les
alouettes. – 30. L'obscénité de l'équivoque était plus appuyée dans la
première rédaction : *flac con* (est fermé) *à vitz* (flaque : signifie flasque,
encore chez Ronsard) ; voir *Tiers L.* chap. 28, n. 7. – 31. Façon grossière de
dire : c'est bien dit ; c'est le ton juste pour répliquer à l'ambiguïté du *vider
les pots* de la ligne précédente. – 32. Porter un paquet (en profitant du
voyage de celui qui va se soulager dans la rivière). – 33. Le verre de vin va
laver les tripes (du buveur), comme un charcutier qui rince en eau courante
les boyaux à boudin. – 34. Les chevaliers du Temple n'avaient pas la réputation d'être sobres. – 35. Et moi comme un époux ; ces mots latins sont la
réminiscence d'un verset psalmodié par les moines (le Seigneur apparaît
à l'humanité comme l'époux sortant de la couche nuptiale) ; ils peuvent avoir
été amenés par la similitude vague des sonorités de *esponge* et de *sponsus*.
– 36. Comme une terre sans eau ; ce répons de clerc à la réplique précédente
est également tiré d'un Psaume (l'âme du pénitent se dessèche comme une
terre aride).

travers ces boyaux tendineux et secs ! – Boit pour rien qui ne le sent. – Celui-ci entre dans les veines, pas une goutte n'en parviendra jusqu'à la pissotière ! – Je laverais volontiers les tripes de ce veau que j'ai habillé ce matin. – Je me suis bien rembourré mon estomac. – Si le papier de mes procès-verbaux buvait autant que moi, mes créanciers en auraient pour leur compte quand il leur faudrait produire la formule ! – A lever le coude, vous vous piquerez le nez. – Oh ! combien d'autres vont entrer avant que celui-ci ne sorte ! – Boire à niveau si bas, c'est bon pour se tordre le cou. – Ceci, c'est ce qu'on appelle un appeau à flacons. – Quelle différence y a-t-il entre bouteille et flacon ? – Une grande différence : on couche la bouteille quand elle est bouchée, on bouche le fla-*con* quand il est couché. – En voilà de belles ! – Nos pères burent bien et vidèrent les pots. – C'est bien chié chanté, buvons ! – Celui-ci va se laver les tripes, avez-vous une commission pour la rivière ? – Je ne bois guère plus qu'une éponge. – Je bois comme un templier. – Et moi, comme un troubadour. – Et moi, comme la terre privée d'eau. – Un synonyme de jambon ? – C'est un acte obligeant la soif à

compulsoire[37] de beuvettes, c'est un poulain[38]. Par le poulain on descend le vin en cave, par le jambon en l'estomach. – Or ç'à à boire, boire ç'à ! Il n'y a poinct charge[39]. *Respice personam : pone pro duos. Bus non est in usu*[40] *!* – Si je montois aussi bien comme j'avalle[41], je feusse pieç'à hault en l'aer ! – Ainsi se feist Jacques Cueur[42] riche. – Ainsi profitent boys en friche. – Ainsi conquesta Bacchus l'Inde[43]. – Ainsi philosophie Melinde[44]. – Petite pluye abat grand vend. Longues beuvettes rompent le tonnoire. – Mais si ma couille pissoit telle urine, la vouldriez vous bien sugcer ? – Je retiens après. – Paige, baille, je t'insinue ma nomination en mon tour[45]. – Hume, Guillot ! encores y en a il un pot. – Je me porte pour appellant de soif comme d'abus. Paige, relieve mon appel en forme[46]. – Ceste roigneure ! – Je souloys jadis boyre tout ; maintenant je n'y laisse rien. – Ne nous hastons pas et amassons bien tout. – Voycy trippes de jeu et guodebillaux d'envy[47] de ce fauveau[48] à la raye noire. O, pour Dieu ! estrillons le[49] à profict de mesnaige[50]. – Beuvez ou je vous… – Non, non ! – Beuvez, je vous en prye. – Les passereaux ne mangent si non que on leurs tappe les queues[51]. Je ne boy si non qu'on me flatte. – Lagona edatera[52] ! Il n'y a rabouliere[53] en tout mon

---

37. Acte de chancellerie contraignant un secrétaire à présenter une pièce d'un dossier. – 38. Glissière pour décharger les tonneaux. – 39. Formule employée pour exhorter les charretiers à rentabiliser leurs vacations. – 40. Cette plaisanterie complexe de juriste doublé d'un grammairien pourrait se traduire à peu près ainsi « Regarde à qui tu verses mets-en non pas *rasi-bus* mais *rasi-bois*, car je n'aime pas conjuguer boire au passé » (le Bien Ivre dit « verse *pro duos* », au lieu de *pro duo-bus*, qui serait l'expression correcte pour réclamer une double part). – 41. En plus du sens actuel, ce verbe signifiait encore descendre. – 42. Jacques Cœur était le type du riche, comme Crésus ou les Rothschild. – 43. Ronsard saluera ainsi le dieu du vin « Ce n'est pas moy qui te taxe (…) d'avoyr (…) le titre du Triompheur Indien. Mais bien c'est moy qui te loue (…) d'avoyr planté l'heureuse vigne féconde » (*Œuvres*, Soc. des textes fr. modernes, t. III, p. 200). – 44. Ainsi l'amour de la sagesse a fait conquérir (par Vasco de Gama) la ville merveilleuse de Mélinde sur la côte Est de l'Afrique. – 45. Le verbe *insinuer* prêtait à équivoque voir *Quart L.* chap. 10, n. 17. – 46. Encore du jargon de juriste ; ici le buveur interjette appel de sa condamnation à la soif. – 47. Voici tripes qui méritent un enjeu et tripes de première qualité qui méritent que l'on risque un enjeu supérieur. – 48. Cheval fauve, héros d'un roman de chevalerie, sa *raie noire* dénotait la vanité (voir *Quart L.* chap. 9, n. 8) et prêtait à équivoque obscène. – 49. Jeu de mots *étriller Fauveau* signifiait flatter bassement. – 50. Sans gaspillage. Voir *Quart L.* chap. 46, n. 3 et chap. 65, n. 9. – 51. Pour les forcer à relever le bec et à prendre la becquée. Voir L. V chap. 42, n. 42. – 52. En basque « Compagnon, à boire ! » – 53. En patois du Centre : *terrier* ; le vin

comparaître. C'est une échelle de cave : par l'échelle on descend le vin à la cave, par le jambon on le descend dans l'estomac. – Hé là ! à boire, à boire par ici ! Il n'y a pas le compte. Regarde à qui tu verses : mets-en non pas rasibus, mais rasibois car je n'aime pas conjuguer boire au passé. – Si je montais aussi bien que je les descends, il y a long-temps que je serais haut dans les airs ! – C'est ainsi que Jacques Cœur devint riche. – C'est ainsi que poussent les bois en friche. – C'est ainsi que Bacchus conquit les Indes. – Et la philosophie Mélinde. – Petite pluie abat grand vent, longues beuveries arrêtent le tonnerre. – Si mon membre pissait de cette urine, voudriez-vous bien le sucer ? – Je me réserve le tour suivant. – Donne, page ; je fais la queue pour passer à mon tour. – Bois, Guillot ! Et il y en a encore plein pot ! – Je me pourvois en appel : la soif est abusive. Page, relève mon appel en bonne forme. – Ce petit lam-beau ! – Jadis, j'avais l'habitude de tout boire et mainte-nant je ne laisse rien. – Ne nous pressons pas et ramassons bien tout. – Voici des tripes dignes d'enjeu et des gobilles à faire baver d'envie ce chat à raie noire. Oh ! pour Dieu ! Etrillons-le bien proprement ! – Buvez ou je vous… – Non ! non ! – Buvez je vous en prie ! – Les passereaux ne mangent que si on leur tapote la queue, moi, je ne bois que si l'on me flatte. – A boire, l'ami ! Il n'y a pas de corps où cestuy vin ne furette la soif. – Cestuy cy me la fouette bien. – Cestuy cy me la bannira du tout. – Cornons icy à son de flaccons et bouteilles que quiconques aura perdu la soif ne ayt à la chercher ceans. Longs clysteres de beuverie l'ont faict vuyder hors le logis. – Le grand Dieu feist les planettes et nous faisons les platz netz. – J'ai la parolle de Dieu en bouche : *Sitio*[54]. – La pierre dicte 5asbestoV[55] n'est plus inextinguible que la soif de ma paternité[56]. – L'appetit vient en mangeant, disoyt Angest on Mans[57]; la soif s'en va en beuvant. – Remede contre la soif ? – Il est contraire à celluy qui est contre morsure de chien : courrez tousjours après le chien, jamais ne vous mordera; beuvez tousjours avant la soif et jamais ne vous adviendra. – Je vous y prens[58], je vous resveille ! Sommelier eternel, guarde nous de somme ! Argus avoyt cent yeulx pour veoir, cent mains fault à un sommelier, comme avoyt Briareus[59], pour infatigablement verser. – Mouillons, hay ! il faict beau seicher. – Du blanc ! verse tout, verse de par le diable ! Verse deçà, tout plein ! la langue me pelle. – Lans, tringue[60] ! – A toy, compaing, de hayt ! dehayt ! – Là, là, là, c'est morfiaillé, cela ! – *O lachryma Christi*[61] ! – C'est de la Deviniere, c'est vin pineau[62]. – O le gentil vin blanc ! – Et, par mon ame ! ce n'est que vin de tafetas[63]. – Hen, hen ! il est à une aureille[64], bien drappé et de bonne laine. – Mon compaignon, couraige ! – Pour ce jeu, nous ne voulerons pas, car j'ay faict un levé[65]. – *Ex hoc in hoc*[66] !

---

traque la soif comme le furet poursuit le lapin. – 54. « J'ai soif » c'est une des dernières paroles du Christ agonisant sur la croix. – 55. Dans ses *Amours des pierres précieuses*, Remy Belleau a consacré un poème à *La Pierre inextinguible ditte Asbestos*, c'est une sorte d'amiante. – 56. Le « beau Père » cordelier s'applique à lui-même cette appellation déférente. – 57. Le théologien Hiérôme de Hangest, évêque du Mans, avait doctoralement disserté de l'*appétit* (au sens métaphysique de *désir*). – 58. A sommeiller. – 59. Argus était un monstre dont le corps était garni d'une infinité d'yeux; Briarée était un géant hécatonchire, c'est-à-dire aux cent bras; il est burlesque d'attribuer le rôle de sommelier à ce monstre issu des théogonies primitives. – 60. « Compagnon, bois ! » dans le langage germanique des lansquenets. – 61. « Ô Larme du Christ ! » Un célèbre muscat italien était déjà ainsi nommé au 16e siècle. – 62. Les Rabelais cultivaient, paraît-il, le pinot blanc. – 63. Doux et moelleux. – 64. Le vin d'*une oreille* faisait pencher la tête aux connaisseurs en signe d'assentiment; le vin à *deux oreilles* leur faisait secouer la tête en signe de dénégation; par ailleurs l'expression s'appliquait aussi au taffetas. Voir L. V chap. 43, n. 2. – 65. Plaisanterie de joueur on ne nous fera pas la vole (on ne nous mettra pas capot) car j'ai fait une levée (j'ai levé le coude). – 66. Mots tirés du Psaume 74 le Seigneur tient à la main une

terrier, par tout mon corps, où ce vin n'aille fureter la soif.
– Celui-ci la traque bien fort. – Celui-là l'expulsera pour
de bon. – Claironnons ici, à son de flacons et de bouteilles,
que quiconque aura perdu la soif n'aura pas à la chercher
céans : de grands lavements de beuverie en ont purgé le
logis. – Dieu tout-puissant a fait les planètes, et nous, nous
faisons les plats nets. – J'ai la parole de Notre Seigneur à
la bouche : « J'ai soif. » – La pierre qu'on appelle amiante
est aussi indestructible que ma soif de Révérend Père.
– L'appétit vient en mangeant, disait Hangest, évêque du
Mans ; la soif, elle, s'en va en buvant. – Un remède contre
la soif ? – C'est le contraire de celui qu'on emploie contre
les morsures des chiens : courez toujours après le chien,
jamais il ne vous mordra. Buvez toujours avant la soif
et jamais elle ne vous tourmentera. – Je vous y prends ! Je
vous réveille. Sommelier éternel, préserve-nous de sommeiller. Argus avait cent yeux pour voir ; à un sommelier,
il faut cent mains, comme à Briarée, pour verser infatigablement. – Mouillons, allez, c'est du propre que de se
laisser dessécher ! – Du blanc ! Verse tout, verse, de par le
diable, verse par ici, tout plein, la langue me pèle. – Pufez,
Kamerad ! – A la tienne l'ami ! Gai, gai ! – Là, là, là ! Ça,
c'est ce qui s'appelle s'empiffrer ! – O Lacryma Christi !
– Celui-là vient de la Devinière, c'est du pineau. – Ah !
le petit vin blanc ! – Sur mon âme, c'est un vrai velours !
– Hé ! hé ! Il est bien ourlé ; il tombe bien, c'est pure
laine ! – Courage, mon compagnon ! – Pour cette partie
nous ne chuterons pas : j'ai fait une levée. – L'un dans

Il n'y a poinct d'enchantement. Chascun de vous l'a veu. Je y suis maistre passé ! – A brum, à brum ! je suis prebstre Macé[67]. – O les beuveurs ! O les alterez ! – Paige, mon amy, emplis icy et couronne le vin, je te pry. – A la cardinale[68] ! – *Natura abhorret vacuum.* – Diriez vous q'une mousche y eust beu[69] ? – A la mode de Bretaigne[70] ! – Net, net, à ce pyot ! – Avallez, ce sont herbes[71] ! »

Comment Gargantua nasquit en façon bien estrange

CHAPITRE VI

Eulx tenens ces menuz propos de beuverie, Gargamelle commenca se porter mal du bas. Dont Grandgousier se leva dessus l'herbe et la reconfortoit honestement, pensant que ce feut mal d'enfant et luy disant qu'elle s'estoit là herbée[1] soubz la saulsaye et qu'en brief elle feroit piedz neufz[2] : par ce luy convenoit prendre couraige nouveau au nouvel advenement de son poupon et encores que la douleur luy feust quelque peu en fascherie, toutesfoys que ycelle seroit briefve et la joye qui toust succederoit luy tolliroit tout cest ennuy, en sorte que seulement ne luy en resteroit la soubvenance[3].

coupe de vin fermenté et l'incline successivement de l'un vers l'autre. – 67. Après s'être raclé la gorge, le buveur fait une contrepèterie, où il se compare peut-être au frère Macé Pelosse du chapitre 27 de *Gargantua*. – 68. *Couronner les vins* était une expression antique qui signifiait emplir jusqu'au bord. Ici le Bien-Ivre souhaite que le verre devienne entièrement rouge, comme un cardinal. – 69. Ce n'est pas une mouche qui aurait pu boire ce grand verre. – 70. Les Bretons avaient la réputation de boire beaucoup. – 71. C'est un médicament.

CHAPITRE 6 : Sur ce chapitre, voir M. A. Screech, *Rabelais*, Paris, 1992, pp. 181-185 ; M. Baraz, *Rabelais et la joie de la liberté*, 1983, p. 236, et G. Defaux, « Rabelais et son masque comique », p. 112.
1. Etendue sur l'herbe. – 2. Les sabots repoussent aux chevaux mis à l'*herbage* ; mais ici *faire pieds neufs* signifie aussi faire venir au monde deux nouveaux petits pieds. – 3. Dans les premières éditions, Rabelais ajoutait : *Je le prouve (disait-il). Dieu (c'est notre Sauveur) dict en l'évangile Joan. 16 La femme qui est à l'heure de son enfantement a tristesse, mais lorsqu'elle a enfanté, elle n'a souvenir aulcun de son angoisse. Ha! (dist-elle) vous dictes bien et ayme beaucoup mieulx ouyr telz propos de l'Evangile et mieux m'en trouve que de ouyr la vie de sainte Marguerite ou quelque autre*

l'autre ! Il n'y a pas de trucage, chacun de vous a pu le constater ; j'y suis passé maître ! – Broum ! broum ! Je suis prêtre Macé ! – Oh ! les buveurs ! Oh ! les altérés ! – Page, mon ami, remplis par ici et pas de faux col je te prie. – Rouge comme Cardinal ! – La nature a horreur du vide. – Diriez-vous que c'est une mouche qui y aurait bu ? – A la mode de Bretagne ! – Allez ! Débarrassez ce pinard ! – Avalez ça, ça tue le ver ! »

Comment Gargantua naquit d'une façon bien étrange
CHAPITRE 6

Pendant qu'ils tenaient ces menus propos de beuverie, Gargamelle commença à se sentir mal du bas ; alors Grandgousier se leva de sur l'herbe et il la réconfortait gentiment, pensant bien que c'étaient les douleurs de l'enfantement : il lui dit qu'elle s'était mise au vert dans la Saulsaie et que très vite elle allait fabriquer pieds neufs, c'est pourquoi il lui fallait reprendre courage pour la naissance de son poupon et, bien que la douleur lui fît quelque peu de misères, cette douleur, toutefois, serait brève ; la joie qui lui succéderait aussitôt lui ôterait tout ce désagrément, si bien qu'il ne lui en resterait que le souvenir.

« Couraige de brebis[4] ! (disoyt il) depeschez vous de cestuy cy et bien toust en faisons un aultre.

— Ha ! (dist elle) tant vous parlez à vostre aize, vous aultres hommes ! Bien, de par Dieu, je me parforceray, puis qu'il vous plaist. Mais pleust à Dieu que vous l'eussiez coupé !

— Quoy ? dist Grandgousier.

— Ha ! (dist elle) que vous estes bon homme ! Vous l'entendez bien.

— Mon membre ? (dist il) Sang de les cabres ! si bon vous semble, faictes apporter un cousteau.

— Ha ! (dist elle) à Dieu ne plaise ! Dieu me le pardoient ! Je ne le dis de bon cueur et pour ma parolle n'en faictes ne plus ne moins. Mais je auray prou d'affaires aujourdhuy, si Dieu ne me ayde, et tout par vostre membre, que vous feussiez bien ayse.

— Couraige, couraige ! (dist il) ne vous souciez au reste et laissez faire au quatre bœufz de devant[5]. Je m'en voys boyre encores quelque veguade[6]. Si ce pendent vous survenoit quelque mal, je me tiendray près : huschant en paulme[7] je me rendray à vous. »

Peu de temps après, elle commença à souspirer, lamenter et crier. Soubdain vindrent à tas saiges femmes de tous coustez. Et la tastant par le bas, trouverent quelques pellauderies[8] assez de maulvais goust et pensoient que ce feust l'enfant ; mais c'estoit le fondement qui luy escappoit, à la mollification[9] du droict intestine, lequel vous appelez le boyau cullier, par trop avoir mangé des tripes comme avons declaré cy dessus. Dont une horde vieille de la compaignie, laquelle avoit reputation d'estre grande medicine et là estoit venue de Brizepaille d'aupres Sainct Genou[10] devant soixante ans, luy feist un

capharderie. La lecture de la vie de sainte Marguerite passait pour faciliter les accouchements. On pense généralement que c'est par prudence que Rabelais a supprimé ces lignes en 1542 : railler la croyance populaire en l'intercession des saints aurait été plus dangereux que de tourner en dérision, comme au chapitre précédent, les paroles du Christ mourant ou les expressions prêtées au Seigneur par le Psalmiste. – 4. Ironique ; les brebis passaient pour peureuses ; voir *Quart L.* chap. 22, n. 1. – 5. Le plus dur est fait quand l'effort pour arracher un fardeau a été fait, il suffit de laisser tirer l'attelage de tête. – 6. Un coup (transposition du gascon). – 7. Si vous lancez un appel en mettant vos mains en porte-voix. Voir L. II chap. 19, n. 8. – 8. Morceaux de peau (patois de l'Ouest). – 9. Terme employé par les médecins relaxation. – 10. Le hameau de Brisepaille se trouve bien dans la commune de Saint-Genou (canton de Buzançais, Indre).

« Aussi courageuse qu'une brebis ! disait-il ; débarrassez-vous de celui-ci et fabriquons-en bien vite un autre.

- Ah ! dit-elle, vous en parlez à votre aise, vous autres les hommes ! De par Dieu, je ferai un bon effort, puisque tel est votre désir, mais plût à Dieu que vous l'eussiez coupé !

— Quoi ? dit Grandgousier.

— Ah ! dit-elle, vous en avez de bonnes ! Vous me comprenez bien.

— Mon membre ? dit-il. Par le sang de las cabras ! Si bon vous semble, faites apporter un couteau !

— Ah ! dit-elle, à Dieu ne plaise ! Que Dieu me le pardonne. Je ne parle pas sérieusement, et ce que je dis, que cela ne vous en fasse pas faire plus, ni moins. Mais j'aurai beaucoup à faire aujourd'hui, si Dieu ne m'aide (et tout cela à cause de votre membre), pour vous faire plaisir.

— Courage, courage, dit-il, ne vous souciez pas du reste et laissez faire les quatre bœufs de devant. Je vais boire encore quelque bon coup. Si pendant ce temps vous aviez mal, je serai tout à côté : huchez dans vos mains, j'arriverai près de vous. »

Peu de temps après, elle commença à soupirer, à se lamenter et à crier. Aussitôt, des sages-femmes surgirent en foule de tous côtés ; en la tâtant par en dessous elles trouvèrent quelques membranes de goût assez désagréable et elles pensaient que c'était l'enfant. Mais c'était le fondement qui lui échappait, à cause d'un relâchement du gros intestin (celui que vous appelez le boyau du cul) dû à ce qu'elle avait trop mangé de tripes, comme nous l'avons expliqué plus haut. Alors, une repoussante vieille de la troupe, qui avait la réputation d'être grande guérisseuse, et qui était venue de Brisepaille, près Saint-Genou, voilà plus

restrinctif [11] si horrible, que tous ses larrys [12] tant feurent oppilez et reserrez que à grande poine avesques les dentz vous les eussiez eslargiz, qui est chose bien hòrrible à penser. Mesmement que le diable à la messe de sainct Martin escripvant le quaquet de deux gualoises, à belles dentz alongea son parchemin [13].

Par cest inconvenient feurent au dessus relaschez les cotyledons [14] de la matrice, par lesquelz sursaulta l'enfant et entra en la vene creuse [15], et, gravant par le diaphragme jusques au dessus des espaules (où ladicte vene se part en deux), print son chemin à gauche et sortit par l'aureille senestre.

Soubdain qu'il fut né, ne cria comme les aultres enfans « Mies ! mies ! », mais à haulte voix s'escrioit « A boire ! à boire ! à boire ! », comme invitant tout le monde à boire. Si bien qu'il fut ouy de tout le pays de Beusse et de Bibaroys [16]. Je me doubte que ne croyez asseurement ceste estrange nativité. Si ne le croyez, je ne m'en soucie, mais un homme de bien, un homme de bon sens croit tousjours ce qu'on luy dict et qu'il trouve par escript [17]. Est ce contre nostre loy, nostre

11. Médicament qui resserre les parties relâchées. – 12. Vraisemblablement ses différents sphincters. – 13. Le diable voulait enregistrer les propos de deux commères bavardant pendant que saint Martin disait sa messe ; naturellement le parchemin se trouva trop petit. En voulant l'allonger avec les dents, le diable le rompit et, déséquilibré, alla donner de la tête contre un pilier. – 14. Parties du placenta. – 15. Aristote, *Génération des animaux* II, 745 b. – 16. Le nom du pays de Beuxes, proche de la Devinière, se prononçait comme le subjonctif du verbe *boire*, et le Vivarais, prononcé à la gasconne, ressemble à quelque conditionnel dialectal du même verbe ; cette facétie, qui rappelle les propos des Bien Ivres, ne figurait pas dans la première édition. – 17. Les premières éditions comportaient le passage suivant : *Ne dict pas Salomon*, Proverbiorum, 14 : Innocens credit omni verbo, *etc.*, *et saint Paul Prima Corinthio, 13 ; Charitas omnia credit ? Pourquoi ne le croyriez-vous ? Pour ce (dictes-vous) qu'il n'y a nulle apparence. Je vous dicz que pour ceste cause vous le debvez croyre en foy parfaicte. Car les Sorbonistes disent que foy est argument des choses de nulle apparence.* Le texte des *Proverbes* signifie : « L'Innocent croit toute parole », et celui de saint Paul : « La Charité croit tout ». Dans les deux cas, cette croyance est du domaine de l'opinion et non pas de la foi. Les phrases supprimées par Rabelais ne pouvaient se comprendre que par référence à l'allégorisme qui mettait en rapport la conception miraculeuse du Verbe divin et la naissance également miraculeuse de la foi dans l'intelligence de l'homme. Ainsi Luther écrivait dans son Commentaire sur l'*Epître aux Hébreux* : « Seules les oreilles sont les organes du chrétien » : la Vierge a conçu le Christ « par l'oreille », en acceptant l'annonciation de l'ange ; la *foi parfaite* était de même l'adhésion gratuite à un « ouï-dire » et non pas la soumission à des évidences perceptibles (ou *apparences* contrai-

de soixante ans, lui administra un astringent si formidable que tous ses sphincters en furent contractés et resserrés à tel point que c'est à grand-peine que vous les auriez élargis avec les dents, ce qui est chose bien horrible à imaginer ; c'est de la même façon que le diable, à la messe de saint Martin, enregistrant le papotage de deux joyeuses commères, étira son parchemin à belles dents.

Par suite de cet accident, les cotylédons de la matrice se relâchèrent au-dessus, et l'enfant les traversa d'un saut ; il entra dans la veine creuse et, grimpant à travers le diaphragme jusqu'au-dessus des épaules, à l'endroit où la veine en question se partage en deux, il prit son chemin à gauche et sortit par l'oreille de ce même côté.

Sitôt qu'il fut né, il ne cria pas comme les autres enfants : « Mie ! mie ! », mais il s'écriait à haute voix : « A boire ! à boire ! à boire ! » comme s'il avait invité tout le monde à boire, si bien qu'on l'entendit par tout le pays de Busse et de Biberais. J'ai bien peur que vous ne croyiez pas avec certitude à cette étrange nativité. Si vous n'y croyez pas, je n'en ai cure, mais un homme de bien, un homme de bon sens, croit toujours ce qu'on lui dit et ce qu'il trouve dans les livres. Est-ce contraire à notre loi

foy, contre raison, contre la saincte escripture ? De ma part je
ne trouve rien escript ès bibles sainctes qui soit contre cela.
Mais, si le vouloir de Dieu tel eust esté, diriez vous qu'il
ne l'eust peu faire ? Ha ! pour grace, ne emburelucocquez[18]
jamais vos espritz de ces vaines pensées. Car je vous diz que à
Dieu rien n'est impossible. Et s'il vouloit, les femmes auroient
doresnavant ainsi leurs enfans par l'aureille.

Bacchus ne fut il engendré par la cuisse de Jupiter[19] ?

Rocquetaillade nasquit il pas du talon de sa meré ?

Crocquemouche de la pantofle de sa nourrice[20] ?

Minerve nasquit elle pas du cerveau par l'aureille de Jupiter[21] ?

Adonis par l'escorce d'un arbre de mirrhe[22] ?

Castor et Pollux de la cocque d'un œuf pont et esclous par
Leda[23] ?

gnantes pour l'esprit). Rabelais joue sur l'expression de *nulle apparence*
qu'il prend au sens de « invraisemblable ». Les Sorbonnistes n'étaient
pas d'humeur à accepter les à-peu-près humoristiques en ce domaine. Voir
Quart L., Ancien Prologue, n. 47. – 18. Voir *Quart L.* chap. 15, n. 15.
– 19. « Sa mère Sémélé le porta dans son ventre puis Jupin le cousant contre
sa cuisse le porta jusqu'à tant qu'il eust parachevé son terme pour venir au
monde » (Conti, *Mythologie*, V, *De Bacchus*, trad. Montlyard). – 20. Les
légendes de Rocquetaillade et de Crocquemouche ne sont pas connues. Voir
Quart L. chap. 67, n. 26. – 21. « Lucien, très picquant mocqueur de la folie
des hommes (…) introduit Jupiter enfantant et Vulcain luy servant de sage-
femme, tenant à deux mains une forte et trenchante coignée, avec laquelle il
luy fend et ouvre la teste (…) Il en saillit une fille toute armée, et ne lui fallut
ny Lucine, ny une quantité de femmes pour luy faciliter ses couches »…
(Conti, *Mythologie*, IV, « De Pallas », trad. Montlyard). – 22. « Adonis père
de Priape fut fils de Thias et de Myrrhe, laquelle esperduement amoureuse de
son père couchant avec luy par la tromperie de sa nourrice, engendra cet
Adonis (…) Elle fut convertie en un arbre de mesme nom qu'elle (…) Quand
son terme fut escheu, l'arbre auquel sa mère avoit esté changée, se crevassa
et l'enfant vint au monde »… (Conti, *Mythologie*, V, « D'Adonis », trad.
Montlyard). – 23. « Jupiter aimant Lède fille de Thestie, se transforma en
cygne privé (…) Elle le prit, le mania et chérit extrêmement à cause de la
suavité de son chant ; mais plus fin qu'elle, il mesla sa semence avec la
sienne, dont elle ponut un œuf duquel naquirent Castor, Pollux et Hélène »
(Conti, *Mythologie*, VIII, « De Castor et Pollux »). Voir L. V chap. 10, n. 16
et 32 bis n. 11. Les humanistes chrétiens opposaient les enfantements invrai-
semblables de la mythologie à la Nativité du Christ révélée par les Ecritures ;
ainsi Jodelle tourne en dérision la liste de ces fables auxquelles Rabelais
mêle Roquetaillade et autres Croquemouche : « L'une sortant du cerveau…
Et l'autre issu d'une écorce… La race des œufz jumeaux… Bacchus, qui
d'un ventre / Dedans une autre cuisse entre / Bref que me sert à moy Chrestien / Toute naissance menteuse, / Si ceste naissance heureuse [du Christ] /
Est seule cause de mon bien ? » (*Œuvres complètes*, Gallimard, 1965, p. 81).

et à notre foi, contraire à la raison et aux Saintes Ecritures ? Pour ma part, je ne trouve rien d'écrit dans la sainte Bible qui s'oppose à cela. Mais si telle avait été la volonté de Dieu, prétendriez-vous qu'il n'aurait pu le faire ? Ah ! de grâce, ne vous emberlificotez jamais l'esprit avec ces vaines pensées, car je vous dis qu'à Dieu rien n'est impossible et que, s'il le voulait, les femmes auraient dorénavant les enfants de la sorte, par l'oreille.

Bacchus ne fut-il pas engendré par la cuisse de Jupiter ?

Rochetaillée ne naquit-il pas du talon de sa mère ?

Croquemouche de la pantoufle de sa nourrice ?

Minerve ne naquit-elle pas du cerveau de Jupiter, par l'oreille ?

Adonis par l'écorce d'un arbre à myrrhe ?

Castor et Pollux de la coquille d'un œuf pondu et couvé par Léda ?

Mais vous seriez bien dadvantaige esbahys et estonnez, si je vous expousoys presentement tout le chapite de Pline auquel parle des enfantemens estranges et contre nature[24]. Et toutesffoys je ne suis poinct menteur tant asseuré comme il a esté. Lisez le septiesme de sa *Naturelle Histoire*, *capi. iij*, et ne m'en tabustez plus l'entendement.

Comment le nom fut imposé à Gargantua et comment il humoit le piot

CHAPITRE VII

Le bon homme Grandgousier beuvant et se rigollant avecques les aultres entendit le cry horrible que son filz avoit faict entrant en lumiere de ce monde, quand il brasmoit demandant : « A boyre, à boyre, à boyre ! », dont il dist : « Que grand tu as ! » (*supple* le gousier). Ce que ouyans, les assistans dirent que vrayement il debvoit avoir par ce le nom Gargantua[1], puis que telle avoit esté la premiere parolle de son pere à sa naissance, à l'imitation et exemple des anciens Hebreux[2]. A quoy fut condescendu par icelluy et pleut tresbien à sa mere. Et pour l'appaiser, luy donnerent à boyre à tyre larigot et feut porté sus les fonts et là baptisé, comme est la coustume des bons christiens[3].

Et luy feurent ordonnées dix et sept mille neuf cens treze vaches de Pautille et de Brehemond[4] pour l'alaicter ordinairement, car de trouver nourríce suffisante n'estoit possible en tout le pays, consideré la grande quantité de laict requis pour

---

24. Voir L. II chap. 4, début.

CHAPITRE 7 : Sur ce chapitre, voir M. A. Screech, *Rabelais*, p. 497.
1. Ce sobriquet, qui signifie simplement « grande gorge », désignait déjà un goinfre au 15e siècle. – 2. Zacharie, qui était devenu muet, retrouva la parole pour imposer un nom à son fils (Luc, 1, 60) ; mais c'était une circonstance miraculeuse et non une coutume des Hébreux. – 3. Protestation contre les anabaptistes, qui refusaient toute valeur sacramentelle au baptême des jeunes enfants ; la question était d'actualité : depuis 1532 la ville de Münster était aux mains des anabaptistes dirigés par Jean de Leyde. – 4. Ces deux villages se trouvent en Chinonais, dans une région de prairies fertiles

Mais vous seriez bien davantage ébahis et abasourdis si je vous exposais à présent tout le chapitre de Pline où il parle des enfantements étranges et contre nature ; malgré tout, je ne suis pas un menteur aussi avéré que lui. Lisez le septième livre de son *Histoire naturelle*, chapitre III, et ne m'en tracassez plus le cerveau.

Comment son nom fut attribué à Gargantua et comment il humait le piot

CHAPITRE 7

Le bonhomme Grandgousier, pendant qu'il buvait et se rigolait avec les autres, entendit l'horrible cri que son fils avait poussé en entrant dans la lumière de ce monde, quand il braillait pour demander : « A boire ! à boire ! à boire ! » Ce qui lui fit dire : « Que grand tu as ! » (sous-entendez : le gosier). A ces mots, les assistants dirent qu'assurément il devait, pour cette raison, recevoir le nom de Gargantua, pour suivre le modèle et l'exemple des anciens Hébreux, puisque telle avait été la première parole de son père à sa naissance. Grandgousier y condescendit, et la chose convint tout à fait à la mère. Ensuite, pour apaiser l'enfant, on lui donna à boire à tire-larigot, puis il fut porté sur les fonts, où il fut baptisé, comme c'est la coutume des bons chrétiens.

Et dix-sept mille neuf cent treize vaches de Pontille et de Bréhémont lui furent dévolues par ordonnance pour son allaitement ordinaire. Car il n'était pas possible de trouver, dans tout le pays, une nourrice satisfaisante, vu la grande quantité de lait nécessaire à son alimentation, bien que cer-

icelluy alimenter. Combien qu'aulcuns docteurs Scotistes[5] ayent affermé que sa mere l'alaicta et qu'elle pouvoit traire de ses mammelles quatorze cens deux pipes[6] neuf potées de laict pour chascune foys. Ce que n'est vraysemblable, et a esté la proposition declairée mammallement[7] scandaleuse, des pitoyables aureilles offensive et sentent de loing heresie[8].

En cest estat passa jusques à un an et dix moys; onquel temps, par le conseil des medecins, on commença le porter et fut faicte une belle charrette à bœufs par l'invention de Jehan Denyau. Dedans icelle on le pourmenoit par cy, par là, joyeusement, et le faisoit bon veoir, car il portoit bonne troigne et avoit presque dix et huyt mentons, et ne crioit que bien peu; mais il se conchioit à toutes heures, car il estoit merveilleusement phlegmaticque[9] des fesses, tant de sa complexion naturelle que de la disposition accidentale qui luy estoit advenue par trop humer de purée Septembrale[10]. Et n'en humoyt goutte sans cause, car s'il advenoit qu'il feust despit, courroussé, fasché ou marry, s'il trepignoyt, s'il pleuroit, s'il crioit, luy apportant à boyre, l'on le remettoit en nature et soubdain demouroit coy et joyeulx.

Une de ses gouvernantes m'a dict, jurant sa fy que de ce faire il estoit tant coustumier qu'au seul son des pinthes et flaccons il entroit en ecstase, comme s'il goustoit les joyes de paradis. En sorte qu'elles, considerans ceste complexion divine, pour le resjouir au matin faisoient davant luy sonner des verres avecques un cousteau, ou des flaccons avecques leur toupon, ou des pinthes avecques leur couvercle. Auquel son il s'esguayoit, il tressailloit et luy mesmes se bressoit en dodelinant de la teste, monichordisant[11] des doigtz et barytonant du cul.

---

5. Duns Scot, philosophe scolastique du 13e siècle, avait encore des disciples au 16e siècle; les humanistes opposaient la clarté de la philosophie antique aux obscurités de leur formalisme.
6. Futailles de vingt-sept hectolitres. – **7.** Adverbe formé sur le mot *mamelle* et rappelant l'adverbe *malement* (méchamment) prononcé par un bègue; les premières éditions portaient « déclarée par Sorbone scandaleuse ». – **8.** Traduction littérale, et volontairement lourde, des formules par lesquelles la Sorbonne justifiait la censure d'une proposition « offensant les oreilles pieuses et révélant l'hérésie ». – **9.** Le tempérament *flegmatique* s'accompagnait d'un relâchement général de toutes les fonctions. – **10.** De raisin écrasé en septembre, c'est-à-dire : de vin; voir L. II chap. 19, n. 24. – **11.** Jouer de cet instrument à une seule corde était signe de mélancolie voir *Quart L.* chap. 63, n. 10.

tains docteurs scotistes aient affirmé que sa mère l'allaita et qu'elle pouvait traire de ses mamelles quatorze cent deux feuillettes et neuf potées de lait à chaque fois, ce qui n'est pas vraisemblable, et cette proposition a été déclarée mamallement scandaleuse, blessante pour des oreilles capables de piété, et sentant de loin l'hérésie.

Il passa à ce régime un an et dix mois ; quand il parvint à cet âge, sur le conseil des médecins, on commença à le sortir et une belle charrette à bœufs fut construite grâce à l'ingéniosité de Jean Denyau, dans laquelle on le promenait de ce côté-ci, de ce côté-là, joyeusement ; et il faisait bon le voir car il portait bonne trogne et avait presque dix-huit mentons ; et il ne criait que bien peu, mais se conchiait à tout moment, car il était prodigieusement flegmatique des fesses, tant par complexion naturelle que par une disposition fortuite, qu'il avait contractée parce qu'il humait trop de purée septembrale. Et il n'en humait jamais goutte sans raison, car, s'il arrivait qu'il fût dépité, courroucé, contrarié ou chagrin, s'il trépignait, s'il pleurait, s'il criait, en lui apportant à boire on le rassérénait et, aussitôt, il restait tranquille et joyeux.

Une de ses gouvernantes m'a dit, en jurant ses grands dieux, qu'il était tellement coutumier du fait, qu'au seul son des pots et des flacons, il entrait en extase, comme s'il eût goûté les joies du paradis. Si bien que, en considération de cette constitution divine, ses gouvernantes, pour le réjouir le matin, faisaient devant lui tinter des verres avec un couteau, ou des carafons avec leur bouchon, ou des pichets avec leur couvercle. A ce son, il s'épanouissait, tressaillait, se berçait lui-même en dodelinant de la tête, pianotant des doigts et barytonnant du cul.

Comment on vestit Gargantua

CHAPITRE VIII

Luy estant en cest eage, son pere ordonna qu'on luy feist habillemens à sa livrée, laquelle estoit blanc et bleu. De faict on y besoigna et furent faictz, taillez et cousuz à la mode qui pour lors couroit. Par les anciens pantarches[1] qui sont en la chambre des comptes à Montsoreau[2], je trouve qu'il feut vestu en la façon que s'ensuyt :

Pour sa chemise, furent levées neuf cens aulnes de toille de Chasteleraud et deux cens pour les coussons en sorte de carreaulx[3], lesquelz on mist soubz les esselles. Et n'estoit poinct froncée[4], car la fronsure des chemises n'a esté inventée, sinon depuis que les lingieres, lors que la poincte de leur agueille estoit rompue, ont commencé besoigner du cul[5].

Pour son pourpoinct furent levées huyt cens treize aulnes de satin blanc et, pour les agueillettes[6], quinze cens neuf peaulx et demye de chiens. Lors commença le monde attacher les chausses au pourpoinct et non le pourpoinct aux chausses, car c'est chose contre nature, comme amplement a declaré Olkam sus les *Exponibles* de M. Haultechaussade[7].

Pour ses chausses feurent levez unze cens cinq aulnes et ung tiers d'estamet blanc et feurent deschisquetez en forme de colomnes, striées et crenelées[8] par le derriere, affin de

---

CHAPITRE 8 : Sur ce chapitre, voir T. Cave, *The Cornucopian Text*, Oxford, 1979, p. 183 et suiv., et les *Chroniques gargantuines*, éd. C. Lauvergnat et G. Demerson, Paris, 1988.
1. Chartes (pancartes) ; Alcofribas, comme les Chroniqueurs, ne cite que des sources authentiques. – 2. La petite ville de Montsoreau, au confluent de la Vienne et de la Loire, n'avait évidemment pas de Chambre des comptes, mais son château abritait des comtes, *pantarques*, c'est-à-dire maîtres suprêmes du lieu. – 3. Goussets en forme de coussins. – 4. Les chemises à col froncé étaient à la mode sous François Ier. – 5. Pour comprendre cette plaisanterie, il faut savoir que la partie la plus large de l'aiguille s'appelait le *cul*. – 6. Lacets, destinés notamment à attacher les chausses au pourpoint, et tenant lieu en général des boutons du costume actuel. Les aiguillettes de bonne qualité étaient en peau de chien. – 7. Ce philosophe est évidemment né de l'imagination de Rabelais, mais les humanistes avaient coutume de tourner en dérision à la fois Duns Scot (voir plus haut chap. 7, n. 5) et Guillaume d'Occam, docteur scolastique du 14e siècle. Les occamistes opposaient aux distinctions contre nature des scotistes le critère de *séparabilité*. – 8. Les chausses comportaient des *crevés* (entailles qui mettaient en valeur une

Comment on vêtit Gargantua

CHAPITRE 8

Alors qu'il était dans cet âge, son père ordonna qu'on lui fît des vêtements à ses couleurs qui étaient le blanc et le bleu. On s'y employa effectivement, et les vêtements furent fabriqués, taillés et cousus selon la mode qui était courante à ce moment-là. Dans les anciens registres qui sont à la Chambre des comptes de Montsoreau, je trouve qu'il fut vêtu de la façon suivante :

Pour sa chemise, on leva neuf cents aunes de toile de Châtellerault et deux cents pour les goussets, des sortes de coussins, que l'on mit sous les aisselles. Elle n'était pas froncée, car on n'a inventé de froncer les chemises que depuis que les lingères, ayant rompu la pointe de leur aiguille, ont commencé à travailler du *chas*.

Pour son pourpoint, on leva huit cent treize aunes de satin blanc et, pour les aiguillettes, quinze cent neuf peaux de chiens et demie. C'est alors que les gens commencèrent à attacher les chausses au pourpoint plutôt que le pourpoint aux chausses, car c'est une chose contre nature, ainsi que l'a amplement expliqué Occam, commentant *Les Exponibles* de Maître Haultechaussade.

Pour ses chausses on leva onze cent cinq aunes et un tiers de lainage blanc. Elles furent dentelées en forme de colonnes, striées et crénelées par-derrière pour ne pas échauffer les

n'eschaufer les reins. Et flocquoit[9] par dedans la deschicqueture de damas bleu, tant que besoing estoit. Et notez qu'il avoit tresbelles griefves et bien proportionnez au reste de sa stature.

Pour la braguette feurent levées seize aulnes un quartier d'icelluy mesmes drap et fut la forme d'icelle comme d'un arc boutant, bien estachée[10] joyeusement à deux belles boucles d'or que prenoient deux crochetz d'esmail, en un chascun desquelz estoit enchassée une grosse esmeraugde de la grosseur d'une pomme d'orange. Car (ainsi que dict Orpheus, *libro De lapidibus* et Pline, *libro ultimo*) elle a vertu erective et confortative du membre naturel[11].

L'exiture de la braguette estoit à la longueur d'une canne[12], deschicquetée comme les chausses, avecques le damas bleu flottant comme davant. Mais, voyans la belle brodure de canetille[13] et les plaisans entrelatz d'orfeverie garniz de fins diamens, fins rubiz, fines turquoyses, fines esmeraugdes et unions Persicques[14], vous l'eussiez comparée à une belle corne d'abondance, telle que voyez ès antiquailles[15] et telle que donna Rhea ès deux nymphes Adrastea et Ida, nourrices de Jupiter[16], tousjours gualante, succulente, resudante, tousjours verdoyante, tousjours fleurissante, tousjours fructifiante, plene d'humeurs, plene de fleurs, plene de fruictz plene de toutes delices. Je advoue Dieu[17] s'il ne la faisoit bon veoir! Mais je vous en exposeray bien dadvantaige au livre que j'ay faict *De la dignité des braguettes*. D'un cas vous advertis que, si elle estoit bien longue et bien ample, si estoit elle bien guarnie

doublure d'une autre couleur) qui pouvaient être déchiquetés, striés ou cannelés. – 9. Bouffait. Le *floc* est une houppe. – 10. La braguette était alors une sorte de poche *attachée* au haut-de-chausses par des aiguillettes ou des agrafes. – 11. Ni le pseudo-Orphée ni Pline n'attribue cette vertu aphrodisiaque à l'émeraude ; le poème que lui consacre Remy Belleau voit même dans cette pierre un talisman de chasteté ; mais les lapidaires que pouvait lire Rabelais donnaient à l'émeraude les propriétés les plus contradictoires. – 12. Mesure de longueur : presque 1 m 80. – 13. Broderie de fil d'or ou d'argent. – 14. Grosses perles venant du golfe Persique. – 15. Voir plus haut chap. 1, n. 15. – 16. Rhéa, pour protéger Jupiter contre la voracité de Saturne, le confia aux deux filles du roi de Candie, qui le nourrirent du lait de la chèvre Amalthée. « Quand il fut en aage, il logea cette chèvre entre les estoilles, et donna l'une des cornes d'icelle à ses nourrices pour digne récompense de leurs peines, l'enrichissant de cette faculté, que quiconque la posséderoit, obtiendroit sur-le-champ tout ce qu'il viendroit à souhaitter fust à boire, fust à manger » (Conti, *Mythologie*, VII, « D'Acheloüs », trad. Montlyard). – 17. Rabelais semble retourner la formule imprécatoire : Je renie Dieu s'il n'est pas vrai que… Voir chap. 39, n. 14.

reins, et, à travers les crevés, un damas bleu bouffait juste comme il convient. Et notez qu'il avait de très belles jambes, bien proportionnées au reste de sa stature.

Pour la braguette, on leva seize aunes et un quart de ce même tissu. En forme d'arc-boutant, elle s'attachait avec bonheur à deux belles boucles d'or que tenaient deux crochets d'émail ; dans chacun de ceux-ci était enchâssée une grosse émeraude de la grosseur d'une orange. Car (comme le disent Orphée, dans son *Traité des pierres*, et Pline, au dernier livre de l'*Histoire naturelle*), cette pierre a la vertu d'ériger et de sustenter le membre viril.

L'ouverture de la braguette était de la longueur d'une canne, dentelée comme les chausses, avec le damas bleu bouffant comme il est dit plus haut. Et, en voyant sa belle broderie de canetille, ses jolis entrelacs d'orfèvrerie, garnis de fins diamants, de fins rubis, de fines turquoises, de fines émeraudes et d'unions du golfe Persique, vous l'auriez comparée à une belle corne d'abondance, comme on en voit sur les monuments antiques, comme celle que Rhéa donna aux deux nymphes Adrastée et Ida, nourrices de Jupiter : toujours galante, succulente, juteuse, toujours verdoyante, toujours florissante, toujours fructifiante, pleine de liqueurs, pleine de fleurs, pleine de fruits, pleine de toutes sortes de délices. Dieu merci, il faisait bon la voir ! Mais je vous en décrirai bien davantage dans le livre que j'ai écrit sur *La Dignité des braguettes*. J'attire votre attention sur le fait que, si elle était bien longue et ample, elle était également bien garnie à l'intérieur et bien pour-

au dedans et bien avitaillée[18], en rien ne ressemblant les hypocriticques braguettes d'un tas de muguetz[19], qui ne sont plenes que de vent, au grand interest du sexe feminin.

Pour ses souliers furent levées quatre cens six aulnes de velours bleu cramoysi, et furent deschicquettez mignonement par lignes paralleles joinctes en cylindres uniformes[20].

Pour la quarreleure d'iceulx furent employez unze cens peaulx de vache brune, taillée à queues de merluz.

Pour son saie[21] furent levez dix et huyt cens aulnes de velours bleu tainct en grene[22], brodé à l'entour de belles vignettes[23] et par le mylieu de pinthes d'argent de canetille[24], enchevestrées de verges d'or avecques force perles, par ce denotant qu'il seroit un bon fessepinthe[25] en son temps.

Sa ceincture feut de troys cens aulnes et demye de cerge de soye, moytié blanche et moytié bleu, ou je suis bien abusé.

Son espée ne feut Valentienne ny son poignard Sarragossoys[26], car son pere hayssoit tous ces Indalgos Bourrachous[27], marranisez[28] comme diables, mais il eut la belle espée de boys et le poignart de cuir bouilly, pinctz et dorez comme un chascun soubhaiteroit.

Sa bourse fut faicte de la couille d'un Oriflant[29], que luy donna Her Pracontal proconsul de Libye[30].

Pour sa robbe furent levées neuf mille six cens aulnes moins deux tiers de velours, bleu comme dessus, tout porfilé d'or en figure diagonale, dont par juste perspective yssoit une couleur innommée, telle que voyez ès coulz des tourterelles, qui resjouissoit merveilleusement les yeulx des spectateurs.

Pour son bonnet furent levées troys cens deux aulnes ung quart de velours blanc, et feut la forme d'icelluy large et ronde

18. Ravitaillée. Un jeu de mots antérieur à Rabelais fait de cet adjectif le synonyme de bien garnie au-dedans (d'un bon vit). – 19. Les élégants de l'époque se servaient de leur braguette comme d'une poche et la garnissaient de menus objets; voir chap. 35, n. 3. – 20. Les chaussures des élégants étaient en tissu, elles avaient le bout très large et recouvert de sortes de boudins en forme de « crevés ». – 21. Vêtement flottant qui se portait pardessus les autres habits. – 22. En graine d'écarlate, c'est-à-dire d'une teinte vive. – 23. Branches de vigne ornementales. – 24. Coupes brodées en canetille d'argent. – 25. *Fesser* signifie *vider*, mais prête à équivoque. – 26. Les armuriers espagnols, en particulier de Valence et de Saragosse, étaient réputés. – 27. Hidalgos ivrognes. – 28. Mêlés aux Marranes, juifs castillans demeurés fidèles à leur loi ancestrale malgré une conversion apparente au christianisme. – 29. Voir *Tiers L.* chap. 17, n. 9. – 30. Peut-être Humbert de Pracontal, corsaire aux ordres de François Ier.

vue ; elle ne ressemblait en rien aux trompeuses braguettes d'un tas de galants, qui ne sont pleines que de vent, au grand détriment du sexe féminin.

Pour ses souliers, on leva quatre cent six aunes de velours bleu vif. Et ils furent joliment effrangés en dentelures parallèles, réunies en cylindres réguliers.

Pour leur semelle, on employa onze cents peaux de vache brune, taillées en queue de morue.

Pour son manteau, on leva dix-huit cents aunes de velours bleu, à la teinture vive, brodé sur les bords de beaux festons et, au milieu, de pots en canetille d'argent, entrelacés d'anneaux d'or, avec beaucoup de perles : cela signifiait qu'il serait un bon videur de pintes en son temps.

Sa ceinture fut faite avec trois cents aunes et demie de serge de soie, mi-blanche mi-bleue, à moins que je ne fasse une erreur grossière.

Son épée ne fut pas de Valence, ni son poignard de Saragosse, car son père haïssait tous ces hidalgos, ivrognes et aussi hérétiques que de vrais diables. Mais il eut la belle épée de bois et le poignard de cuir bouilli, peints et dorés, comme chacun souhaiterait en avoir.

On fit sa bourse avec la couille d'un éléphant que lui donna Herr Pracontal, proconsul de Libye.

Pour sa robe, on leva neuf mille six cents aunes moins deux tiers de velours bleu, comme ci-dessus, tout brodé d'or en diagonale ; la voir sous un angle déterminé faisait ressortir une nuance ineffable, comme celle que vous voyez au cou des tourterelles, et qui réjouissait merveilleusement les yeux de ceux qui la regardaient.

Pour son bonnet, on leva trois cent deux aunes et un quart de velours blanc. Il fut de forme large et ronde, à

à la capacité du chief. Car son pere disoit que ces bonnetz à la Marrabeise[31] faictz comme une crouste de pasté, porteroient quelque jour mal encontre à leurs tonduz[32].

Pour son plumart pourtoit une belle grande plume bleue, prinse d'un Onocrotal du pays de Hircanie[33] la saulvaige, bien mignonement pendente sus l'aureille droicte.

Pour son image[34] avoit, en une platine d'or pesant soixante et huyt marcs[35], une figure d'esmail competent en laquelle estoit pourtraict un corps humain ayant deux testes l'une virée vers l'aultre, quatre bras, quatre piedz et deux culz, telz que dict Platon *in Symposio* avoir esté l'humaine nature à son commencement mystic[36]. Et au tour estoit escript en lettres Ioniques :

ΑΓΑΠΗ ΟΥΖΗΤΕΙ ΤΑ ΕΑΥΤΗΣ[37].

Pour porter au col, eut une chaine d'or pesante vingt et cinq mille soixante et troys marcs d'or[38], faicte en forme de grosses bacces[39], entre lesquelles estoient en œuvre gros Jaspes verds, engravez et taillez en Dracons tous environnez de rayes et estincelles, comme les portoit jadis le roy Necepsos[40]. Et descendoit jusques à la boucque du hault ventre[41], dont toute sa vie en eut l'emolument tel que scavent les medecins Gregoys.

---

31. A la mauresque; le mot signifie : Marrane arabe. – 32. Les Marranes venus de l'Islam portaient généralement le cheveu ras : c'est ici un traditionaliste qui parle, ridiculisant la nouvelle mode des cheveux courts. – 33. Prise à un pélican d'Asie centrale. – 34. L'*image* ou enseigne était un bijou, souvent émaillé, qui s'attachait au chapeau et portait une devise ou un emblème adapté à la personnalité de son possesseur. – 35. Plus de seize kilos au total. – 36. C'est en effet la représentation que Platon donne de l'androgyne mythique primordial dans le *Banquet*. – 37. « Ce que recherche la charité, ce n'est pas son bien à elle-même. » Cette sentence se trouve dans la 1re Épître aux Corinthiens, à proximité de celle que Rabelais avait utilisée pour ridiculiser la conception scolastique de la foi (voir plus haut chap. 6, n. 31). Rabelais montre que le mythe platonicien est une image exacte de la définition paulinienne de l'amour parfait. Voir Marguerite de Navarre, *Les Prisons*, III « Celuy qui Est, à qui bien l'imagine, / Se voit aussi dedans ceste Androgyne, / Qui sa moitié ne cesse de chercher »... (*Dernières poésies*, éd. Lefranc, p. 217). – 38. Plus de 6000 kg. – 39. Graines (baies). – 40. Pharaon du 7e siècle avant J.-C., célèbre comme magicien. Un ouvrage de pharmacie attribué à Galien vantait les vertus du jaspe vert appliqué à la hauteur de la « bouche du ventre » *(cardia)*, même s'il n'est pas taillé en dragons rayonnants et étincelants comme le collier de Nekhepsos. – 41. Orifice de l'estomac (à la hauteur de l'œsophage), *cardia*.

proportion du volume de la tête, car son père disait que ces bonnets de métèques, faits comme une croûte de pâté, porteraient un jour malheur aux tondus qui s'en affublaient.

Pour plumet, il portait une belle et grande plume, prise à un pélican de la sauvage Hyrcanie, retombant bien élégamment sur l'oreille droite.

Pour médaillon, il avait, sur une plaque d'or pesant soixante-huit marcs, une figurine d'un émail approprié, représentant un corps humain ayant deux têtes, tournées l'une vers l'autre, quatre bras, quatre pieds et deux culs (Platon, dans *Le Banquet*, dit que telle était la nature humaine à son commencement mythique) et, autour, il y avait écrit en caractères grecs :

LA CHARITÉ NE CHERCHE PAS SON PROPRE AVANTAGE.

Pour porter au cou, il eut une chaîne d'or, pesant vingt-cinq mille soixante-trois marcs, représentant de grosses baies entre lesquelles étaient montés de gros jaspes verts, gravés et taillés en forme de dragons tout environnés de rayons et d'étincelles, comme en portait jadis le roi Nechepsos ; elle descendait jusqu'à la pointe du sternum, ce qui lui fut bénéfique toute sa vie, comme le savent les médecins grecs.

Pour ses guands furent mises en œuvre seize peaulx de lutins et troys de loups guarous pour la brodure d'iceulx, et de telle matiere luy feurent faictz par l'ordonnance des Cabalistes de Sainlouand[42].

Pour ses aneaulx (lesquelz voulut son pere qu'il portast pour renouveller le signe antique de noblesse[43]) il eut au doigt indice de sa main gauche une escarboucle grosse comme un œuf d'austruche, enchassée en or de seraph[44] bien mignonnement. Au doigt medical d'icelle, eut un aneau faict des quatre metaulx[45] ensemble, en la plus merveilleuse façon que jamais feust veue, sans que l'assier froissast l'or, sans que l'argent foullast le cuyvre. Le tout fut faict par le capitaine Chappuys[46] et Alcofribas son bon facteur[47]. Au doigt medical de la dextre, eut un aneau faict en forme spirale, auquel estoient enchassez un balay en perfection, un diament en poincte et une esmeraulde de Physon[48], de pris inestimable. Car Hans Carvel[49], grand lapidaire du roy de Melinde[50], les estimoit à la valeur de soixante neuf millions huyt cens nonante et quatre mille dix et huyt moutons à la grand laine[51] ; autant l'estimerent les Fourques d'Auxbourg[52].

---

42. Village proche de Chinon ; ces *cabalistes* (interprètes juifs de la tradition biblique) sont sans doute les bénédictins de Saint-Louand, dont Rabelais déplore par ailleurs *(Quart L.* chap. 12, n. 17) l'esprit de chicane ; le nom de ce prieuré évoque celui des *loups*-garous. On verra (L. II chap. 26) que les soldats de Loupgarou sont revêtus de peau invulnérable prise à des lutins. – 43. Lors de l'investiture féodale, l'anneau remis par le suzerain au vassal symbolisait la concession du fief ; certains commentateurs voyaient aussi dans l'anneau des chevaliers romains le symbole de la noblesse (voir P. Valeriano, *Hieroglyphica*, 1556). D'après Belleforest, « ce grand fouldre de guerre Charles surnommé Martel... renouvela l'usage des anneaux parmi les Francs Gaulois ». – 44. Or aussi pur que celui d'un *séraph* (monnaie orientale). Voir L. II chap. 14, n. 18. – 45. Or, argent, cuivre, acier. – 46. Peut-être Michel Chappuys, capitaine d'un vaisseau du roi. – 47. Rabelais-Alcofribas aurait donc été un ami de ce Chappuys. – 48. Au Paradis terrestre, le Phison était un fleuve qui baignait une terre où l'on trouvait de l'or et des gemmes. – 49. Voir *Tiers L.* chap. 28, n. 16 et 17. – 50. Voir plus haut chap. 5, n. 44. – 51. 69 894 018 pièces d'or frappées d'un *Agnus Dei*. – 52. Les Fugger, banquiers d'Augsbourg à la richesse proverbiale.

Pour ses gants, on mit en œuvre seize peaux de lutins et trois de loups-garous, pour leurs broderies. C'est sur ordonnance des cabalistes de Saint-Louand qu'on les lui fit en ces matières.

Pour anneaux (son père voulait qu'il en portât pour remettre en vigueur la marque antique de la noblesse), il eut, à l'index de la main gauche, une escarboucle grosse comme un œuf d'autruche, bien joliment enchâssée dans de l'or pur ; à l'annulaire de la même main, il eut un anneau fait des quatre métaux, unis dans le plus merveilleux alliage qui ait jamais été vu, sans que l'acier froisse l'or, sans que l'argent altère le cuivre. Tout fut réalisé par le capitaine Chappuys et par Alcofribas, son bon représentant. A l'annulaire de la main droite, il eut un anneau fait en spirale dans lequel était enchâssé un rubis balais d'une eau parfaite, un diamant taillé en pointe et une émeraude du Physon, d'une valeur inappréciable car Hans Carvel, grand lapidaire du roi de Mélinde, les estimait d'une valeur de soixante-neuf millions huit cent quatre-vingt-quatorze mille dix-huit Moutons-à-la-grande-laine. Les Fugger d'Augsbourg les estimèrent au même prix.

Les couleurs et livrée de Gargantua

CHAPITRE IX

Les couleurs de Gargantua feurent blanc et bleu, comme cy dessus avez peu lire. Et par icelles vouloit son pere qu'on entendist que ce luy estoit une joye celeste. Car le blanc luy signifioit joye, plaisir, delices et resjouissance, et le bleu choses celestes.

J'entends bien que, lisans ces motz, vous mocquez du vieil beuveur et reputez l'exposition des couleurs par trop indague et abhorrente, et dictes que blanc signifie foy, et bleu fermeté. Mais sans vous mouvoir, courroucer, eschaufer ny alterer (car le temps est dangereux) respondez moy si bon vous semble. D'aultre contraincte ne useray envers vous ny aultres, quelz qu'ilz soient. Seulement vous diray un mot de la bouteille.

Qui vous meut ? Qui vous poinct ? Qui vous dict que blanc signifie foy et bleu fermeté ? Un (dictes vous) livre trepelu qui se vend par les bisouars et porteballes [1], au tiltre *Le Blason des couleurs* [2]. Qui l'a faict ? Quiconques il soit, en ce a esté prudent qu'il n'y a poinct mis son nom, mais au reste je ne scay quoy premier en luy je doibve admirer : ou son oultrecuidance ou sa besterie.

Son oultrecuidance, qui sans raison, sans cause et sans apparence, a ausé prescriprе de son autorité privée quelles choses seroient denotées par les couleurs ; ce que est l'usance des tyrans qui voulent leur arbitre tenir lieu de raison, non des saiges et scavans qui par raisons manifestes contentent les lecteurs.

Sa besterie, qui a existimé que, sans aultres demonstrations et argumens valables, le monde reigleroit ses devises par ses impositions badaudes.

CHAPITRE 9 : Sur ce chapitre, voir M. A. Screech, *Rabelais*, p. 187 ; J. Chomarat, *Grammaire et rhétorique chez Erasme*, Paris, 1981, II, pp. 981 et suiv., et Defaux, « Rabelais et son masque comique », p. 117.
1. Les deux mots désignent des colporteurs. – 2. Ce livre, rédigé au milieu du 15e siècle par un hérault d'armes du roi d'Aragon, avait été édité, et même mis en vers depuis peu. Rabelais proteste ici encore contre la tendance de l'esprit médiéval à voir en toute apparence une « signifiance », une correspondance avec de profonds mystères moraux ou théologiques. Mais beaucoup d'humanistes voyaient encore en la nature une forêt de symboles complexes.

La livrée de Gargantua. Ses couleurs
CHAPITRE 9

Les couleurs de Gargantua étaient le blanc et le bleu, comme vous avez pu le lire ci-dessus, et son père, par ce choix, voulait donner à entendre que son fils lui apportait une joie céleste. Car pour lui le blanc signifiait joie, plaisir, délices et réjouissance, et le bleu, choses célestes.

Je me doute bien qu'en lisant ces mots vous vous moquez du vieux buveur et jugez cette interprétation des couleurs trop grossière et impropre ; vous dites que le blanc signifie foi et le bleu fermeté. Mais, sans vous agiter, vous courroucer, vous échauffer ou vous altérer (car il fait un temps dangereux), répondez-moi si bon vous semble. Je n'exercerai nulle autre contrainte contre vous ou contre d'autres, quels qu'ils soient ; c'est seulement de la bouteille que je vous toucherai un mot.

Qui vous pousse ? Qui vous aiguillonne ? Qui vous dit que le blanc symbolise la foi et le bleu la fermeté ? Un livre, dites-vous, un livre minable intitulé *Le Blason des couleurs*, qui est vendu par les charlatans et les colporteurs ? Qui en est l'auteur ? Quel qu'il soit, il s'est montré prudent en ceci qu'il n'y a pas mis son nom. Mais pour le reste je ne sais ce qui doit m'étonner en premier lieu chez lui, son outrecuidance ou sa bêtise :

son outrecuidance, car sans raison, sans cause ni motif, il a osé décréter de sa propre autorité ce que symboliseraient les couleurs : c'est la méthode des tyrans qui veulent que leur bon plaisir tienne lieu de raison et non celle des sages et des doctes qui satisfont le lecteur par des preuves manifestes ;

sa bêtise, car il a estimé que, sans autres démonstrations et arguments valables, le monde composerait ses devises en se réglant sur ses stupides instructions.

De faict (comme dict le proverbe : « A cul de foyrad toujours abonde merde »), il a trouvé quelque reste de niays du temps des haultz bonnetz[3], lesquelz ont eu foy à ses escriptz. Et selon iceulx ont taillé leurs apophthegmes et dictez, en ont enchevestré[4] leurs muletz, vestu leurs pages, escartelé leurs chausses[5], brodé leurs guandz, frangé leurs lictz, painct leurs enseignes[6], composé chansons et (que pis est) faict impostures et lasches tours clandestinement entre les pudicques matrones.

En pareilles tenebres sont comprins ces glorieux de court et transporteurs de noms, lesquelz, voulens en leurs divises signifier espoir, font protraire une sphere[7]; des pennes d'oiseaulx, pour poines[8]; de l'Ancholie, pour melancholie[9]; la Lune bicorne, pour vivre en croissant[10]; un banc rompu, pour bancque roupte[11]; non et un alcret, pour *non durhabit*[12]; un lict sans ciel, pour un licentié, que sont homonymies tant ineptes, tant fades, tant rusticques et barbares, que l'on doibvroit atacher une queue de renard au collet et faire un masque d'une bouze de vache à un chascun d'iceulx qui en vouldroit dorenavant user en France après la restitution des bonnes lettres[13].

Par mesmes raisons (si raisons les doibz nommer et non resveries), ferois je paindre un penier, denotant qu'on me faict pener; et un pot à moustarde, que c'est mon cueur à qui moult tarde; et un pot à pisser, c'est un official[14]· et le fond de mes

---

3. Symbole de la mode surannée du siècle précédent. Voir *Quart L.*, Ancien Prologue, n. 37. – 4. Ce verbe signifiait simplement : harnacher. – 5. Une certaine mode avait en effet voulu qu'on partage les habits, et même les hauts-de-chausse, en quartiers de couleur, comme un blason. – 6. Voir plus haut chap. 8, n. 34. – 7. On prononçait *espouèr* et *espère* pour *espoir* et *sphère*. – 8. Le mot *peines* se prononçait à peu près comme *pennes* (plumes). – 9. Apollinaire, dans un célèbre poème d'*Alcools*, n'a pas dédaigné cette correspondance verbale entre sa peine et la fleur. Voir plus bas *Epître* à *Bouchet*, n. 2. – 10. L'idée de croissance, d'accroissement, signifiée par le *croissant* de la lune, figurait alors en latin dans la devise des corsaires turcs : *donec totum impleat orbem*. – 11. Il n'y a là aucune transposition de noms : le mot *banqueroute* vient d'une expression italienne signifiant banc rompu. – 12. Le halecret était une cuirasse, un *dur habit. Non durabit* signifie en latin : « il ne durera pas » ou « elle ne persistera pas dans sa dureté ». – 13. *Après la restitution des bonnes lettres* a été ajouté en 1542. Rabelais explique donc son refus des emblèmes fondés sur des jeux de mots par le sérieux et la dignité de l'esprit renaissant. On peut opposer à cette collection d'équivoques insignifiantes l'*Enseigne* qui rapproche la pensée de saint Paul et le mythe de l'Androgyne (chap. 8, n. 37). – 14. Ce mot désignait à la fois un officier de la juridiction ecclésiastique et un pot de chambre.

Comme dit le proverbe, à cul foireux toujours merde abonde, et de fait, il a trouvé quelques laissés-pour-compte du temps des grands bonnets qui ont eu foi en ses écrits. C'est à leur aune qu'ils ont taillé leurs maximes et leurs propos, caparaçonné leurs mulets, habillé leurs pages, armorié leurs culottes, brodé leurs gants, festonné leurs lits, peint leurs enseignes, composé des chansons et, pis encore, ont commis sous le manteau impostures et lâches tours dans la société des pudiques mères de famille.

C'est dans de telles ténèbres qu'il faut classer ces m'as-tu-vu de cour, ces inventeurs d'équivoques qui, pour symboliser l'*espoir*, font peindre sur leurs armoiries une sphère, des pennes d'oiseau pour *peines*, de l'ancholie pour *mélancolie*, une lune à deux cornes pour *vivre en croissant*, un banc rompu pour *banqueroute*, *non* et un halecret pour *non durhabit*, un lit sans ciel pour *licencié*. Ce sont des rébus si ineptes, si fades, si grossiers et barbares, qu'on devrait attacher une queue de renard au cou et faire un masque d'une bouse de vache à tous ceux qui voudraient les employer en France après la Renaissance des belles lettres.

Pour les mêmes raisons, si je dois appeler cela des raisons plutôt que des rêveries, je ferais peindre un panier pour signifier qu'on me fait *peiner*, un pot de moutarde pour dire que c'est à mon cœur que *moult tarde*, un pot à pisser pour un *official*, le fond de mes culottes pour un

chausses, c'est un vaisseau de petz [15] ; et ma braguette, c'est le greffe des arrestz [16] ; et un estront de chien, c'est un tronc de ceans [17], où gist l'amour de m'amye.

Bien aultrement faisoient en temps jadis les saiges de Egypte, quand ilz escripvoient par lettres qu'ilz appelloient hieroglyphicques, lesquelles nul n'entendoit qui n'entendist [18] – et un chascun entendoit qui entendist – la vertu, propriété et nature des choses par icelles figurées ; desquelles Orus Apollon a en Grec composé deux livres [19], et Polyphile, au *Songe d'amours* [20], en a davantaige exposé. En France vous en avez quelque transon en la devise de monsieur l'Admiral [21], laquelle premier porta Octavian Auguste [22].

Mais plus oultre ne fera voile mon equif entre ces gouffres et guez mal plaisans : je retourne faire scale au port dont suis yssu. Bien ay je espoir d'en escripre quelque jour plus amplement et monstrer, tant par raisons philosophicques que par auctoritez receues et approuvées de toute ancienneté [23], quelles et quantes couleurs sont en nature et quoy par une chascune peut estre designé, si Dieu me saulve le moulle du bonnet [24] : c'est le pot au vin, comme disoit ma mere grand [25].

15. Navire n'appartenant pas à la marine de guerre : vaisseau de *paix* – 16. Le *greffe* où l'on produit les arrêts de justice, et le *greffon* qui se redresse ; Rabelais condamne donc un genre d'équivoque dont il use à longueur de pages. – 17. La prononciation picarde du mot *céans* se rapprochait de celle de *chien*. Le tronc de céans désigne le même organe que le greffe des arrêts. – 18. Les mots *vertu*, *propriété*, etc. sont également compléments de ce verbe. – 19. Les *Hieroglyphica*, ouvrage apocryphe du grammairien Horus Apollo, étaient connus en Occident depuis le 15e siècle ; leur étude a beaucoup contribué à la vogue des Emblèmes allégoriques. Les *Emblemata* d'Alciat (1531) s'en inspiraient. – 20. *L'Hypnerotomachia Polifili* (Venise, 1499), roman allégorique et érudit de Francesco Colonna, reproduisait des monuments hiéroglyphiques. Cet ouvrage semble avoir inspiré le *Cinquième Livre* du *Pantagruel*. – 21. Sans doute Philippe Chabot, dédicataire des *Emblèmes* d'Alciat traduit en français par J. Le Febvre (1536). – 22. La devise d'Auguste, *Hâte-toi lentement* était illustrée par l'*Emblème 143* d'Alciat : une ancre avec un dauphin. Plusieurs humanistes avaient adopté cet emblème. Voir plus bas *Briefve Déclaration* du *Quart L.* chap. 25, p. 1145. – 23. Rabelais oppose l'argumentation humaniste, fondée sur l'autorité de la tradition rationnelle, aux fantaisies arbitraires des traditions médiévales (voir le début du chapitre et les notes 2 à 6). – 24. Métaphore plaisante pour désigner la tête. Voir *Quart L.* chap. 10, n. 7. – 25. Façon inattendue d'éclaircir la métaphore précédente par une autre métaphore désignant également la tête. Dans les premières éditions, Rabelais n'invoquait pas la grâce divine, mais la protection du prince, mécène qui *en commendant, ensemble donne povoir et sçavoir*.

vaisseau de paix, ma braguette pour *le Bâtonnier*, un étron de chien pour *le tronc de céans* où niche l'amour de m'amie.

C'est bien autrement que, jadis, procédaient les sages de l'Egypte quand ils utilisaient pour écrire des lettres qu'ils appelaient hiéroglyphes. Nul ne pouvait les comprendre s'il ne connaissait les vertus, les propriétés et la nature des choses qu'elles désignaient, mais pourvu qu'on eût ces connaissances, on pouvait les comprendre. Orus Apollon a composé en grec deux livres à ce propos, et Poliphile en a fait une plus ample présentation dans *Le Songe d'amour*. En France vous en avez un petit exemple dans la devise de Monsieur l'Amiral, devise qui fut d'abord celle d'Auguste.

Mais mon esquif ne fera pas voile plus loin entre ces gouffres et ces passages peu engageants ; je retourne faire escale au port dont je suis sorti. J'ai bon espoir d'en parler plus longuement un de ces jours et de montrer, en m'appuyant tant sur des raisonnements philosophiques que sur des autorités agréées et approuvées de toute antiquité, combien de couleurs la Nature comporte, quelles elles sont et ce que chacune peut symboliser. Cela, pourvu que Dieu me sauve le moule du bonnet, c'est-à-dire le pot au vin comme disait ma mère-grand.

De ce qu'est signifié par les couleurs blanc et bleu

CHAPITRE X

Le blanc doncques signifie joye, soulas et liesse, et non à tort le signifie, mais à bon droict et juste tiltre. Ce que pourrez verifier si arriere mises voz affections voulez entendre ce que presentement vous exposeray.

Aristoteles dict que, supposent deux choses contraires en leur espece, comme bien et mal, vertu et vice, froid et chauld, blanc et noir, volupté et doleur, joye et dueil et ainsi de aultres, si vous les coublez [1] en telle façon qu'un contraire d'une espece convienne raisonnablement à l'un contraire d'une aultre, il est consequent que l'autre contraire compete avecques l'autre residu [2]. Exemple : Vertus et Vice sont contraires en une espece, aussy sont Bien et Mal. Si l'un des contraires de la premiere espece convient à l'un de la seconde, comme vertus et bien, car il est sceut que [3] vertus est bonne, ainsi feront les deux residuz, qui sont mal et vice, car vice est maulvais.

Ceste reigle logicale entendue, prenez ces deux contraires : joye et tristesse, puis ces deux : blanc et noir, car ilz sont contraires physicalement. Si ainsi doncques est que noir signifie dueil, à bon droict blanc signifiera joye.

Et n'est ceste signifiance par imposition [4] humaine institué, mais receue par consentement de tout le monde, que les philosophes nomment *jus gentium* [5], droict universel valable par toutes contrées.

Comme assez scavez que tous peuples, toutes nations (je excepte les antiques Syracusans et quelques Argives [6] qui avoient l'ame de travers) [7] toutes langues voulens exteriorement demonstrer leur tristesse portent habit de noir, et tout dueil est

CHAPITRE 10 : 1. En logique, deux notions contraires (telles que, si l'une est vraie, l'autre est fausse) forment un *couple*. – 2. *Résidu* est adjectif : résiduel, restant. – 3. On *sait que* (la première édition portait : *sceur*). – 4. Voir plus haut chap. 7, n. 3. – 5. Chez les juristes anciens, cette expression désignait les lois non écrites admises par l'ensemble des nations humaines. – 6. Plutarque rapporte que les Syracusains et les Argiens portaient des vêtements de deuil blancs. – 7. Selon cette argumentation, il faudrait écarter du « droict naturel » tous les comportements traditionnels qui paraissent se détourner d'une nature normale de l'homme.

Ce que signifient la couleur blanche et la couleur bleue
CHAPITRE 10

Le blanc signifie donc joie, bonheur, allégresse et ce n'est pas à tort, mais à bon droit et à juste titre qu'il le signifie ; vous pourrez le vérifier si, abandonnant vos préventions, vous consentez à écouter ce que je vais maintenant vous exposer.

Aristote dit que si l'on considère deux choses contraires en même champ notionnel, comme le bien et le mal, la vertu et le vice, le froid et le chaud, le blanc et le noir, la volupté et la douleur, la joie et le deuil, ou d'autres encore, et qu'on les accouple de telle sorte que le contraire dans un champ corresponde logiquement au contraire d'un autre, il s'ensuit que l'autre terme de l'opposition correspond au concept restant. Par exemple, la vertu et le vice sont contraires dans un même ordre d'idées. Pour le bien et le mal, c'est la même chose. Si l'un des termes du premier couple d'opposés correspond à l'un du second, comme la vertu au bien, puisqu'on sait que la vertu est bonne, il en va de même pour les deux termes restants, le mal et le vice, puisque aussi bien le vice est mauvais.

Cette règle de logique admise, prenez ces deux contraires : la joie et la tristesse, puis ces deux autres : le blanc et le noir, qui sont opposés de par leur nature ; s'il est convenu que le noir symbolise le deuil, c'est à bon droit que le blanc symbolise la joie.

Cette signification n'a pas été décrétée arbitrairement par les hommes, mais acceptée d'un commun accord par ce que les philosophes appellent *le droit des gens*, ce droit universel valable sous tous les cieux.

Vous savez bien que tous les peuples, toutes les nations (à l'exception des anciens Syracusains et de quelques Argiens qui avaient l'esprit mal tourné), les gens de toutes

faict par noir. Lequel consentement universel n'est faict que nature n'en donne quelque argument et raison, laquelle un chascun peut soubdain par soy comprendre sans aultrement estre instruict de personne, laquelle nous appellons droict naturel.

Par le blanc, à mesmes induction de nature[8], tout le monde a entendu joye, liesse, soulas, plaisir et delectation.

Au temps passé les Thraces et Cretes signoient les jours bien fortunez et joyeux de pierres blanches, les tristes et defortunez de noires.

La nuict n'est elle funeste, triste et melancholieuse ? Elle est noire et obscure par privation. La clarté n'esjouit elle toute nature ? Elle est blanche plus que chose que soit. A quoy prouver je vous pourrois renvoyer au livre de Laurens Valle contre Bartole[9], mais le tesmoignage evangelicque vous contentera : *Math. xvij,* est dict que, à la transfiguration de nostre seigneur, *vestimenta ejus facta sunt alba sicut lux,* ses vestements feurent faictz blancs comme la lumiere[10]. Par laquelle blancheur lumineuse donnoit entendre à ses troys apostres l'idée et figure des joyes eternelles. Car par la clarté sont tous humains esjouiz. Comme vous avez le dict d'une vieille que n'avoit dens en gueulle, encores disoit elle : *Bona lux*[11]. Et Thobie, *cap. v,* quand il eut perdu la veue, lors que Raphael le salua, respondit : « Quelle joye pourray je avoir, qui poinct ne voy la lumiere du ciel ? » En telle couleur tesmoignerent les Anges la joye de tout l'univers à la resurrection du saulveur, *Joan. xx,* et à son ascension, *Act. j.* De semblable parure veit sainct Jean evangeliste, *Apocal. iiij et vij,* les fideles vestuz en la celeste et beatifiée Hierusalem.

Lisez les histoires antiques tant Grecques que Romaines, vous trouverez que la ville de Albe[12] (premier patron[13] de

---

8. Par la même déduction fondée sur l'analyse des qualités naturelles. – 9. Au 15ᵉ siècle, l'humaniste Laurent Valla avait attaqué Bartole, célèbre jurisconsulte du siècle précédent en lui reprochant d'employer le cliché de la lumière couleur de l'or, alors que les sens révèlent que la couleur de la lumière est le blanc. – 10. Tout le monde savait que le texte latin adopté par l'Eglise portait non pas *sicut lux* (comme la lumière) mais *sicut nix* (comme la neige). Mais les humanistes avaient rétabli d'après le grec le texte véritable, que Rabelais suit ici, ce qui leur permettait de ridiculiser au passage les tenants de Bartole et les allégoristes qui croyaient trouver dans les Ecritures un enseignement relatif au sens mystique des couleurs. – 11. Le type de la vieille cadavérique et pourtant libidineuse, répétant que la lumière de la vie est belle, se trouve dans *L'Eloge de la folie* d'Erasme. – 12. Ce nom signifie « la Blanche ». – 13. La fondation d'Albe préfigura celle de Rome.

langues, quand ils veulent porter témoignage manifeste de leur tristesse, s'habillent de noir et que tout deuil se traduit par le noir. Cet accord universel ne s'est pas fait sans que la Nature ne le justifie d'un argument ou d'une raison que chacun puisse comprendre d'emblée sans y être préparé par qui que ce soit. C'est ce que nous appelons le droit naturel.

Pour les mêmes raisons fondées en nature, tout le monde a été amené à traduire le blanc par joie, liesse, bonheur, plaisir et délices.

Au temps passé, les Thraces et les Crétois marquaient les jours fastes et joyeux de pierres blanches, et de noires les jours tristes et néfastes.

La nuit n'est-elle pas maléfique, triste, génératrice de mélancolie ? Elle est noire et obscure par suite d'un manque. La lumière ne réjouit-elle pas toute nature ? Elle est blanche plus que toute chose au monde. Pour le prouver, je pourrais vous renvoyer au livre de Laurent Valla contre Bartole, mais le témoignage de l'Evangile suffira à vous satisfaire. Il est dit, au chapitre XVII de Matthieu, que lors de la Transfiguration de Notre-Seigneur, *vestimenta ejus facta sunt alba sicut lux :* ses vêtements devinrent blancs comme la lumière. Par cette lumineuse blancheur, il laissait entrevoir à ses trois apôtres une image et un symbole des joies éternelles. Car tous les hommes sont réjouis par la lumière comme vous pouvez l'entendre de cette vieille qui, n'ayant plus dent en gueule, disait encore : « Douce lumière ! » Et Tobie, au chapitre V, répondit, quand Raphaël le salua après qu'il eut perdu la vue : « Quelle joie pourrais-je avoir, moi qui ne vois point la lumière du ciel ? » C'est vêtus de cette même couleur que les anges témoignèrent de la joie de tout l'univers à la Résurrection du Sauveur (Jean, XX) et à son Ascension (Actes, I). C'est une parure semblable que portaient les fidèles de la bienheureuse Jérusalem céleste, quand saint Jean l'Evangéliste les vit (Apocalypse, IV et VII).

Lisez l'histoire ancienne, tant grecque que romaine ; vous apprendrez que la ville d'Albe, premier modèle de Rome,

Rome) feut et construicte et appellée à l'invention[14] d'une
truye blanche.

Vous trouverez que si à aulcun, après avoir eu des ennemis
victoire, estoit decreté qu'il entrast à Rome en estat trium-
phant, il y entroit sur un char tiré par chevaulx blancs. Autant
celluy qui y entroit en ovation[15]. Car par signe ny couleur ne
pouvoyent plus certainement exprimer la joye de leur venue
que par la blancheur.

Vous trouverez que Pericles, duc des Atheniens, voulut celle
part de ses gensdarmes esquelz par sort estoient advenus les
febves blanches[16] passer toute la journée en joye, solas et
repos, ce pendent que ceulx de l'aultre part batailleroient.
Mille aultres exemples et lieux à ce propos vous pourrois je
exposer, mais ce n'est icy le lieu.

Moyennant laquelle intelligence povez resoudre un pro-
bleme, lequel Alexandre Aphrodise a reputé insolube[17] : Pourquoy le Leon, qui de son seul cry et rugissement espovante
tous animaulx, seulement crainct et revere le coq blanc? Car
(ainsi que dict Proclus, *lib. De sacrificio et magia*[18]) c'est par
ce que la presence de la vertus du Soleil, qui est l'organe et
promptuaire de toute lumiere terrestre et syderale, plus est
symbolisante et competente au coq blanc, tant pour icelle couleur que pour sa proprieté et ordre specificque, que au Leon.
Plus dict que en forme Leonine ont esté diables souvent veuz,
lesquelz à la presence d'un coq blanc soubdainement sont dis-
paruz[19].

14. A l'endroit où son fondateur (Ascagne, le fils d'Enée) découvrit
(« inventa ») une truie dont la couleur expliquerait le nom d'Albe la Blanche.
– 15. En triomphe de deuxième rang après un fait d'armes moins éclatant que
celui que récompensait le triomphe. – 16. Dans *La Vie de Périclès*, Plutarque
raconte comment le stratège athénien Périclès (5e siècle avant J.-C.), assié-
geant Samos, trompa l'impatience de ses soldats en les divisant en huit
groupes, dont celui qui devait rester au repos serait désigné par le sort (les
fèves blanches). – 17. Cf. F. de La Brétèque, « Rabelais, le lion et le coq », in
Etudes rabelaisiennes, 1980. Alexandre d'Aphrodise, commentateur d'Aristote, avait dressé, à la fin du 2e siècle, un catalogue de problèmes insolubles,
mais il ne précise pas de quelle couleur est le coq qui effraie le lion ; tout ce
passage sur le coq blanc doit pouvoir s'interpréter à la lumière des « Symboles pythagoriciens » auxquels s'intéressaient les humanistes : *s'abstenir de
coq blanc* signifie : « aider au salut de chacun avec la plus grande pureté »
selon Philippe Béroalde. – 18. Rabelais s'inspire d'un platonicien du 15e siècle,
Ficin, qui avait commenté ce traité du néo-platonicien Proclus (5e siècle) sur
la magie. – 19. Les *Bestiaires* médiévaux connaissaient ces propriétés du
coq blanc.

fut construite et baptisée suite à la découverte d'une truie blanche.

Vous apprendrez que, s'il était décrété que l'homme ayant remporté une victoire sur l'ennemi devait entrer dans Rome en apparat de triomphe, c'est sur un char tiré par des chevaux blancs qu'il y entrait, tout comme celui qui faisait son entrée en recevant l'ovation : nulle marque, nulle couleur ne pouvait mieux traduire la joie suscitée par leur entrée que la couleur blanche.

Vous apprendrez que Périclès, général des Athéniens, décida que ceux de ses hommes d'armes qui tireraient au sort des fèves blanches passeraient toute la journée à se réjouir, se divertir et se reposer pendant que les autres se battraient. Je pourrais à ce propos vous citer mille autres exemples ou références, mais ce n'est pas ici le lieu.

Pourvu que vous ayez compris cela, vous pouvez résoudre un problème considéré comme insoluble par Alexandre d'Aphrodise : pourquoi le lion, dont le seul cri, dont le moindre rugissement épouvante tous les animaux, ne craint et ne respecte que le coq blanc ? C'est que, comme le dit Proclus, au livre *Du sacrifice et de la magie*, la présence de la vertu du soleil, organe où s'emmagasine toute lumière terrestre et cosmique, a plus d'affinité et de congruence avec le coq blanc qu'avec le lion, tant à cause de sa couleur qu'à cause de ses propriétés et qualités spécifiques. Mieux, il dit qu'on a souvent vu des diables qui, ayant pris la forme de lions, ont brutalement disparu, mis en présence d'un coq blanc.

Ce est la cause pourquoy *Galli*[20] (ce sont les Francoys ainsi appellez par ce que blancs sont naturellement comme laict, que les Grecz nomme gala) voluntiers portent plumes blanches sus leurs bonnetz. Car par nature ilz sont joyeux, candides[21], gratieux et bien amez, et pour leur symbole et enseigne ont la fleur plus que nulle aultre blanche, c'est le lys.

Si demandez comment par couleur blanche nature nous induict entendre joye et liesse, je vous responds que l'analogie et conformité est telle. Car, comme le blanc exteriorement disgrege et espart la veue, dissolvent manifestement les espritz visifz[22], selon l'opinion de Aristoteles en ses *Problemes* et des perspectifz[23] (et le voyez par experience quand vous passez les montz couvers de neige, en sorte que vous plaignez de ne pouvoir bien reguarder, ainsi que Xenophon escript estre advenu à ses gens, et comme Galen expose amplement *lib. x De usu partium*), tout ainsi le cueur par joye excellente est interiorement espart et patist manifeste resolution des esperitz vitaulx[24]. Laquelle tant peut estre acreue que le cueur de moureroit spolié de son entretien[25], et par consequent seroit la vie estaincte par ceste perichairie[26], comme dict Galen, *lib. xij Metho., li. v De locis affectis* et *li. ij De symptomaton causis*, et comme estre au temps passé advenu, tesmoignent Marc Tulle[27], *li. j Questio. Tuscul.*, Verrius[28], Aristoles, Tite Live, après la bataille de Cannes, Pline, *lib. vij, c. xxxij* et *liij*, A. Gellius[29], *li. iij, xv* et aultres, à Diagoras Rodien, Chilo,

20. Littéralement : « les Gaulois ». – 21. On savait qu'en latin cet adjectif signifiait : blanc éblouissant. – 22. Les esprits visuels certains des fameux « esprits animaux » des aristotéliciens s'échappaient par les yeux, formant un rayonnement qui permettait à l'âme de percevoir visuellement les objets ; chaque sensation visuelle entraîne donc une désagrégation de la substance de l'œil ; plus la perte de substance est importante, plus cette perception est consciente. – 23. Selon l'opinion des spécialistes en perspective (les Perspectifs) qui appuyaient leur science sur des commentaires d'Aristote (par exemple Lefèvre d'Etaples, *Perspectiva Introductio*, 1503). – 24. Les esprits vitaux avaient leur siège dans le cœur ; ils assuraient le fonctionnement de l'organisme, ils pouvaient *tendre* vers le cerveau *(intentio)* ou se répartir dans le corps (voir ci-dessous chap. 24, n. 11) ; dans un mouvement violent, la chaleur les dilatait et les dispersait. – 25. Phil. Béroade expliquait de façon semblable les morts causées par un excès de joie (*Explic. morale des symboles de Pythagore*, éd. de 1520, f° XIX). – 26. Ces trois mots ont été ajoutés par Rabelais pour rendre plus clair le texte de la première édition ; voir plus bas chap. 20, n. 2. – 27. Cicéron. – 28. Grammairien latin allégué par Pline l'Ancien. – 29. Voir plus haut chap. 3, n. 9.

C'est ce qui explique pourquoi les Gaulois, c'est-à-dire les Français (leur nom vient de ce que, par nature, ils sont blancs comme le lait que les Grecs appellent *Gala*), portent volontiers des plumes blanches sur leurs bonnets. En effet ils sont par nature joyeux, candides, gracieux et bien-aimés et ils ont pris pour symbole et emblème la plus blanche de toutes les fleurs : le lis.

Si vous me demandez comment, par la couleur blanche, la Nature nous donne à comprendre joie et liesse, je vous répondrai que c'est par analogie et identité physique : extérieurement, le blanc divise et disperse la vue, dissolvant manifestement *les esprits visifs*, selon l'opinion exprimée par Aristote dans ses *Problèmes*, et *les esprits perspectifs*. Vous pouvez en faire l'expérience quand vous franchissez des montagnes couvertes de neige et que vous vous plaignez de n'y pas bien voir ; Xénophon nous dit que cela est arrivé à ses gens et Galien expose amplement le phénomène au livre X de *L'Usage des parties du corps*. De la même façon, le cœur, sous l'effet d'une joie extraordinaire, se disperse à l'intérieur du corps et souffre une dissolution manifeste des esprits vitaux ; celle-ci peut s'accentuer à un point tel que le cœur demeure privé de ce qui le fait fonctionner et que la vie s'éteint sous l'effet d'un tel excès de joie, comme le dit Galien au livre XII de la *Méthode*, au livre V du *Lieu des affections*, au livre II de *La Cause des symptômes*. Selon les témoignages de Cicéron (livre I des *Questions tusculanes*), de Verrius, Aristote, Tite-Live, qui note un tel cas après la bataille de Cannes, de Pline (livre VII, chapitres XXXII et LIII), Aulu-Gelle (livres III, XV et suivants), c'est ce qui serait arrivé autrefois à Diagoras de Rhodes, à Chilon, à Sophocle, à Denys, tyran

Sophocles, Diony, tyrant de Sicile[30], Philippides, Philemon[31], Polycrata[32], Philistion, M. Juventi et aultres qui moururent de joye. Et comme dict Avicenne *in ij Canone* et *lib. De viribus cordis* du zaphran, lequel tant esjouist le cueur qu'il le despouille de vie, si on en prend en dose excessifve, par resolution et dilatation superflue. Icy voyez Alex. Aphrodisien, *lib. primo Problematum, c. xix*. Et pour cause[33].

Mais, quoy ! j'entre plus avant en ceste matiere que ne establissois au commencement. Icy doncques calleray mes voilles, remettant le reste au livre en ce consommé du tout[34], et diray en un mot que le bleu signifie certainement le ciel et choses celestes, par mesmes symboles que le blanc signifioit joye et plaisir.

De l'adolescence de Gargantua

CHAPITRE XI

Gargantua depuis les troys jusques à cinq ans feut nourry et institué en toute discipline convenente par le commandement de son pere, et celluy temps passa comme les petitz enfans du pays : c'est assavoir à boyre, manger et dormir ; à manger, dormir et boyre ; à dormir, boyre et manger.

Tousjours se vaultroit par les fanges, se mascaroyt le nez, se chauffourroit le visaige. Aculoyt ses souliers, baisloit souvent aux mousches et couroit voulentiers après les parpaillons, desquelz son pere tenoit l'empire[1]. Il pissoit sus ses souliers, il chyoit en sa chemise, il se mouschoyt à ses manches, il mourvoit

---

30. L'auteur tragique grec Sophocle et le fameux tyran de Syracuse, Denys, seraient tous deux morts de joie en apprenant leur victoire au concours de tragédie. – 31. Philippide et Philémon furent des poètes comiques grecs, de même que Philistion. Voir *Quart L.* chap. 17, n. 12 et 16 et L. V chap. 10, n. 23. – 32. Polycrita, prisonnière des Milésiens, mourut de joie en voyant que, par une ruse, elle avait donné la victoire à ses concitoyens la graphie : *Polycrata* prouve que Rabelais a emprunté toute cette compilation à l'érudit Ravisius Textor (mort à Paris en 1524) qui avait commis la même erreur. – 33. Formule d'homme de loi. – 34. Voir le dernier paragraphe du chapitre précédent.

CHAPITRE 11 : Sur ce chapitre, voir F. Charpentier, « Une éducation de prince », in *Etudes rabelaisiennes* 1988, pp. 103-108.
1. Voir chap. 3, n. 6.

de Sicile, à Philippides, à Philémon, à Polycrate, à Philistion, à Marcus Juventi et à d'autres qui moururent de joie. Avicenne, à ce propos (au livre II du *Canon* et au livre des *Forces du cœur*), parle du safran qui réjouit tellement le cœur qu'il le prive de vie par dissolution et dilatation immodérée, si on en absorbe une dose excessive. A ce sujet, consultez Alexandre d'Aphrodise, livre I des *Problèmes*, chapitre XIX. Voilà pour la question !

Mais voyons ! je vais plus loin dans cette direction que je n'avais l'intention de le faire au départ. Je vais donc amener les voiles ici et réserver le reste pour un livre entièrement consacré à ce sujet. Je dirai en un mot, que le bleu signifie assurément ciel et choses célestes selon le même symbolisme qui veut que le blanc signifie joie et plaisir.

De l'adolescence de Gargantua
CHAPITRE 11

Gargantua fut élevé et éduqué de trois à cinq ans, selon les dispositions prises par son père, dans toutes les disciplines qu'il convient ; il passa ce temps-là comme tous les petits enfants du pays, autrement dit à boire, manger et dormir ; à manger, dormir et boire ; à dormir, boire et manger.

Toujours il se vautrait dans la fange, se mâchurait le nez, se barbouillait la figure, éculait ses souliers, bayait souvent aux mouches, aimait à courir après les papillons sur lesquels régnait son père. Il pissait sur ses chaussures, chiait dans sa chemise, se mouchait sur ses manches, morvait

dedans sa soupe. Et patroïlloit[2] par tout lieux, et beuvoit en sa pantoufle, et se frottoit ordinairement le ventre d'un panier. Ses dens aguysoit d'un sabot, ses mains lavoit de potaige, se pignoit d'un goubelet. Se asseoyt entre deux selles le cul à terre. Se couvroyt d'un sac mouillé. Beuvoyt en mangeant sa souppe. Mangeoyt sa fouace sans pain. Mordoyt en riant. Rioyt en mordent. Souvent crachoyt on bassin[3], pettoy de gresse, pissoyt contre le soleil[4]. Se cachoyt en l'eau pour la pluye. Battoyt à froid[5]. Songeoyt creux. Faisoyt le succré. Escorchoyt le renard[6]. Disoit la patenostre du cinge[7]. Retournoit à ses moutons. Tournoyt les truies au foin[8]. Battoyt le chien devant le lion[9]. Mettoyt la charrette devant les beufz. Se grattoyt où ne luy demangeoyt poinct. Tiroit les vers du nez. Trop embrassoyt et peu estraignoyt. Mangeoyt son pain blanc le premier. Ferroyt les cigalles. Se chatouilloyt pour se faire rire. Ruoyt tresbien en cuisine[10]. Faisoyt gerbe de feurre[11] au dieux. Faisoyt chanter *Magnificat* à matines et le trouvoyt bien à propous[12]. Mangeoyt chous et chioyt pourrée[13]. Congnoissoyt mousches en laict. Faisoyt perdre les pieds au mousches. Ratissoyt le papier. Chaffourroyt[14] le parchemin. Guaignoyt au pied[15]. Tiroyt au chevrotin[16]. Comptoyt sans son houste[17]. Battoyt les buissons sans prandre les ozillons. Croioyt que nues feussent pailles d'arain[18] et que vessies feussent lanternes. Tiroyt d'un sac deux moustures. Faisoyt de l'asne pour avoir du bren[19]. De son poing faisoyt un maillet. Prenoit les grues du premier sault. Vouloyt que maille à maille on feist les haubergeons. De cheval donné tousjours

---

2. Toute la kyrielle d'expressions proverbiales qui va suivre (après les mots *par tout* jusqu'à *escorchoyt le renard*, vers la fin du paragraphe) a été ajoutée au texte primitif : Rabelais souligne plaisamment que l'enfant abandonné à ses instincts fait spontanément tout ce que condamne la sagesse des nations. Voir *Tiers L.* chap. 2, n. 7. – 3. Au sens figuré : donnait de l'argent de mauvaise grâce. – 4. Au sens figuré outrageait de puissants protecteurs. – 5. Sous-entendu : *le fer.* – 6. C'est-à-dire : vomissait pour avoir trop bu. Voir *Quart L.* chap. 44, n. 13. – 7. Grommelait des paroles indistinctes. Voir *Quart L.* chap. 20, n. 6. – 8. Sautait du coq à l'âne. Voir *Quart L.* chap. 9, n. 24. – 9. Faisait indirectement la leçon à un supérieur en réprimandant devant lui un personnage de moindre importance. – 10. Mangeait énormément. Voir *Quart L.* chap. 10, n. 5. – 11. Faisait une offrande de paille (et non de grain). – 12. Le chant du *Magnificat* est réservé aux vêpres. – 13. Sorte de bette. – 14. Voir plus haut note 2. – 15. Cédait du terrain à l'ennemi. – 16. Buvait un trait à la *gourde en peau de chèvre.* – 17. N'attendait pas que l'hôte fît l'addition. Voir Monluc, *Commentaires*, éd. Pléiade, p. 683. – 18. Voir L. V chap. 21, n. 22. – 19. Voir plus haut Prologue, n. 27 ; ce mot désigne toute déjection (ici le *son* grossier, résidu de la mouture).

dans sa soupe, pataugeait n'importe où, buvait dans sa pantoufle et se frottait d'ordinaire le ventre avec un panier. Il aiguisait ses dents sur un sabot, se lavait les mains dans le potage, se peignait avec un gobelet, s'asseyait le cul à terre entre deux chaises, se couvrait d'un sac mouillé, buvait en mangeant sa soupe, mangeait sa fouace sans pain, mordait en riant, riait en mordant, crachait souvent au bassin, pétait de graisse, pissait contre le soleil, se cachait dans l'eau contre la pluie, battait froid, songeait creux, faisait le sucré, écorchait le renard, disait la patenôtre du singe, revenait à ses moutons, menait les truies au foin, battait le chien devant le lion, mettait la charrue avant les bœufs, se grattait où ça ne le démangeait pas, tirait les vers du nez, trop embrassait mal étreignait, mangeait son pain blanc le premier, ferrait les cigales, se chatouillait pour se faire rire, ruait fort bien en cuisine, faisait aux dieux offrande de foin, faisait chanter *Magnificat* à matines et trouvait ça très bien, mangeait des choux et chiait de la poirée, distinguait les mouches dans le lait, faisait perdre pied aux mouches, ratissait le papier, gribouillait le parchemin, perdait pied, prenait de la bouteille, comptait sans son hôte, battait les buissons sans attraper les oisillons, prenait les nues pour des poêles de bronze et les vessies pour des lanternes, avait plus d'un tour dans son sac, faisait l'âne pour avoir du bran, faisait un maillet de son poing, prenait les grues au premier saut, voulait que l'on tricotât point à point les cottes de mailles, à cheval

reguardoyt en la gueulle[20]. Saultoyt du coq à l'asne. Mettoyt entre deux verdes une meure[21]. Faisoyt de la terre le foussé[22]. Gardoyt la lune des loups[23]. Si les nues tomboient, esperoyt prandre les alouettes. Faisoyt de necessité vertus. Faisoyt de tel pain souppe. Se soucioyt aussi peu des raitz[24] comme des tonduz. Tous les matins escorchoyt le renard. Les petitz chiens de son pere mangeoient en son escuelle. Luy de mesmes mangeoit avecques eux. Il leurs mordoit les aureilles. Ilz luy graphinoient le nez. Il leurs souffloit au cul. Ilz luy leschoient les badigoinces.

Et sabez quey, hillotz? Que mau de pipe vous byre[25]! Ce petit paillard tousjours tastonoit ses gouvernantes cen[26] dessus dessoubz, cen devant derriere, harry bourriquet[27]! et desja commencoyt exercer sa braguette. Laquelle un chascun jour ses gouvernantes ornoyent de beaulx boucquets, de beaulx rubans, de belles fleurs, de beaulx flocquars[28] et passoient leur temps à la faire revenir entre leurs mains, comme un magdaleon d'entraict[29]. Puis s'esclaffoient de rire quand elle levoit les aureilles, comme si le jeu leurs eust pleu.

L'une la nommoit ma petite dille[30], l'autre ma pine[31], l'aultre ma branche de coural, l'autre mon bondon[32], mon bouchon, mon vibrequin, mon possouer, ma teriere, ma pendilloche, mon rude esbat roidde et bas[33], mon dressouoir, ma petite andoille vermeille, ma petite couille bredouille.

« Elle est à moy, disoit l'une.

– C'est la mienne, disoit l'aultre.

– Moy, (disoit l'aultre) n'y auray je rien? Par ma foy, je la couperay doncques.

– Ha! couper? (disoit l'aultre) vous luy feriez mal, ma dame; coupez vous la chose aux enfans? Il seroyt monsieur sans

---

20. Il est peu courtois d'inspecter les dents d'un cheval reçu en cadeau (pour en savoir l'âge). – 21. Un tiers de fruits murs, deux tiers de fruits trop verts. – 22. Et non pas le talus! – 23. Protégeait la lune contre les loups (qui hurlent *à la lune*). Voir L. V chap. 21, n. 31. – 24. Des gens au crâne rasé. – 25. En gascon: « Et savez-vous quoi, les gars? Que le mal du tonneau vous rende chancelants! »; cf.. *Tiers L.* ch. 42, n. 19. – 26. *Ce en*; nous écrivons aujourd'hui: *sens* dessus dessous. – 27. Cri pour faire avancer les ânes: voir *Quart L.* chap. 52, n. 50. – 28. Voir plus haut chap. 8, n. 9. – 29. Bâtonnet d'onguent pharmaceutique. – 30. Fausset de tonneau: Voir chap. 12, n. 26. – 31. Au sens premier: épingle. – 32. Bouchon de barrique. – 33. Voilà une de ces « homonymies » que Rabelais vient de juger ineptes, fades, rustiques et barbares (chap. 9).

donné regardait toujours les dents, sautait du coq à l'âne, en faisait des vertes et des pas mûres, remettait les déblais dans le fossé, gardait la lune des loups, espérait prendre les alouettes si le ciel tombait, faisait de nécessité vertu, faisait des tartines de même farine, se souciait des pelés comme des tondus, écorchait tous les matins le renard. Les petits chiens de son père mangeaient dans son écuelle et, lui, mangeait avec eux, aussi bien. Il leur mordait les oreilles, ils lui égratignaient le nez ; il leur soufflait au cul, ils lui léchaient les badigoinces.

Et sabez quoy, fillotz ? Le mau de pipe vous byre ! Ce petit paillard pelotait toujours ses gouvernantes, sens dessus dessous, sens devant derrière, hardi bourricot ! Et il commençait déjà à essayer sa braguette, que ses gouvernantes ornaient chaque jour de beaux bouquets, de beaux rubans, de belles fleurs, de beaux pompons ; elles passaient leur temps à la faire revenir entre leurs doigts comme un bâtonnet d'emplâtre, et puis elles s'esclaffaient quand elle dressait les oreilles, comme si le jeu leur avait plu.

L'une l'appelait mon petit fausset, une autre mon épine, une autre ma branche de corail, une autre mon bondon, mon bouchon, mon vilebrequin, mon piston, ma tarière, ma pendeloque, mon rude ébat raide et bas, mon dressoir, ma petite andouille vermeille, ma petite couille bredouille.

« Elle est à moi, disait l'une

— C'est la mienne, disait une autre.

— Et moi, je n'y aurai pas droit ? disait une autre. Ma foi, je vais donc la couper !

— Ah ! la couper ! disait une autre, vous lui feriez mal, madame ; coupez-vous la chose aux enfants ? On l'appellerait

queue[34] ! » Et pour s'esbatre comme les petitz enfans du pays, luy feirent un beau virollet[35] des aesles d'un moulin à vent de Myrebalays[36].

Des chevaulx factices de Gargantua

CHAPITRE XII

Puis affin que toute sa vie feust bon chevaulcheur, l'on luy feist un beau grand cheval de boys, lequel il faisoit penader, saulter, voltiger, ruer et dancer tout ensemble, aller le pas, le trot, l'entrepas[1], le gualot, les ambles, le hobin, le traquenard[2], le camelin et l'onagrier[3]. Et luy faisoit changer de poil, comme font les moines de courtibaux[4] selon les festes, de bailbrun, d'alezan, de gris pommellé, de poil de rat, de cerf, de rouen, de vache, de zencle, de pecile, de pye, de leuce[5].

Luy mesmes, d'une grosse traine[6] fist un cheval pour la chasse, un aultre d'un fust[7] de pressouer à tous les jours et d'un grand chaisne une mulle avecques la housse pour la chambre. Encores en eut il dix ou douze à relays et sept pour la poste. Et tous mettoit coucher aupres de soy.

Un jour le seigneur de Painensac[8] visita son pere en gros train et apparat, auquel jour l'estoient semblablement venuz veoir le duc de Francrepas et le comte de Mouille Vent[9]. Par ma foy, le logis feust un peu estroict pour tant de gens, et singulierement les estables, donc le maistre d'hostel et fourrier dudict seigneur de Painensac, pour scavoir si ailleurs en la maison estoient estables vacques, s'adresserent à Gargantua, jeune garsonnet, luy demandans secrettement où estoient les estables des grands chevaulx[10], pensans que voluntiers les enfans decellent tout.

---

34. *Monsieur* sans le nom de famille. – 35. Voir L. V chap. 40, n. 14. – 36. Le Mirebalais (pays de Mirebeau en Poitou) semble avoir été désigné proverbialement comme pays de moulins ; voir plus bas Lettre de Rome n. 3, n. 32.

CHAPITRE 12 : 1. Pas proche de l'amble. – 2. Les deux derniers termes désignent des sortes de trots. – 3. Le pas du chameau et le pas de l'onagre. – 4. Comme les moines changent de chasuble. – 5. Certains de ces noms de couleurs sont inventés par Rabelais, qui les a calqués sur le grec (*zencle* : qui a des taches en forme de faucilles ; *pecile* bigarrée ; *leuce* : blanc). – 6. Poutre montée sur deux roues. – 7. Poutre mobile. – 8. Monsieur de Pain-en-sac était un type d'avare. – 9. Ces noms évoquent des pique-assiette. – 10. Chevaux réservés pour le service de la guerre.

monsieur tout court ! » Et pour qu'il s'amuse comme les petits enfants du pays, elles lui firent un beau tourniquet avec les ailes d'un moulin à vent de Mirebeau.

Des chevaux factices de Gargantua
CHAPITRE 12

Puis, pour que toute sa vie il fût bon chevaucheur, on lui fit un bel et grand cheval de bois qu'il faisait gambader, sauter, volter, ruer et danser en même temps ; il lui faisait prendre le pas, le trot, l'entrepas, le galop, l'amble, l'aubin, le traquenard, le pas du chameau et celui de l'onagre. Et comme les moines selon les fêtes changent de dalmatique, il le faisait changer de robe : tour à tour bai brun, alezan, gris pommelé, poil de rat, de cerf, de vache, rouan, tisonné, truité, pie ou blanc.

Il se fit lui-même, avec un gros fardier, un cheval pour la chasse, un autre pour tous les jours avec un levier de pressoir et, avec un grand chêne, une mule avec sa housse pour le manège. Il avait encore dix ou douze chevaux de relais et sept chevaux de poste. Il les faisait tous coucher près de lui.

Un jour, le seigneur de Painensac rendit visite à son père en équipage de grand apparat, le jour même où le duc de Francrepas et le comte de Mouillevent étaient venus le voir, eux aussi. Et, ma foi, la maison était un peu étroite pour tant de monde, notamment côté écuries. Alors le maître d'hôtel et le fourrier de ce seigneur de Painensac, pour savoir s'il y avait d'autres écuries inoccupées dans la maison, s'adressèrent à Gargantua, le jeune garçonnet, et lui demandèrent discrètement où se trouvaient les écuries des chevaux de maître, pensant que les enfants s'entendent à connaître tous les secrets.

Lors il les mena par les grands degrez[11] du chasteau, passant par la seconde salle, en une grande gualerie par laquelle entrerent en une grosse tour et, eulx montans par d'aultres degrez, dist le fourrier au maistre d'hostel : « C'est enfant nous abuse, car les estables ne sont jamais au hault de la maison.

– C'est (dist le maistre d'hostel) mal entendu à vous. Car je scay des lieux à Lyon, à la Basmette[12], à Chaisnon[13] et ailleurs où les estables sont au plus hault du logis ; ainsi peut estre que derriere y a yssue au montouer[14]. Mais je le demanderay plus asseurement. »

Lors demanda à Gargantua : « Mon petit mignon, où nous menez vous ?

– A l'estable (dist il) de mes grands chevaulx. Nous y sommes tantost, montons seulement ces eschallons. »

Puis les passant par une aultre grande salle, les mena en sa chambre et, retirant la porte : « Voicy (dist il) les estables que demandez : voylà mon Genet[15], voy là mon Guildin[16], mon Lavedan[17], mon Traquenard[18]. »

Et les chargent d'un gros livier : « Je vous donne (dist il) ce Phryzon[19], je l'ay eu de Francfort, mais il sera vostre ; et il est bon petit chevallet et de grand peine. Avecques un tiercelet d'Autour[20], demye douzaine d'Hespanolz et deux levriers, vous voy là roy des Perdrys et Lievres pour tout cest hyver.

– Par sainct Jean (dirent ilz), nous en sommes bien : à ceste heure avons nous le moine[21] !

– Je le vous nye, dist il. Il ne fut troys jours a ceans. »

Devinez icy duquel des deux ilz avoyent plus matiere : ou de soy cacher pour leur honte, ou de ryre pour le passetemps ?

Eulx en ce pas descendens tous confus, il demanda : « Voulez vous une aubeliere ?

– Qu'est ce ? disent ilz[22].

---

11. L'escalier d'honneur. – 12. La Baumette, couvent de cordeliers proche d'Angers. – 13. Chinon. – 14. Si la tour était construite à flanc de coteau, comme les lieux précédemment nommés. – 15. Petit cheval d'Espagne. – 16. Cheval anglais pour la promenade. – 17. Cheval de Gascogne pour la course. – 18. Cheval de trot ; voir plus haut note 3. – 19. Cheval de trait, que les Frisons vendaient à la foire de Francfort. – 20. Mâle de l'*autour*, utilisé pour la chasse. – 21. Nous avons le guignon (allusion à un jeu brutal ou à une superstition qui faisait redouter la rencontre d'un moine) ; voir *Quart L.* chap. 16, n. 15. – 22. Ce néologisme n'est pourtant pas totalement incompréhensible : voir L. V chap. 10 et K. Baldinger in *Etudes rabelaisiennes* 1990, pp. 73-77. Sur l'importance au 16e siècle des mots bizarres que les enfants

Alors il les conduisit par le grand escalier du château, et passant de la seconde salle en une grande galerie, ils pénétrèrent dans une grosse tour ; comme ils montaient de nouvelles marches, le fourrier dit au maître d'hôtel : « Cet enfant se joue de nous : les écuries ne sont jamais en haut de la maison.

– C'est vous qui avez mal saisi, dit le maître d'hôtel ; je connais des endroits à Lyon, à La Baumette, à Chinon et ailleurs où les écuries se trouvent au plus haut du logis ; alors, il y a peut-être par-derrière une sortie à l'étage. Mais pour plus de sûreté, je vais le demander. »

Et il demanda à Gargantua : « Mon petit mignon, où nous conduisez-vous ?

– A l'écurie de mes chevaux de bataille, répondit-il ; nous y arrivons bientôt, montons seulement ces marches. »

Puis leur faisant traverser une autre grande salle, il les conduisit dans sa chambre et, ouvrant la porte, dit : « Voici les écuries que vous cherchez : voilà mon genet, mon guilledin, mon gascon, mon hongre. »

Et, les chargeant d'un gros levier : « Je vous donne, dit-il, ce frison. Je l'ai eu à Francfort, mais il est à vous. C'est un bon petit cheval, d'une grande robustesse. Avec un tiercelet, une demi-douzaine d'épagneuls et deux lévriers, vous voilà roi des perdrix et des lièvres pour tout cet hiver.

– Par saint Jean, dirent-ils, nous sommes bien attrapés. A présent, nous avons le moine.

– Je ne vous crois pas, fit-il, il y a trois jours qu'il ne fut pas dans la maison. »

Devinez maintenant ce qu'ils avaient de mieux à faire : s'en aller cacher leur honte, ou prendre le parti de rire en ce divertissement ?

Comme, tout confus, ils redescendaient l'escalier, il leur demanda : « Voulez-vous une aubelière ?

– Qu'est-ce que c'est ? disent-ils.

– Ce sont (respondit il) cinq estroncz pour vous faire une museliere.

– Pour ce jourdhuy (dist le maistre d'hostel), si nous sommes roustiz, ja au feu ne bruslerons, car nous sommes lardez à poinct, en mon advis. O petit mignon, tu nous as baillé foin en corne [23] : je te voirray quelque jour pape.

– Je l'entendz (dist il) ainsi. Mais lors vous serez papillon, et ce gentil papeguay sera un papelard tout faict [24].

– Voyre, voyre, dist le Fourrier.

– Mais (dist Gargantua) divinez combien y a de poincts d'agueille en la chemise de ma mere ?

– Seize, dist le fourrier.

– Vous (dist Gargantua) ne dictes l'evangile. Car il y en a sens [25] davant et sens derriere et les comptastes trop mal.

– Quand ? (dist le fourrier).

– Alors (dist Gargantua) qu'on feist de vostre nez une dille [26] pour tirer un muy de merde et de vostre gorge un entonnoir pour la mettre en aultre vaisseau car les fondz estoient esventez [27].

– Cor Dieu ! (dist le maistre d'hostel) nous avons trouvé un causeur. Monsieur le jaseur, Dieu vous guard de mal, tant vous avez la bouche fraische ! »

Ainsi descendens à grand haste soubz l'arceau des degrez, laisserent tomber le gros livier qu'il leurs avoit chargé, dont dist Gargantua : « Que diantre ! vous estes maulvais chevaucheurs : vostre courtault vous fault au besoing. Se il vous falloit aller d'icy à Cahusac [28], que aymeriez vous mieulx : ou chevaulcher un oyson, ou mener une truye en laisse ?

– J'aymerois mieulx boyre », dist le fourrier.

Et ce disant entrerent en la sale basse, où estoit toute la briguade, et racontans ceste nouvelle histoire les feirent rire comme un tas de mousches.

« semblent inventer et imposer à plusieurs choses », voir C. G. Dubois, *Mythe et langage au 16e siècle*, 1970, p. 105. – 23. Du foin sur les cornes signifiait chez les Romains : taureau dangereux. – 24. L'enfant n'accepte pas l'ironie ceux qui le trouvent assez finaud pour lui promettre la tiare se voient affublés de sobriquets où entre le mot *pape* et qui peuvent désigner un mécréant (voir ci-dessus chap. 3, n. 6) et un hypocrite. – 25. Jeu de mots complexe : *cent* (100); *sens* (impératif du verbe *sentir*); *c'en* (voir chap. 11, 26). – 26. Voir chap. 11, n. 30. – 27. Le vin au fond des tonneaux est éventé et il fait grand *vent* au *fond* des chausses. – 28. La seigneurie de Cahuzac (Lot-et-Garonne) appartenait à un neveu de Geoffroy d'Estissac, le prélat qui protégeait Rabelais. Voir *Quart L.* chap. 52, n. 26.

– Ce sont, répondit-il, cinq étrons pour vous faire une muselière.

– Pour aujourd'hui, dit le maître d'hôtel, si on nous met à rôtir, en tout cas nous ne brûlerons jamais car nous sommes lardés à point, ce me semble. Tu nous as bien bernés, mon mignon. Je te verrais bien pape un jour ou l'autre.

– J'y compte bien, dit-il. Mais quand je serai pape vous serez papillon et ce gentil papegai sera un parfait papelard.

– Voire, voire ! dit le fourrier.

– Mais, dit Gargantua, devinez combien il y a de coups d'aiguille dans la chemise de ma mère ?

– Seize, dit le fourrier.

– Vos paroles ne sont pas d'Evangile, dit Gargantua, car il y en a sens devant et sens derrière. Vous les avez bien mal comptés.

– Quand cela ? dit le fourrier.

– Au moment, dit Gargantua, où l'on a fait de votre nez une canule pour tirer un muid de merde et de votre gosier un entonnoir pour la transvaser car le fond était éventé.

– Cordieu ! dit le maître d'hôtel, nous avons trouvé à qui parler. Monsieur le jaseur, Dieu vous garde de mal, tellement vous avez la langue bien pendue. »

Comme ils descendaient ainsi en grand hâte, ils laissèrent tomber sous la voûte des escaliers le gros levier dont Gargantua les avait chargés. Ce qui lui fit dire : « Que diantre ! vous montez bien mal ! Votre courte-queue vous lâche au moment critique. Si vous deviez aller d'ici à Cahuzac, que préféreriez-vous : ou chevaucher un oison, ou mener une truie en laisse ?

– Je préférerais boire ! » dit le fourrier.

Sur ces paroles, ils entrèrent dans la salle basse où se trouvait toute la compagnie qu'ils firent rire comme un tas de mouches en leur racontant cette nouvelle étonnante.

Comment Grandgousier congneut l'esperit merveilleux de Gargantua à l'invention d'un torchecul

CHAPITRE XIII

Sus la fin de la quinte année, Grandgousier retournant de la defaicte des Ganarriens[1] visita son filz Gargantua. Là fut resjouy comme un tel pere povoit estre voyant un sien tel enfant. Et, le baisant et accollant, l'interrogeoyt de petitz propos pueriles en diverses sortes. Et beut d'autant avecques luy et ses gouvernantes, esquelles par grand soing demandoit entre aultres cas si elles l'avoyent tenu blanc et nect. A ce Gargantua feist response qu'il y avoit donné tel ordre qu'en tout le pays n'estoit guarson plus nect que luy.

« Comment cela ? dist Grandgousier.

– J'ay (respondit Gargantua), par longue et curieuse experience, inventé un moyen de me torcher le cul : le plus seigneurial, le plus excellent, le plus expedient que jamais feut veu.

– Quel ? dict Grandgousier.

– Comme vous le raconteray (dist Gargantua) presentement. Je me torchay une foys d'un cachelet[2] de velours de une damoiselle et le trouvay bon, car la mollice de sa soye me causoit au fondement une volupté bien grande ;

une aultre foys d'un chapron d'ycelles et feut de mesmes ;

une aultre foys d'un cachecoul ;

une aultre foys des aureillettes de satin cramoysi[3], mais la dorure d'un tas de spheres de merde[4] qui y estoient m'escorcherent tout le derriere. Que le feu sainct Antoine arde[5] le boyau cullier de l'orfebvre qui les feist et de la damoiselle que les portoit !

CHAPITRE 13 : Sur ce chapitre, voir F. Rigolot, « L'affaire du torche-cul », in *Etudes rabelaisiennes* 1988, pp. 213-224 et « Une affaire de canards », in *Rabelais's Incomparable Book*, Lexington, 1986 ; dans ce même volume, M. Huchon, « Rabelais et les genres d'escrire ».
1. Au chapitre 50, Rabelais mentionnera encore la défaite du roi de Canarre ; il avait fait allusion à cette légende dans le *Pantagruel* à deux reprises (L. II chap. 11 et 23). – 2. Déformation humoristique du mot *cache-nez* (cachelaid) ; voir L. V chap. 26, n. 18. – 3. La partie du chaperon qui cachait les oreilles était très ornée. – 4. Locution méprisante (« saletés de sphères ! »), mais paradoxale. – 5. Que l'érysipèle brûle.

Comment Grandgousier reconnut à l'invention d'un torche-cul la merveilleuse intelligence de Gargantua

CHAPITRE 13

Sur la fin de la cinquième année, Grandgousier, retour de la défaite des Canarriens, vint voir son fils Gargantua. Alors il fut saisi de toute la joie concevable chez un tel père voyant qu'il avait un tel fils et, tout en l'embrassant et en l'étreignant, il lui posait toutes sortes de petites questions puériles. Et il but à qui mieux mieux avec lui et avec ses gouvernantes auxquelles il demandait avec grand intérêt si, entre autres choses, elles l'avaient tenu propre et net. Ce à quoi Gargantua répondit qu'il s'y était pris de telle façon qu'il n'y avait pas dans tout le pays un garçon qui fût plus propre que lui.

« Comment cela ? dit Grandgousier.

– J'ai découvert, répondit Gargantua, à la suite de longues et minutieuses recherches, un moyen de me torcher le cul. C'est le plus seigneurial, le plus excellent et le plus efficace qu'on ait jamais vu.

– Quel est-il ? dit Grandgousier.

– C'est ce que je vais vous raconter à présent, dit Gargantua. Une fois, je me suis torché avec le cache-nez de velours d'une demoiselle, ce que je trouvai bon, vu que sa douceur soyeuse me procura une bien grande volupté au fondement ;

une autre fois avec un chaperon de la même et le résultat fut identique ;

une autre fois avec un cache-col ;

une autre fois avec des cache-oreilles de satin de couleur vive, mais les dorures d'un tas de saloperies de perlettes qui l'ornaient m'écorchèrent tout le derrière. Que le feu Saint-Antoine brûle le trou du cul à l'orfèvre qui les a faites et à la demoiselle qui les portait.

« Ce mal passa, me torchant d'un bonnet de paige bien emplumé à la Souice[6].

« Puis fiantant derriere un buisson, trouvay un chat de Mars[7]; d'icelluy me torchay, mais ses gryphes me exulcererent tout le perinée.

« De ce me gueryz au lendemain, me torchant des guands de ma mere, bien parfumez de maujoin[8].

« Puis me torchay de Saulge, de Fenoil, de Aneth, de Marjolaine, de roses, de fueilles de Courles, de Choulx, de Bettes, de Pampre, de Guymaulves, de Verbasce (qui est escarlatte de cul[9]), de Lactues et de fueilles de Espinards (le tout me feist grand bien à ma jambe!), de Mercuriale, de Persiguire, de Orties, de Consolde[10], mais j'en eu la cacquesangue[11] de Lombard, dont feu gary me torchant de ma braguette.

« Puis me torchay aux linceux, à la couverture, aux rideaulx, d'un coissin, d'un tapiz, d'un verd[12], d'une mappe[13], d'une serviette, d'un mouschenez, d'un peignouoir. En tout je trouvay de plaisir plus que ne ont les roigneux quand on les estrille.

— Voyre, mais (dist Grandgousier) lequel torchecul trouvas tu meilleur?

— Je y estois (dist Gargantua), et bien toust en scaurez le *tu autem*[14]. Je me torchay de foin de paille, de bauduffe[15], de bourre, de laine, de papier, mais

> Tousjours laisse aux couillons esmorche
> Qui son hord cul de papier torche.

— Quoy? dist Grandgousier, mon petit couillon, as tu prins au pot, veu que tu rimes desja[16]?

— Ouy dea (respondit Gargantua), mon roy, je rime tant et

6. Comme un lansquenet suisse. — 7. Les chats nés en mars passaient pour batailleurs : voir *Quart L.* chap. 32, n. 6. — 8. Mal joint, lapsus facétieux pour *benjoin* (bien joint); le *maujoint* désignait le sexe d'une femme. — 9. Le *verbascum*, ou bouillon blanc, servait peut-être à fouetter les enfants. — 10. La *consoude* était employée contre la diarrhée, tandis que la *mercuriale* était un purgatif : la *persiguière* était aussi appelée *cul-rage*, dénomination qu'explique la mésaventure de Gargantua. — 11. Dysenterie ; terme emprunté à l'italien. — 12. Tapis vert pour les jeux. — 13. Torchon pour épousseter. — 14. Le dernier mot (allusion à un répons psalmodié pour marquer la fin d'une lecture liturgique de l'Ecriture sainte). — 15. Peut-être : membrane de vessie de porc. — 16. *Prendre au pot* peut signifier : boire, ou : attacher à la marmite (en parlant d'aliments qui brûlent); en dialecte de l'ouest, *rimer* a ce dernier sens.

« Ce mal me passa lorsque je me torchai avec un bonnet de page, bien emplumé à la Suisse.

« Puis, alors que je fientais derrière un buisson, je trouvai un chat de mars et m'en torchai, mais ses griffes m'ulcérèrent tout le périnée.

« Ce dont je me guéris le lendemain en me torchant avec les gants de ma mère, bien parfumés de berga-*motte*.

« Puis je me torchai avec de la sauge, du fenouil, de l'aneth, de la marjolaine, des roses, des feuilles de courges, de choux, de bettes, de vigne, de guimauve, de bouillon-blanc (c'est l'écarlate au cul), de laitue et des feuilles d'épinards (tout ça m'a fait une belle jambe !), avec de la mercuriale, de la persicaire, des orties, de la consoude, mais j'en caguai du sang comme un Lombard, ce dont je fus guéri en me torchant avec ma braguette.

« Puis je me torchai avec les draps, les couvertures, les rideaux, avec un coussin, une carpette, un tapis de jeu, un torchon, une serviette, un mouchoir, un peignoir ; tout cela me procura plus de plaisir que n'en ont les galeux quand on les étrille.

– C'est bien, dit Grandgousier, mais quel torche-cul trouvas-tu le meilleur ?

– J'y arrivais, dit Gargantua ; vous en saurez bientôt le fin mot. Je me torchai avec du foin, de la paille, de la bauduffe, de la bourre, de la laine, du papier. Mais

> Toujours laisse aux couilles une amorce
> Qui son cul sale de papier torche.

– Quoi ! dit Grandgousier, mon petit couillon, t'attaches-tu au pot, vu que tu fais déjà des vers ?

– Oui-da, mon roi, répondit Gargantua, je rime tant et

plus et en rimant souvent m'enrime [17]. Escoutez que dict nostre retraict au fianteurs :

Chiart [18],
Foirart,
Petard,
Brenous,
Ton lard
Chappart [19]
S'espart
Sus nous.
Hordous [20],
Merdous,
Esgous [21],
Le feu de sainct Antoine te ard
Sy tous
Tes trous
Esclous
Tu ne torche avant ton depart !

« En voulez vous dadventaige [22] ?
– Ouy dea, respondit Grandgousier. »
– Adoncq, dist Gargantua :

RONDEAU

En chiant, l'aultre hyer senty
La guabelle que à mon cul doibs.
L'odeur feut aultre que cuydois :
J'en feuz du tout empuanty.
O ! si quelcun eust consenty
M'amener une que attendoys
En chiant !
Car je luy eusse assimenty
Son trou d'urine à mon lourdoys [23].
Ce pendant eust avec ses doigtz
Mon trou de merde guarenty,
En chiant.

---

17. L'équivoque entre *rhume* et *rime* se retrouve chez Marot (*Epître au Roi*, 1518) voir L. V chap. 46, n. 32. – 18. La structure de ce poème est celle de l'*Epigramme xv, à Linotte* de Clément Marot. – 19. Qui s'échappe. – 20. Ord, sale. – 21. Qui s'égoutte. – 22. Jusqu'à maintenant. – 23. A la bonne franquette (à ma façon balourde ; voir *Quart L.* chap. 10, n. 16 et Ancien Prologue, n. 51).

plus et en rimant souvent je m'enrhume. Ecoutez ce que disent aux fienteurs les murs de nos cabinets :

> Chieur,
> Foireux
> Péteur,
> Breneux
> Ton lard fécal
> En cavale
> S'étale
> Sur nous.
> Répugnant,
> Emmerdant,
> Dégouttant,
> Le feu saint Antoine puisse te rôtir
> Si tous
> Tes trous
> Béants
> Tu ne torches avant ton départ.

« En voulez-vous un peu plus ?
– Oui-da, répondit Grandgousier
– Alors, dit Gargantua :

> RONDEAU
>
> En chiant l'autre jour j'ai flairé
> L'impôt que mon cul réclamait :
> J'espérais un autre bouquet.
> Je fus bel et bien empesté.
> Oh ! si l'on m'avait amené
> Cette fille que j'attendais
> En chiant,
> J'aurais su lui accommoder
> Son trou d'urine en bon goret ;
> Pendant ce temps ses doigts auraient
> Mon trou de merde équipé,
> En chiant.

« Or dictez maintenant que je n'y scay rien ! Par la mer de [24], je ne les ay faict mie. Mais, les oyant reciter à dame grand que voyez cy, les ay retenu en la gibbesiere de ma memoire [25].

— Retournons (dist Grandgousier) à nostre propos.

— Quel ? (dist Gargantua) Chier ?

— Non, dist Grandgousier, mais torcher le cul.

— Mais (dist Gargantua), voulez vous payer un bussart de vin Breton [26] si je vous foys quinault en ce propos ?

— Ouy vrayment, dist Grandgousier.

— Il n'est, dist Gargantua, poinct besoing torcher cul, sinon qu'il y ayt ordure. Ordure n'y peut estre si on n'a chié : chier doncques nous fault davant que le cul torcher.

— O (dist Grandgousier) que tu as bon sens petit guarsonnet ! Ces premiers jours je te feray passer docteur en gaie science [27], par Dieu ! car tu as de raison plus que d'aage. Or poursuiz ce propos torcheculatif, je t'en prie, et, par ma barbe ! pour un bussart tu auras soixante pippes. J'entends de ce bon vin Breton, lequel poinct ne croist en Bretaigne mais en ce bon pays de Verron [28].

— Je me torchay après (dist Gargantua) d'un couvrechief, d'un aureiller, d'ugne pantophle, d'ugne gibbessiere, d'un panier. Mais o le mal plaisant torchecul ! Puis d'un chappeau. Et notez que des chappeaulx les uns sont ras, les aultres à poil, les aultres veloutez, les aultres taffetassez, les aultres satinizez. Le meilleur de tous est celluy de poil, car il faict tresbonne abstersion de la matiere fecale. Puis me torchay d'une poulle, d'un coq, d'un poulet, de la peau d'un veau, d'un lievre, d'un pigeon, d'un cormoran, d'un sac d'advocat, d'une barbute [29], d'une coyphe, d'un leurre [30].

« Mais concluent, je dys et maintiens qu'il n'y a tel torchecul que d'un oyzon bien dumeté, pourveu qu'on luy tienne la teste entre les jambes. Et m'en croyez sus mon honneur, car vous sentez au trou du cul une volupté mirificque, tant par la doul-

---

24. Par la mère de Dieu (la graphie mer souligne le jeu de mots). – 25. Voir *Quart L.* chap. 30, n. 25. – 26. Une barrique de plus de deux cent cinquante litres de vin rouge provenant du cépage appelé *breton*. – 27. Avant 1542 on lisait : *docteur en Sorbone*. Les Jeux floraux de Toulouse délivraient aux poètes des doctorats de « gai savoir ». – 28. Territoire fertile au confluent de la Loire et de la Vienne. – 29. Sorte de *cagoule*, de passe-montagne. Voir *Quart L.* chap. 52, n. 24. – 30. Simulacre d'oiseau en cuir rouge employé en fauconnerie.

« Dites tout de suite que je n'y connais rien ! Par la mère Dieu, ce n'est pas moi qui les ai composés, mais les ayant entendu réciter à ma grand-mère que vous voyez ici, je les ai retenus en la gibecière de ma mémoire.

— Revenons, dit Grandgousier, à notre propos.

— Lequel, dit Gargantua, chier ?

— Non, dit Grandgousier, mais se torcher le cul.

— Mais, dit Gargantua, voulez-vous payer une barrique de vin breton si je vous dame le pion à ce propos ?

— Oui, assurément, dit Grandgousier.

— Il n'est, dit Gargantua, pas besoin de se torcher le cul s'il n'y a pas de saletés. De saletés, il ne peut y en avoir si l'on n'a pas chié. Il nous faut donc chier avant que de nous torcher le cul !

— Oh ! dit Grandgousier, que tu es plein de bon sens, mon petit bonhomme ; un de ces jours prochains, je te ferai passer docteur en gai savoir, pardieu ! Car tu as de la raison plus que tu n'as d'années. Allez, je t'en prie, poursuis ce propos torcheculatif. Et par ma barbe, au lieu d'une barrique, c'est cinquante feuillettes que tu auras, je veux dire des feuillettes de ce bon vin breton qui ne vient d'ailleurs pas en Bretagne, mais dans ce bon pays de Véron.

— Après, dit Gargantua, je me torchai avec un couvre-chef, un oreiller, une pantoufle, une gibecière, un panier (mais quel peu agréable torche-cul !), puis avec un chapeau. Remarquez que parmi les chapeaux, les uns sont de feutre rasé, d'autres à poil, d'autres de velours, d'autres de taffetas. Le meilleur d'entre tous, c'est celui à poil, car il absterge excellemment la matière fécale. Puis je me torchai avec une poule, un coq, un poulet, la peau d'un veau, un lièvre, un pigeon, un cormoran, un sac d'avocat, une cagoule, une coiffe, un leurre.

« Mais pour conclure, je dis et je maintiens qu'il n'y a pas de meilleur torche-cul qu'un oison bien duveteux, pourvu qu'on lui tienne la tête entre les jambes. Croyez-m'en sur l'honneur, vous ressentez au trou du cul une

ceur d'icelluy dumet que par la chaleur temperée de l'oizon, laquelle facilement est communicquée au boyau culier et aultres intestines, jusques à venir à la region du cueur et du cerveau. Et ne pensez que la beatitude des Heroes et semidieux qui sont par les champs Elysiens soit en leur Asphodele, ou Ambrosie ou Nectar, comme disent ces vieilles ycy[31]. Elle est (scelon mon opinion) en ce qu'ilz se torchent le cul d'un oyzon. Et telle est l'opinion de maistre Jehan d'Escosse[32]. »

Comment Gargantua feut institué par un Sophiste[1] en lettres latines

CHAPITRE XIV

Ces propos entenduz, le bon homme Grandgousier fut ravy en admiration, considerant le hault sens et merveilleux entendement de son filz Gargantua. Et dist à ses gouvernantes :

« Philippe, roy de Macedone, congneut le bon sens de son filz Alexandre à manier dextrement un cheval. Car ledict cheval estoit si terrible et efrené que nul ausoit monter dessus, par ce que à tous ses chevaucheurs il bailloit la saccade : à l'un rompant le coul, à l'aultre les jambes, à l'aultre la cervelle, à l'aultre les mandibules. Ce que considerant Alexandre en l'hippodrome (qui estoit le lieu où l'on pourmenoit et voultigeoit[2] les chevaulx), advisa que la fureur du cheval ne venoit que de frayeur qu'il prenoit à son umbre. Dont, montant dessus, le feist courir encontre le Soleil, si que l'umbre tumboit par

---

31. En fait, ce ne sont pas fables de bonnes femmes, mais allusions à la mythologie savante : depuis Homère, les voluptés des bienheureux aux Champs Elyséens sont le symbole d'un bonheur indicible. – 32. Cette référence au théologien médiéval Duns Scot manquait dans la première édition ; elle forme une transition avec le chapitre suivant et elle souligne la portée de toute cette fantaisie scatologique en dehors d'une pédagogie sérieuse, c'est-à-dire humaniste, l'enfant et le théologien ne s'intéressent qu'à la vie bassement matérielle et à des questions oiseuses.

CHAPITRE 14 : 1. Les premières éditions écrivaient : *par un théologien* c'est-à-dire par un adepte des méthodes et du verbiage de la Sorbonne ; l'emploi du mot *sophiste* est dû surtout à la volonté de préciser la portée exacte de la satire : comme Socrate, il condamne la sophistique, c'est-à-dire le formalisme du raisonnement. – 2. On leur faisait faire des exercices de voltige ; voir L. V chap. 27, n. 10.

volupté mirifique, tant à cause de la douceur de ce duvet qu'à cause de la bonne chaleur de l'oison qui se communique facilement du boyau du cul et des autres intestins jusqu'à se transmettre à la région du cœur et à celle du cerveau. Ne croyez pas que la béatitude des héros et des demi-dieux qui sont aux Champs Elysées tienne à leur asphodèle, à leur ambroisie ou à leur nectar comme disent les vieilles de par ici. Elle tient, selon mon opinion, à ce qu'ils se torchent le cul avec un oison ; c'est aussi l'opinion de Maître Jean d'Ecosse. »

Comment Gargantua fut instruit par un sophiste en lettres latines
CHAPITRE 14

Après avoir entendu ces propos, le bonhomme Grandgousier fut saisi d'admiration en considérant le génie et la merveilleuse intelligence de son fils Gargantua. Il dit à ses gouvernantes :

« Philippe, roi de Macédoine, découvrit le bon sens de son fils Alexandre en le voyant diriger un cheval avec dextérité : ce cheval était si terrible et indomptable que nul n'osait le monter parce qu'il faisait vider les étriers à tous ses cavaliers, rompant à l'un le cou, à un autre les jambes, à un autre la cervelle, à un autre les mâchoires. Alexandre, observant la chose à l'hippodrome (c'était l'endroit où l'on faisait évoluer et manœuvrer les chevaux), se rendit compte que la nervosité du cheval n'était due qu'à la frayeur que lui causait son ombre. L'ayant donc enfourché, il le fit galoper contre le soleil de telle sorte que l'ombre

derriere et par ce moien rendit le cheval doulx à son vouloir. A quoy congneut son pere le divin entendement qui en luy estoit et le feist tresbien endoctriner par Aristoteles, qui pour lors estoit estimé sus tous philosophes de Grece.

« Mais je vous diz qu'en ce seul propos que j'ay presentement davant vous tenu à mon filz Gargantua, je congnois que son entendement participe de quelque divinité, tant je le voy agu, subtil, profund et serain. Et parviendra à degré souverain de sapience, s'il est bien institué. Pourtant je veulx le bailler à quelque homme scavant pour l'endoctriner selon sa capacité, et n'y veulx rien espargner. »

De faict l'on luy enseigna un grand docteur sophiste[3], nommé maistre Thubal Holoferne[4], qui luy aprint sa charte[5] si bien qu'il la disoit par cueur au rebours, et y fut cinq ans et troys mois ; puis luy leut *Donat*, le *Facet*, *Theodolet* et Alanus *in Parabolis*[6], et y fut treze ans, six moys et deux sepmaines. Mais notez que ce pendent il luy aprenoit à escripre Gotticquement[7] et escripvoit tous ses livres. Car l'art d'impression n'estoit encores en usaige.

Et portoit ordinairement un gros escriptoire pesant plus de sept mille quintaulx, duquel le gualimart[8] estoit aussi gros et grand que les gros pilliers de Enay[9], et le cornet y pendoit à grosses chaisnes de fer à la capacité d'un tonneau de marchandise[10].

Puis luy leugt *De modis significandi,* avecques les commens de Hurtebize, de Fasquin, de Tropditeulx, de Gualehaul, de Jean le Veau, de Billonio, Brelinguandus et un tas d'aultres[11], et y fut

---

3. Correction comparable à celle que signale la note 1. – 4. Ce nom est inspiré de la Bible : Gog, ennemi de Dieu, est prince de *Tubal* (c'est-à-dire *Confusion*) selon Ezéchiel, 38, 2 ; quant à Holoferne, il était pris comme type des persécuteurs du peuple de Dieu ; sa lubricité fut trahie par son ivrognerie (voir *Livre de Judith*). – 5. Son papier, c'est-à-dire son alphabet. – 6. Ce sont quatre manuels de base pour les étudiants du début du 16e siècle : Donat (4e siècle après J.-C.) est l'auteur d'une grammaire *latine* ; le *Facetus* était un traité de savoir-vivre ; le *Théodolet*, attribué à un évêque du 5e siècle après J.-C., enseignait la mythologie en prouver la fausseté ; Alanus, poète lillois du 13e siècle, avait écrit un traité de morale en quatrains. – 7. C'est-à-dire comme les Goths ; on commençait à adopter une écriture *à l'italienne*, plus lisible : en ce qui concerne les caractères d'imprimerie, on peut noter que le *Gargantua* fut d'abord imprimé en lettres que nous appelons gothiques. – 8. Etui, plumier ; voir *Quart L.* chap. 32, n. 22. – 9. La coupole de Saint-Martin d'Ainay, à Lyon, est soutenue par quatre grosses colonnes antiques. – 10. Environ 5 mètres cubes. – 11. Le traité scolastique de grammaire théorique *Les Modes de la signification*, représentait pour les humanistes le type d'une analyse purement formelle, Rabelais lui adjoint des commentateurs de

tombait derrière lui et, par ce moyen, il rendit le cheval aussi docile qu'il le désirait. C'est ce qui amena son père à prendre conscience de l'intelligence divine que son fils portait en lui, et il le fit très bien instruire par Aristote qui était alors le plus prisé de tous les philosophes grecs.

« Et moi, je vous assure qu'à la seule conversation que j'ai eue tout à l'heure, en votre présence, avec mon fils Gargantua, je comprends que son intelligence participe de quelque puissance divine tant je la trouve aiguë, subtile, profonde et sereine ; il atteindra un souverain degré de sagesse s'il est bien éduqué. C'est pourquoi, je veux le confier à quelque sage pour qu'il soit instruit selon ses capacités, et je ne regarderai pas à la dépense. »

De fait, on lui recommanda un grand docteur sophiste, nommé Maître Thubal Holoferne, qui lui apprit si bien son abécédaire qu'il le récitait par cœur, à l'envers, ce qui lui prit cinq ans et trois mois. Puis il lui lut la *Grammaire* de Donat, le *Facet*, le *Théodolet* et Alain dans ses *Paraboles*, ce qui lui prit treize ans, six mois et deux semaines. Mais remarquez que dans le même temps il lui apprenait à écrire en gothique, et il copiait tous ses livres, car l'art de l'imprimerie n'était pas encore en usage.

Il portait habituellement une grosse écritoire, pesant plus de sept mille quintaux, dont l'étui était aussi grand et gros que les gros piliers de Saint-Martin d'Ainay ; l'encrier, qui jaugeait un tonneau du commerce, y était pendu par de grosses chaînes de fer.

Puis il lui lut les *Modes de signifier*, avec les commentaires de Heurtebise, de Faquin, de Tropditeux, de Galehaut, de Jean le Veau, de Billon, de Brelinguand et d'un tas d'autres ;

plus de dix huyt ans et unze moys. Et le sceut si bien que, au coupelaud[12], il le rendoit par cueur à revers. Et prouvoit sus ses doigtz à sa mere que *de modis significandi non erat scientia*.

Puis luy leugt le compost[13], où il fut bien seize ans et deux moys, lors que son dict precepteur mourut, et fut l'an mil quatre cens et vingt, de la verolle que luy vint[14].

Après en eut un aultre vieux tousseux, nommé maistre Jobelin Bridé[15], qui luy leugt Hugutio, Hebrard, *Grecisme*, le *Doctrinal*, les *Pars*, le *Quid est*, le *Supplementum*, Marmotret, *De moribus in mensa servandis*, Seneca, *De quatuor virtutibus cardinalibus*, Passavantus *cum commento* et *Dormi secure* pour les festes[16]. Et quelques aultres de semblable farine, à la lecture desquelz il devint aussi saige qu'oncques puis ne fourneasmes nous.

Comment Gargantua fut mis soubz aultres pedagoges

CHAPITRE XV

A tant, son pere aperceut que vrayement il estudioit tresbien et y mettoit tout son temps, toutesfoys qu'en rien ne prouffitoit. Et que pis est en devenoit fou, niays, tout resveux et rassoté.

Dequoy se complaignant à don Philippe des Marays, Vice-roy de Papeligosse[1], entendit que mieulx luy vauldroit rien

fantaisie ; Galehaut est un roi de roman Jean le Veau : était le sobriquet des « bizuths » chez les écoliers. Brelinguandus se traduirait exactement par « Maître Lecon ». – 12. A l'épreuve (proprement : au creuset). – 13. Cet ouvrage correspond un peu à notre calendrier des P. et T. – 14. Souvenir de deux vers tirés d'une épitaphe facétieuse de Marot ; Rabelais transpose en 1420 la date de 1520. – 15. C'est-à-dire « le Jobard Bridé » (comme un oison). – 16. Ce sont des manuels scolaires que ridiculisaient les humanistes traités de sémantique, de rhétorique, d'éthique. *Mammotreptus*, commentaire de psaumes et d'hymnes liturgiques, avait été ridiculisé par Erasme et se retrouve dans le catalogue de la librairie Saint-Victor selon Rabelais. Dolet éditera en 1542 le *De moribus in mensa servandis* (« Comment se tenir à table ») en essayant de le justifier. Le *Dormi secure* (« Dormez sans soucis ») était un recueil de sermons tout faits destiné à éviter la recherche intellectuelle aux prédicateurs.

CHAPITRE 15 : Sur ce chapitre, voir G. Brault, « The significance of Eude mon's praise », in *Kentucky Romance Quarterly*, 1971.
1. Papeligosse est un pays de légende. G. Brault a vu dans le nom de *Des Marais* une allusion à Désiré Erasme, ce qui donnerait à l'épisode une

il y passa plus de dix-huit ans et onze mois. Il connaissait si bien l'ouvrage que, mis au pied du mur, il le restituait par cœur, à l'envers, et pouvait sur le bout du doigt prouver à sa mère que « les modes de signifier n'étaient pas matière de savoir ».

Puis il lui lut l'*Almanach*, sur lequel il demeura bien seize ans et deux mois ; c'est alors que mourut le précepteur en question (c'était en l'an mil quatre cent vingt), d'une vérole qu'il avait contractée.

Après, il eut un autre vieux tousseux, nommé Maître Jobelin Bridé, qui lui lut Hugutio, le *Grécisme* d'Everard, le *Doctrinal*, les *Parties*, le *Quid*, le *Supplément*, Marmotret, *Comment se tenir à table*, *Les Quatre Vertus cardinales* de Sénèque, *Passaventus* avec commentaire, le *Dors en paix*, pour les fêtes et quelques autres de même farine. A la lecture des susdits ouvrages, il devint tellement sage que jamais plus nous n'en avons enfourné de pareils.

Comment Gargantua fut mis sous la tutelle d'autres pédagogues
CHAPITRE 15

Alors, son père put voir que, sans aucun doute, il étudiait très bien et y consacrait tout son temps ; malgré tout, il ne progressait en rien et, pire encore, il en devenait fou, niais, tout rêveur et radoteur.

Comme il s'en plaignait à Dom Philippe des Marais, viceroi de Papeligosse, il comprit qu'il vaudrait mieux qu'il n'apprît rien que d'apprendre de tels livres avec de tels

n'aprendre que telz livres soubz telz precepteurs aprendre. Car leur scavoir n'estoit que besterie et leur sapience n'estoit que moufles [2], abastardisant les bons et nobles esperitz et corrompent toute fleur de jeunesse.

« Qu'ainsi soit, prenez (dist il) quelcun de ces jeunes gens du temps present, qui ait seulement estudié deux ans : en cas qu'il ne ait meilleur jugement, meilleures parolles, meilleur propos que vostre filz et meilleur entretien et honnesteté entre le monde, reputez moy à jamais ung taillebacon de la Brene [3]. » Ce que à Grandgousier pleut tresbien et commanda qu'ainsi feust faict.

Au soir en soupant, ledict des Marays introduict un sien jeune paige de Villegongys, nommé Eudemon [4], tant bien testonné, tant bien tiré, tant bien espoussé, tant honneste en son maintien, que trop mieulx resembloit quelque petit angelot qu'un homme [5]. Puis dist à Grandgousier : « Voyez vous ce jeune enfant ? Il n'a encor douze ans ; voyons si bon vous semble quelle difference y a entre le scavoir de voz resveurs mateologiens du temps jadis et les jeunes gens de maintenant [6]. »

L'essay pleut à Grandgousier et commanda que le paige propozast. Alors Eudemon, demandant congié de ce faire audict viceroy son maistre, le bonnet au poing, la face ouverte, la bouche vermeille, les yeulx asseurez et le reguard assis suz Gargantua, avecques modestie juvenile se tint sus ses pieds et commença le louer et magnifier, premierement de sa vertus et bonnes meurs, secondement de son scavoir, tiercement de sa noblesse, quartement de sa beaulté corporelle. Et pour le quint doulcement l'exhortoit à reverer son pere en toute observance, lequel tant s'estudioit à bien le faire instruire ; en fin le prioit qu'il le voulsist retenir pour le moindre de ses serviteurs. Car aultre don pour le present ne requeroit des cieulx sinon qu'il luy feust faict grace de luy complaire en quelque service

résonance allégorique. – 2. Ces gants symbolisaient des vieilleries pleines de vent. – 3. Voir plus haut chap. 3, n. 5. Le *Coupe-jambon* est un propre à rien. – 4. Ce nom signifie « Bien Doué » ; Villegongis se trouve près de Saint-Genou, dans l'arrondissement de Châteauroux (Indre). – 5. Le pauvre Gargantua, se vautrant par les fanges, partageant l'écuelle des chiots, auxquels il soufflait au cul, ressemblait mieux à quelque petite *bête* qu'à un homme. – 6. Ce beau produit de la pédagogie moderne va faire prendre conscience à Gargantua qu'il est « tout resveux » ; les *matéologiens*, d'après saint Paul, sont des parleurs au verbe creux ; Erasme avait déjà dit en latin que matéologiens évoque *théologiens*.

précepteurs, car leur savoir n'était que bêtise et leur sagesse billevesées, abâtardissant les nobles et bons esprits et flétrissant toute fleur de jeunesse.

« Faites plutôt comme ceci, dit le vice-roi ; prenez un de ces jeunes gens d'aujourd'hui, n'eût-il étudié que pendant deux ans. Si par hasard il n'avait pas un meilleur jugement, un meilleur vocabulaire, un meilleur style que votre fils, s'il n'avait pas une façon de se présenter meilleure et plus de tenue, je veux bien que vous me considériez comme un trancheur de lard de la Brenne. » L'expérience agréa fort à Grandgousier, qui commanda qu'ainsi fût fait.

Le soir, au souper, ledit Des Marais fit venir un de ses jeunes pages, originaire de Villegongis, nommé Eudémon, si bien coiffé, tiré à quatre épingles, pomponné, si digne en son attitude, qu'il ressemblait bien plus à un petit angelot qu'à un homme. Puis il dit à Grandgousier : « Voyez-vous ce jeune enfant ? Il n'a pas encore douze ans. Voyons, si bon vous semble, la différence qu'il y a entre la science de vos ahuris de néantologues du temps jadis et celle des jeunes gens d'aujourd'hui. »

La proposition agréa à Grandgousier, qui demanda que le page fît son exposé. Alors, Eudémon, demandant la permission du vice-roi son maître, se leva, le bonnet au poing, le visage ouvert, la bouche vermeille, le regard ferme et les yeux posés sur Gargantua avec une modestie juvénile. Il commença à le louer et à exalter en premier lieu sa vertu et ses bonnes mœurs, en second lieu son savoir, en troisième lieu sa noblesse, en quatrième lieu sa beauté physique et en cinquième lieu il l'exhortait avec douceur à vénérer, en lui obéissant en tout, son père, qui prenait un tel soin de lui faire donner une bonne instruction. Il le priait enfin de vouloir bien le garder comme le dernier de ses serviteurs, car pour l'heure, il ne demandait nul autre don des cieux que de recevoir la grâce de lui complaire par quelque service agreable. Le tout feut par icelluy proferé avecques gestes tant propres, pronunciation tant distincte, voix tant eloquente et languaige tant aorné et bien latin, que mieulx resembloit un Gracchus, un Ciceron ou un Emilius du temps passé[7], qu'un jouvenceau de ce siecle.

Mais toute la contenence de Gargantua fut qu'il se print à plorer comme une vache[8] et se cachoit le visaige de son bonnet, et ne fut possible de tirer de luy une parolle, non plus q'un pet d'un asne mort[9].

Dont son pere fut tant courroussé qu'il voulut occire maistre Jobelin, mais ledict des Marays l'enguarda par belle remonstrance qu'il luy feist, en maniere que fut son ire moderée. Puis commenda qu'il feust payé de ses guaiges et qu'on le feist bien chopiner sophisticquement[10] ; ce faict, qu'il allast à tous les diables.

« Au moins (disoit il), pour le jourdhuy, ne coustera il gueres à son houste, si d'aventure il mouroit ainsi sou comme un Angloys[11]. »

Maistre Jobelin party de la maison, consulta Grandgousier avecques le viceroy quel precepteur l'on luy pourroit bailler, et feut avisé entre eulx que à cest office seroit mis Ponocrates[12], pedaguoge de Eudemon, et que tous ensemble iroient à Paris, pour congnoistre quel estoit l'estude des jouvenceaulx de France pour icelluy temps.

---

7. Le jouvenceau de ce siecle s'oppose aux matéologiens de naguère mais imite les grands orateurs antiques, comme Tibérius Gracchus, tribun romain, qui tenta une audacieuse réforme agraire (2e siècle avant J. C.), ou Paul Émile le Macédonique, général romain (2e siècle avant J.-C.) – 8. En son âge viril, il n'aura pas perdu ce réflexe voir L. II chap. 3. – 9. Voir L. V chap. 21, n. 16 ; au moment de la mort, le souffle vital s'échappe du corps par tous les orifices. – 10. Les premières éditions écrivaient : *théologalement* sur cette correction, voir plus haut chap. 14, n. 1 ; les théologiens de la Sorbonne passaient pour arroser copieusement leurs discussions. – 11. L'expression « saoul comme un Anglais » était alors proverbiale en France. – 12. Ce nom, forgé sur le grec, signifie « le Travailleur ».

qui lui fût agréable. Toute cette de[...]
par lui avec des gestes si appropr[...]
tincte, une voix si pleine d'éloque[...]
et en un si bon latin qu'il ressem[...]
à un Cicéron ou à un Paul-Emile[...]
jeune homme de ce siècle.

Tout autre fut la contenance d[...]
pleurer comme une vache et se cachait le visage ave[...]
bonnet, et il ne fut pas possible de tirer de lui une parole,
pas plus qu'un pet d'un âne mort.

Son père en fut si irrité qu'il voulut occire Maître Jobelin. Mais ledit Des Marais l'en empêcha, en lui faisant une
belle exhortation, de telle sorte que sa colère en fut atté-
nuée. Il commanda qu'on lui payât ses gages, qu'on le fît
chopiner très sophistiquement et que, cela fait, il allât à
tous les diables.

« Au moins, disait-il, aujourd'hui il ne coûterait pas cher
à son hôte, si par hasard il mourait dans cet état, saoul
comme un Anglais ! »

Maître Jobelin parti de la maison, Grandgousier prit
conseil du vice-roi sur le choix du précepteur qu'on pourrait donner à Gargantua, et ils décidèrent tous deux qu'on
chargerait de cet office Ponocrates, pédagogue d'Eudémon, et qu'ils iraient tous ensemble à Paris, pour savoir
quelle éducation recevaient les jeunes gens de France à ce
moment-là.

...t Gargantua fut envoyé à Paris
...enorme jument que le porta et comment
...deffit les mousches bovines de la Beauce

CHAPITRE XVI

En ceste mesmes saison, Fayoles[1], quart roy de Numidie, envoya du pays de Africque à Grandgousier une jument, la plus enorme et la plus grande que feut oncques veue et la plus monstreuse, comme assez scavez que[2] Africque aporte tousjours quelque chose de noveau. Car elle estoit grande comme six Oriflans et avoit les pieds fenduz en doigtz, comme le cheval de Jules Cesar[3], les aureilles ainsi pendentes comme les chievres de Languegoth[4] et une petite corne au cul. Au reste avoit poil d'alezan toustade, entreillizé de grizes pommelettes. Mais sus tout avoit la queue horrible. Car elle estoit, poy plus poy moins, grosse comme la pile Sainct Mars, aupres de Langès[5], et ainsi quarrée, avecques les brancars[6] ny plus ny moins ennicrochez[7] que sont les espicz au bled.

Si de ce vous esmerveillez, esmerveillez vous dadvantaige de la queue des beliers de Scythie[8], que pesoit plus de trente livres, et des moutons de Surie, esquelz fault (si Tenaud dict vray) affuster une charrette au cul pour la porter, tant elle est longue et pesante[9]. Vous ne l'avez pas telle, vous aultres paillards de plat pays!

Et fut amenée par mer en troys carracques[10] et un brigantin[11], jusques au port de Olone[12] en Thalmondoys.

CHAPITRE 16 : 1. Peut-être François de Fayolles, parent de Geoffroy d'Estissac, le protecteur de Rabelais. Une expédition sur le littoral africain lui a peut-être valu le titre burlesque de quatrième roi de Numidie. – 2. C'est en effet un adage antique cité par Erasme ; voir L. V chap. 3, n. 13. – 3. C'était la particularité de la statue équestre de César devant le temple de Vénus Génitrix à Rome. – 4. Cette orthographe s'explique par le fait que le Languedoc avait été occupé var les Goths. Voir Chronologie à la date de 1533, et *Quart L.* chap. 41, n. 13. – 5. Ruine d'un bâtiment antique quadrangulaire dans les environs de Chinon. – 6. Touffes de poils (branchages), voir chap. 23, n. 35. – 7. En forme de *hanicroche*, arme citée dans le Prologue du *Tiers L.* – 8. Cette notation vient de Pline l'Ancien. – 9. Jean Thenaud, dans un récit de voyage au Caire (vers 1530), avait vu ces moutons monstrueux. – 10. Grands bâtiments de Gênes. – 11. Petit vaisseau de combat. – 12. Dans la région des Sables-d'Olonne, certains rochers portent encore les noms de *Chevaux*, de *Jument*, etc.

Comment Gargantua fut envoyé à Paris. De l'énorme jument qui le porta et comment elle anéantit les mouches à bœufs de la Beauce

CHAPITRE 16

A cette même époque, Fayolles, quatrième roi de Numi-die, envoya du pays d'Afrique à Grandgousier une jument, la plus énorme, la plus grande qu'on ait jamais vue, et la plus monstrueuse : vous savez bien que d'Afrique il nous vient toujours quelque chose de nouveau. Elle était grande comme six éléphants et avait les pieds fendus en doigts, comme le cheval de Jules César, les oreilles pendantes, pareilles à celles des chèvres du Languegoth, et une petite corne au cul. Pour le reste, elle avait une robe alezan brûlé, criblée de pommelures grises. Mais elle avait surtout une queue formidable, car elle était à peu de chose près aussi grosse que la Pile Saint-Mars, près Langeais, et du même module carré avec des crins embarbelés, ni plus ni moins que des épis de blé.

Si cela vous émerveille, émerveillez-vous davantage de la queue des béliers de Scythie, qui pesait plus de trente livres, et de celle des moutons de Syrie auxquels il faut, si Thenaud dit vrai, atteler une charrette au cul pour la por-ter, tant elle est longue et pesante. Vous n'en avez pas une pareille, vous autres, paillards de rase campagne !

La jument fut amenée par mer, dans trois caraques et un brigantin, jusqu'aux Sables d'Olonne, en Talmondais.

Lors que Grandgousier la veit : « Voicy (dist il) bien le cas pour porter mon filz à Paris. Or çà, de par Dieu, tout yra bien. Il sera grand clerc on temps advenir. Si n'estoient messieurs les bestes, nous vivrions comme clercs [13]. »

Au lendemain, après boyre (comme entendez), prindrent chemin Gargantua, son precepteur Ponocrates et ses gens, ensemble eulx Eudemon, le jeune paige. Et par ce que c'estoit en temps serain et bien attrempé, son pere luy feist faire des botes fauves : Babin les nomme brodequins [14].

Ainsi, joyeusement, passerent leur grand chemin, et tousjours grand chere, jusques au dessus de Orleans. Au quel lieu estoit une ample forest de la longueur de trente et cinq lieues, et de largeur dix et sept ou environ. Icelle estoit horriblement fertile et copieuse en mousches bovines et freslons, de sorte que c'estoit une vraye briguanderye pour les pauvres jumens, asnes et chevaulx. Mais la jument de Gargantua vengea honnestement tous les oultrages en icelle perpetrées sur les bestes de son espece, par un tour duquel ne se doubtoient mie. Car, soubdain qu'ilz feurent entrez en la dicte forest et que les freslons luy eurent livré l'assault, elle desguaina sa queue et si bien s'escarmouschant les esmoucha, qu'elle en abatit tout le boys : à tord, à travers, deczà, delà, par cy, par là, de long, de large, dessus, dessoubz, abatoit boys comme un fauscheur faict d'herbes. En sorte que depuis n'y eut ne boys ne freslons, mais feut tout le pays reduict en campaigne.

Quoy voyant, Gargantua y print plaisir bien grand, sans aultrement s'en vanter. Et dist à ses gens : « Je trouve beau ce. », dont fut depuis appellé ce pays la Beauce [15], mais tout leur desjeuner feut par baisler. En memoire de quoy, encores de present, les Gentilz hommes de Beauce desjeunent de baisler et s'en trouvent fort bien, et n'en crachent que mieulx.

Finablement arriverent à Paris. Auquel lieu se refraischit deux ou troys jours, faisant chere lye avecques ses gens et s'enquestant quelz gens scavans estoient pour lors en la ville, et quel vin on y beuvoit.

---

13. Dans ce dicton les deux mots importants sont intervertis, ce qui permet de révéler une vérité paradoxale. – 14. Babin était un cordonnier de Chinon ; le brodequin était une sorte de chaussette de cuir fin. – 15. La fin du paragraphe a été ajoutée en 1542 ; la pauvreté des Beaucerons était proverbiale.

Quand Grandgousier la vit : « Voici, dit-il, qui conviendra très bien pour conduire mon fils à Paris. Ainsi, pardieu, tout se passera bien. Il sera plus tard grand clerc. Sans l'action de messieurs les ânes, nous vivrions comme des clercs ! »

Au lendemain, après boire (comme vous vous en doutez), Gargantua prit la route avec son précepteur Ponocrates et ses gens, et avec eux Eudémon, le jeune page. Comme c'était par un temps serein et bien doux, son père lui fit faire des bottes de cuir fauve, de celles que Babin appelle des bottillons.

En tel équipage, ils suivirent joyeusement leur itinéraire, faisant toujours grande chère, comme cela jusqu'au-dessus d'Orléans. Il y avait à cet endroit une vaste forêt, de trente-cinq lieues de longueur et de dix-sept de largeur, ou à peu près. Celle-ci était horriblement riche et féconde en mouches à bœufs et en frelons, si bien que c'était un vrai coupe-gorge pour les pauvres bêtes de somme, ânes et chevaux. Mais la jument de Gargantua eut la revanche de tous les outrages qui y avaient été commis sur les bêtes de son espèce, dont elle vengea l'honneur par un tour auquel les insectes ne s'attendaient guère. Car dès qu'ils eurent pénétré dans la forêt en question et que les frelons lui eurent livré l'assaut, elle dégaina sa queue et dans l'escarmouche les émoucha si bien qu'elle en abattit toute la futaie. A tort, à travers, de çà, de là, par-ci, par-là, en long, en large, par-dessus, par-dessous, elle abattait les troncs comme un faucheur abat les herbes, de telle sorte que depuis il n'y eut plus ni bois ni frelons, et que tout le pays fut transformé en champs.

Ce que voyant, Gargantua y prit un bien grand plaisir et, sans davantage s'en vanter, dit à ses gens : *« Je trouve beau ce. »* C'est pourquoi, depuis lors, on appelle ce pays la Beauce. Mais, pour tout potage, ils ne purent que bâiller. C'est en mémoire de ce fait qu'aujourd'hui encore les gentilshommes de la Beauce déjeunent de bâillements, s'en trouvent fort bien et n'en crachent que mieux.

Finalement, ils arrivèrent à Paris, où Gargantua refit ses forces pendant deux ou trois jours, faisant bonne chère avec ses gens, s'enquérant des gens de science qui se trouvaient alors dans la ville et du vin qu'on y buvait.

Comment Gargantua paya sa bien venue ès Parisiens et comment il print les grosses cloches de l'eglise Nostre Dame

CHAPITRE XVII

Quelques jours après qu'ilz se feurent refraichiz, il visita la ville et fut veu de tout le monde en grande admiration. Car le peuple de Paris est tant sot, tant badault et tant inepte de nature, q'un basteleur, un porteur de rogatons[1], un mulet avecques ses cymbales, un vielleuz au mylieu d'un carrefour assemblera plus de gens que ne feroit un bon prescheur evangelicque[2].

Et tant molestement le poursuyvirent qu'il feut contrainct soy reposer suz les tours de l'eglise Nostre Dame. Au quel lieu estant, et voyant tant de gens à l'entour de soy, dist clerement : « Je croy que ces marroufles voulent que je leurs paye icy ma bien venue et mon *proficiat*[3]. C'est raison. Je leur voys donner le vin. Mais ce ne sera que par rys[4]. »

Lors, en soubriant, destacha sa belle braguette et, tirant sa mentule en l'air, les compissa si aigrement qu'il en noya deux cens soixante mille quatre cens dix et huyt, sans les femmes et petiz enfans.

Quelque nombre d'iceulx evada ce pissefort à legiereté des pieds. Et quand furent au plus hault de l'Université[5], suans, toussans, crachans et hors d'halene, commencerent à renier et jurer, les ungs en cholere, les aultres par rys : « Carymary, carymara ! Par saincte Mamye, nous son baignez par rys[6] ! ».

CHAPITRE 17 : Sur ce chapitre, voir C. G. Dubois, *Celtes et Gaulois au 16e siècle*, Paris, 1972 ; les *Chroniques gargantuines*, éd. C. Lauvergnat et G. Demerson, et G. Defaux, « Rabelais et les cloches de Notre-Dame », in *Etudes rabelaisiennes* 1971, pp. 1-28.
1. Voir plus haut chap. 1, n. 6. – 2. La proclamation de la Parole s'oppose à la vente des indulgences et autres rogatons ; les Réformés n'étaient pas seuls à protester ainsi contre la bêtise populaire. Villon jugeait de la même manière le caractère des Parisiens voir *Quart L.* chap. 67. – 3. Don gratuit accordé à un nouvel évêque. – 4. A *Paris*, c'est *par ris* (par plaisanterie) que je vais leur donner un pourboire. – 5. Sur la montagne Sainte-Geneviève. – 6. *Carimari-Carimara* est une exécration de la *Farce de Maître Pathelin*, sc. 5. Dans la première édition, l'exclamation qui donna à Paris son nom était précédée de jurons polyglottes, comme les étudiants du quartin Latin : *Les plagues Dieu ! Je renye Dieu ! Frandienne ! Vez tu ben ! La merde ! Po*

Comment Gargantua paya sa bienvenue aux Parisiens et comment il prit les grosses cloches de l'église Notre-Dame

CHAPITRE 17

Quelques jours après qu'ils eurent repris leurs forces, il visita la ville et fut regardé par tout le monde avec une grande admiration, car le peuple de Paris est tellement sot, tellement badaud et stupide de nature, qu'un bateleur, un porteur de reliquailles, un mulet avec ses clochettes, un vielleux au milieu d'un carrefour, rassembleront plus de gens que ne le ferait un bon prédicateur évangélique.

Ils furent si fâcheux en le harcelant qu'il fut contraint de se réfugier sur les tours de l'église Notre-Dame. Installé à cet endroit et voyant tant de gens autour de lui, il dit d'une voix claire : « Je crois que ces maroufles veulent que je leur paye ici même ma bienvenue et mon étrenne. C'est juste. Je vais leur payer à boire, mais ce ne sera que *par ris.* »

Alors, en souriant, il détacha sa belle braguette et, tirant en l'air sa mentule, les compissa si roidement qu'il en noya deux cent soixante mille quatre cent dix-huit, sans compter les femmes et les petits enfants.

Quelques-uns d'entre eux échappèrent à ce pissefort en prenant leurs jambes à leur cou et quand ils furent au plus haut du quartier de l'Université, suant, toussant, crachant et hors d'haleine, ils commencèrent à blasphémer et à jurer, les uns de colère, les autres *par ris* : « Carymary, caramara ! Par sainte Mamie, nous voilà arrosés *par ris* ! »

Dont fut depuis la ville nommée Paris, laquelle au paravant on appelloit Leucece, comme dist Strabo *lib. iiij*[7], c'est à dire, en Grec, Blanchette, pour les blanches cuisses des dames dudict lieu. Et par autant que à ceste nouvelle imposition du nom tous les assistans jurerent chascun les saincts de sa paroisse, les Parisiens, qui sont faictz de toutes gens et toutes pieces, sont par nature et bons jureurs et bons juristes, et quelque peu oultrecuydez. Dont estime Joaninus de Barranco, *libro De copiositate reverentiarum*[8], que sont dictz Parrhesiens en Grecisme, c'est à dire fiers en parler[9].

Ce faict considera les grosses cloches que estoient esdictes tours et les feist sonner bien harmonieusement. Ce que faisant, luy vint en pensée qu'elles serviroient bien de campanes au coul de sa jument, laquelle il vouloit renvoier à son pere toute chargée de froumaiges de Brye et de harans frays. De faict les emporta en son logis.

Ce pendent vint un commandeur jambonnier de sainct Antoine pour faire sa queste suille[10], lequel, pour se faire entendre de loing et faire trembler le lard au charnier[11], les voulut emporter furtivement. Mais par honnesteté les laissa, non par ce qu'elles estoient trop chauldes[12], mais par ce qu'elles estoient quelque peu trop pesantes à la portée. Cil ne fut pas celluy de Bourg, car il est trop de mes amys[13].

Toute la ville feut esmeue en sedition, comme vous scavez que à ce ilz sont tant faciles que les nations estranges s'esba-

---

cab de bious! Das dich cots leyden schend! Pote de Christo! Ventre sainct Quenet! Vertus guoy! Par sainct Fiacre de Brye! Sainct Treignant! Je foys veu à saint Thibaud! Pasques Dieu! Le bon jour Dieu! Le diable m'emport! Foy de gentilhomme! Par saint Andouille! Par saint Guodegrin qui feut martyrisé de pommes cuyttes! Par saint Foutin l'apostre! Par sainct Vit! – 7. Strabon, géographe grec du 1er siècle après J.-C., ne faisait nullement venir le nom de Lutèce de l'adjectif grec *leukos* (blanc). – 8. Le livre (« L'Abondance des marques de respect ») et son auteur sont imaginaires mais cette étymologie se trouve chez plusieurs érudits, dont Rabelais luimême, voir ci-dessous, Lettre au cardinal du Bellay en tête de la *Topographia Romae*. – 9. Le peuple de Paris est non seulement badaud mais arrogant, comme le lui reproche G. Corrozet dans *La Fleur des Antiquités de Paris* (1532). – 10. Les membres de l'ordre de saint Antoine procédaient à la quête du porc *(suille)* en récompense de leurs talents de vétérinaires. – 11. Au saloir le lard tremble de peur de se faire emporter. – 12. Voir plus bas chap. 27, début. – 13. Par cette note, Rabelais feint de suggérer que la *clé* de ce portrait n'est pas le Commandeur de l'ordre de saint Antoine à Bourg-en-Bresse ; doué du sens de l'humour, ce personnage se désignait lui-même comme « le Jambonnier » dans une épître en vers.

Depuis, la ville en fut appelée Paris ; on l'appelait aupa-ravant *Leukèce*, comme l'indique Strabon, au livre IV, c'est-à-dire *Blanchette*, en grec, à cause de la blancheur des cuisses des dames du lieu. Et parce que, lors de ce baptême nouveau, tous les assistants jurèrent par les saints de leurs paroisses respectives, les Parisiens, qui sont composés de toutes sortes de gens et de pièces rapportées, sont par nature bons jureurs et bons juristes, quelque peu imbus d'eux-mêmes, ce qui donne à penser à Joaninus de Barranco, au livre *De l'abondance des marques de respect*, qu'on les appelle *Parrhésiens* en grec, c'est-à-dire qui ont bon bec.

Cela fait, Gargantua considéra les grosses cloches qui se trouvaient dans les tours en question, et les fit sonner bien harmonieusement. Ce faisant, il lui vint à l'idée qu'elles serviraient bien de clochettes au cou de sa jument, qu'il avait l'intention de renvoyer à son père toute chargée de fromages de Brie et de harengs frais. De fait, il les emporta en son logis.

Sur ces entrefaites survint, pour faire sa quête de cochon-nailles, un commandeur jambonnier de l'ordre de saint Antoine qui, pour se faire entendre de loin et faire trem-bler le lard dans le saloir, voulut les emporter furtivement. Mais il les laissa par scrupule d'honnêteté, non qu'elles fussent trop chaudes, mais parce qu'elles étaient un peu trop lourdes à transporter. Ce n'était pas celui de Bourg, car c'est un trop bon ami à moi.

Toute la ville entra en sédition : vous savez qu'ils sont si enclins à de tels soulèvements que les nations étrangères

hissent de la patience[14] des Roys de France, lesquelz aultrement par bonne justice ne les refrenent, veuz les inconveniens qui en sortent de jour en jour. Pleust à Dieu, que je sceusse l'officine en laquelle sont forgez ces chismes et monopoles[15], pour les mettre en evidence ès confraries de ma paroisse !

Croyez que le lieu auquel convint le peuple, tout folfré et habaliné, feut Nesle[16] où lors estoit, maintenant n'est plus, l'oracle de Lucece. Là feut proposé le cas et remonstré l'inconvenient des cloches transportées. Après avoir bien ergoté *pro et contra*[17], feut conclud en Baralipton[18] que l'on envoyroit le plus vieux et suffisant de la Faculté vers Gargantua pour luy remonstrer l'horrible inconvenient de la perte d'icelles cloches. Et, nonobstant la remonstrance d'aulcuns de l'Université, qui alleguoient que ceste charge mieulx competoit à un orateur que à un Sophiste, feut à cest affaire esleu nostre maistre[19] Janotus de Bragmardo[20].

Comment Janotus de Bragmardo feut envoyé pour recouvrer de Gargantua les grosses cloches

CHAPITRE XVIII

Maistre Janotus tondu à la Cesarine[1], vestu de son lyripipion[2] à l'antique et bien antidoté l'estomac de coudignac de four et eau beniste de cave[3], se transporta au logis de Gargantua, touchant davant soy troys vedeaulx[4] à rouge muzeau et trainant

14. La première édition ajoutait : *ou (pour mieulx dire) de la stupidité*. Rabelais, homme d'ordre, est plus royaliste que le roi. – 15. Complots ; dans la première édition, Rabelais menaçait de faire, dans ces officines, de *beaux placards de merde*. – 16. Les premières éditions portaient : *feu Sorbonne*, ce qui explique l'allusion à l'oracle déclinant de Lutèce ; l'hôtel de Nesle était le siège d'une juridiction propre à l'Université. – 17. C'était la vieille méthode d'argumentation scolastique. – 18. Terme mnémotechnique rappelant une figure du syllogisme. – 19. Ce titre est propre à un maître de la faculté de Théologie, c'est-à-dire à un *sophiste*. – 20. Forme latinisée pour « Janot du Braquemard », nom qui évoque la paillardise.

CHAPITRE 18 : Sur cet épisode proprement carnavalesque, voir M. Bakhtine, *L'Œuvre de Rabelais et la culture populaire*, Paris, 1970, p. 217.
1. Il était chauve comme César. – 2. Les adversaires de la Sorbonne brocardaient volontiers ce capuchon à queue, insigne des docteurs en théologie. Voir L. II chap. 7, n. 61. – 3. Le cotignac est une pâte de coings ; ces métaphores facétieuses désignent le pain et le vin. – 4. Proprement : piquant trois

s'ébahissent, vu les perturbations qui en découlent quoti-
diennement, de la patience des rois de France qui ne
répriment pas plus que cela par voie de justice. Plût à Dieu
que je connaisse l'officine où sont élaborés ces séditions
et ces complots pour les dévoiler aux confréries de ma
paroisse !

Croyez-moi, l'endroit où se massa la populace toute
furibonde et en ébullition, fut Nesle où se trouvait alors
l'oracle de Lutèce qui n'y est plus maintenant. C'est là
qu'on exposa le problème et qu'on démontra l'inconvé-
nient consécutif au déplacement des cloches. Après avoir
bien ergoté pour et contre, on conclut syllogistiquement
que l'on dépêcherait auprès de Gargantua le plus vieux
et le plus compétent des membres de la Faculté, pour lui
démontrer quels horribles inconvénients entraînait la perte
de ces cloches. Et malgré la remontrance de certains Uni-
versitaires qui avançaient que cette charge convenait mieux
à un orateur qu'à un sophiste, on élut pour cette affaire
Notre Maître Janotus de Bragmardo.

Comment Janotus de Bragmardo fut envoyé auprès de Gargantua pour récupérer les grosses cloches
CHAPITRE 18

Maître Janotus, tondu à la César, vêtu de son capuchon à
l'antique, l'estomac bien immunisé au cotignac de four et
à l'eau bénite de cave, se transporta au logis de Gargantua,
touchant devant lui trois bœufs-deaux à museau rouge et

après cinq ou six maistres inertes[5], bien crottez à profit de mesnaige[6].

A l'entrée les rencontra Ponocrates et eut frayeur en soy, les voyant ainsi desguisez, et pensoit que feussent quelques masques hors du sens. Puis, s'enquesta à quelqun desdictz maistres inertes de la bande que queroit ceste mommerie. Il luy feut respondu qu'ilz demandoient les cloches leurs estre rendues.

Soubdain ce propos entendu, Ponocrates courut dire les nouvelles à Gargantua, affin qu'il feust prest de la responce et deliberast sur le champ ce que estoit de faire. Gargantua, admonesté du cas, appella à part Ponocrates son precepteur, Philotomie[7] son maistre d'hostel, Gymnaste son escuyer et Eudemon, et sommairement confera avecques eulx sus ce que estoit tant à faire que à respondre. Tous feurent d'advis que on les menast au retraist du goubelet[8] et là on les feist boyre rustrement et, affin que ce tousseux n'entrast en vaine gloire pour à sa requeste avoir rendu les cloches, l'on mandast, ce pendent qu'il chopineroit, querir le Prevost de la ville, le Recteur de la Faculté, le vicaire de l'eglise, esquelz, davant que le sophiste eust proposé sa commission, l'on delivreroit les cloches. Après ce, iceulx presens, l'on oyroit sa belle harangue. Ce que fut faict et, les susdictz arrivez, le Sophiste feut en plene salle introduict et commenca ainsi que s'ensuit en toussant.

La harangue de maistre Janotus de Bragmardo faicte à Gargantua pour recouvrer les cloches

CHAPITRE XIX

« Ehen, hen, hen ! *Mna dies*, Monsieur, *Mna dies, et vobis*, messieurs. Ce ne seroyt que bon que nous rendissiez noz cloches, car elles nous font bien besoing. Hen, hen, hasch ! Nous en avions bien aultresfoys refusé de bon argent de ceulx de Londres en Cahors, sy avions nous de ceulx de Bourdeaulx en Brye[1],

veaux il est précédé de *bedeaux*. – 5. Ces maîtres *ès arts* étaient *sans art* (*in artibus* rappelle *inertis*). – 6. Voir plus haut chap. 5, n. 50. – 7. Nom grec : « qui aime découper ». – 8. A l'office voir *Quart L.* chap. 35, n. 6.

CHAPITRE 19 : 1. Londres, dans le Quercy, et Bordeaux dans la région parisienne.

traînant par-derrière cinq ou six maîtres sans-art, bien crottés jusqu'au bout des ongles.

A leur entrée, Ponocrates les rencontra et il fut effrayé en les voyant ainsi déguisés ; il croyait que c'étaient quelques travestis ayant perdu la raison. Puis il s'enquit auprès de l'un des Maîtres sans-art de cette bande de ce que signifiait cette chienlit. On lui répondit qu'ils venaient demander que les cloches leur fussent restituées.

A peine avait-il entendu ces paroles, que Ponocrates courut annoncer la nouvelle à Gargantua afin qu'il fût prêt à la réplique et qu'il délibérât sur-le-champ sur ce qu'il convenait de faire. Gargantua, averti de la situation, prit à part Ponocrates, son précepteur, Philotomie, son maître d'hôtel, Gymnaste, son écuyer, et Eudémon, et se concerta sommairement avec eux de ce qu'il serait bon aussi bien de faire que de répondre. Tous furent d'avis qu'il fallait les conduire au petit coin du gobelet et là, les faire boire en bons rustauds. Et, pour que ce tousseux ne tirât pas une vaine gloire d'avoir fait rendre les cloches sur son intervention, pendant qu'il chopinerait, on ferait appeler le prévôt de la ville, le recteur de la Faculté, le vicaire de l'église, auxquels on remettrait les cloches avant que le sophiste n'ait exposé sa requête. Après quoi, les autres étant présents, on écouterait sa belle harangue. Ainsi fut fait, et, une fois les susdits arrivés, on introduisit le sophiste en pleine salle et il commença comme suit, tout en toussant :

La harangue que Maître Janotus de Bragmardo fit à Gargantua pour récupérer les cloches

CHAPITRE 19

« Euh, hum, hum ! B'jour, Monsieur, b'jour et à vous aussi, Messieurs. Ce ne pourrait qu'être bon que vous nous rendissiez nos cloches, car elles nous font bien faute. Hum, hum, atch ! Autrefois nous en avions bel et bien

qui les vouloient achapter pour la substantificque qualité de la complexion elementaire, que est intronificquée en la terreste-rité de leur nature quidditative pour extraneizer les halotz et les turbines suz noz vignes [2], vrayement non pas nostres, mais d'icy aupres. Car si nous perdons le piot nous perdons tout, et sens et loy [3].

« Si vous nous les rendez à ma requeste, je y guaigneray six pans [4] de saulcices et une bonne paire de chausses, que me feront grant bien à mes jambes, ou ilz ne me tiendront pas promesse. Ho ! par Dieu, *domine*, une pair de chausses est bon. *Et vir sapiens non abhorrebit eam* [5]. Ha ! ha ! Il n'a pas pair de chausses qui veult. Je le scay bien quant est de moy. Advisez, *domine*, il y a dix huyt jours que je suis à matagraboliser [6] ceste belle harangue. *Reddite que sunt Cesaris Cesari et que sunt dei deo. Ibi jacet lepus* [7].

« Par ma foy, *domine*, si voulez souper avecques moy, *in camera*, par le corps Dieu, *charitatis nos faciemus bonum cherubin. Ego occidi unum porcum et ego habet bon vino* [8]. Mais de bon vin on ne peult faire maulvais latin.

« Or sus, *de parte Dei, date nobis clochas nostras* [9]. Tenez je vous donne de par la Faculté ung *Sermones* de Utino que, *utinam* [10], vous nous baillez nos cloches. *Vultis etiam pardonos ? Per Diem, vos habebitis et nihil poyabitis* [11]

« O, monsieur *domine, clochidonnaminor nobis*. Dea, *est bonum urbis*. Tout le monde s'en sert. Si vostre jument s en trouve bien, aussi faict nostre Faculté, *que comparata est*

---

2. Selon ce jargon de philosophie scolastique les cloches de Paris avaient le pouvoir d'éloigner des vignes de la région le brouillard et les ouragans. – 3. C'est un proverbe retourné et transposé *(Qui perd tout son bien, perd aussi la tête)* ; le *piot* est à la fois la tête et la boisson ; le *sens* est le bon sens et aussi le *cens*, impôt fixé par la loi. – 4. Six empans 1 m 50. – 5. Bribes d'une phrase de l'*Ecclésiastique* qui montre le juste acceptant les remèdes que lui propose son Créateur. – 6. A extirper du néant : *grabeler*, c'est *cribler*, et *mataios* en grec signifie *vain*. – 7. « Rendez à César ce qui est à César et à Dieu ce qui est à Dieu » (les théologiens avaient tendance à identifier leurs intérêts propres à ceux de Dieu). « Ici gît le lièvre » (c'est-à-dire : voici mon principal argument ; pour la logique, cf. plus bas n. 13) ; cette dernière locu-tion scolastique est une addition de 1542 – 8. « Dans la salle d'aumônes, nous, nous ferons bonne chère… ubin. Moi, j'ai tué un porc, et moi avoir bonus vino. » M. A. Screech signale que les docteurs en Sorbonne plaidaient pour l'emploi de semblables solécismes. – 9. En latin de plus en plus incor-rect : « De par Dieu ! donnez-nous nos cloches… » – 10. La sonorité de cette conjonction marquant le souhait rappelle l'origine d'un célèbre auteur de ser-mons, L. Mattéi d'*Udine*. – 11. Promesse d'indulgences gratuites.

refusé une belle somme à ceux de Londres près Cahors, et pareillement à ceux de Bordeaux en Brie, qui voulaient les acheter pour la substantifique qualité de la complexion élémentaire qui est intronifiquée en la terrestérité de leur nature intrinsèque, pour écarter les brumes et les tourbillons de nos vignes (à vrai dire, non pas les nôtres, mais celles qui sont tout près d'ici), car si nous perdons le vin, nous perdons tout, sens et loi.

« Si vous nous les rendez sur ma requête, j'y gagnerai six empans de saucisses et une bonne paire de chausses, qui me feront grand bien à mes jambes, à moins que ces gens ne tiennent pas leur promesse. Oh ! pardieu, Seigneur, une paire de chausses est une bonne chose et point ne la méprisera le sage. Ah ! ah ! N'a pas une paire de chausses qui veut, je le sais bien pour ma part ! Ecoutez, Seigneur, il y a dix-huit jours que je suis à élucubrer cette belle harangue : rendez à César ce qui est à César, et à Dieu ce qui est à Dieu. Ici gît le lièvre…

« Par ma foi, Seigneur, si vous voulez souper avec moi, dans ma chambre d'aumône, cordieu, nous ferons bonne chère (ubin). Moi, j'ai tué un porc et moi avoir bonus vino ; mais de bon vin on ne peut faire mauvais latin.

« Alors, de par Dieu, donnez-nous nos cloches. Tenez, je vous donne au nom de la Faculté un recueil des *Sermons* d'Udine, qui vous sermonne de nous octroyer nos cloches. Voulez-vous aussi des pardons ? Pardieu ! vous les aurez et ne les paierez point.

« Oh ! Monsieur, Seigneur, clochidonnaminez-nous ! Vraiment c'est le bien de la ville. Tout le monde s'en sert. Si votre jument s'en trouve bien, notre Faculté aussi, laquelle *jumentis insipientibus et similis facta est eis, Psalmo nescio quo* [12], si l'avoys je bien quotté en mon paperat, et *est unum bonum Achilles* [13]. Hen, hen, ehen, hasch !

« Çà, je vous prouve que me les doibvez bailler. *Ego sic argumentor* [14] *: Omnis clocha clochabilis in clocherio clochando clochans clochativo clochare facit clochabiliter clochantes. Parisius habet clochas. Ergo gluc* [15].

« Ha, ha, ha ! C'est parlé cela. Il est *in tertio prime* en *Darii* ou ailleurs [16]. Par mon ame, j'ay veu le temps que je faisois diables de arguer, mais de present je ne fais plus que resver. Et ne me fault plus dorenavant que bon vin, bon lict, le dos au feu, le ventre à table et escuelle bien profonde.

« Hay, *domine*, je vous pry *in nomine Patris et Filii et Spiritus Sancti, amen*, que vous rendez noz cloches et Dieu vous guard de mal et Nostre Dame de santé, *qui vivit et regnat per omnia secula seculorum, amen* [17]. Hen, hasch, ehasch, grenhenhasch !

« *Verum enim vero, quando quidem, dubio procul, Edepol, quoniam, ita certe, meus Deus fidus* [18], une ville sans cloches est comme un aveugle sans baston, un asne sans cropiere et une vache sans cymbales. Jusques à ce que nous les ayez rendues, nous ne cesserons de crier après vous comme un aveugle qui a perdu son baston, de braisler comme un asne sans cropiere et de bramer comme une vache sans cymbales.

« Un quidam latinisateur demourant près l'Hostel Dieu dist une foys, allegant l'autorité d'ung Taponnus [19], je faulx : c'estoit Pontanus, poete seculier [20], qu'il desiroit qu'elles feussent de

---

12. Cette réminiscence, bien mal venue, du Psaume « je-ne-sais-combien » se trouve, en fait, comparer *nostre Faculté* à une jument stupide. – 13. L'orateur va recourir à son Achille, c'est-à-dire en termes de scolastique, son « argument-massue ». – 14. Formule introduisant une soutenance de thèse. – 15. Cette dernière formule servait à railler une conclusion pompeuse mais absurde. – 16. Janotus voudrait vanter son syllogisme en le faisant entrer dans une classification traditionnelle, mais il ne sait plus dans quel mode le classer. – 17. La phrase est mal construite : Janotus semble demander à Notre-Dame de protéger Gargantua contre la santé et attribuer à la Vierge l'éternité et la puissance qui n'appartiennent qu'à Dieu. – 18. Cet entassement d'adverbes et de conjonctions annonçant une conclusion logique parodie l'emphase pompeuse des Sorbonnistes ; la locution *meus Deus fidus* est d'ailleurs une déformation d'un adverbe antique qui ne servait qu'à souligner l'affirmation. – 19. Ce nom formé par contrepèterie évoque le *tapon*, le bouchon. – 20. L'humaniste napolitain Giovanni-Giovano Pontano (fin du 15ᵉ siècle) a exprimé sa répulsion pour le bruit des cloches (voir L. V chap. 26, n. 24).

a été comparée aux juments sans esprit et faite semblable à celles-ci. C'est dans je ne sais plus quel psaume... Je l'avais pourtant bien noté sur mon papier, et l'argument massue c'est le fin du fin. Hum, hum, euh, atch !

« Là ! je vous prouve que vous devez me les donner. Voici ma thèse : Toute cloche clochable clochant dans un clocher, en clochant fait clocher par le clochatif ceux qui clochent clochablement. A Paris, il y a des cloches. Par conséquent CQFD, etc.

« Ah ! ah ! ah ! c'est parlé, cela ! C'est dans la troisième section de la première partie, en *Darius* ou ailleurs. Par mon âme, j'ai vu le temps où je faisais monts et merveilles en argumentant, mais à présent je ne fais plus que radoter, et il ne me faut plus désormais que bon vin, bon lit, le dos au feu, le ventre contre la table avec une écuelle bien profonde.

« Ah ! Seigneur, je vous en prie, au nom du Père, du Fils et du Saint-Esprit, amen, rendez-nous nos cloches, et Dieu vous garde de mal et Notre-Dame de Santé, qui vit et règne dans tous les siècles des siècles, amen. Hum atch, euh-atch, greuh-hum-atch !

« Mais en vérité, attendu que, sans doute par Pollux, or, ni, car, puisque, en effet, mon Dieu, ma foi, une ville sans cloches est comme un aveugle sans bâton, un âne sans croupière et une vache sans clochettes. Jusqu'à ce que vous nous les ayez rendues nous ne cesserons de crier après vous, comme un aveugle qui a perdu son bâton, de braire comme un âne sans croupière et de beugler comme une vache sans clarines.

« Un quidam latiniste, demeurant près de l'Hôtel-Dieu, a dit un jour, alléguant l'autorité d'un certain Tampon, je me trompe, je voulais dire Pontan, poète profane, qu'il aurait voulu qu'elles fussent en plume avec pour battant une

plume et le batail feust d'une queue de renard, pource qu'elles luy engendroient la chronique aux tripes du cerveau quand il composoit ses vers carminiformes[21]. Mais, nac petitin petetac, ticque, torche, lorne[22]! il feut declairé Hereticque. Nous les faisons comme de cire[23]. Et plus n'en dict le deposant. *Valete et plaudite. Calepinus recensui*[24]. »

Comment le Sophiste emporta son drap et comment il eut proces contre les aultres maistres

CHAPITRE XX

Le Sophiste n'eut si toust achevé que Ponocrates et Eudemon s'esclafferent de rire tant profondement que en cuiderent rendre l'ame à Dieu, ne plus ne moins que Crassus voyant un asne couillart qui mangeoit des chardons[1], et comme Philemon, voyant un asne qui mangeoit les figues qu'on avoit apresté pour le disner, mourut de force de rire[2]. Ensemble[3] eulx, commença rire maistre Janotus, à qui mieulx mieulx, tant que les larmes leurs venoient ès yeulx par la vehemente concution[4] de la substance du cerveau, à laquelle furent exprimées ces humiditez lachrymales et transcoullées jouxte les nerfz optiques. En quoy par eulx estoyt Democrite Heraclitizant et Heraclyte Democritizant representé[5].

---

21. En forme de poèmes; allusion aux médicaments *carminatifs* qui favorisent les pets. – 22. Ces onomatopées et ces impératifs plaisants exprimaient l'idée de coups portés à tort et à travers; voir *Quart L.* chap. 56, n. 9. – 23. Nous fabriquons des hérétiques aussi facilement que si nous les modelions dans la cire molle. – 24. Janotus accumule trois formules de conclusion; la première (en français) termine une déposition en justice; la seconde (« adieu et applaudissez ») marque la fin des comédies latines; la dernière marque la fin d'un travail de scribe ou d'acteur bouffon (« moi, Calepin, j'en ai terminé »); Calepin était l'auteur d'un dictionnaire très connu.

CHAPITRE 20 : 1. Rabelais trouvait dans les *Adages* d'Erasme l'exemple du rire de ce Crassus qui, d'ordinaire, était incapable de rire. Voir L. V chap. 24, n. 13. – 2. Voir plus haut chap. 10, n. 26. Ici, Rabelais a choisi des anecdotes où un âne était en cause, rappelant le théologien; voir *Quart L.* chap. 17, n. 16. – 3. Voir chap. 16, n. 14. – 4. Ebranlement (latinisme). – 5. Il était proverbial d'associer le rire de Démocrite et les pleurs d'Héraclite; ici le géant et ses amis pleurent de rire après le bon tour qu'ils ont joué, et, par mimétisme, le pauvre Janotus est saisi d'un rire nerveux.

queue de renard, parce qu'elles lui donnaient la colique
aux tripes du cerveau quand il composait ses vers carminiformes. Mais, nac petitin petetac, ticque, torche, lorgne, on
l'a déclaré hérétique : nous les façonnons comme pantins
de cire. Le déposant n'a plus rien à ajouter. La pièce est
jouée. Achevé d'imprimer. »

Comment le sophiste emporta
son drap et comment il se trouva
en procès avec les autres maîtres

CHAPITRE 20

Le sophiste avait à peine achevé que Ponocrates et Eudémon s'esclaffèrent si violemment qu'ils crurent en rendre
l'âme à Dieu, ni plus ni moins que Crassus en voyant un
âne couillard qui mangeait des chardons ou comme Philémon qui mourut à force de rire en voyant un âne manger les
figues qu'on avait préparées pour le dîner. Maître Janotus
se mit à rire avec eux, à qui mieux mieux, si bien que les
larmes leur venaient aux yeux par suite du violent trauma-
tisme de la substance cérébrale qui faisait s'exprimer ces
humeurs lacrymales s'écoulant le long des nerfs optiques.
De ce fait, ils se trouvaient représenter Démocrite héracli-
tisant et Héraclite démocritisant.

Ces rys du tout sedez, consulta Gargantua avecques ses gens sur ce qu'estoit de faire. Là feut Ponocrates d'advis qu'on feist reboyre ce bel orateur. Et veu qu'il leurs avoit donné de passetemps et plus faict rire que n'eust Songecreux[6], qu'on luy baillast les dix pans de saulcice mentionnez en la joyeuse harangue, avecques une paire de chausses, troys cens de gros boys de moulle[7], vingt et cinq muitz de vin, un lict à triple couche de plume anserine et une escuelle bien capable et profonde, lesquelles disoit estre à sa vieillesse necessaires.

Le tout fut faist ainsi que avoit esté deliberé, excepté que Gargantua, doubtant que on ne trouvast à l'heure chausses commodes pour ses jambes, doubtant aussy de quelle façon mieulx duyroient audict orateur – ou à la martingalle, qui est un pont levis de cul pour plus aisement fianter[8], ou à la mar111niere, pour mieulx soulaiger les roignons[9], ou à la Souice, pour tenir chaulde la bedondaine[10], ou à queue de merluz, de peur d'eschauffer les reins[11] –, luy feist livrer sept aulnes de drap noir et troys de blanchet pour la doubleure. Le boys feut porté par les guaingnedeniers, les maistres ès ars porterent les saulcices et escuelles. Maistre Janot voulut porter le drap.

Un desdictz maistres, nommé maistre Jousse Bandouille, luy remonstroit que ce n'estoit honeste ny decent son estat[12], et qu'il le baillast à quelqun d'entre eulx : « Ha ! (dist Janotus) Baudet, Baudet, tu ne concluds poinct *in modo et figura*[13]. Voylà dequoy servent les suppositions et *Parva logicalia. Panus pro quo supponit?*

– *Confuse* (dist Bandouille) *et distributive.*

– Je ne te demande pas (dist Janotus), Baudet, *quo modo supponit*, mais *pro quo.* C'est, Baudet, *pro tibiis meis.* Et pource le porteray je *egomet, sicut suppositum portat adpositum*[14]. »

Ainsi l'emporta en tapinois, comme feist Patelin son drap[15].

---

6. Songecreux : acteur comique très populaire en 1534. – 7. Bois débité et calibré. – 8. L'entrejambe des culottes à martingale était mobile. – 9. Les chausses des marins étaient très larges. – 10. Les chausses des mercenaires suisses comportaient un bourrelet bouffant à la hauteur du ventre. – 11. Les chausses à queue de morue étaient fendues par derrière. – 12. Les éditions antérieures portaient : *décent l'estat théologal.* – 13. Tu ne raisonnes pas selon les règles scolastiques. Les *Parva logicalia* (« Eléments de Logique ») scolastiques s'ouvraient sur le chapitre des *Suppositions.* – 14. Pour comprendre tout le sel de cette conversation, il faudrait être au courant des définitions des *Eléments de logique.* – 15. Le drapier de la célèbre *Farce* se plaignait de ce que l'avocat Patelin lui eût emporté son drap *en tapinois.*

Ces rires complètement apaisés, Gargantua consulta ses gens sur ce qu'il convenait de faire. Ponocrates fut d'avis que l'on fît reboire ce bel orateur et, vu qu'il leur avait offert un divertissement et les avait fait rire plus que ne l'eût fait Songecreux, qu'on lui offrît les dix empans de saucisses mentionnés dans la joyeuse harangue, avec une paire de chausses, trois cents bûches de gros bois de moule, vingt-cinq muids de vin, un lit à triple couche de plume d'oie et une écuelle de grande capacité, bien profonde, choses qu'il disait nécessaires à sa vieillesse.

Tout fut fait comme il en avait été décidé, à ceci près que Gargantua doutant que l'on pût trouver sur l'heure des chausses seyant à sa jambe, s'interrogeant aussi sur le modèle qui conviendrait le mieux à l'orateur en question · avec une martingale (c'est un pont-levis au cul pour fienter plus à l'aise), à la marinière pour mieux soulager les reins, à la suisse pour tenir la bedondaine au chaud ou à queue de morue pour ne pas échauffer les reins, lui fit livrer sept aunes de drap noir et trois de lainage blanc pour la doublure. Le bois fut porté par des gagne-petit, les Maîtres sans-art portèrent les saucisses et l'écuelle. Maître Janot voulut porter le drap.

Un des maîtres en question, nommé Maître Jousse Bandouille, lui fit remarquer que ce n'était pas convenable ni décent pour son état, et qu'il aurait dû le donner à porter à l'un d'entre eux : « Ah ! dit Janotus, baudet, baudet, tu ne conclus pas en bonne et due forme, voilà à quoi servent les *Suppositions* et les *Eléments de logique*. Ce pan d'étoffe, à qui se rapporte-t-il ?

– En général, dit Bandouille, et non à un particulier.

– Baudet ! dit Janotus, je ne te demande pas la nature du rapport, mais sa destination ; baudet ! C'est à destination de mes tibias, aussi le porterai-je moi-même, *comme la substance porte l'accident.* »

Ainsi, il emporta son drap en tapinois, comme Patelin.

Le bon feut quand le tousseux, glorieusement, en plein acte tenu chez les Mathurins[16], requist ses chausses et saulcices, car peremptoirement luy feurent deniez, par autant qu'il les avoit eu de Gargantua selon les informations sur ce faictes. Il leurs remonstra que ce avoit esté *de gratis* et de sa liberalité, par laquelle ilz n'estoient mie absoubz de leurs promesses. Ce nonobstant luy fut respondu qu'il se contentast de raison[17] et que aultre bribe n'en auroit.

« Raison ? (dist Janotus). Nous n'en usons poinct ceans. Traistres malheureux, vous ne valez rien ! La terre ne porte gens plus meschans que vous estes. Je le scay bien : ne clochez pas devant les boyteux[18]. J'ay exercé la meschanceté avecques vous. Par la ratte Dieu, je advertiray le Roy des enormes abus que sont forgez ceans, et par voz mains et meneez. Et que je soye ladre s'il ne vous faict tous vifz brusler comme bougres[19], traistres, hereticques et seducteurs, ennemys de Dieu et de vertus. »

A ces motz, prindrent articles contre luy, luy de l'autre costé les feist adjourner. Somme, le proces fut retenu par la Court et y est encores. Les magistres[20] sur ce poinct feirent veu de ne soy descroter, maistre Janot avecques ses adherens feist veu de ne se moyscher jusques à ce qu'en feust dict par arrest definitif.

Par ces veuz sont jusques à present demourez et croteux et morveux, car la Court n'a encores bien grabelé toutes les pieces. L'arrest sera donné ès prochaines Celendes Grecques, c'est à dire jamais, comme vous scavez qu'ilz font plus que nature, et contre leurs articles propres : les articles de Paris chantent que Dieu seul peult faire choses infinies. Nature, rien ne faict imortel, car elle mect fin et periode à toutes choses par elle produictes. Car *omnia orta cadunt*[21], etc. Mais ces avalleurs de frimars[22] font les proces davant eux pendens et infiniz et imortelz. Ce que faisans, ont donné lieu et verifié le dict de Chilon Lacedemonien, consacré en Delphes, disant misere

16. *Acte de Sorbonne* dans les premières éditions. L'église des Mathurins tenait lieu de « Salle des Actes » à la Sorbonne. – 17. De cette discussion établissant son bon droit. – 18. Ce n'est pas aux vieux singes qu'on apprend à faire la grimace. – 19. Voir plus haut chap. 2, n. 13 ; il était alors courant d'accuser un ennemi de pédérastie. – 20. Rabelais francise ce titre latin des maîtres de la Sorbonne. – 21. « Tout ce qui naît est soumis à la décrépitude », adage épicurien. – 22. Ces crache-brouillards ; voir plus bas chap. 54, n. 10.

Le meilleur, ce fut quand le tousseux, glorieusement, et en pleine séance tenue chez les Mathurins, vint réclamer ses chausses et ses saucisses qui lui furent péremptoirement refusées, puisque, selon les informations prises à ce propos, il les avait reçues de Gargantua. Il objecta que c'était gratuitement et par libéralité, ce qui ne les dispensait nullement de leurs promesses. Malgré tout, on lui répondit qu'il devrait se contenter de bonne raison, en plus de quoi il n'aurait pas une miette.

« La raison, dit Janotus, nous n'en usons pas ici. Misérables traîtres, vous ne valez rien ; la terre ne porte pas de plus méchantes gens que vous, je le sais bien. N'allez pas clopiner devant les boiteux ; la méchanceté, je l'ai exercée avec vous. Par la rate de Dieu ! J'avertirai le Roi des énormes abus qui sont forgés ici par vos mains et vos menées, et je veux bien attraper la lèpre s'il ne vous fait pas brûler vifs comme sodomites, traîtres hérétiques et tentateurs, ennemis de Dieu et de la vertu. »

A ces mots, ils formulèrent des accusations contre lui, et lui, de son côté, les cita à comparoir. Bref, le procès fut retenu par le tribunal et il y est encore. Les maîtres firent à ce propos le vœu de ne plus se décrotter ; Maître Janotus et ses défenseurs firent vœu de ne plus se moucher jusqu'à ce qu'une sentence définitive fût prononcée.

Ces vœux leur valent d'être restés jusqu'à présent crottés et morveux, car la Cour n'a pas encore bien épluché toutes les pièces. L'arrêt sera rendu aux prochaines calendes grecques, c'est-à-dire jamais, car, vous le savez, ils font mieux que la Nature, à l'encontre de leurs propres articles. Les articles de la ville de Paris rabâchent que Dieu seul peut faire des choses infinies. La Nature ne fait rien d'immortel, car elle met une fin et un terme à toutes les choses qu'elle produit : *tout ce qui naît doit mourir*, etc. Mais ces souffleurs de brouillards, laissant devant eux les procès en suspens, les rendent infinis et immortels. Ce faisant, ils ont été l'occasion et la vérification de l'adage

estre compaigne de proces[23] et gens playdoiens miserables.
Car plus tost ont fin de leur vie, que de leur droict pretendu.

L'estude de Gargantua selon la discipline de ses precepteurs Sophistes [1]

CHAPITRE XXI

Les premiers jours ainsi passez et les cloches remises en leur lieu, les citoyens de Paris par recongnoissance de ceste honnesteté se offrirent d'entretenir et nourrir sa jument tant qu'il luy plairoit. Ce que Gargantua print bien à gré, et l'envoyerent vivre en la forest de Biere[2]. Je croy qu'elle n'y soyt plus maintenant.

Ce faict, voulut de tout son sens estudier à la discretion de Ponocrates, mais icelluy, pour le commencement, ordonna qu'il feroit à sa maniere accoustumée, affin d'entendre par quel moyen, en si long temps, ses antiques precepteurs l'avoient rendu tant fat, niays et ignorant.

Il dispensoit doncques son temps en telle façon que ordinairement il s'esveilloit entre huyt et neuf heures, feust jour ou non ; ainsi l'avoient ordonné ses regens antiques, alleguans ce que dict David : *Vanum est vobis ante lucem surgere* [3].

Puis se guambayoit, penadoit et paillardoit parmy le lict quelque temps, pour mieulx esbaudir ses esperitz animaulx[4] ; et se habiloit selon la saison, mais voluntiers portoit il une grande et longue robbe de grosse frize[5], fourrée de renards ; après se peignoit du peigne de Almain[6] : c'estoit des quatre

---

23. C'est un des trois adages de Chilon (un des sept Sages de la Grèce) qui étaient gravés sur le temple de Delphes.

CHAPITRE 21 : Sur cet épisode, voir le chapitre « Les deux pédagogies » de la thèse de F. Rigolot, *Les Langages de Rabelais*, Genève, 1972.
1. Les éditions précédentes écrivaient *précepteurs Sorbonagres*. – 2. Forêt de Fontainebleau. – 3. Phrase tirée d'un Psaume que l'Eglise faisait chanter notamment lors des 1ʳᵉˢ vêpres des fêtes de la Vierge ; mais, pour justifier la paresse, les sophistes coupent la phrase qui disait : « Quelle vanité que de vous lever avant le jour ! Le Seigneur comble ceux qu'il aime pendant qu'ils dorment. » – 4. Voir plus haut chap. 10, n. 22 et 24 ; les esprits *animaux* étaient ceux de l'âme, plus élevés en dignité que les esprits vitaux. – 5. Laine grossière. – 6. Almain, commentateur d'Occam, avait été docteur en Sorbonne à la fin du 15ᵉ siècle ; Rabelais explique lui-même la plaisanterie qu'il fait sur son nom.

de Chilon le Lacédémonien, canonique à Delphes, disant que la Misère est la compagne des Procès et que les plaideurs sont des miséreux, car ils voient plus tôt la fin de leur vie que la reconnaissance de leurs prétendus droits.

L'étude de Gargantua selon les règles de ses précepteurs sophistes

CHAPITRE 21

Les premiers jours s'étant passés de la sorte et les cloches remises à leur place, les citoyens de Paris, en reconnaissance de cette courtoisie, s'offrirent pour entretenir et nourrir sa jument aussi longtemps qu'il lui plairait, ce que Gargantua apprécia vivement, et ils l'envoyèrent vivre dans la forêt de Fontainebleau. Je pense qu'elle ne doit plus y être à présent.

Après cela il souhaita de tout cœur se livrer à l'étude en s'en remettant à Ponocrates ; mais celui-ci, pour commencer, lui ordonna de se comporter selon sa méthode habituelle, afin de savoir par quel processus, et en un temps si long, ses anciens précepteurs l'avaient rendu si sot, niais et ignorant.

Il employait donc son temps de telle sorte : il s'éveillait d'ordinaire entre huit et neuf heures, qu'il fasse jour ou non. C'est ce qu'avaient ordonné ses anciens maîtres alléguant les paroles de David : *C'est vanité que de vous lever avant la lumière.*

Puis il gambadait, sautillait, se vautrait sur la paillasse un bon moment pour mieux ragaillardir ses esprits animaux ; et il s'habillait selon la saison, mais portait volontiers une grande et longue robe de grosse laine grège, fourrée de renard. Après, il se peignait avec le peigne d'Almain, c'est-à-dire avec les quatre doigts et le pouce, car ses

doigtz et le poulce, car ses precepteurs disoient que soy aultrement pigner, laver et nettoyer estoit perdre temps en ce monde.

Puis fiantoit, pissoyt, rendoyt sa gorge, rottoit, pettoyt, baisloyt, crachoyt, toussoyt, sangloutoyt, esternuoit et se morvoyt en archidiacre[7], et desjeunoyt pour abatre la rouzée et maulvais aer : belles tripes frites, belles charbonnades, beaulx jambons, belles cabirotades[8] et forces soupes de prime[9].

Ponocrates luy remonstroit que tant soubdain ne debvoit repaistre au partir du lict, sans avoir premierement faict quelque exercice. Gargantua respondit : « Quoy ? N'ay je faict suffisant exercice ? Je me suis vaultré six ou sept tours parmy le lict davant que me lever. Ne est ce assez ? Le pape Alexandre ainsi faisoit par le conseil de son medicin Juif[10] et vesquit jusques à la mort, en despit des envieux. Mes premiers maistres me y ont acoustumé, disans que le desjeuner faisoit bonne memoire : pourtant y beuvoient les premiers. Je m'en trouve fort bien et n'en disne que mieulx. Et me disoit maistre Tubal (qui feut premier de sa licence à Paris) que ce n'est tout l'advantaige de courir bien toust, mais bien de partir de bonne heure ; aussi n'est ce la santé totale de nostre humanité boyre à tas, à tas, à tas, comme canes, mais ouy bien de boyre matin. *Unde versus :*

> Lever matin, n'est poinct bon heur,
> Boire matin est le meilleur[11]. »

Après avoir bien apoinct desjeuné, alloit à l'eglise et luy pourtoit on dedans un grand penier un gros breviaire empantophlé[12], pesant tant en gresse que en fremoirs et parchemin poy plus poy moins unze quintaulx six livres. Là oyoit vingt et six ou trente messes[13] ; ce pendent venoit son diseur d'heures en place, empaletocqué comme une duppe et tresbien antidoté son alaine à force syrop vignolat[14]. Avecques icelluy marmon-

---

7. Les archidiacres passaient pour être particulièrement crottés. – 8. *Charbonnades* et *cabirotades* étaient des grillades. – 9. Tranches de pain trempées dans une bonne sauce que l'on servait au couvent à l'heure de l'office de *prime*, c'est-à-dire à l'aube. – 10. Un des médecins d'Alexandre VI Borgia était un juif provençal converti. – 11. Un proverbe populaire disait non pas : *boire matin*, mais : *déjeuner*. – 12. Le bréviaire dans sa housse d'étoffe évoque un pied protégé par une pantoufle. – 13. Grâce à la transposition dans le temps gigantesque, Rabelais raille la multiplicité des messes quotidiennes. – 14. L'odeur de son haleine avait pour contrepoison celle du jus de la vigne.

précepteurs disaient que se peigner, se laver et se nettoyer de toute autre façon revenait à perdre son temps en ce monde.

Puis il fientait, pissait, se raclait la gorge, rotait, pétait, bâillait, crachait, toussait, sanglotait, éternuait, se mouchait en archidiacre et, pour abattre la rosée et le mauvais air, il déjeunait de belles tripes frites, de belles grillades, de beaux jambons, de belles pièces de chevreau et de force tartines matutinales.

Ponocrates lui faisant remarquer qu'il n'aurait pas dû s'empiffrer si brusquement au saut du lit, sans avoir fait quelque exercice au préalable, Gargantua répondit : « Quoi ! n'ai-je pas fait suffisamment d'exercice ? Je me suis vautré six ou sept tours à travers le lit avant de me lever. N'est-ce pas assez ? C'est ce que faisait, sur les conseils de son médecin juif, le pape Alexandre, et il vécut jusqu'à sa mort en dépit des envieux. Mes premiers maîtres, qui m'ont donné cette habitude, disaient que le déjeuner du matin donnait bonne mémoire. Aussi étaient-ils les premiers à y boire. Je m'en trouve fort bien et n'en dîne que mieux. Et Maître Tubal, qui fut le premier de sa licence à Paris, me disait que le plus profitable n'est pas de courir bien vite mais de partir de bonne heure. Aussi, la bonne santé intégrale de notre humanité, ce n'est pas de boire des tas, des tas, des tas, comme les canes, mais c'est bien de boire matin, d'où le verset :

> Lever matin, ce n'est pas bonheur ;
> Boire matin, c'est bien meilleur. »

Après avoir déjeuné bien comme il faut, il allait à l'église et on lui apportait dans un grand panier un gros bréviaire emmitouflé, pesant tant en graisse qu'en fermoirs et parchemins, onze quintaux six livres, à peu de chose près. Là, il entendait vingt-six ou trente messes. A ce moment-là, venait son diseur d'heures en titre, encapuchonné comme une huppe, ayant bien immunisé son haleine à coups de

noit toutes ces Kyrielles, et tant curieusement les espluchoit qu'il n'en tomboit un seul grain en terre.

Au partir de l'eglise, on luy amenoit sur une traine à beufz un faratz de patenostres de Sainct Claude [15], aussi grosses chascune qu'est le moulle d'un bonnet [16], et, se pourmenant par les cloistres, galeries ou jardin, en disoit plus que seze hermites.

Puis estudioit quelque meschante demye heure, les yeulx assis dessus son livre, mais (comme dict le Comicque [17]) son ame estoit en la cuysine.

Pissant doncq plein urinal, se asseoyt à table. Et par ce qu'il estoit naturellement phlegmaticque [18], commencoit son repas par quelques douzeines de jambons, de langues de beuf fumées, de boutargues, d'andouilles et telz aultres avant coureurs de vin.

Ce pendent quatre de ses gens luy gettoient en la bouche, l'un après l'aultre, continuement, moustarde à pleines palerées, puis beuvoit un horrificque traict de vin blanc pour luy soulaiger les roignons. Après mangeoit selon la saison viandes à son appetit et lors cessoit de manger quand le ventre luy tiroit.

A boyre n'avoit poinct fin, ny canon [19]. Car il disoit que les metes [20] et bournes de boyre estoient quand, la personne beuvant, le liege de ses pantoufles enfloit en hault d'un demy pied.

Les jeux de Gargantua

Chapitre XXII

Puis tout lordement grignotant d'un transon de graces [1], se lavoit les mains de vin frais, s'escuroit les dens avec un pied de porc et devisoit joyeusement avec ses gens ; puis, le verd [2]

---

15. Saint-Claude (Jura) était célèbre pour ses chapelets et autres menus objets de buis. – 16. Voir chap. 9, n. 24. – 17. Térence cité par Erasme dans un *Adage*. – 18. Voir plus haut chap. 7, n. 9. – 19. Règle, en langage ecclésiastique. – 20. C'est le même mot que *borne*, mais forgé sur le latin à la façon de l'Ecolier limousin.

Chapitre 22 : Sur ce chapitre, voir F. Rigolot, *Les Langages de Rabelais*, pp. 67 et suiv. – J.-M. Mehl, *Les Jeux au royaume de France*, Paris, 1990, pp. 339-374. – G. Demerson, « Jeux et passe-temps chez Rabelais », in *Rabelais en son temps* (éd. M. Simonin, Paris, 1995). – Pour l'identification d'une partie de ces jeux, voir M. Psichari, « Les jeux de Gargantua », in *Revue des études rabelaisiennes* VI, pp. 1, 124, 137 ; VII, p. 48.
1. Les grâces sont des prières récitées après le repas pour remercier le Seigneur. – 2. Voir chap. 13, n. 12.

sirop de vigne. Il marmonnait avec lui toutes ces kyrielles et les épluchait si soigneusement que pas un seul grain n'en tombait à terre.

Au sortir de l'église, on lui apportait sur un fardier à bœufs un tas de chapelets de Saint-Claude, dont chaque grain était gros comme le moule d'un bonnet ; et en se promenant à travers les cloîtres, les galeries et le jardin, il en disait plus que seize ermites.

Puis il étudiait pendant une méchante demi-heure, les yeux assis sur le livre mais, comme dit le Comique, son âme était à la cuisine.

Pissant donc un plein urinoir, il s'asseyait à table et, parce qu'il était d'une nature flegmatique, commençait son repas par quelques douzaines de jambons, de langues de bœuf fumées, de boutargues, d'andouilles et d'autres avant-coureurs de vin.

Pendant ce temps, quatre de ses gens, l'un après l'autre, lui jetaient dans la bouche, sans interruption, de la moutarde à pleines pelletées. Puis il buvait un horrifique trait de vin blanc pour se soulager les rognons. Après, il mangeait selon la saison des plats à la mesure de son appétit et cessait de manger quand le ventre lui tirait.

En matière de boisson, il ne connaissait ni fin ni règles, car il disait que les limites et les bornes du boire apparaissaient quand le liège des pantoufles du buveur s'enflait d'un demi-pied en hauteur.

Les jeux de Gargantua
CHAPITRE 22

Puis marmottant, tout alourdi, une bribe de prière, il se lavait les mains de vin frais, se curait les dents avec un pied de porc et devisait joyeusement avec ses gens. Ensuite, le

estendu, l'on desployoit force chartes, force dez et renfort de tabliers[3]. Là jouoyt[4] :

au flux,
à la prime,
à la vole,
à la pille,
à la triumphe,
à la picardie,
au cent,
à l'espinay,
à la malheureuse,
au fourby,
à passe dix,
à trente et ung,
à pair et sequence,
à troys cens,
au malheureux,
à la condemnade,
à la charte virade,
au maucontent,
au lansquenet,
au cocu,
à qui a si parle,
à pille, nade, jocque, fore,
à mariaige,
au gay,
à l'opinion,
à qui faict l'ung faict l'aultre,
à la sequence,
au luettes,
au tarau,

3. Tablettes (damiers, échiquiers, etc.). – 4. Cette kyrielle de noms de jeux peut bien paraître fastidieuse : elle a précisément pour but premier de montrer Gargantua perdant son temps à des billevesées, et surtout consacrant les efforts de sa mémoire à l'apprentissage de dénominations oiseuses, et employant son intelligence et son activité à l'exercice de règles puériles. Les 35 premiers jeux (jusqu'aux *honneurs*) sont des jeux de cartes, puis les 14 suivants (des *échecs* à la *baboue*) sont surtout des jeux de table ; ensuite des jeux d'adresse, des devinettes, des jeux de plein air ; entre *la bille* et *la vergette*, les 45 jeux ajoutés dans la présente édition se répartissent entre divertissements brutaux, répugnants, inconvenants, et jeux portant des noms d'animaux.

tapis vert étendu, on étalait force cartes, force dés, force
tablettes et alors il jouait :

au flux,
à la prime,
à la vole,
à la pille,
à la triomphe,
à la Picardie,
au cent,
à l'épinet,
à la malheureuse,
au fourbi,
à la passe à dix,
à trente et un,
à paire et séquence,
à trois cents,
au malheureux,
à la condemnade ;
à la carte virade,
au mal content,
au lansquenet,
au cocu,
à *qui en a parlé*,
à *pille*, *nade*, *jocque*, *fore*,
au mariage,
au geai,
à l'opinion,
à *qui fait l'un fait l'autre*,
à la séquence,
aux luettes,
au tarot,

à coquinbert qui gaigne perd,
au beliné,
au torment,
à la ronfle,
au glic,
aux honneurs,
à la mourre,
aux eschetz,
au renard,
au marelles,
au vasches,
à la blanche,
à la chance,
à trois dez,
au tables,
à la nicnocque,
au lourche,
à la renette,
au barignin,
au trictrac,
à toutes tables,
au tables rabatues,
au reniguebieu,
au forcé,
au dames,
à la babou,
à *primus secundus*,
au pied du cousteau,
au clefz,
au franc du carreau,
à pair ou non,
à croix ou pille,
au martres,
au pingres,
à la bille,
au savatier,

à *coquimbert qui gagne perd*,
au couillonné,
au tourment,
à la ronfle,
au glic,
aux honneurs,
à la mourre,
aux échecs,
au renard,
à la marelle,
aux vaches,
à la blanche,
à la chance,
à trois dés,
aux tables,
à la nique-noque,
à bredouille,
à la rainette,
au barignien,
au trictrac,
à toutes tables,
à tables rabattues,
au reniguebieu,
au forcé,
aux dames,
à la babou,
à premier-second,
au pied du coteau,
aux clés,
au franc du carreau,
à pair ou non,
à pile ou face,
aux martres,
au pingre,
à la bille,
au savetier,

au hybou,
au dorelot du lievre,
à la tirelitantaine,
à cochonnet va devant,
au pies,
à la corne,
au beuf violé,
à la cheveche,
à je te pinse sans rire,
à picoter,
à deferrer l'asne,
à la iautru,
au bourry bourry zou,
à je m'assis,
à la barbe d'oribus,
à la bousquine,
à tire la broche,
à la boutte foyre,
à compere prestez moy vostre sac.
à la couille de belier,
à boute hors,
à figues de Marseille,
à la mousque,
à l'archer tru,
à escorcher le renard,
à la ramasse,
au croc madame,
à vendre l'avoine,
à souffler le charbon,
au responsailles,
au juge vif et juge mort,
à tirer les fers du four,
au fault villain,
au cailleteaux,
au bossu aulican,
à sainct Trouvé,

au hibou,
au dorelot du lièvre,
à la tirelitentaine,
à *cochonnet va devant*,
à la pie,
à la corne,
au bœuf violé,
à la chevêche,
à *je te pince sans rire*,
à picoter,
à déferrer l'âne,
à laïau-tru,
à *bourri, bourri, zou*,
à *je m'assieds*,
à la barbe d'oribus,
à la bousquine,
à *tire la broche*,
à la boute-foire,
à *compère prêtez-moi votre sac*,
à la couille de bélier,
à boute-hors,
aux figues de Marseille,
à la mousque,
à l'archer tru,
à écorcher le renard,
à la ramasse,
au croc madame,
à vendre l'avoine,
à souffler le charbon,
aux réponsailles,
à juge vif et juge mort,
à tirer les fers du four,
au faux-vilain,
aux cailleteaux,
au bossu aulican,
à saint Trouvé,

à pinse morille,
au poirier,
à pimpompet,
au triori,
au cercle,
à la truye,
à ventre contre ventre,
aux combes,
à la vergette,
au palet,
au j'en suis,
à Foucquet,
au quilles,
au rapeau,
à la boulle plate,
au vireton,
au picquarome,
à rouchemerde,
à Angenart,
à la courte boulle,
à la griesche,
à la recoquillette,
au cassepot,
à montalent,
à la pyrouete,
au jonchées,
au court baston,
au pyrevollet,
à cline muzete,
au picquet,
à la blancque,
au furon,
à la seguette,
au chastelet,
à la rengée,
à la foussete,

à *pince morille*,
au poirier,
à pimpompet,
au triori,
au cercle,
à la truie,
à ventre contre ventre,
aux combes,
à la vergette,
au palet,
à *j'en suis*,
à Fouquet,
aux quilles,
au rapeau,
à la boule plate,
au vireton,
au pique-à-Rome,
à rouchemerde,
à Angenard,
à la courte boule,
à la grièche,
à la recoquillette,
au cassepot,
à mon talent,
à la pirouette,
aux jonchées,
au court bâton,
au pirevolet,
à cligne-musette,
au piquet,
à la blanque,
au furon,
à la seguette,
au châtelet,
à la rangée,
à la foussette,

au ronflart,
à la trompe,
au moyne,
au tenebry,
à l'esbahy,
à la soulle,
à la navette,
à fessart,
au ballay,
à sainct Cosme je te viens adorer,
à escharbot le brun,
à je vous prens sans verd,
à bien et beau s'en va quaresme,
au chesne forchu,
au chevau fondu,
à la queue au loup,
à pet en gueulle,
à Guillemin baille my ma lance,
à la brandelle,
au treseau,
au bouleau,
à la mousche,
à la migne migne beuf,
au propous,
à neuf mains,
au chapifou,
au pontz cheuz,
à colin bridé,
à la grolle,
au cocquantin,
à Colin maillard,
à myrelimofle,
à mouschart,
au crapault,
à la crosse,
au piston,

au ronflard,
à la trompe,
au moine,
au ténébris,
à l'ébahi,
à la soule,
à la navette,
au fessard,
au balai,
à *Saint Côme je viens t'adorer*,
à escarbot le brun,
à *je vous prends sans vert*,
à *bel et beau s'en va Carême*,
au chêne fourchu,
à cheval fondu,
à la queue du loup,
à pet-en-gueule,
à *Guillemin baille-moi ma lance*,
à la brandelle,
au tréseau,
au bouleau,
à la mouche,
à la *migne-migne-bœuf*,
aux propos,
à neuf mains,
au chapiteau,
aux ponts chus,
à Colin bridé,
à la grolle,
au coquantin,
à colin-maillard,
à mirelimofle,
au mouchard,
au crapaud,
à la crosse,
au piston,

au bille boucquet,
au roynes,
au mestiers,
à teste à teste bechevel,
au pinot,
à male mort,
aux croquinolles,
à laver la coiffe ma dame,
au belusteau,
à semer l'avoyne,
à briffault,
au molinet,
à *defendo*,
à la virevouste,
à la bacule,
au laboureur,
à la cheveche,
au escoublettes enraigées,
à la beste morte,
à monte monte l'eschelette,
au pourceau mory,
à cul sallé,
au pigonnet,
au tiers,
à la bourrée,
au sault du buisson,
à croyzer,
à la cutte cache,
à la maille bourse en cul,
au nid de la bondrée,
au passavant,
à la figue,
au petarrades,
à pillemoustarde,
à cambos,
à la recheute,

au bilboquet,
aux reines,
aux métiers,
à tête tête bêche,
au pinot,
à male mort,
aux croquignoles,
à laver la coiffe Madame,
au beluteau,
à semer l'avoine,
a moine briffaut,
au moulinet,
à je défends,
à la virevolte,
à la bascule,
au laboureur,
à la chevêche,
aux écoublettes enragées,
à la bête morte,
à *monte, monte l'échelette*,
au pourceau mori,
à cul salé,
au pigeonnet,
au tiers,
à la bourrée,
au saut du buisson,
à croiser,
à la cute-cache,
à la maille bourse en cul,
au nid de la bondrée,
au passe avant,
à la figue,
aux pétarades,
à pile moutarde,
à cambos,
à la rechute,

au picandeau,
à croqueteste,
à la grolle,
à la grue,
à taillecoup,
au nazardes,
aux allouettes,
aux chinquenaudes.

Après avoir bien joué, sessé[5], passé, et beluté[6] temps, convenoit boyre quelque peu – c'estoient unze peguadz[7] pour homme – et soubdain après bancqueter c'estoit, sus un beau banc ou en beau plein lict, s'estendre et dormir deux ou troys heures sans mal penser ny mal dire.

Luy esveillé secouoit un peu les aureilles ; ce pendent estoit apporté vin frais, là beuvoyt mieulx que jamais.

Ponocrates luy remonstroit que c'estoit mauvaise diete ainsi boyre après dormir.

« C'est (respondist Gargantua) la vraye vie des peres[8]. Car, de ma nature, je dors sallé[9] et le dormir m'a valu autant de jambon[10]. »

Puis commencoit estudier quelque peu, et patenostres en avant[11], pour lesquelles mieulx en forme expedier, montoit sus une vieille mulle, laquelle avoit servy neuf Roys[12] ; ainsi marmotant de la bouche et dodelinant de la teste, alloit veoir prendre quelque connil aux filletz.

Au retour se transportoit en la cuysine pour scavoir quel roust estoit en broche.

Et souppoit tresbien, par ma conscience, et vouluntiers convioit quelques beuveurs de ses voisins, avec lesquelz, beuvant d'autant, comptoient des vieux jusques ès nouveaulx. Entre aultres, avoit pour domesticques les seigneurs du Fou, de Gourville, de Grignault et de Marigny[13].

---

5. Passé (au sens de : tamisé, passé au *sas*). – 6. Synonyme de *sessé* : Gargantua passe le temps comme on *passe* la farine. – 7. Onze mesures du Midi, équivalant chacune environ à 4 litres. – 8. Une vie sans soucis, pour qui n'a que des soucis matériels. – 9. Comme l'expression *manger salé*. – 10. Autant que si chaque somme eût été jambon salé. – 11. Se mettre à l'étude, c'est déclencher la récitation de prières. – 12. Il *expédie* ces prières comme on expédie du courrier. – 13. Ce sont vraisemblablement des personnages réels, qui ont eu de hautes charges dans la « domesticité » de la famille royale.

au picandeau,
à croque-tête,
à la grolle,
à la grue,
à taille coup,
aux nasardes,
aux alouettes,
aux chiquenaudes.

Après avoir bien joué, passé, tamisé et bluté le temps, on était d'accord pour boire quelque peu, c'est-à-dire onze setiers par tête, et, aussitôt après avoir banqueté, de s'étendre sur un beau banc ou en plein mitan d'un bon lit pour y dormir deux ou trois heures, sans penser à mal ni dire du mal.

Quand il s'éveillait, il secouait un peu les oreilles ; à ce moment, on lui apportait du vin frais et alors il buvait mieux que jamais.

Ponocrates lui faisait remarquer que c'était un mauvais régime que de boire de la sorte après dormir.

« C'est la vraie vie des Pères, répondit Gargantua, car, par nature, je dors salé et le dormir me fait le même effet que du jambon. »

Puis il commençait à étudier quelque peu, et en avant les patenôtres ! Pour les expédier plus pertinemment, il montait sur une vieille mule qui avait servi neuf rois. Ainsi marmottant de la bouche et dodelinant de la tête, il allait voir prendre quelque lapin aux filets.

Au retour, il se transportait à la cuisine pour voir quel rôt était en broche.

Et il soupait de bon cœur, sur mon âme ! Il conviait volontiers quelques buveurs de ses voisins avec lesquels il buvait à qui mieux mieux. Ils contaient des histoires, des vieilles et des nouvelles. Il avait pour familiers, entre autres, les seigneurs du Fou, de Gourville, de Grignault et de Marigny.

Après souper venoient en place les beaux evangiles de boys – c'est à dire force tabliers [14] – ou le beau flux [15], un, deux, troys ou à toutes restes, pour abreger [16]; ou bien alloient veoir les garses d'entour, et petitz bancquetz parmy collations et arriere-collations. Puis dormoit sans desbrider jusques au lendemain huict heures.

Comment Gargantua feut institué par Ponocrates en telle discipline qu'il ne perdoit heure du jour

CHAPITRE XXIII

Quand Ponocrates congneut la vitieuse maniere de vivre de Gargantua, delibera aultrement le instituer en lettres, mais pour les premiers jours le tolera, considerant que nature ne endure mutations soubdaines, sans grande violence [1].

Pour doncques mieulx son œuvre commencer, supplia un scavant medicin de celluy temps, nommé maistre Theodore [2], à ce qu'il considerast si possible estoit remettre Gargantua en meilleure voye. Lequel le purgea canonicquement [3] avec Elebore de Anticyre [4] et, par ce medicament, luy nettoya toute l'alteration et perverse habitude du cerveau. Par ce moyen aussi Ponocrates luy feist oublier tout ce qu'il avoit apris soubz ses antiques precepteurs, comme faisoit Thimoté à ses disciples qui avoient esté instruictz soubz aultres musiciens [5].

---

14. On reprend damiers et échiquiers, qui avaient été refermés comme des livres pour être rangés. – 15. C'est le premier des jeux qui viennent d'être mentionnés : on a l'impression que cette variété vertigineuse de moyens de perdre son temps n'était pas sans monotonie. – 16. Expressions marquant les conventions de jeu : voir plus haut chap. 3, n. 14.

CHAPITRE 23 : Sur ce chapitre, voir R. Antonioli, *Rabelais et la médecine*, Genève, 1976, pp. 192 et suiv.
1. C'est une tautologie : pour la médecine hippocratique comme pour la physique scolastique, la *violence* est définie par l'intervention d'une cause extrinsèque qui rompt le cours de la nature – 2. Encore un nom symbolique (*Donné par Dieu*) ; dans la première édition, ce médecin providentiel est désigné par l'anagramme de Phrançoys Rabelais qui servira à signer les *Pronostications* pour 1541 et 1544 (voir plus bas). – 3. La *Purgation canonique* (expiation légale) était un chapitre du recueil de droit, le *Digeste*. – 4. Remède proverbial de la folie. – 5. L'anecdote était bien connue on savait que Timothée, le maître de musique, ne « soignait » pas au sens médi-

Après le souper prenaient place les beaux évangiles de bois, c'est-à-dire force tapis de jeu, et c'étaient le beau flux *un, deux, trois* ou *quitte ou double* pour abréger. Sinon, ils allaient voir les filles des alentours ; alors c'étaient de petits banquets parmi collations et pousse-collations. Puis il dormait sans débrider, jusqu'au lendemain huit heures.

Comment Gargantua fut éduqué par Ponocrates selon une méthode telle qu'il ne perdait pas une heure de la journée
CHAPITRE 23

Quand Ponocrates eut pris connaissance du vicieux mode de vie de Gargantua, il décida de lui inculquer les belles-lettres d'une autre manière, mais pour les premiers jours il ferma les yeux, considérant que la nature ne subit pas sans grande violence des mutations soudaines.

Aussi, pour mieux commencer sa tâche, pria-t-il instamment un docte médecin de ce temps-là, nommé Maître Théodore, de considérer s'il était possible de remettre Gargantua en meilleure voie. Celui-là le purgea en règle avec de l'ellébore d'Anticyre et, grâce à ce médicament, il lui nettoya le cerveau de toute corruption et de toute vicieuse habitude. Par ce biais, Ponocrates lui fit aussi oublier tout ce qu'il avait appris avec ses anciens précepteurs, comme faisait Timothée avec ceux de ses disciples qui avaient été formés par d'autres musiciens.

Pour mieulx ce faire, l'introduisoit ès compaignies des gens scavans que là estoient, à l'emulation desquelz luy creust l'esperit et le desir de estudier aultrement et se faire valoir.

Après, en tel train d'estude le mist qu'il ne perdoit heure quelconques du jour, ains tout son temps consommoit en lettres et honeste scavoir. Se esveilloit doncques Gargantua environ quatre heures du matin[6]. Ce pendent qu'on le frotoit, luy estoit leue quelque pagine de la divine escripture, haultement et clerement, avec pronunciation competente à la matiere[7], et à ce estoit commis un jeune paige natif de Basché[8], nommé Anagnostes[9]. Selon le propos et argument de ceste leçon, souventesfoys se adonnoit à reverer, adorer, prier et supplier le bon Dieu, duquel la lecture monstroit la majesté et jugemens merveilleux.

Puis alloit ès lieux secretz faire excretion des digestions naturelles. Là son precepteur repetoit ce que avoit esté leu, luy exposant les poinctz plus obscurs et difficiles[10].

Eulx retornans, consideroient l'estat du ciel, si tel estoit comme l'avoient noté au soir precedent et quelz signes entroit le soleil, aussi la lune, pour icelle journée.

Ce faict, estoit habillé, peigné, testonné, accoustré et parfumé, durant lequel temps on luy repetoit les leçons du jour d'avant. Luy mesmes les disoit par cueur et y fondoit quelque cas practiques et concernens l'estat humain, lesquelz ilz estendoient aulcunes foys jusques deux ou troys heures, mais ordinairement cessoient lors qu'il estoit du tout habillé.

Puis par troys bonnes heures luy estoit faicte lecture. Ce faict yssoient hors, tousjours conferens des propoz de la lecture, et se desportoient en Bracque[11] ou ès prez et jouoient à la balle, à la paulme, à la pile trigone[12], galentement se exercens les corps comme ilz avoient les ames au paravant exercé.

Tout leur jeu n'estoit qu'en liberté, car ilz laissoient la partie

cal ces élèves mal formés, mais qu'il augmentait pour eux le prix de ses leçons. – 6. C'était alors l'heure normale du lever pour les étudiants. – 7. Non plus 26 ou 30 messes ; et non pas un texte marmonné ou psalmodié de façon à être inintelligible. – 8. Voir *Quart L.* chap. 12, n. 15. – 9. Ce nom est simplement la transcription d'un mot grec qui signifie « lecteur ». – 10. Cette discrétion s'oppose à la volubilité scatologique du chapitre 13 ; mais cette rumination, en un tel lieu, des matières les plus difficiles à ingurgiter, n'est sans doute pas présentée sans ironie. – 11. Célèbre jeu de paume parisien. – 12. Jeu de balle à trois joueurs, cet exercice simple et viril s'oppose aux passe-temps stupides de l'ancien temps.

Pour parfaire le traitement, il l'introduisait dans les cénacles de gens de science du voisinage ; par émulation, il se développa l'esprit et le désir lui vint d'étudier selon d'autres méthodes et de se mettre en valeur.

Ensuite, il le soumit à un rythme de travail tel qu'il ne perdait pas une heure de la journée, mais consacrait au contraire tout son temps aux lettres et aux études libérales. Gargantua s'éveillait donc vers quatre heures du matin. Pendant qu'on le frictionnait, on lui lisait quelque page des saintes Ecritures, à voix haute et claire, avec la prononciation requise. Cet office était dévolu à un jeune page natif de Basché, nommé Anagnostes. Suivant le thème et le sujet du passage, bien souvent, il s'appliquait à révérer, adorer, prier et supplier le bon Dieu dont la majesté et les merveilleux jugements apparaissaient à la lecture.

Puis il allait aux lieux secrets excréter le produit des digestions naturelles. Là, son précepteur répétait ce qu'on avait lu et lui expliquait les passages les plus obscurs et les plus difficiles.

En revenant, ils considéraient l'état du ciel, regardant s'il était comme ils l'avaient remarqué la veille au soir et en quels signes entrait le soleil, et aussi la lune, ce jour-là.

Cela fait, il était habillé, peigné, coiffé, apprêté et parfumé et, pendant ce temps, on lui répétait les leçons de la veille. Lui-même les récitait par cœur et y appliquait des exemples pratiques concernant la condition humaine ; ils poursuivaient quelquefois ce propos pendant deux ou trois heures, mais d'habitude ils s'arrêtaient quand il était complètement habillé.

Ensuite, pendant trois bonnes heures, on lui faisait la lecture. Cela fait, ils sortaient, toujours en discutant du sujet de la lecture, et allaient faire du sport au Grand Braque ou dans les prés ; ils jouaient à la balle, à la paume, au ballon à trois, s'exerçant élégamment les corps, comme ils s'étaient auparavant exercé les âmes.

Tous leurs jeux n'étaient que liberté, car ils abandonnaient

quant leur plaisoit et cessoient ordinairement lors que suoient parmy le corps, ou estoient aultrement las. Adoncq estoient tresbien essuez et frottez, changeoient de chemise et, doulcement se pourmenans, alloient veoir sy le disner estoit prest. Là attendens, recitoient clerement et eloquentement quelques sentences retenues de la leçon.

Ce pendent monsieur l'appetit venoit et par bonne oportunité s'asseoient à table.

Au commencement du repas estoit leue quelque histoire plaisante des anciennes prouesses[13], jusques à ce qu'il eust prins son vin.

Lors (si bon sembloit), on continuoit la lecture ou commenceoient à diviser joyeusement ensemble, parlans, pour les premiers moys, de la vertus, proprieté, efficace et nature de tout ce que leur estoit servy à table : du pain, du vin, de l'eau, du sel, des viandes, poissons, fruictz, herbes, racines et de l'aprest d'icelles. Ce que faisant, aprint en peu de temps tous les passaiges à ce competens en Pline, Athené, Dioscorides, Jullius Pollux, Galen, Porphyre, Opian, Polybe, Heliodore, Aristoteles, Ælian[14] et aultres. Iceulx propos tenus, faisoient souvent, pour plus estre asseurez, apporter les livres susdictz à table. Et si bien et entierement retint en sa memoire les choses dictes que, pour lors, n'estoit medicin qui en sceust à la moytié tant comme il faisoit.

Après, devisoient des leçons leues au matin et, parachevant leur repas par quelque confection de cotoniat[15], se couroit les dens avecques un trou de Lentisce[16], se lavoit les mains et les yeulx de belle eaue fraische et rendoient graces à Dieu par quelques beaulx canticques faictz à la louange de la munificence et benignité divine[17]. Ce faict, on apportoit des chartes, non pour jouer, mais pour y apprendre mille petites gentillesses et inventions nouvelles. Lesquelles toutes yssoient de Arithmetique.

En ce moyen, entra en affection de icelle science numerale et tous les jours après disner et souper y passoit temps aussi

13. Cf. les *prouesses* des héros grecs et romains évoqués au début du chap. 39. – 14. C'est chez tous ces auteurs que les humanistes réapprenaient l'histoire naturelle des Anciens – 15. Voir plus haut chap. 18, n. 3. – 16. Le texte de 1542 porte *secouoit*. En se curant les dents avec un trognon de lentisque, Gargantua suit les conseils des Anciens cités à plusieurs reprises par Erasme. – 17. Voir chap. 22, n. 1.

la partie quand il leur plaisait et ils s'arrêtaient en général quand la sueur leur coulait par le corps ou qu'ils ressentaient autrement la fatigue. Ils étaient alors très bien essuyés et frottés, ils changeaient de chemise et allaient voir si le repas était prêt, en se promenant doucement. Là, en attendant, ils récitaient à voix claire et en belle élocution quelques formules retenues de la leçon.

Cependant, Monsieur l'Appétit venait et c'était juste au bon moment qu'ils s'asseyaient à table.

Au début du repas, on lisait quelque plaisante histoire des gestes anciennes, jusqu'à ce qu'il eût pris son vin.

Alors, si on le jugeait bon, on poursuivait la lecture, ou ils commençaient à deviser ensemble, joyeusement, parlant pendant les premiers mois des vertus et propriétés, de l'efficacité et de la nature de tout ce qui leur était servi à table : du pain, du vin, de l'eau, du sel, des viandes, des poissons, des fruits, des herbes, des racines et de leur préparation. Ce faisant, Gargantua apprit en peu de temps tous les passages relatifs à ce sujet dans Pline, Athénée, Dioscorides, Julius Pollux, Galien, Porphyre, Oppien, Polybe, Héliodore, Aristote, Elien et d'autres. Sur de tels propos, ils faisaient souvent, pour plus de sûreté, apporter à table les livres cités plus haut. Gargantua retint si bien et si intégralement les propos tenus, qu'il n'y avait pas alors un seul médecin qui sût la moitié de ce qu'il avait retenu.

Après, ils parlaient des leçons lues dans la matinée et, terminant le repas par quelque confiture de coings, il se curait les dents avec un brin de lentisque, se lavait les mains et les yeux de belle eau fraîche, et tous rendaient grâce à Dieu par quelques beaux cantiques à la louange de la munificence et de la bonté divines. Sur ce, on apportait des cartes, non pas pour jouer, mais pour apprendre mille petits amusements et inventions nouvelles qui relevaient tous de l'arithmétique.

Par ce biais, il prit goût à cette science des nombres et, tous les jours, après le dîner et le souper, il y passait son

plaisantement qu'il souloit en dez ou ès chartes. A tant, sceut d'icelle et theoricque et practique, si bien que Tunstal Angloys[18], qui en avoit amplement escript, confessa que vrayement, en comparaison de luy, il n'y entendoit que le hault Alemant.

Et non seulement d'icelle, mais des aultres sciences mathematicques, comme Geometrie, Astronomie et Musicque. Car, attendens la concoction et digestion[19] de son past, ilz faisoient mille joyeux instrumens[20] et figures Geometricques et, de mesmes, praticquoient les canons Astronomicques.

Après, se esbaudissoient à chanter musicalement à quatre et cinq parties, ou sus un theme à plaisir de gorge. Au reguard des instrumens de musicque, il aprint jouer du luc, de l'espinette[21], de la harpe, de la flutte de Alemant et à neuf trouz, de la viole et de la sacqueboutte.

Ceste heure ainsi employée, la digestion parachevée, se purgoit des excremens naturelz, puis se remettoit à son estude principal par troys heures ou davantaige ; tant à repeter la lecture matutinale que à poursuyvre le livre entreprins, que aussi à escripre et bien traire et former les antiques et Romaines lettres[22].

Ce faict, yssoient hors leur hostel avecques eulx un jeune gentilhomme de Touraine nommé l'escuyer Gymnaste, lequel luy monstroit l'art de chevalerie.

Changeant doncques de vestemens, monstoit sus un coursier, sus un roussin, sus un genet, sus un cheval barbe – cheval legier[23] – et luy donnoit cent quarieres[24], le faisoit voltiger en l'air, franchir le fossé, saulter le palys, court tourner en un cercle, tant à dextre comme à senestre.

Là rompoit non la lance, car c'est la plus grande resverye du monde dire : « J'ay rompu dix lances en tournoy ou en bataille » ; un charpentier le feroit bien. Mais louable gloire est d'une lance avoir rompu dix de ses ennemys. De sa lance doncq, asserée, verde et roide, rompoit un huys, enfonçoit un

---

18. Tunstal, évêque de Durham, avait fait paraître en 1522 à Londres un fameux traité d'arithmétique. – 19. A l'époque, l'estomac *cuisait* les aliments avant de les *distribuer* aux organes. – 20. Les traités de géométrie imposaient alors au lecteur la fabrication de petits *instruments* en papier fort, qui permettaient d'étudier les effets de diverses variations angulaires ou numériques. – 21. Ancêtre du clavecin. – 22. Voir plus haut chap. 14, n. 7. – 23. Chevaux de différentes qualités et de différentes races. Voir plus haut chap. 12, n. 15. – 24. Carrières, courses dans le manège.

temps avec autant de plaisir qu'il pouvait en prendre aux dés et aux cartes. Il en connut si bien la théorie et la pratique que Tunstal l'Anglais, qui avait écrit d'abondance sur le sujet, confessa que, comparé à Gargantua, il n'y comprenait que le haut-allemand.

Et non seulement il prit goût à cette discipline, mais aussi aux autres sciences mathématiques, comme la géométrie, l'astronomie et la musique ; car en attendant la digestion et l'assimilation de son repas, ils faisaient mille joyeux instruments et figures de géométrie et, de même, ils vérifiaient les lois astronomiques.

Après, ils se divertissaient en chantant sur une musique à quatre ou cinq parties ou en faisant des variations vocales sur un thème. Côté instruments de musique, il apprit à jouer du luth, de l'épinette, de la harpe, de la flûte traversière et de la flûte à neuf trous, de la viole et du trombone.

Cette heure employée de la sorte et sa digestion bien achevée, il se purgeait de ses excréments naturels et se remettait à l'étude de son sujet principal pour trois heures ou plus, tant pour répéter la lecture du matin que pour poursuivre le livre entrepris et aussi écrire, apprendre à bien tracer et former les caractères antiques et romains

Cela fait, ils sortaient de leur demeure, accompagnés d'un jeune gentilhomme de Touraine, nommé l'écuyer Gymnaste, qui lui enseignait l'art de chevalerie.

Changeant alors de tenue, il montait un cheval de bataille, un roussin, un genet, un cheval barbe, cheval léger, et lui faisait faire cent tours de manège, le faisait volter en sautant, franchir le fossé, passer la barrière, tourner court dans un cercle, à droite comme à gauche.

Alors, il ne rompait pas la lance, car c'est la plus grande sottise du monde que de dire : « J'ai rompu dix lances au tournoi, ou à la bataille. » Un charpentier en ferait autant ! Par contre, c'est une gloire dont on peut se louer, que d'avoir rompu dix ennemis avec la même lance. Donc, de sa lance acérée, solide et rigide, il rompait une porte,

harnoys, acculloyt une arbre, enclavoyt un aneau, enlevoit une selle d'armes, un aubert, un gantelet. Le tout faisoit armé de pied en cap.

Au reguard de fanfarer et faire les petitz popismes[25] sus un cheval, nul ne le feist mieulx que luy. Le voltiger de Ferrare[26] n'estoit qu'un singe en comparaison. Singulierement, estoit aprins à sauter hastivement d'un cheval sus l'aultre sans prendre terre – et nommoit on ces chevaulx desultoyres[27] – et de chascun cousté[28], la lance au poing, monter sans estriviers et sans bride, guider le cheval à son plaisir, car telles choses servent à discipline militaire.

Un aultre jour, se exerceoit à la hasche, laquelle tant bien coulloyt[29], tant verdement de tous pics reserroyt[30], tant soupplement avalloit en taille ronde, qu'il feut passé chevalier d'armes en campaigne et en tous essays.

Puis bransloit la picque, sacquoit de l'espée à deux mains, de l'espée bastarde[31], de l'espagnole[32], de la dague et du poignard, armé, non armé, au boucler, à la cappe, à la rondelle[33].

Couroit le cerf, le chevreuil, l'ours, le dain, le sanglier, le lievre, la perdrys, le faisant, l'otarde. Jouoit à la grosse balle et la faisoit bondir en l'air, autant du pied que du poing. Luctoit, couroit, saultoit, non à troys pas un sault, non à clochepied, non au sault d'alemant, car (disoit Gymnaste) telz saulx sont inutiles et de nul bien en guerre ; mais d'un sault persoit un foussé, volloit sus une haye, montoit six pas encontre une muraille et rampoit en ceste façon à une fenestre de la haulteur d'une lance.

Nageoit en parfonde eaue, à l'endroict, à l'envers, de cousté, de tout le corps, des seulz pieds. Une main en l'air, en laquelle tenant un livre, transpassoit toute la riviere de Seine sans icelluy mouiller et tyrant par les dens son manteau, comme faisoit Jules Cesar[34], puis d'une main entroit par grande force en

---

25. En ce qui concerne les parades en musique et les claquements de langue destinés à flatter le cheval. – 26. Ferrare, comme d'autres villes d'Italie, fournissait des écuyers réputés. – 27. Chevaux pour sauter, chevaux de voltige. – 28. Côté montoir et côté hors montoir. – 29. Peut-être *crousloit*, abattait. – 30. Les haches d'arçon du 16e siècle comportaient un *pic* caractéristique permettant les coups de pointe. Rabelais désigne peut-être ici une parade. – 31. Epée de fantassin, permettant de frapper d'estoc et de taille. – 32. Rapière espagnole. – 33. En se défendant avec un bouclier, avec une cape roulée autour du bras gauche, ou avec un petit bouclier rond protégeant le poing. – 34. Cet exemple antique, emprunté à Plutarque, est destiné à combattre les

enfonçait une armure, renversait un arbre, enfilait un anneau, enlevait une selle d'armes, un haubert, un gantelet. Tout cela, armé de pied en cap.

Quant à parader et faire les petits exercices de manège, nul, sur un cheval, ne le faisait mieux que lui. Le maître écuyer de Ferrare n'était qu'un singe en comparaison. On lui apprenait notamment à sauter en vitesse d'un cheval sur un autre sans mettre pied à terre (ces chevaux étaient dits de voltige), à monter des deux côtés, sans étriers et la lance au poing, à guider à volonté le cheval sans bride, car de telles choses sont utiles en l'art militaire.

Un autre jour, il s'exerçait à la hache. Il la faisait si bien glisser, multipliait si vivement les coups de pointe, assenait si souplement les coups de taille ronde, qu'il aurait pu passer chevalier d'armes en campagne et dans toutes les épreuves.

Puis il brandissait la pique, frappait de l'épée à deux mains, de l'épée bâtarde, de la rapière, de la dague et du poignard, avec ou sans armure, au bouclier, à la cape ou à la rondache.

Il courait le cerf, le chevreuil, l'ours, le daim, le sanglier, le lièvre, la perdrix, le faisan, l'outarde. Il jouait au ballon et le faisait rebondir du pied et du poing. Il luttait, courait, sautait, non avec trois pas d'élan, ni à cloche-pied, ni à l'allemande, car Gymnaste disait que de tels sauts sont inutiles et ne servent à rien en temps de guerre, mais, d'un saut, il franchissait un fossé, volait par-dessus une haie, montait six pas contre une muraille et grimpait de cette façon jusqu'à une fenêtre, à la hauteur d'une lance.

Il nageait en eau profonde, à l'endroit, à l'envers, sur le côté, de tous les membres, ou seulement des pieds ; avec une main en l'air, portant un livre, il traversait toute la Seine sans le mouiller, en traînant son manteau avec les dents comme faisait Jules César. Puis, à la force d'une seule

basteau, d'icelluy se gettoit de rechief en l'eaue la teste première, sondoit le parfond, creuzoyt les rochiers, plongeoit ès abysmes et goufres. Puis, icelluy basteau tournoit, gouvernoit, menoit hastivement, lentement, à fil d'eau, contre cours, le retenoit en pleine escluse, d'une main le guidoit, de l'aultre s'escrimoit avec un grand aviron, tendoit le vele, montoit au matz par les traictz, courroit sus les brancquars[35], adjoustoit la boussole, contreventoit les bulines, bendoit le gouvernail.

Issant de l'eau roidement, montoit encontre la montaigne et devalloit aussi franchement, gravoit ès arbres comme un chat, saultoit de l'une en l'aultre comme un escurieux, abastoit les gros rameaulx comme un aultre Milo[36] ; avec deux poignards asserez et deux poinsons esprouvez, montoit au hault d'une maison comme un rat, descendoit puis du hault en bas, en telle composition des membres que de la cheute n'estoit aulcunement grevé. Jectoit le dart, la barre, la pierre, la javeline, l'espieu, la halebarde, enfonceoit l'arc, bandoit ès reins les fortes arbalestes de passe[37], visoit de l'arquebouse à l'œil[38], affeustoit le canon, tyroit à la butte, au papeguay, du bas en mont, d'amont en val, devant, de cousté, en arriere, comme les Parthes.

On luy atachoit un cable en quelque haulte tour, pendent en terre ; par icelluy, avecques deux mains, montoit puis devaloit sy roidement et sy asseurement que plus ne pourriez parmy un pré bien egualé.

On luy mettoit une grosse perche apoyée à deux arbres : à icelle se pendoit par les mains et d'icelle alloit et venoit, sans des pieds à rien toucher, que à grande course on ne l'eust peu aconcepvoir.

Et pour se exercer le thorax et pulmon crioit comme tous les diables. Je l'ouy une foys appellant Eudemon, depuis la porte Sainct Victor[39] jusques à Mont Matre. Stentor n'eut oncques telle voix à la bataille de Troye[40].

arguments des pédagogues qui interdisaient la natation. – 35. Voir chap. 16, n. 6. – 36. L'athlète Milon de Crotone se crut assez fort pour achever de séparer les deux moitiés d'un tronc d'arbre fendu par des coins. Voir *Tiers L.* chap. 2, n. 26. – 37. Bandait à la force des reins les arbalètes de siège, longues de près de 20 m et munies d'un treuil pour les tendre. – 38. Soulevait l'arquebuse pour l'épauler (au lieu de poser sur sa fourche cette arme pesant près de 20 kg).– 39. Dans le quartier de l'Université près de l'abbaye Saint-Victor. Dans la première édition, la voix de Gargantua portait jusqu'aux environs de Chinon. – 40. La puissance de la voix de Stentor était déjà proverbiale dans l'*Iliade*.

main, il montait dans un bateau en se rétablissant énergiquement; de là il se jetait de nouveau à l'eau, la tête la première, sondait le fond, explorait le creux des rochers, plongeait dans les trous et les gouffres. Puis il manœuvrait le bateau, le dirigeait, le menait rapidement, lentement, au fil de l'eau ou à contre-courant, le retenait au milieu d'une écluse, le guidait d'une main, ferraillant de l'autre avec un grand aviron, hissait les voiles, montait au mât par les cordages, courait sur les vergues, réglait la boussole, tendait les boulines, tenait ferme le gouvernail.

Sortant de l'eau, il gravissait tout droit la montagne et en dévalait aussi directement, montait aux arbres comme un chat, sautait de l'un à l'autre comme un écureuil, abattait les grosses branches comme un autre Milon. Avec deux poignards acérés et deux poinçons à toute épreuve, il grimpait en haut d'une maison comme un rat, puis sautait en bas, les membres ramassés de telle sorte qu'il ne souffrait nullement de la chute. Il lançait le dard, la barre, la pierre, la javeline, l'épieu, la hallebarde, il bandait l'arc, tendait à force de reins les grosses arbalètes de siège, épaulait l'arquebuse, mettait le canon sur affût, tirait à la butte, au perroquet, de bas en haut, de haut en bas, en face, sur le côté, en arrière comme les Parthes.

Pour lui, on attachait à quelque haute tour un câble pendant jusqu'à terre. Il y montait à deux mains, puis redescendait si vivement et avec autant d'assurance que vous ne feriez pas mieux dans un pré bien nivelé.

On tendait pour lui une grosse perche entre deux arbres; il s'y pendait par les mains, allait et venait sans rien toucher des pieds, si bien que même en courant à toute vitesse on n'aurait pu l'attraper.

Et pour s'exercer la poitrine et les poumons, il criait comme tous les diables. Une fois, je l'ai entendu jusqu'à Montmartre appeler Eudémon depuis la porte Saint-Victor; Stentor, à la bataille de Troie, n'eut jamais une telle voix.

Et pour gualentir les nerfz, on luy avoit faict deux grosses saulmones de plomb, chascune du poys de huyt mille sept cens quintaulx, lesquelles il nommoit alteres. Icelles prenoit de terre en chascune main et les elevoit en l'air au dessus de la teste, et les tenoit ainsi sans soy remuer troys quars d'heure et davantaige, que estoit une force inimitable.

Jouoit aux barres avecques les plus fors et, quand le poinct advenoit, se tenoit sus ses pieds tant roiddement qu'il se abandonnoit ès plus adventureux en cas[41] qu'ilz le feissent mouvoir de sa place, comme jadis faisoit Milo. A l'imitation duquel, aussi, tenoit une pomme de grenade en sa main et la donnoit à qui luy pourroit ouster[42].

Le temps ainsi employé, luy froté, nettoyé et refraischy d'habillemens, tout doulcement retournoit et, passans par quelques prez ou aultres lieux herbuz, visitoient les arbres et plantes, les conferens avec les livres des anciens qui en ont escript, comme Theophraste, Dioscorides, Marinus, Pline, Nicander, Macer et Galen[43], et en emportoient leurs plenes mains au logis, desquelles avoit la charge un jeune page nommé Rhizotome[44], ensemble des marrochons, des pioches, cerfouettes, beches, tranches et aultres instrumens requis à bien arborizer.

Eulx arrivez au logis, ce pendent qu'on aprestoit le souper, repetoient quelques passaiges de ce qu'avoit esté leu et s'asseoient à table.

Notez icy que son disner estoit sobre et frugal, car tant seulement mangeoit pour refrener les haboys de l'estomach, mais le souper estoit copieux et large. Car tant en prenoit que luy estoit de besoing à soy entretenir et nourrir. Ce que est la vraye diete prescripte par l'art de bonne et seure medicine, quoy q'un tas de badaulx medicins herselez en l'officine des Sophistes[45] conseillent le contraire.

Durant icelluy repas estoit continuée la leçon du disner tant

41. Pour voir si par hasard ; ironique. – 42. Ces traits relatifs à Milon de Crotone sont empruntés à l'*Histoire naturelle* de Pline. – 43. Galien citait un anatomiste antique du nom de Marinus ; Rabelais le confond peut-être avec un Italien du nom de Marino qui venait de publier une traduction d'un traité d'agronomie. – 44. En grec : le *Coupe-racines*. – 45. Tourmentés (par les méthodes de la dispute) en l'école des traditionalistes. Avant 1542, Rabelais avait écrit : *en l'officine des Arabes* ; la tradition d'Avicenne apparaissait comme très routinière aux médecins humanistes, mais Rabelais a évolué sur cette question. Voir L. II chap. 8, n. 29.

Et, pour fortifier ses muscles, on lui avait fait de gros saumons de plomb, pesant chacun huit mille sept cents quintaux, et qu'il appelait des haltères. Il les prenait au sol, dans chaque main, et les élevait au-dessus de sa tête ; il les tenait ainsi, sans bouger, trois quarts d'heure et plus, ce qui dénotait une force incomparable.

Il jouait aux barres avec les plus forts, et quand arrivait le choc, il se tenait si solidement sur ses jambes qu'il voulait bien que les plus téméraires disposassent de lui pour voir si par hasard ils pouvaient le faire bouger, comme faisait jadis Milon. De même, à l'imitation de ce dernier, il tenait une grenade dans sa main, et la proposait à qui pourrait la lui arracher.

Ayant ainsi employé son temps, frictionné, nettoyé, ses vêtements changés, Gargantua revenait tout doucement et, en passant par quelque pré ou autre lieu herbeux, ils examinaient les arbres et les plantes et en dissertaient en se référant aux livres des Anciens qui ont traité ce sujet, comme Théophraste, Dioscoride, Marinus, Pline, Nicandre, Macer et Galien. Ils emportaient au logis pleines mains d'échantillons ; un jeune page, nommé Rhizotome, en avait la charge, ainsi que des binettes, pioches, serfouettes, bêches, sarcloirs et autres instruments indispensables pour bien herboriser.

Une fois arrivés au logis, ils répétaient, pendant qu'on préparait le repas, quelques passages de ce qui avait été lu et s'asseyaient à table.

Remarquez que son dîner était sobre et frugal, car il ne mangeait que pour apaiser les abois de son estomac, mais le souper était abondant et copieux, car il prenait tout ce qui lui était nécessaire pour son entretien et sa nourriture. C'est la vraie diététique, prescrite par l'art de la bonne et sûre médecine, bien qu'un tas de sots médicastres secoués dans les officines des sophistes conseillent le contraire.

Pendant ce repas, on continuait la leçon du déjeuner

que bon sembloit ; le reste estoit consommé en bons propous, tous lettrez et utiles.

Après graces rendues, se adonnoient à chanter musicalement, à jouer d'instrumens harmonieux ou de ces petitz passetemps qu'on faict ès chartes, ès dez et guobeletz, et là demouroient, faisans grand chere et s'esbaudissans aulcunesfoys jusques à l'heure de dormir ; quelque foys, alloient visiter les compaignies des gens lettrez ou de gens que eussent veu pays estranges.

En pleine nuict, davant que soy retirer, alloient au lieu de leur logis le plus descouvert veoir la face du ciel et là notoient les cometes – sy aulcunes estoient –, les figures, situations, aspectz[46], oppositions et conjunctions des astres.

Puis, avec son precepteur, recapituloit briefvement à la mode des Pythagoricques tout ce qu'il avoit leu, veu, sceu, faict et entendu au decours de toute la journée.

Si prioient Dieu le createur en l'adorant et ratifiant leur foy envers luy et, le glorifiant de sa bonté immense et luy rendant grace de tout le temps passé, se recommandoient à sa divine clemence pour tout l'advenir. Ce faict entroient en leur repous.

Comment Gargantua employoit le temps quand l'air estoit pluvieux

CHAPITRE XXIV

S'il advenoit que l'air feust pluvieux et intemperé, tout le temps d'avant disner estoit employé comme de coustume, excepté qu'il faisoit allumer un beau et clair feu pour corriger l'intemperie de l'air. Mais, après disner, en lieu des exercitations ilz demouroient en la maison et, par maniere de Apotherapic[1], s'esbatoient à boteler du foin, à fendre et scier du boys, et à batre les gerbes en la grange. Puys estudioient en l'art de

---

46. L'*aspect* de deux astres est leur position l'un par rapport à l'autre. L'aspect de deux astres passant dans le même plan vertical est la *conjonction* ; quand leurs longitudes diffèrent de 180°, leur aspect est une *opposition*.

CHAPITRE 24 : Sur l'ensemble de l'épisode, voir M. Jeanneret, « L'uniforme et le discontinu », in *Rabelais's Incomparable Book* (éd. La Charité), Lexington, 1986.
1. Régime visant à redonner des forces.

autant que bon semblait et le reste se passait en bons propos, tous savants et instructifs.

Après avoir rendu grâces, ils se mettaient à chanter en musique, à jouer d'instruments harmonieux ou se livraient à ces petits divertissements qu'offrent les cartes, les dés et les cornets. Ils restaient là, à faire grande chère et à se distraire, parfois jusqu'au moment d'aller dormir. Quelquefois, ils allaient visiter les cercles des gens de science, ou de gens qui avaient vu des pays étrangers.

En pleine nuit, avant de se retirer, ils allaient à l'endroit le plus découvert de la maison pour regarder l'aspect du ciel, et là, ils observaient les comètes, s'il y en avait, les figures, les situations, les positions, les oppositions et les conjonctions des astres.

Puis, avec son précepteur, Gargantua récapitulait brièvement, à la mode des Pythagoriciens, tout ce qu'il avait lu, vu, su, fait et entendu au cours de toute la journée.

Et ils priaient Dieu le créateur, l'adorant et confirmant leur foi en Lui, le glorifiant pour son immense bonté, lui rendant grâces pour tout le temps écoulé et se recommandant à sa divine clémence pour tout l'avenir. Cela fait, ils entraient en leur repos.

Comment Gargantua employait son temps quand l'air était pluvieux

CHAPITRE 24

S'il arrivait que le ciel fût pluvieux et qu'il y eût des intempéries, tout le temps d'avant déjeuner était employé comme à l'accoutumée, à ceci près qu'il faisait allumer un beau et clair feu pour combattre l'humidité de l'air. Mais après le repas, au lieu de se livrer aux exercices habituels, ils restaient à la maison et, en guise de régime reconstituant, se dépensaient en bottelant du foin, en fendant et en sciant du bois, en battant des gerbes dans la grange. Puis

paincture et sculpture ou revocquoient en usage l'anticque jeu des tables[2], ainsi qu'en a escript Leonicus[3], et comme y joue nostre bon amy Lascaris[4]. En y jouant, recoloient[5] les passaiges des auteurs anciens ès quelz est faicte mention ou prinse quelque metaphore sus iceluy jeu.

Semblablement, ou alloient veoir comment on tiroit les metaulx, ou comment on fondoit l'artillerye, ou alloient veoir les lapidaires, orfe-vres et tailleurs de pierreries, ou les Alchymistes et monoyeurs, ou les haultelissiers, les tissotiers, les velotiers, les horologiers, miralliers, Imprimeurs, organistes, tinturiers et aultres telles sortes d'ouvriers, et par tout donnans le vin, aprenoient et consideroient l'industrie et invention des mestiers.

Alloient ouir les leçons publicques, les actes solennelz, les repetitions, les declamations[6], les playdoiez des gentilz advocatz, les concions des prescheurs evangeliques[7].

Passoit par les salles et lieux ordonnez pour l'escrime et là, contre les maistres. essayoit de tous bastons et leurs monstroit par evidence que autant, voyre plus, en scavoit que iceulx.

Et au lieu de arboriser, visitoient les bouticques des drogueurs, herbiers et apothecaires, et soigneusement consideroient les fruictz, racines, fueilles, gommes, semences, axunges peregrines, ensemble aussi comment on les adulteroit.

Alloit veoir les basteleurs, trejectaires et theriacleurs[8], et consideroit leurs gestes, leurs ruses, leurs sobressaulx et beau parler, singulierement de ceulx de Chaunys en Picardie[9], car ilz sont de nature grands jaseurs et beaulx bailleurs de baillivernes en matiere de cinges verds[10].

Eulx retournez pour soupper, mangeoient plus sobrement que ès aultres jours, et viandes plus desiccatives et extenuantes, affin que l'intemperie humide de l'air, communicqué au corps par necessaire confinité, feust par ce moyen corrigée et ne leurs

---

2. En 1542, la graphie *tables* pour *tales* ne peut être que fautive. – 3. Nicolaus Leonicus Thomaeus. un Italien, venait de publier à Lyon un traité de jeu d'osselets. – 4. Savant grec, professeur de grec de Budé. – 5. Voir *Quart L.* chap. 13, n. 2. – 6. *Répétitions* et *déclamations* sont des exercices oratoires dans les écoles de rhétorique. – 7. Ces prêches peuvent être évangéliques sans être schismatiques; mais l'accent mis sur la diffusion de la Parole au détriment de la liturgie pouvait déplaire à la Sorbonne. – 8. Escamoteurs et charlatans vendant de la *thériacle*, panacée miraculeuse. – 9. La réputation des jongleurs de Chauny était proverbiale. – 10. Animaux extraordinaires, bien faits pour être montrés en foire.

ils étudiaient les arts de peinture et de sculpture, ou remettaient en pratique l'ancien jeu des osselets dont a traité Léonicus et auquel joue notre bon ami Lascaris. En y jouant, ils révisaient les passages des auteurs anciens qui le mentionnent ou y font une allusion indirecte.

Ils allaient aussi voir comment on étirait les métaux ou comment on fondait les pièces d'artillerie, ou ils allaient voir les lapidaires, les orfèvres et les tailleurs de pierres précieuses, ou les alchimistes et les monnayeurs, ou les haute-lissiers, les tisserands, les veloutiers, les horlogers, les miroitiers, les imprimeurs, les facteurs d'orgues, les teinturiers et autres artisans de ce genre. Partout, tout en payant à boire, ils s'instruisaient en considérant l'ingéniosité créatrice des métiers.

Ils allaient écouter les leçons publiques, les actes solennels, les répétitions, les déclamations, les plaidoyers des avocats renommés, les sermons des prédicateurs évangéliques.

Il passait par les salles et les lieux aménagés pour l'escrime, et là il essayait toutes les armes contre les maîtres et leur démontrait par l'évidence qu'il en savait autant qu'eux, voire davantage.

Au lieu d'herboriser, ils visitaient les boutiques des droguistes, des herboristes et des apothicaires ; ils observaient soigneusement les fruits, les racines, les feuilles, les gommes, les graines, les onguents exotiques, et, en même temps, la façon dont on les transformait.

Il allait voir les bateleurs, les jongleurs, les charlatans, observait leurs gestes, leurs ruses, leurs gesticulations, écoutait leurs belles phrases, s'attachant plus particulièrement à ceux de Chauny en Picardie, car ils sont naturellement grands bavards et beaux marchands de balivernes en matière d'attrape-nigauds.

Rentrés pour souper, ils mangeaient plus sobrement que les autres jours et prenaient une nourriture plus desséchante et plus amaigrissante, pour que l'humidité inhabituelle de

feust incommode par ne soy estre exercitez comme avoient de coustume.

Ainsi fut gouverné Gargantua et continuoit ce proces de jour en jour, profitant comme entendez que peut faire un jeune homme, scelon son aage, de bon sens, en tel exercice ainsi continué. Lequel combien que semblast pour le commencement difficile, en la continuation tant doulx fut, legier et delectable, que mieulx ressembloit un passetemps de roy que l'estude d'un escholier.

Toutesfoys, Ponocrates pour le sejourner de ceste vehemente intention des esperitz[11], advisoit une foys le moys quelque jour bien clair et serain auquel bougeoient au matin de la ville et alloient ou à Gentily, ou à Boloigne, ou à Montrouge, ou au pont Charanton, ou à Vanves, ou à Sainct Clou. Et là passoient toute la journée à faire la plus grande chere dont ilz se pouvoient adviser, raillans, gaudissans, beuvans d'aultant, jouans, chantans, dansans, se voytrans en quelque beau pré, deniceans des passereaulx, prenans des cailles, peschans aux grenoilles et escrevisses.

Mais, encores que icelle journée feust passée sans livres et lectures, poinct elle n'estoit passée sans proffit. Car en beau pré ilz recoloient par cueur quelques plaisans vers de L'Agriculture de Virgile, de Hesiode, du Rusticque de Politian[12], descripvoient quelques plaisans epigrammes en latin, puis les mettoient par rondeaux et ballades en langue Francoyse.

En banquetant, du vin aisgué separoient l'eau comme l'enseigne Cato, De re rust. et Pline : avecques un guobelet de Lyerre[13] lavoient le vin en plain bassin d'eau, puis le retiroient avec un embut ; faisoient aller l'eau d'un verre en aultre[14] ; bastisoient plusieurs petitz engins automates, c'est à dire soy mouvens eulx mesmes.

---

11. Voir ci-dessus chap. 10, n. 24. – 12. L'humaniste italien Ange Politien avait composé un poème latin, le *Rusticus*, qui vantait la vie des champs, à l'imitation des *Géorgiques* de Virgile et même des *Travaux et des jours* d'Hésiode. – 13. Caton, dans son *Agriculture*, et Pline, dans son *Histoire naturelle*, mentionnent cette propriété du lierre. Cependant Rabelais se fiait plus à son expérience qu'à l'autorité des Anciens : voir plus bas *Tiers L.* chap. 52. – 14. Expérience de physique révélant les propriétés du siphon.

l'air, communiquée au corps par une inévitable affinité élémentaire, fût corrigée par ce moyen et pour qu'aucune indisposition ne les affectât faute de s'être exercés comme ils en avaient l'habitude.

C'est ainsi que fut dirigé Gargantua, et il continuait à suivre chaque jour ce programme. De l'application continue d'une telle méthode, il tirait profit – vous vous en doutez bien – comme peut le faire, en fonction de son âge, un homme jeune et sensé. Cette méthode, bien qu'elle pût sembler difficile à suivre au commencement, fut à la longue si douce, si légère et délectable qu'elle se rapprochait plus d'un passe-temps de roi que du travail d'un écolier.

Cependant, Ponocrates, pour le reposer de cette violente tension des esprits, choisissait une fois par mois un jour bien clair et serein où ils quittaient la ville au matin pour aller à Gentilly, à Boulogne, à Montrouge, au pont de Charenton, à Vanves ou à Saint-Cloud. Là, ils passaient toute la journée à faire la plus grande chère qu'ils pouvaient imaginer, plaisantant, s'amusant, buvant à qui mieux mieux, jouant, chantant, dansant, se vautrant dans quelque beau pré, dénichant des passereaux, prenant des cailles, pêchant les grenouilles et les écrevisses.

Mais bien qu'une telle journée se fût passée sans livres ni lectures, elle ne s'était pas écoulée sans profit. Car, dans le beau pré, ils récitaient par cœur quelques jolis vers des *Géorgiques* de Virgile, d'Hésiode, du *Rustique* de Politien, composaient quelques plaisantes épigrammes en latin, puis les transposaient en langue française, en rondeaux et ballades.

Tout en se restaurant, ils séparaient l'eau du vin coupé, comme l'enseignent Caton *(De l'agriculture)* et Pline, à l'aide d'un gobelet de lierre. Ils diluaient le vin dans un plein bassin d'eau, puis l'en retiraient avec un entonnoir ; ils faisaient passer l'eau d'un verre dans un autre, ils construisaient divers petits automates, c'est-à-dire des appareils se déplaçant d'eux-mêmes.

Comment feut meu entre les fouaciers [1] *de Lerné et ceulx du pays de Gargantua le grand debat, dont furent faictes grosses guerres*

CHAPITRE XXV

En cestuy temps, qui fut la saison de vendanges au commencement de automne, les bergiers de la contrée estoient à guarder les vines et empescher que les estourneaux ne mangeassent les raisins.

Onquel temps les fouaciers de Lerné [2] passoient le grand quarroy, menans dix ou douze charges de fouaces à la ville.

Lesdictz bergiers les requirent courtoisement leurs en bailler pour leur argent, au pris du marché. Car notez que c'est viande celeste, manger à desjeuner raisins avec fouace fraiche, mesmement des pineaulx, des fiers, des muscadeaulx, de la bicane et des foyrars [3], pour ceulx qui sont constipez de ventre car ilz les font aller long comme un vouge et souvent, cuidans peter, ilz se conchient, dont sont nommez les cuideurs des vendanges [4].

A leur requeste ne feurent aulcunement enclinez les fouaciers, mais (que pis est) les oultragerent grandement, les appellans Trop diteulx, Breschedens, Plaisans rousseaulx, Galliers [5], Chienlictz, Averlans, Limessourdes [6], Faictneans, Friandeaulx, Bustarins, Talvassiers, Riennevaulx, Rustres, Challans, Hapelopins, Trainneguainnes, gentilz Flocquetz, Copieux, Landores, Malotruz, Dendins, Baugears, Tezez, Gaubregeux, Gogueluz, Claquedans, Boyers d'etrons, Bergiers de merde et aultres telz epithetes diffamatoires, adjoustans que poinct à eulx n'apartenoit manger de ces belles fouaces, mais qu'ilz se debvoient contenter de gros pain ballé [7] et de tourte.

CHAPITRE 25 : 1. Marchands de fouaces. – 2. Village de Touraine situé non loin de la Devinière ; le père de Rabelais était sénéchal de Lerné. Les fouaces de Lerné étaient effectivement très réputées. – 3. Ce sont des cépages, blancs ou noirs, dont certains sont encore cultivés dans le val de Loire. – 4. Les *cuideurs des vendanges* produisaient des pets foireux ; Rabelais vient de terminer sa liste des cépages sur le *foirard*. Voir *Pantagruéline prognostication*, n. 98 et K. Baldinger, « Missverstandener Rabelais », in *Etudes rabelaisiennes* 1990. – 5. Mauvais plaisants, ou culs-terreux. – 6. Hypocrites. Sur les injures suivantes, voir *Quart L.* chap. 40, n. 40. – 7. Fait de grains grossièrement moulus et non de farine tamisée.

Comment entre les fouaciers de Lerné et les gens du pays de Gargantua survint la grande querelle qui entraîna de grandes guerres

CHAPITRE 25

En ce temps-là (c'était la saison des vendanges, au commencement de l'automne), les bergers de la contrée étaient à garder les vignes et à empêcher les étourneaux de manger les raisins.

Dans le même temps, les fouaciers de Lerné passaient le grand carrefour, portant dix ou douze charges de fouaces à la ville.

Les bergers en question leur demandèrent poliment de leur en donner pour leur argent, au cours du marché. Car c'est un régal céleste, notez-le, que de manger au déjeuner des raisins avec de la fouace fraîche, surtout des pineaux, des sauvignons, des muscadets, de la bicane ou des foireux pour ceux qui sont constipés, car ils les font aller long comme une pique, et souvent, *pensant* péter, ils se conchient : on les appelle, pour cette raison, les *penseurs* des vendanges.

Les fouaciers ne condescendirent nullement à satisfaire leur demande et, ce qui est pire, les insultèrent gravement en les traitant de trop babillards, de brèche-dents, de jolis rouquins, de mauvais plaisants, de chie-en-lit, de croquants, de faux-jetons, de fainéants, de goinfres, de gueulards, de vantards, de vauriens, de rustres, de casse-pieds, de pique-assiette, de matamores, de fines braguettes, de mordants, de tire-flemme, de malotrus, de lourdauds, de nigauds, de marauds, de corniauds, de farceurs, de claque-dents, de bouviers d'étrons, de bergers de merde, et autres épithètes diffamatoires de même farine. Ils ajoutèrent qu'ils n'étaient pas dignes de manger de ces belles fouaces et qu'ils devraient se contenter de gros pain bis et de tourte.

Auquel oultraige un d'entr'eulx nommé Frogier, bien honneste homme de sa personne et notable bacchelier, respondit doulcement : « Depuis quand avez vous prins cornes, qu'estes tant rogues devenuz ? Dea, vous nous en souliez voluntiers bailler et maintenant y refusez ? Ce n'est faict de bons voisins, et ainsi ne vous faisons nous quand venez icy achapter nostre beau frument duquel vous faictes voz gasteaux et fouaces. Encores par le marché vous eussions nous donné de noz raisins, mais, par la mer de [8], vous en pourriez repentir et aurez quelque jour affaire de nous. Lors nous ferons envers vous à la pareille, et vous en soubvienne ! »

Adoncq Marquet [9], grand bastonnier de la confrairie [10] des fouaciers luy dist : « Vrayement, tu es bien acresté à ce matin : tu mengeas her soir trop de mil. Vien çà, vien çà, je te donneray de ma fouace ! »

Lors Forgier en toute simplesse approcha tirant un unzain de son baudrier, pensant que Marquet luy deust deposcher de ses fouaces, mais il luy bailla de son fouet à travers les jambes si rudement que les noudz y apparoissoient, puis voulut gaigner à la fuyte. Mais Forgier s'escria au meurtre et à la force tant qu'il peut, ensemble luy getta un gros tribard qu'il portoit soubz son escelle et le attainct par la joincture coronale de la teste, sus l'artere crotaphique [11], du cousté dextre, en telle sorte que Marquet tomba de sa jument : mieulx sembloit homme mort que vif.

Ce pendent les mestaiers, qui là aupres challoient les noiz, accoururent avec leurs grandes gaules et frapperent sus ces fouaciers comme sus seigle verd [12]. Les aultres bergiers et bergieres, ouyans le cry de Forgier, y vindrent avec leurs fondes et brassiers et les suyvirent à grands coups de pierres, tant menuz qu'il sembloit que ce feust gresle. Finablement les aconceurent et cousterent [13] de leurs fouaces environ quatre ou cinq douzeines, toutesfoys ilz les payerent au pris acoustumé et leurs donnerent un cens de quecas et troys panerées de Francs aubiers [14]. Puis les fouaciers ayderent à monter Marquet, qui

8. Voir plus haut chap. 13, n. 24. – 9. Le nom de Marquet, comme celui de Frogier, était porté par des familles de la région de Chinon. – 10. Le bâtonnier portait l'étendard d'une confrérie dans les processions. – 11. L'artère temporale, proche de la suture coronale qui sépare le front des pariétaux. – 12. Voir L. II chap. 17, n. 27. – 13. La graphie *ousterent* des éditions précédentes semble plus logique. – 14. Raisins blancs sucrés.

A cet outrage, l'un d'eux nommé Frogier, bien honnête homme de sa personne et réputé bon garçon, répondit calmement : « Depuis quand êtes-vous devenus taureaux, pour être aussi arrogants ? Diable ! D'habitude vous nous en donniez volontiers, et maintenant vous refusez. Ce n'est pas agir en bons voisins, nous ne vous traitons pas ainsi quand vous venez ici acheter notre beau froment avec lequel vous faites vos gâteaux et vos fouaces. Et encore, nous vous aurions donné de nos raisins par-dessus le marché. Mais, par la Mère Dieu, vous pourriez bien vous en repentir et avoir affaire à nous un de ces jours. A ce moment-là nous vous rendrons la pareille, souvenez-vous-en. »

Alors Marquet, grand bâtonnier de la confrérie des fouaciers, lui dit : « Vraiment, tu es fier comme un coq, ce matin, tu as trop mangé de mil hier soir ! Viens là, viens là, je vais te donner de ma fouace ! »

Alors Frogier s'approcha en toute confiance, tirant une pièce de sa ceinture en pensant que Marquet allait lui déballer des fouaces ; mais celui-ci lui donna de son fouet à travers les jambes, si sèchement qu'on y voyait la marque des nœuds. Puis il tenta de prendre la fuite, mais Frogier cria « à l'assassin ! » et « à l'aide ! » de toutes ses forces et, en même temps, lui lança un gros gourdin qu'il tenait sous l'aisselle. Il le toucha vers la suture coronale de la tête, sur l'artère temporale du côté droit, si bien que Marquet tomba de sa jument et semblait plus mort que vif.

Cependant les métayers qui écalaient les noix non loin de là accoururent avec leurs grandes gaules et frappèrent sur nos fouaciers comme sur seigle vert. Les autres bergers et bergères, entendant le cri de Frogier, arrivèrent avec leurs frondes et leurs lance-pierres et les poursuivirent à grands coups de cailloux, qui tombaient si serré qu'on aurait dit de la grêle. Finalement, ils les rejoignirent et enlevèrent environ quatre ou cinq douzaines de leurs fouaces. Toutefois, ils les payèrent au prix habituel et leur donnèrent un cent de noix et trois panerées de francs-blancs. Ensuite, les

estoit villainement blessé, et retournerent à Lerné sans poursuivre le chemin de Pareillé[15], menassans fort et ferme les boviers, bergiers et mestaiers de Seuillé et de Synays.

Ce faict et bergiers et bergieres feirent chere lye avecques ces fouaces et beaulx raisins, et se rigollerent ensemble au son de la belle bouzine, se mocquans de ces beaulx fouaciers glorieux qui avoient trouve male encontre, par faulte de s'estre seignez de la bonne main au matin[16]. Et avec gros raisins chenins[17] estuverent[18] les jambes de Forgier mignonnement, si bien qu'il feut tantost guery.

Comment les habitans de Lerné par le commandement de Picrochole leur roy assallirent au despourveu les bergiers de Gargantua

CHAPITRE XXVI

Les fouaciers retournez à Lerné, soubdain davant boyre ny manger se transporterent au capitoly[1] et là, davant leur roy nommé Picrochole, tiers de ce nom[2], proposerent leur complainte, monstrans leurs paniers rompuz, leurs bonnetz foupiz, leurs robbes dessirées, leurs fouaces destroussées et singulierement Marquet, blessé enormement, disans le tout avoir esté faict par les bergiers et mestaiers de Grandgousier, près le grand carroy par delà Seuillé.

Lequel incontinent entra en courroux furieux et, sans plus oultre[3] se interroguer quoy ne comment, feist crier par son pays ban et arriere ban[4], et que un chascun sur peine de la hart[5]

15. Parilly, près de Chinon. – 16. Faire le signe de croix de la main gauche est un acte manqué qui attire le malheur. Voir chap. 35, n. 1. – 17. Pineau dont les chiens sont particulièrement friands. – 18. On désinfectait alors les plaies avec du vin les paysans attribuent ici les vertus curatives au jus de fruit et non à l'alcool.

CHAPITRE 26 : 1. A l'imitation du Capitole de Rome, certaines municipalités pouvaient appeler ainsi le centre de la vie parlementaire : Picrochole se prend pour le successeur des empereurs de Rome. – 2. Ce nom est également symbolique : c'est « le Bilieux ». – 3. Plus loin ; un autre bilieux prétendant à la succession de l'Empire romain, Charles Quint, avait pour devise : *Plus oultre*. – 4. C'est la formule de mobilisation féodale qui passait pour archaïque. En 1534, François Ier pensait remplacer ce système par la création d'une armée moderne de sept légions. – 5. Corde pour la pendaison. Les citoyens

fouaciers aidèrent Marquet qui avait une vilaine blessure à se remettre en selle et ils rentrèrent à Lerné, sans poursuivre leur chemin vers Parilly, tout en menaçant fort et ferme les bouviers, les bergers et les métayers de Seuilly et de Cinais.

Sur ce, bergers et bergères se régalèrent avec ces fouaces et ces beaux raisins, et se rigolèrent ensemble au son de la belle musette, en se moquant de ces beaux fouaciers qui faisaient les malins et avaient joué de malchance, faute de s'être signés de la bonne main le matin. Et, avec de gros raisins chenins, ils baignèrent délicatement les jambes de Frogier, si bien qu'il fut tout de suite guéri.

Comment les habitants de Lerné, sur ordre de Picrochole, leur roi, attaquèrent par surprise les bergers de Gargantua
CHAPITRE 26

Les fouaciers, rentrés à Lerné, immédiatement, sans prendre le temps de boire ni de manger, se transportèrent au Capitole et là, devant leur roi nommé Picrochole troisième du nom, exposèrent leurs doléances en montrant leurs paniers crevés, leurs bonnets enfoncés, leurs habits déchirés, leurs fouaces pillées et surtout Marquet énormément blessé. Ils dirent que tout cela avait été fait par les bergers et métayers de Grandgousier, près du grand carrefour, de l'autre côté de Seuilly.

Picrochole, incontinent, entra dans une colère folle et, sans s'interroger davantage sur le pourquoi ni le comment, fit crier par son pays ban et arrière-ban et ordonner que

convint en armes en la grand place, devant le chasteau, à heure
de midy.

Pour mieulx confermer son entreprinse, envoya sonner le
tabourin à l'entour de la ville. Luy mesmes, ce pendent qu'on
aprestoit son disner, alla faire affuster son artillerie, desployer
son enseigne et oriflant et charger force munitions, tant de
harnoys d'armes que de gueulles.

En disnant, bailla les commissions [6] et feut par son edict
constitué le seigneur Trepelu [7] sus l'avantguarde, en laquelle
furent contez seize mille quatorze hacquebutiers [8], trente cinq
mille et unze avanturiers [9].

A l'artillerie, fut commis le grand escuyer Toucquedillon [10],
en laquelle feurent contées neuf cens quatorze grosses pieces
de bronze, en canons, doubles canons, baselicz, serpentines,
couleuvrines, bombardes, faulcons, passevolans, spiroles et
aultres pieces [11]. L'arriere guarde feut baillée au duc Racquedenare. En la bataille [12] se tint le roy et les princes de son
royaulme.

Ainsi, sommairement acoustrez, davant que se mettre en voye,
envoyerent troys cens chevaulx legiers soubz la conduicte
du capitaine Engoulevent [13] pour descouvrir le pays et scavoir
si embuche aulcune estoyt par le contrée. Mais, après avoir
diligemment recherché, trouverent tout le pays à l'environ
en paix et silence, sans assemblée quelconque.

Ce que entendent, Picrochole commenda q'un chascun mar-
chast soubz son enseigne hastivement.

Adoncques, sans ordre et mesure, prindrent les champs les
uns parmy les aultres, gastans et dissipans tout par où ilz
passoient, sans espargner ny pauvre ny riche, ny lieu sacré ny

mobilisés ne sont pas des volontaires. – 6. Il pourvoit à la hâte les différents
postes de commandement. – 7. « Le Miteux » : dans la première version, ce
poste était dévolu à Grippeminaud, le Rapace. Dans le système féodal du ban
et de l'arrière-ban, les chefs n'étaient pas rétribués dans les légions créées
par François Ier, les cadres sont permanents et reçoivent des gages mensuels.
– 8. A titre de comparaison, François Ier avait fixé l'effectif des arquebusiers
dans ses légions à 12000. – 9. Fantassins volontaires. – 10. Ce nom signifie :
« Attaque-de-loin », Fanfaron. – 11. Les adversaires du système vétuste du
ban et de l'arrière-ban faisaient valoir que l'armement des troupes ainsi ras-
semblées était trop hétéroclite (voir Fr. de La Noue, *Discours politiques et
militaires*, 1587, Diss. XI); dans son énumération, Rabelais a réuni des
pièces d'ancienneté, de portée et de calibres divers. – 12. Au fort de la
troupe, alors que la place des princes et des grands aurait dû être à l'avant-
garde. – 13. Du capitaine « Gobe-le-vent ».

chacun, sous peine de la corde, se trouvât en armes sur la grande place devant le château, à midi.

Pour donner plus de consistance à son projet, il fit battre tambour aux alentours de la ville. Lui-même, pendant qu'on préparait son dîner, alla faire mettre son artillerie sur affût, déployer son enseigne et son oriflamme, et charger force munitions, tant pour l'armement que pour la gueule.

Tout en dînant, il distribua les affectations et, sur sa décision, le seigneur Trepelu fut nommé à l'avant-garde, laquelle comptait seize mille quatorze arquebusiers et trente-cinq mille onze miliciens.

Le grand écuyer Toucquedillon fut préposé à l'artillerie, où l'on compta neuf cent quatorze grosses pièces de bronze : canons, doubles canons, basilics, serpentines, couleuvrines, bombardes, faucons, mortiers, spiroles et autres pièces. L'arrière-garde fut confiée au duc Racquedenare. Au plus fort de la troupe se tinrent le roi et les princes de son royaume.

Sommairement équipés de la sorte, avant que de se mettre en chemin, ils acheminèrent sous la conduite du capitaine Engoulevent trois cents chevau-légers pour repérer le terrain et voir s'il n'y avait pas d'embuscade dans le secteur. Après soigneuse exploration, ils trouvèrent tout le pays alentour paisible et silencieux, sans le moindre rassemblement.

A cette information, Picrochole commanda que chacun se mît en marche en hâte sous son enseigne.

Alors, sans ordre ni organisation, ils se mirent en campagne pêle-mêle, dévastant et détruisant tout sur leur passage, n'épargnant pauvre ni riche, lieu saint ni profane.

prophane ; emmenoient beufz, vaches, thoreaux, veaulx, genisses, brebis, moutons, chevres et boucqs, poulles, chappons, poulletz, oysons, jards, oyes, porcs, truyes, guoretz, abastans les noix, vendeangeans les vignes, emportans les seps, croullans tous les fruictz des arbres. C'estoit un desordre incomparable de ce qu'ilz faisoient. Et ne trouverent personne qui leurs resistast, mais un chascun se mettoit à leur mercy, les suppliant estre traictez plus humainement, en consideration de ce qu'ilz avoient de tous temps esté bons et amiables voisins et que jamais envers eulx ne commirent exces ne oultraige, pour ainsi soubdainement estre par iceulx mal vexez et que Dieu les en puniroit de brief. Es quelles remonstrances, rien plus ne respondoient, si non qu'ilz leurs vouloient aprendre à manger de la fouace.

Comment un moine de Seuillé saulva le cloz de l'abbaye du sac des ennemys

CHAPITRE XXVII

Tant feirent et tracasserent, pillant et larronnant, qu'ilz arriverent à Seuillé et detrousserent hommes et femmes, et prindrent ce qu'ilz peurent : rien ne leurs feut ne trop chault ne trop pesant. Combien que la peste y feust par la plus grande part des moisons, ilz entroient par tout, ravissoient tout ce qu'estoit dedans et jamais nul n'en print dangier. Qui est cas assez merveilleux, car les curez, vicaires, prescheurs, medicins, chirugiens et apothecaires qui alloient visiter, penser, guerir, prescher et admonester les malades estoient tous mors de l'infection, et ces diables pilleurs et meurtriers oncques n'y prindrent mal. Dont vient cela, messieurs ? Pensez y, je vous pry.

Le bourg ainsi pillé, se transporterent en l'abbaye avecques horrible tumulte, mais la trouverent bien reserrée et fermée ; dont l'armée principale marcha oultre vers le gué de Vede[1], exceptez sept enseignes de gens de pied et deux cens lances[2]

CHAPITRE 27 : 1. Voir plus haut chap. 4, n. 3. – 2. L'*enseigne* est la troupe rassemblée autour du même drapeau ; la *lance* est le groupe d'un chevalier porte-lance accompagné de ses servants.

Ils emmenaient bœufs, vaches, taureaux, veaux, génisses, brebis, moutons, chèvres et boucs, poules, chapons, poulets, oisons, jars, oies, porcs, truies, gorets, abattaient les noix, vendangeaient les vignes, emportaient les ceps, faisaient tomber tous les fruits des arbres. C'était un tohu-bohu innommable que leurs agissements, et ils ne trouvaient personne qui leur résistât. Tous se rendaient à leur merci, les suppliant de les traiter avec plus d'humanité, eu égard à ce qu'ils avaient de tout temps vécu en bon et cordial voisinage, et ne commirent jamais à leur endroit d'excès ni d'outrage pour être ainsi subitement malmenés par eux. Dieu les en punirait sous peu. Mais à ces objurgations ils ne répondaient rien, sinon qu'ils allaient leur apprendre à manger de la fouace.

Comment un moine de Seuilly sauva le clos de l'abbaye du sac des ennemis
CHAPITRE 27

Ils firent tant, harcelant, pillant et maraudant, qu'ils arrivèrent à Seuilly où ils détroussèrent hommes et femmes et prirent tout ce qu'ils purent. Rien ne leur parut trop chaud ou trop pesant. Bien qu'il y eût la peste dans la plupart des maisons, ils entraient partout, s'emparaient de tout ce qu'il y avait à l'intérieur, sans que jamais nul d'entre eux n'attrapât le mal, ce qui est un cas plutôt surprenant, car les curés, les vicaires, les prédicateurs, les médecins, les chirurgiens et les apothicaires qui allaient visiter, panser, guérir, sermonner et exhorter les malades étaient tous morts d'infection, alors que ces diables de pillards et de meurtriers n'y contractèrent jamais le moindre mal. D'où vient cela, messieurs ? Réfléchissez-y, je vous prie.

Le bourg ainsi pillé, ils se dirigèrent vers l'abbaye dans un horrible tumulte, mais la trouvèrent bien close et murée ; alors, le gros de la troupe passa outre en direction du gué

qui là resterent et rompirent les murailles du cloz affin de
guaster toute la vendange.

Les pauvres diables de moines ne scavoient auquel de leurs
saincts se vouer. A toutes adventures feirent sonner *ad capitu-
lum capitulantes* [3] : là feut decreté qu'ilz feroient une belle
procession, renforcée de beaulx preschans et letanies *contra
hostium insidias,* et beaulx responds *pro pace.*

En l'abbaye estoit pour lors un moine claustrier nommé frere
Jean des Entommeures [4], jeune, guallant, frisque, dehayt, bien
à dextre, hardy, adventureux, deliberé, hault, maigre, bien
fendu de gueule, bien advantagé en nez [5], beau despescheur
d'heures, beau desbrideur de messes, beau descroteur de
vigiles [6] ; pour tout dire sommairement, vray moyne si oncques
en feut depuys que le monde moynant moyna de moynerie. Au
reste, clerc jusques ès dents en matiere de breviaire.

Icelluy, entendent le bruyt que faisoyent les ennemys par le
cloz de leur vine, sortit hors pour veoir ce qu'ilz faisoient. Et
advisant qu'ilz vendangeoient leur cloz au quel estoyt leur
boyte de tout l'an fondée, retourne au cueur de l'eglise où
estoient les aultres moynes tous estonnez comme fondeurs de
cloches[7], lesquelz voyant chanter : « *Ini, nim, pe, ne, ne, ne,
ne, ne, ne, tum, ne, num, num, ini, i, mi, i, mi, co, o, ne, no, o,
o, ne, no, ne, no, no, no, rum, ne, num, num* [8].

— C'est, dist il, bien chien chanté. Vertus Dieu ! que ne chantez
vous :

> A Dieu paniers, vendanges sont faictes ?

« Je me donne au Diable s'ilz ne sont en nostre cloz, et tant
bien couppent et seps et raisins qu'il n'y aura, par le corps
Dieu, de quatre années que halleboter dedans. Ventre sainct
Jacques ! que boyrons nous ce pendent, nous aultres pauvres
diables ? Seigneur Dieu, *da mihi potum* [9] ! »

<hr>

3. « Au chapitre ! réunion des capitulants » (de ceux qui ont voix au chapitre). – 4. Jean des Entamures (c'est-à-dire qui fait du *hachis* de ses ennemis) ; voir *Quart L.* chap. 66, n. 1. – 5. Pour la physiognomonie, c'était un
signe de la vigueur des appétits. – 6. On peut comparer ces trois locutions à
l'expression commentée plus haut chap. 22, n. 12. – 7. Un proverbe courant
voulait que les fondeurs de cloches fussent assourdis par leur produit. Voir
L. II chap. 29, n. 27. – 8. Ce sont les restes de quelques syllabes d'un répons
du bréviaire : *Impetum inimicorum ne timueritis* (« ne craignez point l'attaque
de l'ennemi ») ; cette psalmodie s'oppose à la clarté d'une lecture humaniste
de la Bible : voir plus haut chap. 23, n. 7. – 9 « Donne-moi à boire » c'est

de Vède, à l'exception de sept compagnies de gens de pied et deux cents lances qui restèrent sur place et rompirent les murailles du clos pour dévaster toute la vendange.

Les pauvres diables de moines ne savaient auquel de leurs saints se vouer. A tout hasard, ils firent sonner *au chapitre les capitulants*. Là, ils décrétèrent qu'ils feraient une belle procession, à grand renfort de beaux psaumes et de litanies *contre les embûches de l'ennemi*, avec de beaux répons *pour la paix*.

En l'abbaye il y avait alors un moine cloîtré nommé Frère Jean des Entommeures, jeune, fier, pimpant, joyeux, pas manchot, hardi, courageux, décidé, haut, maigre, bien fendu de gueule, bien servi en nez, beau débiteur d'heures, beau débrideur de messes, beau décrotteur de vigiles et pour tout dire, en un mot, un vrai moine s'il en fut jamais depuis que le monde moinant moina de moinerie ; au reste, clerc jusques aux dents en matière de bréviaire.

Celui-ci, entendant le bruit que faisaient les ennemis à travers le clos de leur vigne, sortit pour voir ce qu'ils faisaient. En s'apercevant qu'ils vendangeaient leur clos sur lequel reposait leur boisson pour toute l'année, il s'en retourne au chœur de l'église où se trouvaient les autres moines, tout abasourdis comme fondeurs de cloches, et voyant qu'ils chantaient : « Ini - nim - pe - ne - ne - ne - ne - ne - ne - tum - ne - num - num - ini - i - mi - i - mi co - o - ne - no - o - o - ne - no - ne - no - no - no - rum - ne - num - num...

– C'est, dit-il, bien chien chanté ! Vertu Dieu, que ne chantez-vous :

> Adieu paniers, vendanges sont faites ?

« Je me donne au diable s'ils ne sont pas dans notre clos à couper si bien ceps et raisins que, par le corps Dieu, il n'y aura de quatre années rien à grappiller dedans. Ventre saint Jacques, que boirons-nous pendant ce temps-là, nous autres pauvres diables ? Seigneur Dieu, donnez-nous notre vin quotidien ! »

Lors dist le prieur claustral : « Que fera cest hyvrogne icy ? Qu'on me le mene en prison. Troubler ainsi le service divin !

— Mais (dist le moyne), le service du vin[10], faisons tant qu'il ne soit troublé, car vous mesmes, monsieur le prieur, aymez boyre du meilleur. Sy faict tout homme de bien : jamais homme noble ne hayst le bon vin, c'est un apophthegme[11] monachal. Mais ces responds que chantez ycy ne sont par Dieu poinct de saison.

« Pour quoy sont noz heures[12] en temps de moissons et vendenges courtes, en l'Advent et tout Hyver longues ? Feu de bonne memoire frere Macé Pelosse, vray zelateur (ou je me donne au Diable) de nostre religion, me dist, il m'en soubvient, que la raison estoyt affin qu'en ceste saison nous facions bien serrer et faire le vin, et qu'en Hyver nous les humons.

« Escoutez, messieurs, vous aultres qui aymez le vin : le corps Dieu, sy me suyvez ! Car, hardiment, que sainct Antoine me arde sy ceulx tastent du pyot qui n'auront secouru la vigne ! Ventre Dieu ! les biens de l'Eglise ? ha ! non, non ! Diable ! sainct Thomas l'Angloys[13] voulut bien pour yceulx mourir : si je y mouroys, ne seroys je sainct de mesmes ? Je n'y mouray ja pourtant, car c'est moy qui le foys ès aultres[14]. »

Ce disant, mist bas son grand habit et se saisist du baston de la Croix[15], qui estoyt de cueur de cormier, long comme une lance, rond à plain poing et quelque peu semé de fleurs de lys, toutes presque effacées. Ainsi sortit en beau sayon[16], mist son froc en escharpe et de son baston de la Croix donna sy brusquement sus les ennemys qui, sans ordre ne enseigne, ne trompette, ne tabourin, parmy le cloz vendangeoient. Car les porteguydons et portenseignes avoient mys leurs guidons et enseignes[17] l'orée des murs, les tabourineurs avoient defoncé leurs tabourins d'un cousté pour les emplir de raisins, les trom-

par cette formule que les clercs réclamaient à boire quand ils avaient achevé un ouvrage. – 10. Ce calembour se retrouve encore chez Henri Estienne et il prend un sens au L. V chap. 45, n. 15. – 11. Précepte sentencieux ; un ouvrage d'Erasme s'appelle *Apophtegmata*. – 12. Les *heures*, prières communautaires récitées par les moines aux différentes heures du jour et de la nuit, sont de durée variable. – 13. L'archevêque Thomas Becket fut assassiné parce qu'il défendait les privilèges de l'Eglise face à la royauté. – 14. Qui fais cela aux autres, qui les fais mourir. – 15. Pour Frère Jean, la croix des processions n'est pas plus sacrée que le bâton des étendards de confrérie auquel Rabelais faisait une allusion plaisante. – 16. Sorte de *saye*. – 17. Les *guidons* sont les drapeaux des cavaliers et les *enseignes* les drapeaux des fantassins.

Alors le prieur claustral dit : « Que peut bien faire cet ivrogne ici ? Qu'on me le mène au cachot. Troubler ainsi le service divin !

– Oui, mais le service du vin, dit le moine, faisons en sorte qu'il ne soit pas troublé ; car vous-même, Monsieur le Prieur, aimez à en boire, et du meilleur. C'est ce que fait tout homme de bien. Jamais un homme noble ne hait le bon vin : c'est un précepte monacal. Quant à ces répons que vous chantez ici, pardieu, ils ne sont point de saison.

« Pourquoi nos heures sont-elles courtes en période de moisson et de vendanges, et longues pendant l'Avent et tout l'hiver ? Feu Frère Macé Pelosse, de bonne mémoire, vrai zélateur de notre ordre (ou je me donne au diable), m'a dit, je m'en souviens, que c'était afin qu'en cette saison nous fassions bien rentrer la vendange pour faire le vin, et puissions le humer en hiver.

« Ecoutez, Messieurs, vous autres qui aimez le vin. Par le corps Dieu, suivez-moi ! Et bon sang, que saint Antoine m'envoie la brûlure si ceux qui n'auront pas secouru la vigne tâtent du piot ! Ventre Dieu, les biens de l'Eglise ! Ah ! non, non, diable ! Saint Thomas l'Anglais a bien voulu mourir pour eux. Si je mourais à cette tâche, ne serais-je pas saint pareillement ? Pourtant je n'y mourrai pas ; ce sont les autres que je vais expédier. »

Ce disant, il mit bas son grand habit et se saisit du bâton de la croix, qui était en cœur de cormier, long comme une lance, remplissant bien la main et quelque peu semé de fleurs de lys, presque toutes effacées. Il sortit ainsi, en beau sarrau, mit son froc en écharpe et, avec son bâton de croix, frappa si brutalement sur les ennemis qui vendangeaient à travers le clos, sans ordre, sans enseigne, sans trompette ni tambour : car les porte-drapeau et les porte-enseigne avaient laissé leurs drapeaux et leurs enseignes le long des murs, les tambours avaient défoncé leurs caisses d'un côté pour les emplir de raisins, les trompettes étaient chargés

pettes estoient chargez de moussines[18], chascun estoyt desrayé. Il chocqua doncques si roydement sus eulx, sans dyre guare, qu'il les renversoyt comme porcs, frapant à tors et à travers, à vieille escrime[19].

Es uns escarbouilloyt la cervelle, ès aultres rompoyt bras et jambes, ès aultres deslochoyt les spondyles du coul, ès aultres demoulloyt les reins, avalloyt le nez, poschoyt les yeulx, fendoyt les mandibules, enfoncoyt les dens en la gueule, descroulloyt les omoplates, sphaceloyt les greves[20], desgondoit les ischies, debezilloit les fauciles[21].

Si quelqun se vouloyt cascher entre les sepes plus espés[22], à icelluy freussoit toute l'areste du douz et l'esrenoit comme un chien.

Si aulcun saulver se vouloyt en fuyant, à icelluy faisoyt voler la teste en pieces par la commissure lambdoïde[23].

Sy quelqun gravoyt en une arbre pensant y estre en seureté, icelluy de son baston empaloyt par le fondement.

Si quelqun de sa vieille congnoissance luy crioyt : « Ha ! frere Jean, mon amy, frere Jean, je me rend.

— Il t'est (disoyt il) bien force ! Mais ensemble tu rendras l'ame à tous les Diables. »

Et soubdain luy donnoit dronos. Et si personne tant feust esprins de temerité qu'il luy voulust resister en face, là monstroyt il la force de ses muscles. Car il leurs transpercoyt la poictrine par le mediastine et par le cueur ; à d'aultres, donnant suz la faulte des coustes, leurs subvertissoyt l'estomach et mouroient soubdainement ; ès aultres, tant fierement frappoyt par le nombril, qu'ilz leurs faisoyt sortir les tripes ; ès aultres, parmy les couillons persoyt le boiau cullier. Croiez que c'estoyt le plus horrible spectacle qu'on veit oncques.

Les uns cryoient : « Saincte Barbe ! »

Les aultres : « Sainct George[24] ! »

Les aultres : « Saincte Nytouche ! »

---

18. Branches avec grappes et feuilles. — 19. Et non pas avec les raffinements des maîtres d'armes nouvellement venus d'Italie. Voir L. II chap. 29. n. 2 et L. V chap. 39, n. 8. — 20. Voir *Quart L.* chap. 50, n. 11. — 21. Mettait en petits morceaux les os longs des quatre membres ; voir *Quart L.* chap. 53, n. 10. — 22. Au plus épais des ceps (latinisme). — 23. Suture des os du crâne affectant la forme de la lettre grecque Lambda. — 24. Les uns étaient artilleurs et les autres cavaliers : plusieurs humanistes taxaient de superstition païenne ces invocations populaires aux saints protecteurs.

de pampres, c'était la débandade ; il les cogna donc si roidement, sans crier gare, qu'il les culbutait comme porcs, en frappant à tort et à travers, comme les anciens s'escrimaient.

Aux uns, il écrabouillait la cervelle, à d'autres, il brisait bras et jambes, à d'autres, il démettait les vertèbres du cou, à d'autres, il disloquait les reins, effondrait le nez, pochait les yeux, fendait les mâchoires, enfonçait les dents dans la gueule, défonçait les omoplates, meurtrissait les jambes, déboitait les fémurs, débezillait les fauciles.

Si l'un d'eux cherchait à se cacher au plus épais des ceps, il lui froissait toute l'arête du dos et lui cassait les reins comme à un chien.

Si un autre cherchait son salut en fuyant, il lui faisait voler la tête en morceaux en le frappant à la suture occipito-pariétale.

Si un autre grimpait à un arbre, croyant y être en sécurité, avec son bâton, il l'empalait par le fondement.

Si quelque ancienne connaissance lui criait : « Ah ! Frère Jean, mon ami, Frère Jean, je me rends !

– Tu y es, disait-il, bien forcé, mais tu rendras du même coup ton âme à tous les diables ! »

Et sans attendre, il lui assenait une volée. Et si quelqu'un se trouvait suffisamment flambant de témérité pour vouloir lui résister en face, c'est alors qu'il montrait la force de ses muscles, car il lui transperçait la poitrine à travers le médiastin et le cœur. A d'autres, qu'il frappait au défaut des côtes, il retournait l'estomac et ils en mouraient sur-le-champ. A d'autres, il crevait si violemment le nombril, qu'il leur en faisait sortir les tripes. A d'autres, il perçait le boyau du cul entre les couilles. Croyez bien que c'était le plus horrible spectacle qu'on ait jamais vu.

Les uns criaient : « Sainte Barbe ! »

Les autres : « Saint Georges ! »

Les autres . « Sainte Nitouche ! »

Les aultres : « Nostre Dame de Cunault ! De Laurette ! De Bonnes Nouvelles ! De la Lenou ! De Riviere [25] ! »

Les ungs se vouoyent à sainct Jacques [26].

Les aultres au sainct Suaire de Chambery, mais il brusla troys moys après, si bien qu'on n'en peut saulver un seul brin [27].

Les aultres à Cadouyn [28].

Les aultres à sainct Jean d'Angery.

Les aultres à sainct Eutrope de Xainctes, à sainct Mesmes de Chinon, à sainct Martin de Candes, à sainct Clouaud de Sinays, ès reliques de Lavrezay et mille aultres bons petitz sainctz [29].

Les ungs mouroient sans parler, les aultres parloient sans mourir. Les ungs mouroient en parlant, les aultres parlant en mourant.

Les aultres crioient à haulte voix : « Confes... Confession ! *Confiteor* ! *Miserere* ! *In manus* [30] ! »

Tant fut grand le cris des navrez que le prieur de l'abbaye avec tous ses moines sortirent. Lesquelz, quand apperceurent ces pauvres gens ainsi ruez parmy la vigne et blessez à mort, en confesserent quelques ungs. Mais ce pendent que les prebstres se amusoient à confesser, les petitz moinetons coururent au lieu où estoit frere Jean et luy demanderent en quoy il vouloit qu'ilz luy aydassent. A quoy respondit qu'ilz esguorgetassent ceulx qui estoient portez par terre. Adoncques, laissans leurs grandes cappes sus une treille au plus près, commencerent esgourgeter et achever ceulx qu'il avoit desja meurtriz. Scavez vous de quelz ferremens ? A beaulx gouvetz qui sont petitz demy cousteaux dont les petitz enfans de nostre pays cernent [31] les noix.

Puis à tout son baston de croix, guaingna la breche qu'avoient faict les ennemys. Aulcuns des moinetons emporterent les

25. Ceux-ci gardaient le pieux souvenir de pèlerinages à la Vierge. – 26. Saint Jacques de Compostelle était fort révéré. – 27. Cette note de Rabelais, qui rompt l'énumération, est erronée la fameuse relique était intacte ; c'est seulement son reliquaire qui venait de brûler en 1532. – 28. C'était l'abbaye de Geoffroy d'Estissac, le protecteur de Rabelais ; elle abritait un autre saint suaire, rival de celui de Chambéry. – 29. Tous ces saints étaient vénérés dans des lieux de pèlerinage plus ou moins proches de Chinon – 30. Ces formules, de même que les burlesques litanies qui suivent, rappellent vaguement les invocations des fidèles à l'heure de la mort. – 31. Font une entaille circulaire pour détacher la coque verte.

Les autres : « Notre-Dame de Cunault ! de Lorette ! de Bonne Nouvelle ! de La Lenou ! de Rivière ! »

Les uns se vouaient à saint Jacques.

Les autres au Saint Suaire de Chambéry, mais il brûla trois mois après, si bien qu'on n'en put sauver un seul brin.

Les autres à Cadouin.

Les autres à saint Jean d'Angély.

Les autres à saint Eutrope de Saintes, à saint Mexme de Chinon, à saint Martin de Candes, à saint Clouaud de Cinais, aux reliques de Javarzay et à mille autres bons petits saints.

Les uns mouraient sans parler, les autres parlaient sans mourir. Les uns mouraient en parlant, les autres parlaient en mourant.

D'autres criaient à voix haute : « Confession ! Confession ! *Je confesse ! Ayez pitié ! Entre vos mains !* »

Le cri des blessés était si grand que le prieur de l'abbaye sortit avec tous ses moines ; quand ils aperçurent ces pauvres gens culbutés de la sorte à travers la vigne et blessés à mort, ils en confessèrent quelques-uns. Mais, pendant que les prêtres prenaient le temps de confesser, les petits moinillons coururent à l'endroit où se trouvait Frère Jean et lui demandèrent en quoi il désirait leur aide. Il leur répondit qu'ils n'avaient qu'à égorgeter ceux qui étaient tombés à terre. Alors, laissant leurs grandes capes sur le pied de vigne le plus proche, ils commencèrent à égorgeter et achever ceux qu'il avait déjà abattus. Savez-vous avec quelles armes ? Avec de beaux canifs, de ces petits demi-couteaux avec lesquels les petits enfants de notre pays cernent les noix.

Puis, avec son bâton de croix, il gagna la brèche qu'avaient ouverte les ennemis. Quelques-uns des moinillons emportèrent les enseignes et les drapeaux dans leurs chambres

enseignes et guydons en leurs chambres pour en faire des jartiers, mais quand ceulx qui s'estoient confessez vouleurent sortiı par icelle bresche, le moyne les assommoit de coups disant : « Ceulx cy sont confês et repentans et ont guaigné les pardons : ilz s'en vont en Paradis aussy droict comme une faucille[32] et comme est le chemin de Faye[33]. »

Ainsi par sa prouesse feurent desconfiz tous ceulx de l'armée qui estoient entrez dedans le clous, jusques au nombre de treze mille six cens vingt et deux, sans les femmes et petitz enfans, cela s'entend tousjours.

Jamais Maugis hermite[34] ne se porta sy vaillamment à tout son bourdon contre les Sarrasins, des quelz est escript ès gestes des quatre filz Haymon[35], comme feist le moine à l'encontre des ennemys avec le baston de la croix.

Comment Picrochole print d'assault la Roche Clermauld et le regret et difficulté que feist Grandgousier de entreprendre guerre

CHAPITRE XXVIII

Ce pendent que le moine s'escarmouchoit comme avons dict contre ceulx qui estoient entrez le clous, Picrochole à grande hastiveté passa le gué de Vede avec ses gens et assaillit la Roche Clermauld[1], au quel lieu ne luy feut faicte resistance quelconques et, par ce qu'il estoit ja nuict, delibera en icelle ville se heberger soy et ses gens et refraischir de sa cholere pungitive[2].

Au matin, print d'assault les boullevars et chasteau, et le rempara tresbien et le proveut de munitions requises, pensant là faire sa retraicte si d'ailleurs estoit assailly. Car le lieu

32. Formule ironique courante ; voir L. V. chap. 11, n. 34. – 33. Le chemin de *Faye-la-Vineuse* près de Chinon devait être aussi malaisé que celui de Foi ; voir E. Millet, *Bull. Ass. Amis de Rabelais et de la Devinière* 1966, p. 142 et 144. – 34. Quoique ermite. – 35. Maugis, cousin des quatre fils Aymon, seconda vaillamment Renaut contre les ennemis de la foi.

CHAPITRE 28 : 1. Au 16e siècle un château se dressait à La Roche-Clermault près de la Devinière ; certains membres de la famille Rabelais furent tenanciers de la seigneurie pour une terre du fief. – 2. Terme médical : l'accès de colère le frappe comme un coup de couteau.

pour en faire des jarretières. Mais quand ceux qui s'étaient confessés voulurent sortir par la brèche, le moine les assommait à grands coups en disant : « Ceux-ci sont confessés et repentants, ils ont gagné l'absolution ; ils s'en vont en Paradis, droit comme une faucille ou comme le chemin de la Foye. »

Ainsi, grâce à son exploit, tous ceux de l'armée qui étaient entrés dans le clos furent déconfits, et leur nombre se montait à treize mille six cent vingt-deux, sans compter les femmes et les petits enfants, comme de bien entendu.

Jamais Maugis l'ermite, avec son bourdon, dont il est question dans la geste des Quatre Fils Aymon, ne se porta si vaillamment au-devant des Sarrasins que Frère Jean à la rencontre des ennemis avec le bâton de la croix.

Comment Picrochole prit d'assaut La Roche-Clermault. Le regret et la réticence de Grandgousier à entreprendre une guerre
CHAPITRE 28

Pendant que le moine s'escrimait, comme nous l'avons dit, contre ceux qui avaient pénétré dans le clos, Picrochole passa le gué de Vède en grande presse avec ses gens et prit d'assaut La Roche-Clermault. En ce lieu nulle résistance ne lui fut opposée et, comme il faisait déjà nuit, il décida d'établir ses quartiers dans la ville avec ses gens et de calmer sa crise de colère.

Au matin, il prit d'assaut les murailles de ceinture et le château, qu'il fortifia solidement et qu'il approvisionna des munitions nécessaires. Il pensait faire là son retranchement s'il était attaqué par un autre côté, car l'endroit était

estoit fort, et par art et par nature, à cause de la situation et assiete.

Or laissons les là et retournons à nostre bon Gargantua qui est à Paris, bien instant à l'estude de bonnes lettres et exercitations athletiques, et le vieux bon homme Grandgousier, son pere, qui après souper se chauffe les couiles à un beau clair et grand feu, et, attendent graisler des chastaines, escript au foyer avec un baston bruslé d'un bout dont on escharbotte le feu, faisant à sa femme et famille de beaulx contes du temps jadis.

Un des bergiers qui gardoient les vignes, nommé Pillot, se transporta devers luy en icelle heure et raconta entierement les exces et pillaiges que faisoit Picrochole, Roy de Lerné en ses terres et dommaines, et comment il avoit pillé, gasté, saccagé tout le pays, excepté le clous de Seuillé, que frere Jean des Entommeurs avoit saulvé à son honneur, et de present estoit ledict roy en la Roche Clermauld, et là en grande instance[3] se remparoit, luy et ses gens.

« Holos ! holos ! dist Grandgousier, qu'est cecy bonnes gens ? Songe je, ou si vray est ce qu'on me dict ? Picrochole, mon amy ancien, de tout temps, de toute race et alliance, me vient il assaillir ? Qui le meut ? Qui le poinct ? Qui le conduict ? Qui l'a ainsi conseillé[4] ? Ho ! ho ! ho ! ho ! ho ! Mon Dieu, mon saulveur, ayde moy, inspire moy, conseille moy à ce qu'est de faire. Je proteste, je jure davant toy, ainsi[5] me soys tu favorable, sy jamais à luy desplaisir, ne à ses gens dommaige, ne en ses terres je feis pillerie ; mais, bien au contraire, je l'ay secouru de gens, d'argent, de faveur et de conseil en tous cas que ay peu congnoistre son adventaige. Qu'il me ayt doncques en ce poinct oultraigé, ce ne peut estre que par l'esprit maling. Bon Dieu, tu congnois mon couraige, car à toy rien ne peut estre celé. Si par cas il estoit devenu furieux et que pour luy rehabiliter son cerveau tu me l'eusse icy envoyé, donne moy et pouvoir et scavoir le rendre au joug de ton sainct vouloir par bonne discipline.

---

3. Voir l'adjectif *instant* au paragraphe précédent. – 4. Ces verbes indiquent quelles influences peuvent déterminer la volonté d'un roi émotion physiologique, passion, éthique, persuasion intellectuelle après une consultation ; plus bas, on va apprendre que c'est l'esprit malin qui provoque de telles folies. – 5. Latinisme : *Ainsi* introduit une prière assortie d'une promesse.

défendu artificiellement aussi bien que naturellement de par sa position et son assise.

A présent, laissons-les là et revenons à notre bon Gargantua qui est à Paris, bien assidu à l'étude des belles-lettres et aux exercices athlétiques, et au vieux bonhomme Grandgousier, son père, qui après le souper se chauffe les couilles à un beau grand feu clair et qui, en surveillant des châtaignes qui grillent, écrit dans l'âtre avec le bâton brûlé d'un bout dont on tisonne le feu, en racontant à sa femme et à sa maisonnée de beaux contes du temps jadis.

Un des bergers qui gardaient les vignes, nommé Pillot, se rendit auprès de lui à ce moment-là et raconta en détail les excès et pillages auxquels se livrait, sur ses terres et ses domaines, Picrochole, roi de Lerné, et comment il avait pillé, dévasté, saccagé tout le pays à l'exception du clos de Seuilly que Frère Jean des Entommeures avait sauvé pour son honneur. Le roi en question était à présent à La Roche-Clermault où il se retranchait fiévreusement avec ses gens.

« Hélas ! hélas ! dit Grandgousier, que signifie ceci, bonnes gens ? Je rêve ? ou, si ce qu'on me dit est vrai, Picrochole, mon ancien ami, mon ami de toujours par le sang et les alliances, vient-il m'attaquer ? Qui le pousse ? Qui l'aiguillonne ? Qui le manœuvre ? Qui l'a conseillé de la sorte ? Ho ! ho ! ho ! ho ! ho ! mon Dieu, mon Sauveur, aide-moi, inspire-moi, conseille-moi ce qu'il faut faire ! Je l'atteste solennellement, je le jure devant Toi (et puisses-Tu m'être favorable !), jamais je ne lui ai causé nul déplaisir, je n'ai fait nul dommage à ses sujets, ni pillé ses terres. Bien au contraire, je l'ai secouru en lui prodiguant des gens et de l'argent, en usant de mon influence et en le conseillant, chaque fois que j'ai pu savoir ce qui l'avantagerait. Pour m'avoir outragé à ce point, il faut que ce soit sous l'empire de l'esprit malin. Dieu de bonté, Tu connais le fond de mon cœur, à Toi rien ne peut être caché ; si par hasard il était devenu fou furieux et que Tu me l'aies envoyé ici pour lui remettre en ordre le cerveau, donne-moi le pouvoir et le moyen de le ramener au joug de Ta sainte volonté en mettant de l'ordre dans sa conduite.

« Ho ! ho ! ho ! mes bonnes gens, mes amys et mes feaulx serviteurs, fauldra il que je vous empesche à me y ayder ? Las, ma vieillesse ne requerroit dorenavant que repous, et toute ma vie n'ay rien tant procuré que paix. Mais il fault, je le voy bien, que maintenant de harnoys je charge mes pauvres espaules lasses et foibles, et en ma main tremblante je preigne la lance et la masse pour secourir et guarantir mes pauvres subjectz. La raison le veult ainsi, car de leur labeur je suis entretenu et de leur sueur je suis nourry, moy, mes enfans et ma famille [6].

« Ce non obstant, je n'entreprendray guerre que je n'aye essayé tous les ars et moyens de paix ; là je me resouls. »

Adoncques feist convocquer son conseil et proposa l'affaire tel comme il estoit. Et fut conclud qu'on envoiroit quelque homme prudent devers Picrochole, scavoir pourquoy ainsi soubdainement estoit party de son repous et envahy les terres, ès quelles n'avoit droict quicquonques. Davantaige, qu'on envoyast querir Gargantua et ses gens, affin de maintenir le pays et defendre à ce besoing. Le tout pleut à Grangousier et commenda que ainsi feust faict.

Dont sus l'heure envoya le Basque, son laquays, querir à toute diligence Gargantua. Et luy escripvoit comme s'ensuit.

Le teneur des lettres [1] que Grandgousier escripvoit à Gargantua

CHAPITRE XXIX

La ferveur de tes estudes requeroit que de long temps ne te revocasse de cestuy philosophicque repous [2], sy la confiance de noz amys et anciens confederez n'eust de present frustré la seureté de ma vieillesse. Mais, puis que telle est ceste fatale destinée que par iceulx soye inquieté ès quelz plus je me repousoye, force me est te rappeller au subside des gens et biens qui te sont par droict naturel affiez.

6. C'est la formule du contrat féodal qui liait le seigneur à ses sujets.

CHAPITRE 29 : Sur le genre et le style de cette épître, voir J. Chomarat, *Grammaire et rhétorique chez Erasme*, II, p. 1026.
1. La teneur de *la lettre*. Voir plus bas Lettre du 28 janvier 1536, n. 1. – 2. Le mot *repos* traduit *otium* du latin (loisir studieux).

« Oh ! oh ! oh ! mes bonnes gens, mes amis et mes loyaux serviteurs, faudra-t-il que je vous contraigne à m'y aider ? Hélas ! ma vieillesse ne demandait dorénavant que le repos et, toute ma vie, je n'ai rien tant cherché que la paix ; mais je vois bien qu'il me faut maintenant charger de l'armure mes pauvres épaules lasses et faibles, et prendre en ma main tremblante la lance et la masse pour secourir et protéger mes pauvres sujets. La raison veut qu'il en soit ainsi car c'est leur labeur qui m'entretient et leur sueur qui me nourrit, moi-même comme mes enfants et ma famille.

« Mais, malgré tout, je n'entreprendrai pas de guerre avant d'avoir essayé de gagner la paix par toutes les solutions et tous les moyens. C'est ce à quoi je me résous. »

Alors il fit convoquer son conseil et exposa le problème tel qu'il se posait ; il fut conclu qu'on enverrait quelque homme avisé auprès de Picrochole, afin de savoir pour quelle raison il s'était subitement départi de son calme et avait envahi des terres sur lesquelles il n'avait aucun droit. De plus, on enverrait chercher Gargantua et ses gens pour soutenir le pays et parer à cette difficulté. Tout fut ratifié par Grandgousier qui commanda qu'ainsi fût fait.

Aussi envoya-t-il sur l'heure le Basque, son laquais, chercher Gargantua en toute hâte. A celui-ci, il écrivait ce qui suit :

La teneur de la lettre que Grandgousier écrivait à Gargantua

Chapitre 29

Le caractère fervent de tes études aurait requis que je n'eusse pas à interrompre de longtemps ce loisir studieusement philosophique, si la confiance que nous avions en nos amis et alliés de longue date n'avait à présent abusé la quiétude de ma vieillesse. Mais puisqu'un destin fatal veut que je sois inquiété par ceux sur qui je me reposais le plus, force m'est de te rappeler pour protéger les gens et les biens qui sont confiés à tes mains par droit naturel.

Car, ainsi comme debiles sont les armes au dehors si le conseil n'est en la maison, aussi vaine est l'estude, et le conseil inutile qui en temps oportun par vertus n'est executé et à son effect reduict.

Ma deliberation n'est de provocquer, ains de apaiser ; d'assaillir, mais defendre ; de conquester, mais de guarder mes feaulx subjectz et terres hereditaires, ès quelles est hostillement entré Picrochole, sans cause ny occasion, et de jour en jour poursuit sa furieuse entreprinse avecques exces non tolerables à personnes liberes.

Je me suis en devoir mis pour moderer sa cholere tyrannicque, luy offrent tout ce que je pensois luy povoir estre en contentement, et par plusieurs foys ay envoyé amiablement devers luy pour entendre en quoy, par qui et comment il se sentoit oultragé, mais de luy n'ay eu responce que de voluntaire deffiance et que, en mes terres, pretendoit seulement droict de bien seance [3]. Dont j'ay congneu que Dieu eternel l'a laissé au gouvernail de son franc arbitre et propre sens, qui ne peult estre que meschant sy par grace divine n'est continuellement guidé, et pour le contenir en office [4] et reduire à congnoissance me l'a icy envoyé à molestes enseignes.

Pourtant, mon filz bien aymé, le plus tost que faire pouras, ces lettres veues, retourne à diligence secourir non tant moy (ce que toutesfoys par pitié naturellement tu doibs) que les tiens, lesquelz par raison tu peuz saulver et guarder. L'exploict sera faict à moindre effusion de sang que sera possible. Et si possible est par engins plus expediens, cauteles et ruzes [5] de guerre, nous saulverons toutes les ames et les envoyerons joyeux à leurs domiciles.

Treschier filz, la paix de Christ nostre redempteur soyt avecques toy.

Salue Ponocrates, Gymnaste et Eudemon de par moy.

Du vingtiesme de Septembre.

Ton pere, Grandgousier.

---

3. De siéger à bon droit, comme s'il était chez lui. – 4. Pour le maintenir dans le sentiment du devoir ; la guerre défensive que va organiser Grandgousier sera donc l'instrument par lequel la grâce divine agira indirectement sur l'esprit dévoyé de Picrochole ; le libre arbitre et le salut du méchant sont donc ainsi conjointement sauvegardés. – 5. Les trois termes sont à peu près synonymes.

Car, de même que les armes défensives sont inefficaces au-dehors si la volonté n'est en la maison, de même vaines sont les études et inutile la volonté qui ne passent pas à exécution, grâce à la vertu, en temps opportun et ne sont pas conduites jusqu'à leur accomplissement.

Mon intention n'est pas de provoquer mais d'apaiser, ni d'attaquer mais de défendre, ni de conquérir mais de garder mes loyaux sujets et mes terres héréditaires sur lesquelles, sans cause ni raison, est entré en ennemi Picrochole qui poursuit chaque jour son entreprise démente et ses excès intolérables pour des personnes éprises de liberté.

Je me suis mis en devoir de modérer sa rage tyrannique, de lui offrir tout ce que je pensais susceptible de le contenter ; j'ai plusieurs fois envoyé des ambassades amiables auprès de lui pour comprendre en quoi, par qui et comment il se sentait outragé. Mais je n'ai eu d'autre réponse de lui qu'inspirée par une volonté de défiance, et une prétention au droit de regard sur mes terres. Cela m'a convaincu que Dieu l'Éternel l'a abandonné à la gouverne de son libre arbitre et de sa raison privée. Sa conduite ne peut qu'être mauvaise si elle n'est continuellement éclairée par la grâce de Dieu qui me l'a envoyé ici sous de mauvais auspices pour le maintenir dans le sentiment du devoir et l'amener à la réflexion.

Aussi, mon fils bien-aimé, quand tu auras lu cette lettre, et le plus tôt possible, reviens en hâte pour secourir non pas tant moi-même (toutefois c'est ce que par piété tu dois faire naturellement) que les tiens que tu peux, pour le droit, sauver et protéger. Le résultat sera atteint avec la moindre effusion de sang possible et, si c'est réalisable, grâce à des moyens plus efficaces, des pièges et des ruses de guerre, nous sauverons toutes les âmes et renverrons tout ce monde joyeux en ses demeures.

Très cher fils, que la paix du Christ, notre rédempteur, soit avec toi.

Salue pour moi Ponocrates, Gymnaste et Eudémon.

Ce vingt septembre,

Ton père, Grandgousier.

Comment Ulrich Gallet
fut envoyé devers Picrochole
CHAPITRE XXX

Les lettres dictées et signées, Grandgousier ordonna que Ulrich Gallet, maistre de ses requestes[1], homme saige et discret[2], du quel en divers et contencieux affaires il avoit esprouvé la vertus et bon advis, allast devers Picrochole pour luy remonstrer ce que par eux avoit esté decreté.

En celle heure partit le bon homme Gallet et, passé le gué, demanda au meusnier de l'estat de Picrochole ; lequel luy feist responce que ses gens ne luy avoient laissé ny coq ny geline et qu'ilz s'estoient enserrez en la Roche Clermauld, et qu'il ne luy conseilloit poinct de proceder oultre, de peur du guet, car leur fureur estoit enorme. Ce que facilement il creut et, pour celle nuict, herbergea avecques le meusnier.

Au lendemain matin, se transporta avecques la trompette à la porte du chasteau et requist ès guardes qu'ilz le feissent parler au roy pour son profit.

Les parolles annoncées au roy, ne consentit aulcunement qu'on luy ouvrist la porte, mais se transporta sus le bolevard et dist à l'embassadeur : « Qu'i a il de nouveau ? Que voulez vous dire ? » Adoncques l'embassadeur proposa comme s'ensuit.

La harangue faicte par Gallet à Picrochole
CHAPITRE XXXI

« Plus juste cause de douleur naistre ne peut entre les humains que, si du lieu dont par droicture esperoient grace et benevolence, ilz recepvent ennuy et dommaige. Et non sans cause

---

CHAPITRE 30 : 1. Sous François Ier l'effectif et les fonctions des maîtres des requêtes ne cessèrent de prendre de l'importance ; ils étaient les auxiliaires de la justice du roi, et pouvaient être préférés aux prélats dans les fonctions d'ambassadeurs extraordinaires. – 2. Ces deux adjectifs sont synonymes il s'agit de la vertu de discernement ; voir Prologue, n. 13.

CHAPITRE 31 : Sur le genre et le style de cette harangue, voir F. Berlan, « Principe d'équivalence et binarité », in *Inform. grammaticale*, 1989 et A. J. Krailsheimer, *Rabelais and the Franciscans*, Oxford, 1963, pp. 200-211.

Comment Ulrich Gallet fut envoyé auprès de Picrochole

CHAPITRE 30

La lettre dictée et signée, Grandgousier ordonna qu'Ulrich Gallet, son maître de requêtes, un homme sage et sensé dont il avait éprouvé la droiture et le bon sens en diverses affaires délicates, se rendît auprès de Picrochole pour lui exposer ce qu'ils avaient décidé.

Le bon homme Gallet partit sur l'heure, et, passé le gué, s'enquit de la situation de Picrochole auprès du meunier, qui lui répondit que les gens de ce dernier ne lui avaient laissé ni coq ni poule et s'étaient retranchés à La Roche-Clermault. Il ne lui conseillait point de s'avancer plus loin, de peur du guet, car leur démence était formidable. Ulrich Gallet l'admit sans difficulté, et, pour cette nuit-là, il logea chez le meunier.

Le lendemain matin, il se transporta avec un trompette à la porte de la ville forte et demanda aux gardes de le laisser parler à leur roi, pour son bien.

Le roi, mis au courant de ce message, ne consentit nullement à ce qu'on lui ouvrît la porte, mais se transporta sur les remparts et dit à l'ambassadeur : « Qu'y a-t-il de nouveau ? Qu'avez-vous à dire ? » Alors l'ambassadeur tint le discours que voici :

La harangue faite à Picrochole par Gallet

CHAPITRE 31

« Une plus juste cause de douleur ne peut naître chez les hommes que si leur arrivent tourments et dommages de là où, à juste titre, ils s'attendaient à une bienveillante sympathie. Et, bien que ce ne soit pas raisonnable, ce n'est

(combien que sans raison), plusieurs venuz en tel accident ont ceste indignité moins estimé tolerable que leur vie propre et, en cas que par force ny aultre engin ne l'ont peu corriger, se sont eulx mesmes privez de ceste lumiere[1].

« Doncques merveille n'est si le roy Grandgousier, mon maistre, est à ta furieuse et hostile venue saisy de grand desplaisir et perturbé en son entendement. Merveille seroit si ne l'avoient esmeu les exces incomparables qui en ses terres et subjectz ont esté par toy et tes gens commis, ès quelz n'a esté obmis exemple aulcun d'inhumainité. Ce que luy est tant grief de soy, par la cordiale affection de laquelle tousjours a chery ses subjectz, que à mortel homme plus estre ne scauroit. Toutesfoys, sus l'estimation humaine, plus grief luy est en tant que par toy et les tiens ont esté ces griefz et tords faictz, qui de toute memoire et ancienneté aviez, toy et tes peres, une amitié avecques luy et tous ses encestres conceu, laquelle, jusques à present, comme sacrée ensemble aviez inviolablement maintenue, guardée et entretenue, si bien que non luy seulement, ny les siens, mais les nations Barbares[2] : Poictevins, Bretons, Manseaux[3] et ceulx qui habitent oultre les isles de Canarre[4] et Isabella[5], ont estimé aussi facile demollir le firmament et les abysmes eriger au dessus des nues, que desemparer vostre alliance ; et tant l'ont redoubtée en leurs entreprinses que n'ont jamais auzé provoquer, irriter, ny endommaiger l'ung par craincte de l'aultre.

« Plus y a. Ceste sacrée amitié tant a emply ce ciel, que peu de gens sont au jourdhuy habitans par tout le continent et isles de l'Ocean, qui ne ayent ambitieusement aspiré estre receuz en icelle, à pactes par vous mesmes conditionnez, autant estimans vostre confederation que leurs propres terres et dommaines. En sorte que, de toute memoire, n'a esté prince ny ligue tant efferée ou superbe qui ait auzé courir sus, je ne dis poinct voz terres, mais celles de voz confederez. Et si, par conseil precipité, ont encontre eulx attempté quelque cas de nouvelleté, le

---

1. La lumière de cette vie, la vie. – 2. *Etrangères*. Mais ce terme garde une connotation méprisante dans la bouche d'un humaniste – 3. En 1488. Charles VIII avait vaincu les Bretons associés aux Poitevins et aux Manceaux, ce qui lui avait permis d'annexer la Bretagne ; voir plus bas chap. 50, n. 2 et *Quart L.*, Ancien Prologue, n. 14. – 4. Pays légendaire ; voir plus haut chap. 13, début. – 5. Haïti ; Isabella était la première ville fondée par Christophe Colomb.

pas sans motif que bien des gens qui ont connu pareil mécompte ont estimé cet affront moins tolérable que leur propre mort, et, n'ayant pu le réparer par la force ou d'une façon plus intelligente, se sont eux-mêmes privés de la lumière de la vie.

« Il n'y a donc rien de surprenant si le roi Grandgousier, mon maître, devant ton intrusion folle et inamicale, est saisi d'un grand serrement de cœur et sent sa raison se troubler. Ce qui serait surprenant ce serait qu'il ne se soit pas ému des excès sans pareils que toi et tes gens avez causés à ses terres et à ses sujets : il n'est aucun exemple d'inhumanité que vous ayez négligé, ce qui en soi lui cause plus de peine qu'homme mortel ne saurait en ressentir, du fait de l'affection qu'il a toujours témoignée du fond du cœur à ses sujets. Cependant, autant qu'homme puisse en juger, sa douleur est d'autant plus grande que c'est toi et les tiens qui lui avez causé ces peines et ces torts, toi qui avais conclu avec lui un traité d'amitié comme de mémoire d'homme et de tout temps tes pères l'avaient fait avec ses ancêtres. Cette amitié était jusqu'alors restée inviolée : vous l'aviez préservée et entretenue, la tenant pour sacrée, si bien que non seulement lui et les siens, mais aussi les nations barbares, Poitevins, Bretons, Manceaux et ceux qui habitent par-delà les îles de Canarre et d'Isabella, ont estimé qu'il serait plus difficile de faire crouler le firmament et d'ériger les abîmes au-dessus des nuées que de détruire votre alliance. Elle leur en a tant imposé dans leurs entreprises que jamais ils n'ont osé provoquer, irriter ou léser l'un par crainte de l'autre.

« Il y a plus. Cette amitié sacrée a tant empli le ciel qu'il y a peu de gens aujourd'hui sur le continent et dans les îles de l'Océan qui n'aient nourri l'ambition d'être admis dans cette alliance aux conditions que vous avez fixées vous-mêmes ; ils tenaient à votre union autant qu'à leurs terres et domaines propres. De sorte que, de mémoire d'homme, on n'a vu prince ni ligue, quels qu'aient été leur sauvagerie ou leur orgueil, qui aient osé attaquer, je ne dirai pas vos

nom et tiltre de vostre alliance entendu ont soubdain desisté de leurs entreprinses.

« Quelle furie doncques te esmeut maintenant, toute alliance brisée, toute amitié conculquée, tout droict trespassé, envahir hostilement ses terres, sans en rien avoir esté par luy ny les siens endommaigé, irrité, ny provocqué ? Où est foy ? Où est loy ? Où est raison ? Où est humanité ? Où est craincte de Dieu ? Cuyde tu ces oultraiges estre recellés ès esperitz eternelz et au Dieu souverain qui est juste retributeur de noz entreprinses ? Si le cuyde, tu te trompe, car toutes choses viendront à son jugement. Sont ce fatales destinées ou influences des astres qui voulent mettre fin à tes ayzes et repous ? Ainsi ont toutes choses leur fin et periode. Et quand elles sont venues à leur poinct suppellatif, elles sont en bas ruines, car elles ne peuvent long temps en tel estat demourer : c'est la fin de ceulx qui leurs fortunes et prosperitez ne peuvent par raison et temperance moderer.

« Mais si ainsi estoit phée[6] et deust ores ton heur et repos prendre fin, failloit il que ce feust en incommodant à mon Roy, celluy par lequel tu estois estably ? Si ta maison debvoit ruiner, failloit il qu'en sa ruine elle tombast suz les atres de celluy qui l'avoit aornée ? La chose est tant hors les metes de raison, tant abhorrente de sens commun, que apeine peut elle estre par humain entendement conceue et, jusques à ce, demourera non croiable entre les estrangiers, que[7] l'effect asseuré et tesmoigné leur donne à entendre que rien n'est ny sainct, ny sacré à ceulx qui se sont emancipez de Dieu et raison pour suyvre leurs affections perverses.

« Si quelque tort eust esté par nous faict en tes subjectz et dommaines, si par nous eust esté porté faveur à tes mal vouluz, si en tes affaires ne te eussions secouru, si par nous ton nom et honneur eust esté blessé ou, pour mieulx dire, si l'esperit calumniateur[8] tentant à mal te tirer[9] eust par fallaces especes et phantasmes ludificatoyres[10] mis en ton entendement que

6. S'il était ainsi ordonné par le destin, par le *fatum* ; voir L. V chap. 1, n. 18. – 7. Toutes les éditions précédentes plaçaient *jusques à ce* immédiatement devant *que*. – 8. Traduction du mot grec désignant le Diable. – 9. Echo de deux demandes du *Pater* : ne nous soumets pas à la tentation ; délivre-nous du Mal. – 10. Pour les scolastiques, les objets émettaient un rayonnement, donnant une image incorporelle, *species* (l'« espèce ») ; conservée dans la mémoire, cette image est un *fantasma* (« phantasme ») ; selon saint Thomas,

terres, mais celles de vos alliés. Et s'ils ont tenté contre eux, sur une décision précipitée, quelque attaque inopinée, à la seule mention du nom et de l'intitulé de votre alliance, ils ont subitement renoncé à leur entreprise.

« De quelle rage es-tu donc pris à présent, toute alliance brisée, toute amitié foulée aux pieds, tout droit violé, pour envahir ses terres avec des intentions belliqueuses sans avoir été en rien lésé, bravé ou provoqué par lui ou les siens ? Où est la foi ? Où est la loi ? Où est la raison ? Où est l'humanité ? Où est la crainte de Dieu ? Prétends-tu que ces outrages puissent être cachés aux esprits éternels et au Dieu souverain, le juste rémunérateur de nos entreprises ? Si tu le prétends, tu te trompes, car toutes choses doivent tomber sous le coup de sa justice. Est-ce un destin marqué par la fatalité ou quelque influence astrale qui voudrait mettre fin à ton bien-être et à ta quiétude ? C'est ainsi que toutes choses ont un aboutissement et un point d'équilibre et, quand elles sont parvenues à leur apogée, elles s'effondrent, ce sont des ruines, car elles ne peuvent se maintenir plus longtemps dans un tel état. C'est le sort de ceux qui ne peuvent modérer par la raison et le sens de la mesure leur bonne fortune et leur prospérité.

« Mais si c'était écrit par le destin, et si ton bonheur et ton repos devaient prendre fin, fallait-il que ce fût en faisant du tort à mon roi, lui grâce à qui tu avais été promu à ce rang ? Si ta maison devait s'écrouler, fallait-il qu'elle tombât dans son écroulement sur le foyer de celui qui l'avait enrichie ? La chose dépasse tellement les bornes de la raison, elle échappe tellement au sens commun, qu'un entendement humain aurait peine à la concevoir et qu'elle restera incroyable pour les étrangers jusqu'à ce que le témoignage de faits incontestables leur démontre qu'il n'est rien d'assez saint ni d'assez sacré pour ceux qui se sont écartés de la tutelle de Dieu et de la raison, pour suivre leurs égarements passionnels.

« Si nous avions causé quelque tort à tes sujets ou à tes domaines, si nous avions accordé nos faveurs à tes ennemis, si nous ne t'avions pas aidé dans tes affaires, si par notre

envers toy eussions faict chose non digne de nostre ancienne amitié, tu debvois premier enquerir de la verité, puis nous en admonester. Et nous eussions tant à ton gré satisfaict, que eusse eu occasion de toy contenter. Mais (o, Dieu eternel !) quelle est ton entreprinse ? Vouldroys tu comme tyrant perfide pillier ainsi et dissiper le royaulme de mon maistre ? Le as tu esprouvé tant ignave et stupide qu'il ne voulust – ou tant destitué de gens, d'argent, de conseil et d'art militaire qu'il ne peust – resister à tes iniques assaulx ?

« Depars d'icy presentement, et demain pour tout le jour soye retiré en tes terres, sans par le chemin faire aulcun tumulte ne force. Et paye mille bezans d'or pour les dommaiges que as faict en ces terres. La moytié bailleras demain, l'aultre moytié payeras ès Ides de May [11] prochainement venant ; nous delaissant ce pendent pour houltaige les Ducs de Tournemoule, de Basdefesses et de Menuail, ensemble le prince de Gratelles et le viconte de Morpiaille [12]. »

Comment Grandgousier pour achapter paix feist rendre les fouaces

Chapitre XXXII

A tant se teut le bon homme Gallet, mais Picrochole à tous ses propos ne respond aultre chose si non : « Venez les querir, venez les querir. Ilz ont belle couille, et molle [1]. Ilz vous brayeront de la fouace. »

Adoncques retourne vers Grandgousier, lequel trouva à genous, teste nue, encliné en un petit coing de son cabinet, priant Dieu qu'il vouzist amollir la cholere de Picrochole et le mettre au poinct de raison, sans y proceder par force. Quand veit le bon

le démon pouvait combiner *fantasme* et *espèce* de façon à déformer la perception de la réalité chez les humains ; voir E. Gilson, « Rabelais franciscain », p. 207. – 11. Le quinze mai, en comptant comme les Latins ; jusqu'ici le style de cette harangue peut rappeler certains excès de l'Ecolier limousin. – 12. Ces noms ridicules ont l'aspect de sobriquets vulgaires : Tourne-meule, Bas-de-fesses, Minable, Prince de Galeux, vicomte de Morpionnie...

Chapitre 32 : 1. Jeu de mots : *Mole* signifie « la meule » et *Couille* peut vouloir dire « le mortier » ; par ailleurs Picrochole suggère ironiquement que ses soldats ne sont pas très virils ; voir *Quart L.*, Prologue, n. 84.

faute ton nom et ton honneur avaient été salis, ou, pour mieux dire, si l'Esprit de la Calomnie, essayant de t'amener au mal, t'avait mis dans la tête par des apparences fallacieuses et des fantasmes illusoires l'idée que nous avions commis à ton endroit des choses indignes de notre ancienne amitié, tu aurais dû en premier lieu chercher où était la vérité, puis t'adresser à nous ; nous eussions alors si bien satisfait à tes demandes que tu aurais eu tout lieu de t'estimer comblé. Mais, ô Dieu éternel, qu'as-tu entrepris ? Voudrais-tu, comme un tyran perfide, mettre au pillage et conduire à la ruine le royaume de mon maître ? L'as-tu estimé assez veule et stupide pour ne vouloir résister à tes injustes assauts, ou assez dépourvu de gens, d'argent, de conseil et de connaissance de l'art militaire pour ne le pouvoir ?

« Quitte ces lieux immédiatement ; il faut que pour toute la journée de demain tu sois rentré en tes domaines, sans provoquer en chemin désordre ni violence. Verse mille besants d'or pour réparer les dégâts que tu as causés sur ces terres. Tu en donneras une moitié demain et paieras l'autre aux prochaines ides de mai ; entre-temps tu nous laisseras comme otages les ducs de Tournemoule, de Basdefesses et de Menuail, ainsi que le prince de Gratelles et le vicomte de Morpiaille. »

Comment Grandgousier, pour acheter la paix, fit rendre les fouaces

CHAPITRE 32

Alors le bonhomme Gallet se tut ; mais, à tous ses propos, Picrochole ne répond rien d'autre que ces mots : « Venez les chercher ! Venez les chercher ! Ils ont de belles couilles *meules* ! Ils vont vous en broyer, de la fouace ! »

Alors il s'en retourne auprès de Grandgousier qu'il trouva à genoux, tête nue, prosterné dans un petit coin de son cabinet, priant Dieu de vouloir bien adoucir la colère de

homme de retour, il luy demanda : « Ha ! mon amy, mon amy, quelles nouvelles m'apportez vous ?

— Il n'y a, dist Gallet, ordre : cest homme est du tout hors du sens et delaissé de Dieu.

— Voyre, mais, dist Grandgousier, mon amy, quelle cause pretend il de cest exces ?

— Il ne me a, dist Gallet, cause queconques exposé, si non qu'il m'a dict en cholere quelques motz de fouaces. Je ne scay si l'on auroit poinct faict oultrage à ses fouaciers.

— Je le veulx, dist Grandgousier, bien entendre davant qu'aultre chose deliberer sur ce que seroit de faire. »

Alors manda scavoir de cest affaire, et trouva pour vray qu'on avoit prins par force quelques fouaces de ses gens, et que Marquet avoit repceu un coup de tribard sus la teste. Toutesfoys que le tout avoit esté bien payé, et que ledict Marquet avoit premier blessé Forgier de son fouet par les jambes. Et sembla à tout son conseil que en toute force il se doibvoit defendre. Ce non ostant, dist Grandgousier : « Puis qu'il n'est question que de quelques fouaces, je essayeray le contenter, car il me desplaist par trop de lever guerre. »

Adoncques s'enquesta combien on avoit prins de fouaces et, entendent quatre ou cinq douzaines, commenda qu'on en feist cinq charretées en icelle nuict, et que l'une feust de fouaces faictes à beau beurre, beau moyeux d'eufz, beau saffran et belles espices pour estre distribuées à Marquet, et que pour ses interestz il luy donnoit sept cens mille et troys Philippus[2] pour payer les barbiers qui l'auroient pensé et d'abondant luy donnoit la mestayrie de la Pomardiere[3] à perpetuité, franche[4] pour luy et les siens. Pour le tout conduyre et passer fut envoyé Gallet. Lequel par le chemin, feist cuillir près de la sauloye[5] force grands rameaux de cannes et rouzeaux[6], et en feist armer autour leurs charrettes et chascun des chartiers ; luy mesmes en tint un en sa main, par ce voulant donner à congnoistre qu'ilz ne demandoient que paix et qu'ilz venoient pour l'achapter.

---

2. Monnaie d'or (qui ne représente plus le roi de Macédoine). – 3. Près de Seuilly une propriété des Rabelais portait ce nom. – 4. Exempte de droits et d'impôts. – 5. Synonyme de *La Saulsaie* : voir plus haut chap. 4, n. 7. – 6. Ces deux termes sont synonymes.

Picrochole et le ramener à la raison sans utiliser la force. Quand il vit le bon homme de retour, il lui demanda : « Ah ! mon ami, mon ami, quelles nouvelles m'apportez-vous ?

– Rien n'est arrangé, dit Gallet. Cet homme est complètement hors de sens et abandonné de Dieu.

– Certes, dit Grandgousier, mon ami, mais quelle raison donne-t-il de ce débordement ?

– Il ne m'a, dit Gallet, exposé nulle raison. Dans sa colère il m'a seulement touché quelques mots à propos de fouaces. Je me demande si l'on n'aurait pas fait outrage à ses fouaciers.

– Je veux en avoir le fin mot, dit Grandgousier, avant que de décider autre chose sur ce qu'il convient de faire. »

Alors, il envoya prendre des renseignements sur cette affaire et il s'avéra qu'on avait pris de force quelques fouaces aux gens de Picrochole et que Marquet avait reçu un coup de gourdin sur la tête. Toutefois le tout avait été bien payé, et c'était ledit Marquet qui avait le premier blessé Frogier d'un coup de fouet dans les jambes. Il apparut juste à tout le conseil qu'il devait user de force pour se défendre. Cela n'empêcha pas Grandgousier de dire : « Puisqu'il n'est question que de quelques fouaces, je vais essayer de le satisfaire, car il me déplaît trop d'entreprendre la guerre. »

Il s'enquit donc du nombre de fouaces qu'on avait prises, et apprenant qu'il se montait à quatre ou cinq douzaines, commanda qu'on en fît cinq charretées dans la nuit. L'une d'elles serait de fouaces faites de beau beurre, beaux jaunes d'œufs, beau safran et belles épices. Elles seraient distribuées à Marquet et il lui donnait pour le dédommager sept cent mille et trois philippus pour payer les barbiers qui l'auraient pansé. De surcroît, il lui donnait la métairie de la Pomardière à perpétuité, franche pour lui et les siens. Pour conduire et acheminer tout l'équipage on envoya Gallet, qui fit cueillir en chemin, près de la Saulaie, force grands joncs et roseaux dont il fit garnir le tour des charrettes et armer chacun des charretiers. Lui-même en prit un dans sa main, voulant ainsi faire savoir qu'ils ne demandaient que la paix et venaient pour l'acheter.

Eulx venuz à la porte, requirent parler à Picrochole de par Grandgousier. Picrochole ne voulut oncques les laisser entrer ny aller à eulx parler, et leurs manda qu'il estoit empesché, mais qu'ilz dissent ce qu'ilz vouldroient au capitaine Toucquedillon, lequel affustoit quelque piece sus les murailles. Adonc luy dict le bon homme : « Seigneur pour vous retirer de tout ce debat et ouster toute excuse que ne retournez en nostre premiere alliance, nous vous rendons presentement les fouaces dont est la controverse. Cinq douzaines en prindrent noz gens, elles furent tresbien payées. Nous aymons tant la paix que nous en rendons cinq charrettes, desquelles ceste icy sera pour Marquet, qui plus se plainct. Dadvantaige, pour le contenter entierement, voy là sept cens mille et troys Philippus que je luy livre et, pour l'interest qu'il pourroit pretendre, je luy cede la mestayrie de la Pomardiere à perpetuité pour luy et les siens, possedable en franc alloy[7]. Voyez cy le contract de la transaction. Et, pour Dieu, vivons dorenavant en paix et vous retirez en voz terres joyeusement, cedans ceste place icy, en laquelle n'avez droict quelconques, comme bien le confessez. Et amis comme paravant. »

Toucquedillon raconta le tout à Picrochole, et de plus en plus envenima son couraige luy disant : « Ces rustres ont belle paour. Par Dieu ! Grandgousier se conchie, le pouvre beuveur ! Ce n'est son art aller en guerre, mais ouy bien vuider les flascons. Je suis d'opinion que retournons ces fouaces et l'argent, et au reste nous hastons de remparer icy et poursuivre nostre fortune. Mais pensent ilz bien avoir affaire à une duppe, de vous paistre de ces fouaces ? Voylà que c'est : le bon traictement et la grande familiarité que leurs avez par cy davant tenue vous ont rendu envers eulx contemptible. Oignez villain, il vous poindra. Poignez villain, il vous oindra. »

– Çà, çà, çà, dist Picrochole, sainct Jacques ! ilz en auront. Faict [8] ainsi qu'avez dict.

---

7. En franc alleu, c'est-à-dire sans relever d'aucun seigneur. – 8. Les éditions précédentes écrivent *faictes*.

Arrivés à la porte, ils demandèrent à parler à Picrochole au nom de Grandgousier. Picrochole ne voulut jamais les laisser entrer, ni aller leur parler. Il leur fit dire qu'il était empêché, mais qu'ils n'avaient qu'à dire ce qu'ils voudraient au capitaine Toucquedillon, lequel faisait mettre à l'affût quelque pièce sur les murailles. Alors le bon homme lui dit : « Seigneur, pour que vous vous retiriez de cette dispute, et pour que vous soyez sans excuse de ne revenir à notre alliance première, nous vous rendons sur l'heure les fouaces d'où vient le différend. Nos gens en ont pris cinq douzaines. Elles furent très bien payées. Nous aimons tant la paix que nous vous en rendons cinq charrettes, et celle-ci sera pour Marquet, qui formule la plainte la plus vive. En outre, pour le satisfaire pleinement, voici sept cent mille et trois philippus que je lui verse, et pour le dédommagement qu'il pourrait réclamer, je lui cède la métairie de la Pomardière, à perpétuité, pour lui et les siens, possédable en franc-alleu. Vous avez là le contrat de la transaction. Et pour l'amour de Dieu, vivons dorénavant en paix. Retirez-vous en vos terres, de bon cœur, abandonnez cette place à laquelle vous n'avez nul droit, comme vous le reconnaissez bien, et soyons amis comme devant. »

Toucquedillon raconta le tout à Picrochole, et empoisonna de plus en plus ses sentiments en lui disant : « Ces rustres ont une belle peur. Pardieu, Grandgousier se conchie, le pauvre buveur ! Ce n'est pas son affaire d'aller en guerre, c'est plutôt de vider les flacons. Je suis d'avis que nous gardions ces fouaces et l'argent et que par ailleurs nous nous hâtions de nous retrancher ici et de poursuivre nos succès. Pensent-ils avoir affaire à une buse pour vous donner ces fouaces en pâture ? Voilà ce que c'est, les bons traitements et la familiarité que vous leur avez précédemment témoignés vous ont rendu méprisable à leurs yeux : flattez vilain, il vous piquera ; piquez vilain, il vous flattera.

– Là, là, là ! dit Picrochole. Par saint Jacques, ils en auront ! Qu'il soit fait comme vous avez dit.

– D'une chose, dist Toucquedillon, vous veux je advertir. Nous sommes icy assez mal avituaillez, et pourveuz maigrement des harnoys de gueule. Si Grandgousier nous mettoit siege, dès à present m'en irois faire arracher les dents toutes, seulement que troys me restassent, autant à voz gens comme à moy : avec icelles nous n'avangerons[9] que trop à manger noz munitions.

– Nous, dist Picrochole, n'aurons que trop mangeailles. Sommes nous icy pour manger ou pour batailler ?

– Pour batailler, vrayement, dist Toucquedillon. Mais de la pance vient la dance. Et où faim regne force exule[10].

– Tant jazer ! dist Picrochole. Saisissez ce qu'ilz ont amené. »

Adoncques prindrent argent et fouaces et beufz et charrettes et les renvoyerent sans mot dire, si non que plus n'aprochassent de si près pour la cause qu'on leur diroit demain. Ainsi sans rien faire retournerent devers Grandgousier et luy conterent le tout, adjoustans qu'il n'estoit aulcun espoir de les tirer à paix, sinon à vive et forte guerre.

Comment certains gouverneurs de Picrochole par conseil precipité le mirent au dernier peril

CHAPITRE XXXIII

Les fouaces destroussées, comparurent davant Picrochole les duc de Menuail, comte Spadassin et capitaine Merdaille et luy dirent : « Cyre, aujourdhuy nous vous rendons le plus heureux, plus chevaleureux prince qui oncques feust depuis la mort de Alexandre Macedo.

– Couvrez, couvrez vous, dist Picrochole.

– Grand mercy (dirent ilz), Cyre, nous sommes à nostre debvoir. Le moyen est tel : Vous laisserez icy quelque capitaine en garnison avec petite bande de gens pour garder la place, laquelle nous semble assez forte, tant par nature que par les rampars faictz à vostre invention. Vostre armée partirez en deux,

---

9. Voir *Pantagruéline prognostication*, n. 10. – 10. Ces deux proverbes étaient connus.

CHAPITRE 33 : Sur ce chapitre, voir M. Huchon, *Rabelais grammairien*, Genève, 1981, p. 115 et M. A. Screech, « Some Reflexions on the Problem of Dating *Gargantua* », in *Etudes rabelaisiennes* 1974, et « Some Further Reflexions », in *Etudes rabelaisiennes* 1976.

– D'une chose, dit Toucquedillon, je veux vous avertir. Nous sommes ici assez mal ravitaillés et maigrement pourvus de provisions de bouche. Si Grandgousier nous assiégeait, dès à présent j'irais me faire arracher toutes les dents. Qu'il en reste seulement trois à vos gens aussi bien qu'à moi-même et avec celles-ci nous n'irons que trop vite à manger nos provisions.

– Nous n'aurons que trop de mangeaille, dit Picrochole Sommes-nous ici pour manger ou pour nous battre ?

– Pour nous battre, c'est vrai, dit Toucquedillon. Mais de la panse vient la danse, et du lieu où faim règne, force s'exile.

– Tant jaser ! dit Picrochole. Saisissez ce qu'ils ont amené. »

Ils prirent donc argent et fouaces, bœufs et charrettes, et renvoyèrent les autres sans mot dire, sinon qu'ils n'approchent plus d'aussi près pour la raison qu'on leur dirait demain. Ainsi, sans aboutir à rien, ils revinrent vers Grandgousier et lui racontèrent tout, ajoutant qu'il n'y avait aucun espoir de les amener à la paix sinon par vive et forte guerre.

Comment certains gouverneurs de Picrochole, par leur précipitation, le mirent au dernier péril
CHAPITRE 33

Les fouaces dérobées, comparurent devant Picrochole le duc de Menuail, le comte Spadassin et le capitaine Merdaille, qui lui dirent : « Sire, aujourd'hui nous faisons de vous le prince le plus valeureux et le plus chevaleresque qui ait jamais été depuis la mort d'Alexandre de Macédoine.

– Couvrez-vous, couvrez-vous, dit Picrochole.

– Grand merci, dirent-ils, Sire, nous ne faisons que notre devoir. Voici ce que nous proposons : Vous laisserez ici quelque capitaine en garnison avec une petite troupe de gens pour garder la place qui nous semble assez forte, tant par nature que grâce aux remparts dus à votre ingéniosité. Vous diviserez votre armée en deux, comme bien vous

comme trop mieulx l'entendez. L'une partie ira ruer sur ce Grandgousier et ses gens. Par icelle, sera de prime abordée facilement desconfi. Là recouvrerez argent à tas, car le vilain en a du content ; vilain, disons nous, par ce que un noble prince n'a jamais un sou. Thesaurizer, est faict de vilain.

« L'aultre partie ce pendent tirera vers Onys, Sanctonge, Angomoys et Gascoigne, ensemble Perigot, Medoc et Elanes[1]. Sans resistence prendront villes, chasteaux et forteresses. A Bayonne, à Sainct Jean de Luc et Fontarabie sayzirez toutes les naufz et, coustoyant vers Galice et Portugal, pillerez tous les lieux maritimes jusques à Uisbonne, où aurez renfort de tout equipage requis à un conquerent. Par le corbieu, Hespaigne se rendra, car ce ne sont que Madourrez ! Vous passerez par l'estroict de Sibyle[2] et là erigerez deux colomnes plus magnificques que celles de Hercules[3], à perpetuelle memoire de vostre nom. Et sera nommé cestuy destroict la mer Picrocholine. Passée la mer Picrocholine, voicy Barberousse[4] qui se rend vostre esclave.

— Je (dist Picrochole) le prendray à mercy.

— Voyre (dirent ilz), pourveu qu'il se face baptiser. Et oppugnerez les royaulmes de Tunic, de Hippes, Argiere, Bone, Corone, hardiment toute Barbarie. Passant oultre, retiendrez en vostre main Majorque, Minorque, Sardaine, Corsicque et aultres isles de la mer Ligusticque et Baleare. Coustoyant à gausche, dominerez toute la Guale Narbonicque, Provence et Allobroges, Genes, Florence, Lucques, et à Dieu seas Rome[5] ! le pauvre monsieur du pape meurt desja de peur[6].

— Par ma foy, dist Picrochole, je ne luy baiseray ja sa pantoufle[7].

— Prinze Italie, voylà Naples, Calabre, Appoulle et Sicile toutes à sac, et Malthe avec. Je vouldrois bien que les plaisans chevaliers jadis Rhodiens[8] vous resistassent, pour veoir de leur urine[9] !

1. Sans doute les Landes. – 2. Détroit de Séville, c'est-à-dire de Gibraltar. – 3. Charles Quint avait pour emblème deux colonnes signifiant l'immensité de ses conquêtes et accompagnées de la devise *Plus oultre* ; voir chap. 26, n. 3. – 4. Le pacha Barberousse, qui venait de créer le port d'Alger, s'empara de Tunis en 1534 ; si le *Gargantua* avait été composé après cette date, le vers 74 des *Fanfreluches antidotées* et la présente allusion pourraient rappeler cette campagne. – 5. Salut ironique d'un visiteur à son arrivée. – 6. Depuis le fameux sac de Rome (1527) les papes ne pouvaient plus collaborer franchement à une politique hostile à celle de Charles Quint. – 7. En signe de déférence, voir ci-dessus chap. 5, n. 10. – 8. C'est à Malte que Charles Quint avait dû rétablir l'ordre des Chevaliers chassés de Rhodes par les Turcs. – 9. Sur cette expression voir *Quart L.* chap. 42, n. 2.

comprenez. Une partie ira se ruer sur ce Grandgousier et ses gens et il sera, au premier assaut, facilement mis en déroute. Là, vous récupérerez de l'argent en masse, car le vilain a de quoi. Nous disons vilain parce qu'un noble prince n'a jamais un sou. Thésauriser, c'est bon pour un vilain.

« Pendant ce temps, l'autre partie tirera vers l'Aunis, la Saintonge, l'Angoumois et la Gascogne et aussi vers le Périgord, le Médoc et les Landes. Sans rencontrer nulle résistance, ils prendront villes, châteaux et forteresses. A Bayonne, à Saint-Jean-de-Luz et à Fontarabie, vous saisirez tous les navires et, en côtoyant la Galice et le Portugal, vous pillerez toutes les contrées maritimes jusqu'à Lisbonne où vous aurez en renfort tout l'équipage qu'il faut à un conquérant. Cordieu ! L'Espagne se rendra, car ce ne sont que des rustres. Vous passerez par le détroit de Séville et dresserez là deux colonnes plus magnifiques que celles d'Hercule pour perpétuer le souvenir de votre nom. Ce détroit sera nommé mer Picrocholine. Passé la mer Picrocholine, voici Barberousse qui devient votre esclave…

– Je lui ferai grâce, dit Picrochole.

– Assurément, dirent-ils, à condition qu'il se fasse baptiser. Et vous attaquerez les royaumes de Tunis, de Bizerte, d'Alger, de Bône, de Cyrène et toute la Barbarie, hardiment. En continuant, vous prendrez en main Majorque, Minorque, la Sardaigne, la Corse et les autres îles du golfe de Gênes et des Baléares. En longeant la côte à main gauche vous soumettrez toute la Gaule Narbonnaise, la Provence et le pays des Allobroges, Gênes, Florence, Lucques ; et, Dieu te protège, Rome ! Le pauvre Monsieur du Pape en meurt déjà de peur.

– Par ma foi, dit Picrochole, je ne baiserai pas sa pantoufle.

– L'Italie prise, voilà Naples, la Calabre, les Pouilles et la Sicile mises à sac, et Malte avec. Je voudrais bien que ces plaisantins de chevaliers, jadis Rhodiens, vous résistent, pour voir un peu ce qu'ils ont dans le ventre.

— Je iroys (dict Picrochole) voluntiers à Laurette[10].

— Rien, rien, dirent ilz, ce sera au retour. De là prendrons Candide, Cypre, Rhodes et les isles Cyclades, et donnerons sus la Morée. Nous la tenons ! Sainct Treignan[11] ! Dieu gard Hierusalem, car le Soubdan n'est pas comparable à votre puissance.

— Je (dist il) feray doncques bastir le temple de Salomon[12].

— Non, dirent ilz, encores attendez un peu : ne soyez jamais tant soubdain à voz entreprinses. Scavez vous que disoit Octavian Auguste ? *Festina lente*[13]. Il vous convient premierement avoir l'Asie Minor, Carie, Lycie, Pamphile, Celicie, Lydie, Phrygie, Mysie, Betune, Charazie, Satalie, Samagarie, Castamena, Luga, Savasta[14], jusques à Euphrates.

— Voyrons nous, dist Picrochole, Babylone et le mont Sinay ?

— Il n'est, dirent ilz, ja besoing pour ceste heure. N'est ce pas assez tracassé, dea, avoir transfreté la mer Hircane, chevauché les deux Armenies et les troys Arabies ?

— Par ma foy, dist il, nous sommes affolez. Ha ! pauvres gens !

— Quoy ? dirent ilz.

— Que boyrons nous par ces desers ? Car Julian Auguste et tout son oust y moururent de soif, comme l'on dict[15].

— Nous (dirent ilz) avons ja donné ordre à tout. Par la mer Siriace vous avez neuf mille quatorze grands naufz chargées des meilleurs vins du monde ; elles arriverent à Japhes. Là se sont trouvez vingt et deux cens mille chameaulx et seize cens Elephans, lesquelz aurez prins à une chasse environ Sigeilmes[16] lors que entrastes en Libye, et d'abondant eustes toute la Garavane de La Mecha. Ne vous fournirent ilz de vin à suffisance ?

— Voyre, mais, dist il, nous ne beumes poinct frais.

---

10. Juron déjà proféré par les Parisiens rescapés du déluge provoqué par Gargantua (voir chap. 17, n. 6). – 11. Ces deux proverbes étaient connus. – 12. Tel Charles Quint, Picrochole présente sa lutte contre le Turc comme le prolongement des Croisades. – 13. Cette devise d'Auguste (« Hâte-toi lentement » : voir plus haut chap. 9, n. 22) était comprise comme un conseil de modération donné aux rois (*Emblèmes* d'Alciat, *Adages* d'Erasme, etc.). – 14. Cette liste comprend des régions et des villes d'Asie Mineure. – 15. La mort affreuse de l'empereur Julien l'Apostat (4e siècle après J.-C.) était citée comme un symbole du châtiment de l'impie. – 16. Aux environs de Ségelmesse, ville ancienne du Sahara marocain.

– J'irais, dit Picrochole, volontiers à Lorette.

– Point, point, dirent-ils, ce sera au retour. De là nous prendrons la Crète, Chypre, Rhodes et les îles Cyclades, puis nous attaquerons la Morée. Nous la tenons ! Saint Treignan ! Dieu garde Jérusalem, car le Sultan n'est pas comparable à votre puissance !

– Je ferai donc, dit-il, bâtir le temple de Salomon.

– Non, dirent-ils, pas encore, attendez un peu. Ne soyez jamais si prompt dans vos entreprises. Savez-vous ce que disait Auguste ? *Hâte-toi lentement.* En premier lieu il vous faut tenir l'Asie Mineure, la Carie, la Lycie, la Pamphilie, la Cilicie, la Lydie, la Phrygie, la Mysie, la Bithynie, Carrasie, Adalia, Samagarie, Kastamoun, Luga, Sébaste, jusqu'à l'Euphrate.

– Verrons-nous Babylone et le mont Sinaï ? dit Picrochole.

– Ce n'est pas nécessaire pour l'instant, dirent-ils. Vraiment, n'est-ce pas assez de tracas que d'avoir traversé la mer Caspienne et parcouru les deux Arménies et les trois Arabies à cheval ?

– Ma foi, dit-il, nous sommes épuisés ! Ah ! les pauvres gens !

– Qu'y a-t-il ? demandèrent les autres.

– Que boirons-nous dans ces déserts ? L'empereur Julien et toute son armée y moururent de soif, à ce qu'on raconte.

– Nous avons déjà donné ordre à tout, dirent-ils. Vous avez neuf mille quatorze grands navires chargés des meilleurs vins du monde, dans la mer Syriaque. Ils arrivèrent à Jaffa. Là se trouvaient deux millions deux cent mille chameaux et mille six cents éléphants que vous aurez pris à la chasse aux environs de Sidjilmassa, quand vous êtes entré en Libye, et de plus vous avez toute la caravane de La Mecque. Ne fournirent-ils pas suffisamment de vin ?

– Sûr ! dit-il, mais nous ne bûmes point frais.

– Par la vertus, dirent ilz, non pas d'un petit poisson[17]! Un preux, un conquerent, un pretendent et aspirant à l'empire univers ne peut tousjours avoir ses aizes. Dieu soit loué que estes venu, vous et voz gens, saufz et entiers jusques au fleuve du Tigre.

– Mais, dist il, que faict ce pendent la part de nostre armée qui desconfit ce villain humeux Grandgousier ?

– Ilz ne chomment pas (dirent ilz), nous les rencontrerons tantost. Ilz vous ont pris Bretaigne, Normandie, Flandres, Haynault, Brabant, Artoys, Hollande, Selande ; ilz ont passé le Rhein par sus le ventre des Suices et Lansquenetz, et part d'entre eulx ont dompté Luxembourg, Lorraine, la Champaigne, Savoye, jusques à Lyon, auquel lieu ont trouvé voz garnisons retournans des conquestes navales de la mer Mediterranée. Et se sont reassemblez en Boheme, après avoir mis à sac Soueve, Witemberg, Bavieres, Austriche, Moravie et Stirie. Puis ont donné fierement ensemble sus Lubek, Norwerge, Sweden, Rich, Dace, Gotthie[18], Engroneland, les Estrelins[19], jusques à la Mer Glaciale. Ce faict conquesterent les isles Orchades et subjuguerent Escosse, Angleterre et Irlande. De là, navigans par la mer Sabuleuse[20] et par les Sarmates[21], ont vaincu et dominé Prussie, Polonie, Litwanie, Russie, Valache, la Transsilvane et Hongrie, Bulgarie, Turquie, et sont à Constantinoble[22].

– Allons nous, dist Picrochole, rendre à eulx le plus toust, car je veulx estre aussi empereur de Thebizonde. Ne tuerons nous pas tous ces chiens Turcs et Mahumetistes[23] ?

– Que diable, dirent ilz, ferons nous doncques ? Et donnerez leurs biens et terres à ceulx qui vous auront servy honnestement.

– La raison (dist il) le veult, c'est equité. Je vous donne la Carmaigne[24], Surie et toute Palestine.

---

17. Juron édulcoré, voir plus bas *Quart L.* chap. 28. – 18. Goetaland (sud de la Suède). – 19. Les villes hanséatiques (Brême, Hambourg, Lubeck). – 20. Les rives de la Baltique sont sablonneuses. – 21. Peuple de la Baltique (voir plus bas chap. 55). – 22. Ce vaste Kriegspiel, qui disperse dangereusement les armées de Picrochole entre une expédition africaine et une poussée vers l'Est européen, évoque étrangement la politique de Charles Quint visant à l'« empire univers » en 1534-1535. – 23. Voir plus haut note 14 ; de 1204 à 1461, l'empire byzantin de Trébizonde avait été un foyer de culture chrétienne et de commerce avec l'Occident au cœur de l'empire turc. – 24. La Caramanie (Turquie d'Asie).

– Vertu, non d'un petit poisson ! dirent-ils. Un preux, un conquérant qui aspire à l'empire universel ne peut pas toujours avoir ses aises. Remerciez Dieu d'être arrivés sains et saufs, vous et vos gens, jusqu'au Tigre.

– Mais, dit-il, que fait pendant ce temps la moitié de notre armée qui déconfit ce vilain, ce poivrot de Grandgousier ?

– Ils ne chôment pas, dirent-ils, nous allons bientôt les rencontrer. Ils vous ont pris la Bretagne, la Normandie, les Flandres, le Hainaut, le Brabant, l'Artois, la Hollande, la Zélande. Ils ont passé le Rhin sur le ventre des Suisses et des Lansquenets. Une partie d'entre eux a soumis le Luxembourg, la Lorraine, la Champagne et la Savoie jusqu'à Lyon. Là, ils ont retrouvé vos garnisons, de retour des conquêtes navales en Méditerranée et se sont rassemblés en Bohême après avoir mis à sac la Souabe, le Wurtemberg, la Bavière, l'Autriche, la Moravie et la Styrie. Puis ils ont foncé farouchement sur Lübeck, la Norvège, la Suède, le Danemark, la Gothie, le Groenland, les pays hanséatiques, jusqu'à la mer Arctique. Cela fait, ils ont conquis les Orcades et mis sous leur joug l'Ecosse, l'Angleterre et l'Irlande. De là, naviguant sur la Baltique et la mer des Sarmates, ils ont vaincu et dominé la Prusse, la Pologne, la Lituanie, la Russie, la Valachie, la Transylvanie, la Hongrie, la Bulgarie, la Turquie et les voilà à Constantinople.

– Rendons-nous vers eux au plus tôt, dit Picrochole, car je veux être aussi empereur de Trébizonde. Ne tuerons-nous pas tous ces chiens de Turcs et de Mahométans ?

– Que diable ferons-nous donc ? dirent-ils. Vous donnerez leurs biens et leurs terres à ceux qui vous auront loyalement servi.

– La raison le veut, dit-il. C'est justice. Je vous donne la Caramanie, la Syrie et toute la Palestine.

– Ha ! dirent ilz, Cyre, c'est du bien de vous : grand mercy. Dieu vous face bien tousjours prosperer. »

Là present estoit un vieux gentil homme esprouvé en divers hazars et vray routier de guerre, nommé Echephron[25], lequel ouyant ces propous dist : « J'ay grand peur que toute ceste entreprinse sera semblable à la farce du pot au laict, duquel un cordouannier se faisoit riche par resverie, puis, le pot cassé, n'eut de quoy disner. Que pretendez vous par ces belles conquestes ? Quelle sera la fin de tant de travaulx et traverses ?

– Ce sera, dist Picrochole, que, nous retournez, repouserons à noz aizes. »

Dont dist Echephron : « Et si par cas jamais n'en retournez ? Car le voyage est long et pereilleux. N'est ce mieulx que dès maintenant nous repousons, sans nous mettre en ces hazars ?

– O, dist Spadassin, par Dieu, voicy un bon resveux ! Mais allons nous cacher au coing de la cheminée, et là passons avec les dames nostre vie et nostre temps à enfiller des perles ou à filler comme Sardanapalus[26]. Qui ne se adventure n'a cheval ny mule, ce dist Salomon.

– Qui trop (dist Echephron) se adventure perd cheval et mulle, respondit Malcon[27].

– Baste, dist Picrochole, passons oultre[28]. Je ne crains que ces diables de legions[29] de Grandgousier. Ce pendent que nous sommes en Mesopotamie, s'ilz nous donnoient sus la queue, quel remede ?

– Tresbon, dist Merdaille. Une belle petite commission, laquelle vous envoirez ès Moscovites, vous mettra en camp pour un moment quatre cens cinquante mille combatans d'eslite. O, si vous me y faictes vostre lieutenant, je tueroys un pigne pour un mercier[30] ! Je mors, je rue, je frappe, je attrape, je tue, je renye !

– Sus ! sus ! dict Picrochole, qu'on despesche tout et qui me ayme si me suyve. »

25. Transcription d'un mot grec signifiant « le *Retenu*, le *Prudent* ». – 26. Sardanapale, souverain assyrien mythique, symbolisait pour les Grecs la volupté effrénée ; au Moyen Age, on le représentait dans la posture d'Hercule aux pieds d'Omphale. – 27. Les *Dialogues* médiévaux de *Salomon* et de *Marcoul* opposaient le gros bon sens du bouffon à la haute sapience du roi d'Israël. – 28. Voir plus haut chap. 26, n. 3 – 29. La création des *légions* françaises en juillet 1534 apparaissait comme une décision politique à la fois raisonnable et efficace. Voir *Chronologie*. – 30. La locution « tuer un mercier pour un peigne » désignait un crime commis pour peu de bénéfice ; le lapsus révèle la fébrilité de Merdaille.

– Ah ! dirent-ils, Sire, vous êtes bien bon ! Grand merci ! Que Dieu vous donne toujours prospérité. »

Il y avait là un vieux gentilhomme, éprouvé en diverses aventures, un vrai routier de guerre, nommé Echéphron. Il dit en entendant ces propos : « J'ai bien peur que toute cette entreprise ne soit semblable à la farce du pot au lait dont un cordonnier tirait une fortune en rêve. Ensuite, quand le pot fut cassé, il n'eut pas de quoi manger. Qu'attendez-vous de ces belles conquêtes ? Quelle sera la fin de tant d'embarras et de barrages ?

– Ce sera, dit Picrochole, que nous pourrons nous reposer à notre aise quand nous serons rentrés. »

Alors Echéphron dit : « Et si par hasard vous n'en reveniez jamais ? Le voyage est long et périlleux : n'est-ce pas mieux de se reposer dès à présent, sans nous exposer à ces dangers ?

– Oh ! dit Spadassin, pardieu, voilà un bel idiot ! Allons nous cacher au coin de la cheminée et passons-y notre temps et notre vie avec les dames, à enfiler des perles ou à filer comme Sardanapale ! Qui ne risque rien n'a cheval ni mule, c'est Salomon qui l'a dit.

– Qui se risque trop, dit Echéphron, perd cheval et mule, c'est ce que répondit Marcoul.

– Baste ! dit Picrochole, passons outre. Je ne crains que ces diables de légions de Grandgousier. Pendant que nous sommes en Mésopotamie, s'ils nous donnaient sur la queue ? Quel serait le remède ?

– Il est facile, dit Merdaille : un beau petit ordre de mobilisation que vous enverrez aux Moscovites vous mettra sur pied en un moment quatre cent cinquante mille combattants d'élite. Oh ! si vous me faites lieutenant à cette occasion, je tuerai un peigne pour un mercier ! Je mords, je rue, je frappe, j'attrape, je tue, je renie !

– Sus ! sus ! dit Picrochole, qu'on mette tout en train et qui m'aime me suive ! »

Comment Gargantua laissa la ville de Paris pour secourir son païs et comment Gymnaste rencontra les ennemys

CHAPITRE XXXIV

En ceste mesme heure, Gargantua qui estoyt yssu de Paris soubdain les lettres de son pere leues, sus sa grand jument venant, avoit ja passé le pont de la Nonnain[1], luy, Ponocrates, Gymnaste et Eudemon, lesquelz pour le suivre avoient prins chevaulx de poste ; le reste de son train venoit à justes journées, amenent tous ses livres et instrument philosophique[2].

Luy, arrivé à Parillé[3], fut adverty par le mestayer de Gouguet comment Picrochole s'estoit remparé à la Roche Clermaud et avoit envoyé le capitaine Tripet[4] avec grosse armée assaillir le boys de Vede et Vaugaudry, et qu'ilz avoient couru la poulle[5] jusques au pressoüer Billard[6], et que c'estoit chose estrange et difficile à croyre des exces qu'ilz faisoient par le pays. Tant qu'il luy feist paour, et ne scavoit bien que dire ny que faire. Mais Ponocrates luy conseilla qu'ilz se transportassent vers le seigneur de la Vauguyon, qui de tous temps avoit esté leur amy et confederé, et par luy seroient mieulx advisez de tous affaires ; ce qu'ilz feirent incontinent, et le trouverent en bonne deliberation de leur secourir, et feut de opinion que il envoyroit quelqun de ses gens pour descouvrir le pays et scavoir en quel estat estoient les ennemys, affin de y proceder par conseil prins scelon la forme de l'heure presente. Gymnaste se offrit d'y aller, mais il feut conclud que pour le meilleur il menast avecques soy quelqun qui congneust les voyes et destorses et les rivieres de l'entour.

Adoncques partirent, luy et Prelinguand[7], escuyer de Vauguyon, et sans effroy espierent de tous coustez. Ce pendent Gargantua se refraischit et repeut quelque peu avecques ses gens et feist donner à sa jument un picotin d'avoyne : c'estoient

---

CHAPITRE 34 : 1. Entre La Roche-Clermault et Chinon, un pont à péage appartenait aux nonnains de Fontevrault. – 2. Tout ce qui lui était nécessaire pour étudier les sciences. – 3. Voir chap. 25, n. 15. – 4. Le capitaine Petit-Pot. – 5. Comme pilleurs de basse-cour. – 6. Le bois de Vède, Vaugaudry, le Pressoir Billard, comme plus bas La Vauguyon, se trouvaient aux environs de la Devinière. – 7. Voir *Quart L.* chap. 40, n. 41.

Comment Gargantua quitta la ville de Paris pour secourir son pays et comment Gymnaste rencontra les ennemis

CHAPITRE 34

Au même moment, Gargantua, qui était sorti de Paris sitôt lue la lettre de son père, arrivant sur sa grande jument, avait déjà passé le pont de la Nonnain avec Ponocrates, Gymnaste, Eudémon qui avaient pris des chevaux de poste pour le suivre. Le reste de sa suite venait par étapes normales en apportant tous ses livres et son attirail philosophique.

Arrivé à Parilly, le métayer de Goguet lui apprit comment Picrochole s'était retranché à La Roche-Clermault et avait envoyé le capitaine Tripet attaquer le bois de Vède et Vaugaudry avec une grosse armée. Ils avaient couru la poule jusqu'au Pressoir Billard et les excès qu'ils commettaient dans le pays étaient chose stupéfiante et difficile à croire. Si bien qu'il prit peur et qu'il ne savait que dire ni que faire. Mais Ponocrates lui conseilla d'aller vers le seigneur de La Vauguyon qui depuis toujours avait été leur ami et allié : ils seraient par lui mieux renseignés de tous les événements. C'est ce qu'ils firent aussitôt et ils le trouvèrent bien disposé à les secourir, et il eut idée d'envoyer un de ses hommes pour reconnaître le pays et savoir la situation des ennemis, afin de prendre des mesures en fonction des circonstances présentes. Gymnaste s'offrit pour y aller mais on décida qu'il valait mieux qu'il emmène avec lui quelqu'un qui connût les chemins, les détours et les rivières du secteur.

Il partit donc avec Prelinguand, écuyer de Vauguyon, et sans bruit ils observèrent de tous côtés. Pendant ce temps, Gargantua se refit et se restaura un peu avec ses gens. Il fit donner un picotin d'avoine à sa jument, c'est-à-dire

soisante et quatorze muys troys boisseaux[8]. Gymnaste et son
compaignon tant chevaucherent qu'ilz rencontrerent les ennemys tous espars et mal en ordre, pillans et desrobans tout ce
qu'ilz povoient, et de tant loing qu'ilz l'aperceurent accoururent sus luy à la foulle pour le destrouser. Adonc il leurs cria :
« Messieurs, je suys pauvre Diable, je vous requiers qu'ayez
de moy mercy. J'ay encores quelque escu : nous le boyrons,
car c'est *aurum potabile*[9], et ce cheval icy sera vendu pour
payer ma bien venue. Cela faict, retenez moy des vostres, car
jamais homme ne sceut mieulx prendre, larder, roustir et apres-
ter, voyre, par Dieu, demembrer et gourmander poulle que
moy qui suys icy, et pour mon *proficiat*[10] je boy à tous bons
compaignons. »

Lors descouvrit sa ferriere[11] et, sans mettre le nez dedans[12],
beuvoyt assez honnestement. Les maroufles le regardoient,
ouvrans la gueule d'un grand pied et tirans les langues comme
levriers en attente de boyre après ; mais Tripet, le capitaine, sus
ce poinct accourut veoir que c'estoit. A luy, Gymnaste offrit
sa bouteille, disant : « Tenez, capitaine, beuvez en hardiment.
J'en ay faict l'essay[13] : c'est vin de la Faye Monjau[14].

— Quoy ? dist Tripet, ce gaustier icy se guabele de nous. Qui
est tu ?

— Je suis (dist Gymnaste) pauvre Diable.

— Ha, dist Tripet, puis que tu es pauvre Diable, c'est raison
que passes oultre, car tout pauvre Diable passe par tout sans
peage ny gabelle[15]. Mais ce n'est de coustume que pauvres
Diables soient si bien montez : pourtant, monsieur le Diable,
descendez, que je aye le roussin et si bien il ne me porte, vous
maistre Diable me porterez. Car j'ayme fort qu'un Diable tel
m'emporte. »

8. Ce picotin représente plus de 1 300 hectolitres d'avoine. – 9. Elixir de
santé obtenu à partir du chlorure d'or. – 10. Voir plus haut chap. 17, n. 3.
– 11. Gourde pour le vin ; voir *Quart L.* chap. 43, n. 16. – 12. Il est évident
qu'on ne boit pas comme dans un hanap quand on fait couler le vin d'une
ferrière ! – 13. Les grands de ce monde avaient des officiers chargés d'*essayer* leurs aliments, de vérifier qu'ils n'étaient pas empoisonnés. – 14. Vin
réputé d'un canton des environs de Niort. – 15. Une partie de la plaisanterie
doit porter sur un jeu de mots entre *se gabeler* (se moquer) et *gabelle*
(impôt) ; pour le pauvre diable *passant oultre*, voir plus haut chap. 26, n. 3 et
chap. 33, n. 28.

soixante-quatorze muids et trois boisseaux. Gymnaste et son compagnon chevauchèrent si bien qu'ils rencontrèrent les ennemis tout éparpillés et en désordre, pillant et dérobant tout ce qu'ils pouvaient ; et, du plus loin qu'ils l'aperçurent, ils lui coururent sus en foule pour le détrousser. Alors il leur cria : « Messieurs, je suis un pauvre diable. Je vous demande d'avoir pitié de moi. J'ai encore un vague écu. Nous le boirons, car c'est de l'or potable, et ce cheval que voici sera vendu pour payer ma bienvenue. Cela fait, prenez-moi avec vous, car jamais nul homme ne sut mieux prendre, larder, rôtir, apprêter, et même, pardieu, démembrer et assaisonner une poule que moi qui suis là. Et pour payer mon étrenne, je bois à tous les bons compagnons. »

Alors il découvrit sa gourde et, sans mettre le nez dedans, buvait assez honnêtement. Les maroufles le regardaient, ouvrant une gueule d'un pied et tirant la langue comme des lévriers, attendant de boire ensuite. Mais à ce moment, Tripet, le capitaine, accourut pour voir ce qu'il y avait. C'est à lui que Gymnaste offrit sa bouteille en disant : « Tenez, capitaine, buvez-en sans crainte, j'en ai fait l'essai ; c'est du vin de La Foye-Monjault.

– Quoi, dit Tripet, ce gaillard-là se moque de nous ! Qui es-tu ?

– Je suis un pauvre diable, dit Gymnaste.

– Ah ! dit Tripet, puisque tu es un pauvre diable, il est juste que tu passes outre, car tout pauvre diable passe partout sans péage ni gabelle. Mais ce n'est pas l'habitude que les pauvres diables soient aussi bien montés. Aussi, Monsieur le Diable, descendez, que je prenne le roussin. Et s'il ne me porte pas bien, c'est vous Maître Diable qui me porterez, car j'aime assez qu'un tel diable m'emporte. »

Comment Gymnaste soupplement tua
le capitaine Tripet et aultres gens de Picrochole

CHAPITRE XXXV

Ces motz entenduz, aulcuns d'entre eulx commencerent avoir frayeur et se seignoient de toutes mains[1], pensans que ce feust un Diable desguisé, et quelqun d'eulx nommé Bon Joan, capitaine des Franctopins[2], tyra ses heures[3] de sa braguette et cria assez hault : « *Agios ho Theos*[4] ! Si tu es de Dieu, sy parle ; sy tu es de l'aultre[5], sy t'en va. » Et pas ne s'en alloit, ce que entendirent plusieurs de la bande et departoient de la compaignie, le tout notant et considerant Gymnaste.

Pourtant feist semblant descendre de cheval et, quand feut pendent du cousté du montouer[6], feist soupplement le tour de l'estriviere[7], son espée bastarde[8] au cousté, et, par dessoubz passé, se lança en l'air et se tint des deux piedz sus la scelle, le cul tourné vers la teste du cheval. Puis dist : « Mon cas va au rebours[9]. »

Adoncq, en tel poinct qu'il estoit, feist la guambade sus un pied et, tournant à senestre, ne faillit oncq de rencontrer sa propre assiete[10] sans en rien varier. Dont dist Tripet : « Ha ! ne feray pas cestuy là pour ceste heure, et pour cause.

– Bren, dist Gymnaste, j'ay failly : je voys defaire cestuy sault. »

Lors, par grande force et agilité, feist en tournant à dextre la gambade comme davant. Ce faict, mist le poulce de la dextre sus l'arçon de la scelle et leva tout le corps en l'air, se souste-

---

CHAPITRE 35 : Sur cette diable de gymnastique, voir J. Larmat, *Le Moyen Age dans le « Gargantua » de Rabelais*, Paris, 1973, p. 432 et D. Desrosiers-Bonin, *Rabelais et l'humanisme civil*, Genève, 1992, p. 177.
1. Voir plus haut chap. 25, n. 16. – 2. Les Francs-Taulpins constituaient une milice populaire peu aguerrie qui avait été supprimée sous Louis XII. – 3. Il n'était pas impossible de loger un livre d'heures dans une braguette : voir plus haut chap. 8, n. 19. – 4. Invocation en grec conservée dans la liturgie romaine *(Saint est Dieu)* et passant pour conjurer les diables. – 5. Du Diable (que les exorcismes n'osent nommer clairement). Voir L. V, Prologue, n. 6. – 6. A gauche du cheval. – 7. Courroie qui porte l'étrier. – 8. Voir plus haut chap. 23, n. 31. – 9. Gymnaste emploie une formule du langage judiciaire (*cas* : affaire, cause) dans un sens obscène (cas *the privities of man or woman*, selon Cotgrave, auteur d'un dictionnaire franco-anglais du début du 17e siècle). – 10. Ne manqua jamais de retomber en selle.

Comment Gymnaste tua en souplesse le capitaine Tripet et d'autres gens de Picrochole
CHAPITRE 35

A ces mots, certains d'entre eux commencèrent à être effrayés et ils se signaient à toutes mains pensant que c'était un diable déguisé. Et l'un d'entre eux, nommé Bon Jean, capitaine des francs-taupins, tira son livre d'heures de sa braguette et cria assez fort : « Dieu est saint ! Si tu es de Dieu, parle ! Si tu es de l'Autre, va-t'en ! » Mais il ne s'en allait pas. Plusieurs de la bande entendirent cela et ils quittaient la compagnie pendant que Gymnaste observait et analysait le tout.

Il fit donc semblant de descendre de cheval, et quand il fut en suspens côté montoir, il fit souplement le tour de l'étrivière, son épée bâtarde au côté. Etant passé par-dessous, il s'élança en l'air et se tint les deux pieds sur la selle, le cul tourné vers la tête du cheval, puis il dit : « Mon affaire va à l'envers ! »

Alors, dans cette posture, il fit la pirouette sur un pied, et tournant à gauche, retrouva impeccablement sa première attitude, sans en rien changer. Alors Tripet dit : « Ah ! je n'en ferai pas autant pour le moment, et pour cause !

– Merde ! dit Gymnaste ! J'ai raté. Je vais reprendre ce saut. »

Alors, avec beaucoup de force et d'agilité, il fit, en tournant à droite, la pirouette comme auparavant. Cela fait, il mit le pouce de la main droite sur l'arçon de la selle et souleva tout son corps en l'air, soutenant tout son poids

nant tout le corps sus le muscle et nerf dudict poulce, et ainsi se tourna troys foys ; à la quatriesme, se renversant tout le corps sans à rien toucher, se guinda entre les deux aureilles du cheval, soudant[11] tout le corps en l'air sus le poulce de la senestre et, en cest estat, feist le tour du moulinet[12] puis, frappant du plat de la main dextre sus le meillieu de la selle, se donna tel branle qu'il se assist sus la crope, comme font les damoiselles.

Ce faict, tout à l'aise, passe la jambe droicte par sus la selle et se mist en estat de chevaucheur, sus la croppe.

« Mais (dist il) mieulx vault que je me mette entre les arsons. »

Adoncq se appoyant sus les poulces des deux mains à la crope davant soy, se renversa cul sus teste en l'air et se trouva entre les arsons en bon maintien, puis d'un sobresault leva tout le corps en l'air et ainsi se tint piedz joinctz entre les arsons, et là tournoya plus de cent tours, les bras estenduz en croix et crioit ce faisant à haulte voix : « J'enrage, diables, j'enrage, j'enrage ! Tenez moy, diables, tenez moy, tenez ! »

Tandis qu'ainsi voltigeoit, les marroufles en grand esbahissement disoient l'ung à l'aultre : « Par la mer Dé[13] ! c'est un lutin ou un diable ainsi deguisé. *Ab hoste maligno libera nos domine*[14]. » et fuyoient à la route, regardans darriere soy comme un chien qui emporte un plumail[15].

Lors Gymnaste, voyant son advantaige, descend de cheval, desguaigne son espée et, à grands coups, chargea sus les plus huppés[16] et les ruoit à grands monceaulx blessez, navrez et meurtriz, sans que nul luy resistast, pensans que ce feust un diable affamé, tant par les merveilleux voltigemens qu'il avoit faict que par les propos que luy avoit tenu Tripet en l'appellant pauvre diable. Si non que Tripet, en trahison, luy voulut fendre la cervelle de son espée lansquenette[17] ; mais il estoit bien armé[18] et de cestuy coup ne sentit que le chargement et, soubdain se tournant, lancea un estoc volant audict Tripet et, ce

11. *Souder*, de *solidus*, ferme, rigide. – 12. Il pivota autour de son pouce gauche comme une aile de moulin autour de son axe. – 13. Voir plus haut chap. 13, n. 24. – 14. Formule d'exorcisme. – 15. Bout de l'aile d'une volaille encore garni de ses rémiges et jeté par le cuisinier ; voir *Quart L.* chap. 30, n. 8 et 51, n. 6. – 16. Ceux qui étaient le plus remarquables, qui avaient le plus de prestance. – 17. Glaive de lansquenet. – 18. Pourvu d'*armes* défensives, bouclier et casque.

sur le nerf et le muscle du pouce en question, et dans cette attitude tourna trois fois sur lui-même ; à la quatrième, se renversant tout le corps sans toucher à rien, il se plaça entre les oreilles du cheval, tout le corps figé en l'air sur le pouce de la main gauche, et fit dans cette posture un tour en vrille. Ensuite, frappant du plat de la main droite au milieu de la selle, il donna une impulsion telle qu'il s'assit sur la croupe, à la façon des dames.

Cela fait, bien aisément, il passa la jambe droite par-dessus la selle et se mit dans la posture du chevaucheur, sur la croupe.

« Mais, dit-il, il vaut mieux que je me mette entre les arçons. »

S'appuyant donc à la croupe, devant lui, des pouces des deux mains, il se renversa cul par-dessus tête, en l'air, et se trouva solidement installé entre les arçons. Puis d'un sursaut, il souleva tout le corps en l'air, se tint ainsi, pieds joints entre les arçons, et là tournoya plus de cent fois, les bras en croix, tout en criant à voix haute : « J'enrage, diables, j'enrage, j'enrage ! Tenez-moi, diables, tenez ! »

Tandis qu'il évoluait ainsi, les maroufles en grand ébahissement se disaient l'un à l'autre : « Par la Mère Dieu ! C'est un lutin ou un diable déguisé de la sorte. Des entreprises du Malin, délivre-nous, Seigneur ! ». Et ils prenaient la route en courant, regardant derrière eux comme un chien qui emporte un aileron de volaille.

Alors, Gymnaste, voyant son avantage, descend de cheval, dégaine son épée et, à grands coups, chargea les plus farauds, qu'il renversait en gros tas, blessés, défaits, meurtris, sans que nul ne lui résistât, à la pensée que c'était là un diable affamé, tant à cause des merveilleuses acrobaties qu'il avait faites, qu'à cause des propos tenus par Tripet qui l'avait appelé pauvre diable ; seul Tripet voulut par traîtrise lui fendre la cervelle d'un coup de son épée de lansquenet, mais comme il était bien casqué, il ne sentit que le poids du coup et, se retournant brusquement, il estoqua

pendent que icelluy se couvroit en hault, luy tailla d'un coup l'estomac, le colon et la moytié du foye, dont tomba par terre et, tombant, rendit plus de quatre potées de souppes et l'ame meslée parmy les souppes.

Ce faict Gymnaste se retyre, considerant que les cas de hazart jamais ne fault poursuyvre jusques à leur periode[19], et qu'il convient à tous chevaliers reverentement traicter leur bonne fortune, sans la molester ny gehainer[20]. Et monstant sus son cheval luy donne des esperons, tyrant droict son chemin vers la Vauguyon, et Prelinguand avecques luy.

Comment Gargantua demollit le chasteau du Gué de Vede et comment ilz passerent le Gué

CHAPITRE XXXVI

Venu que fut, raconta l'estat onquel avoit trouvé les ennemys et du Stratageme qu'il avoit faict, luy seul contre toute leur caterve, afferment que ilz n'estoient que maraulx, pilleurs et brigans, ignorans de toute discipline militaire, et que hardiment ilz se missent en voye, car il leurs seroit tresfacile de les assommer comme bestes.

Adoncques monta Gargantua sus sa grande jument, accompaigné comme davant avons dict. Et trouvant en son chemin un hault et grand arbre (lequel communement on nommoit l'arbre de sainct Martin, pource qu'ainsi estoit creu un bourdon que jadis sainct Martin y planta[1]), dist : « Voicy ce qu'il me failloit. Cest arbre me servira de bourdon et de lance. » Et l'arrachit facilement de terre, et en ousta les rameaux et le para pour son plaisir.

Ce pendent sa jument pissa pour se lascher le ventre, mais ce fut en telle abondance qu'elle en feist sept lieues de deluge, et deriva tout le pissat au gué de Vede et, tant l'enfla devers le fil de l'eau, que toute ceste bande des ennemys furent en grand horreur noyez, exceptez aulcuns qui avoient prins le chemin vers les cousteaux à gauche.

19. Jusqu'à l'achèvement de leur révolution. – 20. Gêner, mettre à la torture.

CHAPITRE 36 : 1. Dans la légende, c'est saint Brice qui planta le bâton de saint Martin en terre et le vit se couvrir de feuilles.

ledit Tripet et, pendant que celui-ci se couvrait en haut, il lui tailla d'un seul coup l'estomac, le côlon et la moitié du foie, ce qui le fit tomber sur le sol, et il rendit en tombant plus de quatre potées de soupe, et l'âme mêlée à la soupe.

Sur ce, Gymnaste se retire, pensant qu'il ne faut jamais persister à tenter le hasard jusqu'à ce que le vent tourne et que tout chevalier se doit de traiter sa bonne fortune avec discernement sans la violenter ni en abuser. Et, montant sur son cheval, il piqua des éperons, prenant son chemin tout droit vers La Vauguyon, accompagné par Prelinguand.

Comment Gargantua démolit le château du gué de Vède, et comment ils passèrent le gué
CHAPITRE 36

Quand il fut revenu, il raconta dans quelle situation il avait trouvé les ennemis et le stratagème qu'il avait employé pour venir, seul, à bout de toute la troupe, affirmant que ce n'étaient que des marauds, des pillards et des brigands, ignorants de toute discipline militaire. Il fallait se mettre en route hardiment, car ce serait très facile de les assommer comme bestiaux.

Alors Gargantua monta sur sa grande jument, escorté comme il est dit plus haut, et, trouvant sur son chemin un arbre grand et haut (on l'appelait généralement l'arbre de saint Martin, parce que c'est un bourdon que saint Martin avait planté jadis et qui avait crû de la sorte), il dit : « Voici ce qu'il me fallait ; cet arbre me servira de bourdon et de lance. » Et il l'arracha de terre facilement, en ôta les rameaux et le décora pour son plaisir.

Sur ces entrefaites, sa jument pissa pour se relâcher le ventre, mais ce fut si copieusement qu'elle en fit sept lieues de déluge. Tout le pissat descendit au gué de Vède et l'enfla tellement au fil du courant que toute notre bande d'ennemis fut horriblement noyée, à l'exception de quelques-uns qui avaient pris le chemin à gauche, vers les coteaux.

Gargantua venu à l'endroit du boys de Vede feut advisé par Eudemon que dedans le chasteau estoit quelque reste des ennemys, pour laquelle chose scavoir Gargantua s'escria tant qu'il peut : « Estez vous là ou n'y estez pas ? Si vous y estez, n'y soyez plus ; si n'y estez, je n'ay que dire. »

Mais un ribauld canonnier qui estoit au machicoulys luy tyra un coup de canon et le attainct par la temple dextre furieusement ; toutesfoys ne luy feist pource mal en plus que s'il luy eust getté une prune.

« Qu'est ce là ? dist Gargantua, nous gettez vous icy des grains de raisins ? La vendange vous coustera cher ! », pensant de vray que le boulet feust un grain de raisin.

Ceulx qui estoient dedans le chasteau amuzez à la pille[2], entendant le bruit, coururent aux tours et forteresses et luy tirerent plus de neuf mille vingt et cinq coups de faulconneaux[3] et arquebouzes, visans tous à sa teste, et si menu tiroient contre luy qu'il s'escria : « Ponocrates, mon amy, ces mousches icy me aveuglent, baillez moy quelque rameau de ses saulles pour les chasser. », pensant des plombées et pierres d'artillerie que feussent mousches bovines.

Ponocrates l'advisa que n'estoient aultres mousches que les coups d'artillerye que l'on tiroit du chasteau. Alors chocqua de son grand arbre contre le chasteau, et à grans coups abastit et tours et forteresses, et ruyna tout par terre. Par ce moyen feurent tous rompuz et mis en pieces ceulx qui estoient en icelluy.

De là partans, arriverent au pont du moulin et trouverent tout le gué couvert de corps mors, en telle foulle qu'ilz avoient enguorgé le cours du moulin, et c'estoient ceulx qui estoient peritz au deluge urinal de la jument. Là feurent en pensement comment ilz pourroient passer, veu l'empeschement de ces cadavres. Mais Gymnaste dist : « Si les diables y ont passé, je y passeray fort bien.

– Les diables (dist Eudemon) y ont passé pour en emporter les ames damnées.

---

2. Jeu de mots : *s'amuser à la pile* (4e jeu du chap. 22) et *piller*. – 3. Petite pièce d'artillerie qui pouvait se porter à dos d'homme.

Gargantua, arrivé au droit du bois de Vède, fut avisé par Eudémon qu'il restait quelques ennemis dans le château. Pour s'assurer de la chose, Gargantua s'écria aussi fort qu'il put : « Etes-vous là ou n'y êtes-vous pas ? Si vous y êtes, n'y soyez plus ; si vous n'y êtes pas, je n'ai rien à dire. »

Mais un ribaud de canonnier qui était au mâchicoulis lui tira un coup de canon et l'atteignit à la tempe droite furieusement. Toutefois il ne lui fit pas plus de mal en cela que s'il lui eût jeté une prune.

« Qu'est-ce que c'est que ça ? dit Gargantua. Voilà que vous nous jetez des grains de raisin ! La vendange vous coûtera cher ! » Il pensait réellement que le boulet fût un grain de raisin.

Ceux qui étaient dans le château, absorbés au jeu de pille, coururent aux tours et aux fortifications en entendant le bruit et lui tirèrent plus de neuf mille vingt-cinq coups de fauconneau et d'arquebuse, visant tous la tête. Ils tiraient si serré contre lui qu'il s'écria : « Ponocrates, mon ami, ces mouches-là m'aveuglent ; passez-moi quelque rameau de ces saules pour les chasser. » Il percevait les boulets de plomb et de pierre comme si ce fussent des mouches à bœufs.

Ponocrates l'avertit que ces mouches n'étaient autres que les salves d'artillerie que l'on tirait depuis le château. Alors, de son grand arbre, il cogna contre le château, abattit à grands coups les tours et les fortifications et fit tout s'effondrer en ruine. De la sorte, tous ceux qui se trouvaient à l'intérieur furent écrasés et mis en pièces.

Partant de là, ils arrivèrent au pont du moulin et trouvèrent tout le gué couvert de corps morts, en si grand nombre qu'ils avaient engorgé le bief du moulin : c'étaient ceux qui avaient succombé au déluge urinal de la jument. Ils se demandèrent alors comment ils pourraient passer, vu l'obstacle formé par ces cadavres. Mais Gymnaste dit : « Si les diables y sont passés, j'arriverai bien à y passer.

– Les diables, dit Eudémon, y sont passés pour en emporter les âmes damnées.

– Sainct Treignan ! (dist Ponocrates) par doncques consequence necessaire il y passera.

– Voyre, voyre, dist Gymnaste, ou je demoureray en chemin. »

Et, donnant des esperons à son cheval, passa franchement oultre, sans que jamais son cheval eust fraieur des corps mors, car il l'avoit acoustumé (selon la doctrine de Ælian[4]) à ne craindre les ames ny corps mors. Non en tuant les gens, comme Diomedes tuoyt les Traces et Ulysses mettoit les corps de ses ennemys ès pieds de ses chevaulx, ainsi que raconte Homere, mais en luy mettant un phantosme parmy son foin et le faisant ordinairement passer sus icelluy quand il luy bailloit son avoyne.

Les troys aultres le suyvirent sans faillir, excepté Eudemon, duquel le cheval enfoncea le pied droict jusques au genoil dedans la pance d'un gros et gras villain qui estoit là noyé à l'envers, et ne le povoit tirer hors ; ainsi demoureroit[5] empestré, jusques à ce que Gargantua, du bout de son baston, enfondra le reste des tripes du villain en l'eau, ce pendent que le cheval levoit le pied. Et (qui est chose merveilleuse en hippiatrie) feut ledict cheval guery d'un surot qu'il avoit en celluy pied par l'atouchement des boyaux de ces gros marroufles.

Comment Gargantua soy peignant faisoit tomber de ses cheveulx les boulletz d'artillerye

Chapitre XXXVII

Issuz la rive de Vede, peu de temps après aborderent au chasteau de Grandgousier qui les attendoit en grand desir. A sa venue, ilz le festoyerent à tour de bras ; jamais on ne veit gens plus joyeux, car *Supplementum Supplementi Chronicorum*[1] dict que Gargamelle y mourut de joye. Je n'en scay rien de ma part et bien peu me soucie ny d'elle ny d'aultre.

---

4. Elien rapporte en effet les procédés de dressage que Rabelais va exposer : Elien parle de *corps armés* et non d'*âmes* des morts ; le texte de 1542 : *à ne craindre les âmes*, paraît donc fautif. – 5. Le texte de l'édition de 1554, *demeuroit*, nous semble plus logique.

Chapitre 37 : 1. Le *Supplément du Supplément des Chroniques*. Parodie des traités médiévaux qui assortissaient les ouvrages historiques d'une cascade de commentaires.

– Saint Treignan ! dit Ponocrates, en conséquence logique, il y passera donc obligatoirement.

– Sûr ! sûr ! dit Gymnaste, ou je resterai en route. »

Et, piquant des éperons, il traversa carrément, sans que le cheval fût effrayé un seul instant par les corps morts car, selon la doctrine d'Elien, il l'avait habitué à ne craindre ni les esprits, ni les cadavres. Non pas en tuant les gens, comme Diomède tuait les Thraces, ou comme Ulysse qui mettait les corps de ses ennemis aux pieds de ses chevaux, ainsi que le rapporte Homère, mais en lui mettant un mannequin dans son foin et en le faisant habituellement passer dessus quand il lui donnait son avoine.

Les trois autres le suivirent sans incident, sauf Eudémon dont le cheval enfonça le pied droit jusqu'au genou dans la panse d'un gros et gras vilain qui se trouvait là, noyé, ventre en l'air ; il ne pouvait l'en retirer et il resta empêtré de la sorte jusqu'à ce que Gargantua, du bout de son bâton, répandît le reste des tripes du vilain dans l'eau pendant que le cheval levait le pied. Et, chose miraculeuse en hippiatrie, le cheval en question, au contact des boyaux de ce gros maroufle, fut guéri d'un suros qu'il avait à ce pied-là.

Comment Gargantua en se peignant faisait tomber de ses cheveux les boulets d'artillerie

CHAPITRE 37

Ayant quitté le val de Vède, peu de temps après, ils mirent pied à terre au château de Grandgousier qui les attendait, brûlant d'impatience. A son arrivée on lui fit fête à tour de bras. Jamais on ne vit gens plus joyeux, car le *Supplément au Supplément des Chroniques* dit que Gargamelle en mourut de joie. Pour ma part, je n'en sais rien et je me soucie bien peu ni d'elle ni d'aucune autre.

La verité fut que Gargantua se refraischissant d'habillemens et se testonnant de son pigne (qui estoit grand de cent cannes [2], appoincté de grandes dens de Elephans toutes entieres) faisoit tomber à chascun coup plus de sept balles de bouletz qui luy estoient demourez entre ses cheveulx à la demolition du boys de Vede. Ce que voyant, Grandgousier, son pere, pensoit que feussent pous et luy dist : « Dea, mon bon filz, nous as tu aporté jusques icy des esparviers de Montagu [3]? Je n'entendoys que là tu feisse residence. »

Adonc Ponocrates respondit : « Seigneur, ne pensez que je l'aye mis au colliege de pouillerie qu'on nomme Montagu ; mieulx le eusse voulu mettre entre les guenaux de Sainct Innocent [4], pour l'enorme cruaulté et villennie que je y ay congneu. Car trop mieulx sont traictez les forcez entre les Maures et Tartares, les meurtriers en la prison criminelle, voyre certes les chiens en vostre maison, que ne sont ces malautruz audict colliege. Et si j'estoys roy de Paris, le diable m'emport si je ne metoys le feu dedans et faisoys brusler et principal [5] et regens, qui endurent ceste inhumanité davant leurs yeulx estre exercée. »

Lors, levant un de ces boulletz, dist : « Ce sont coups de canon que n'a guyeres a repceu vostre filz Gargantua passant davant le boys de Vede, par la trahison de vos ennemys. Mais ilz en eurent telle recompense qu'ilz sont tous periz en la ruine du chasteau, comme les Philistins par l'engin de Sanson et ceulx que opprima la tour de Siloé, desquelz est escript *Luce, xiij* [6]. Iceulx je suis d'advis que nous poursuyvons ce pendent que l'heur est pour nous. Car l'occasion a tous ses cheveulx au front : quand elle est oultre passée, vous ne la povez plus revocquer ; elle est chauve par le darriere de la teste et jamais plus ne retourne [7].

— Vrayement, dist Grandgousier, ce ne sera pas à ceste heure, car je veulx vous festoyer pour ce soir et soyez les tresbien vonuz. »

---

2. Voir plus haut chap. 8, n. 12. – 3. Les poux sont les *éperviers du collège de Montaigu*, célèbre collège parisien dont les humanistes blâmaient la saleté et les méthodes pédagogiques ; voir *Quart L.* chap. 21, n. 21. – 4. Les mendiants du cimetière des Saints Innocents ; voir L. II chap. 7 et 16. – 5. De fait, Noël Béda, régent de Montaigu, était mis en prison à peu près au moment où Rabelais écrivait ces lignes. – 6. L'Evangile de saint Luc, 13, mentionne brièvement l'écroulement de la tour de Siloé. – 7. La figure emblématique de l'Occasion qu'il faut saisir aux cheveux était utilisée à satiété par la poésie, les arts, la rhétorique.

Ce qui est vrai, c'est que Gargantua, changeant de vêtements et se coiffant avec son peigne (il était long de cent
cannes et ses dents étaient de grandes défenses d'éléphants,
tout entières), faisait tomber à chaque coup plus de sept
grappes de boulets qui lui étaient restés dans les cheveux
lors de la démolition du bois de Vède. A cette vue, Grandgousier, son père, pensa que c'étaient des poux et lui dit :
« Par Dieu ! Mon bon fils, nous as-tu apporté jusqu'ici des
éperviers de Montaigu ! Je ne tenais pas à ce que tu fisses
là ton séjour. »

Alors Ponocrates répondit : « Seigneur, ne pensez pas
que je l'aie mis au collège de pouillerie qu'on nomme
Montaigu. J'aurais mieux aimé le mettre avec les gueux
des Innocents, vu l'incroyable cruauté et l'ignominie que
j'y ai connues. Car les forçats chez les Maures et les Tartares, les meurtriers dans la prison aux criminels et même,
sûrement, les chiens dans votre maison sont bien mieux
traités que ne le sont ces infortunés dans le collège en
question. Si j'étais roi de Paris, le diable m'emporte si
je n'y mettais le feu et ne faisais brûler le principal et les
régents qui supportent que des traitements aussi inhumains
soient exercés sous leurs yeux. »

Soulevant alors un de ces boulets, il dit : « Ce sont des
coups de canon que votre fils Gargantua a reçus il y a peu, en
passant devant le bois de Vède, par une traîtrise de vos ennemis. Mais ils en ont été si bien récompensés qu'ils sont tous
morts dans la ruine du château, comme les Philistins par une
ruse de Samson et comme ceux qu'écrasa la tour de Siloé
dont nous parle Luc au chapitre XIII. Je suis d'avis que nous
pourchassions l'ennemi pendant que la chance est avec
nous : l'occasion porte tous ses cheveux au front ; quand
elle est passée vous ne pouvez plus la faire revenir ; elle est
chauve sur le derrière de la tête et ne retourne jamais plus.

– En vérité, dit Grandgousier, ce ne sera pas pour le
moment, car ce soir je veux vous faire fête. Soyez donc les
bienvenus. »

Ce dict, on apresta le soupper, et de surcroist feurent roustiz seze beufz, troys genisses, trente et deux veaux, soixante et troys chevreaux moissonniers, quatre vingt quinze moutons, troys cens gourretz de laict à beau moust, unze vingt perdrys, sept cens becasses, quatre cens chappons de Loudunoys et Cornouaille, six mille poulletz et autant de pigeons, six cens gualinottes, quatorze cens levraux, troys cens et troys hostardes[8] et mille sept cens hutaudeaux. De venaison l'on ne peut tant soubdain recouvrir, fors unze sangliers, qu'envoya l'abbé de Turpenay[9], et dix et huict bestes fauves que donna le seigneur de Grandmont, ensemble sept vingt faisans qu'envoya le seigneur des Essars et quelques douzaines de Ramiers, de oiseaux de riviere, de Cercelles, Buours[10], Courtes, Pluviers, Francolys, Cravans[11], Tyransons[12], Vanereaux[13], Tadournes[14], pochecullieres, pouacres, Hegronneaux, Foulques[15], Aigrettes, Cigouingnes, Cannes petieres[16], Oranges Flammans, (qui sont phœnicopteres), Terrigoles, poulles de Inde, force Coscossons et renfort de potages.

Sans poinct de faulte y estoit de vivres abondance, et feurent aprestez honnestement par Fripesaulce, Hoschepot et Pilleverjus, cuisiniers de Grandgousier.

Janot, Micquel et Verrenet apresterent fort bien à boyre.

---

8. Voir *Quart L.* chap. 59, n. 14. – 9. Le supérieur de cette abbaye bénédictine de Chinon était alors Philippe Hurault de Cheverny. – 10. La chair du butor était alors très appréciée. – 11. Sortes d'oies sauvages. – 12. Espèces de bécassines ; voir *Quart L.* chap. 59, n. 19. – 13. Jeunes vanneaux. – 14. Sortes de canards (mot languedocien : voir *Quart L.* chap. 59, n. 16). – 15. Voir *Quart L.* chap. 40, n. 14. – 16. Petites outardes.

Cela dit, on prépara le souper et en supplément on fit rôtir seize bœufs, trois génisses, trente-deux veaux, soixante-trois chevreaux de l'été, quatre-vingt-quinze moutons, trois cents cochons de lait au beau jus de raisin, deux cent vingt perdrix, sept cents bécasses, quatre cents chapons du Loudunois et de la Cornouaille, six mille poulets et autant de pigeons, six cents gelinottes, quatorze cents chaponneaux. Pour la venaison, on ne put s'en procurer aussi rapidement, à part onze sangliers qu'envoya l'abbé de Turpenay, dix-huit bêtes rousses que donna le seigneur de Grandmont et aussi cent quarante faisans qu'envoya le seigneur des Essarts, plus quelques douzaines de ramiers, d'oiseaux de rivière, de sarcelles, de butors, de courlis, de pluviers, de francolins, de bernaches cravants, de chevaliers gambettes, de vanneaux, de tadornes, de spatules, de hérons, de héronneaux, de poules d'eau, d'aigrettes, de cigognes, de canepetières, de flamants orangés (ce sont des phénicoptères), de terrigoles, de dindes, avec force couscous et des potages en abondance.

Il y avait quantité de vivres, rien ne manquait et le tout fut apprêté expertement par Fripesaulce, Hochepot, Pilleverjus, cuisiniers de Grandgousier.

Janot, Miquel et Verrenet pourvurent fort bien à la boisson.

Comment Gargantua mangea en sallade six pelerins[1]

CHAPITRE XXXVIII

Le propos requiert que racontons ce qu'advint à six pelerins qui venoient de Sainct Sebastien, près de Nantes, et pour soy herberger celle nuict, de peur des ennemys, s'estoient mussez au jardin dessus les poyzars, entre les choulx et lectues.

Gargantua se trouva quelque peu alteré[2] et demanda si l'on pourroit trouver de lectues pour faire sallade. Et entendent qu'il y en avoit des plus belles et grandes du pays − car elles estoient grandes comme pruniers ou noyers −, y voulut aller luy mesmes et en emporta en sa main ce que bon luy sembla; ensemble emporta les six pelerins, lesquelz avoient si grand paour qu'ilz ne ausoient ny parler ny tousser.

Les lavant doncques premierement en la fontaine, les pelerins disoient en voix basse l'un à l'aultre : « Qu'est il de faire ? Nous noyons icy entre ces lectues. Parlerons nous ? Mais, si nous parlons, il nous tuera comme espies... » Et, comme ilz deliberoient ainsi, Gargantua les mist avecques ses lectues dedans un plat de la maison, grand comme la tonne de Cisteaulx[3], et avecques huille et vinaigre et sel les mangeoit pour soy refraischir davant souper, et avoit ja engoullé cinq des pelerins. Le sixiesme estoit dedans le plat, caché soubz une lectue, excepté son bourdon qui apparoissoit au dessus. Lequel voyant, Grandgousier dist à Gargantua : « Je croy que c'est là une corne de limasson : ne le mangez poinct.

− Pour quoy ? dist Gargantua. Ilz sont bons tout ce moys. »

Et, tyrant le bourdon, ensemble enleva le pelerin et le mangeoit tresbien. Puis beut un horrible traict de vin pineau et attendirent que l'on apprestast le souper.

CHAPITRE 38 : Ce chapitre a été étudié par M. de Diéguez, « Un aspect de la théologie de Rabelais », in *Etudes rabelaisiennes* 1988, pp. 347-353. Voir aussi les *Chroniques gargantuines* et R. Antonioli, « Le motif de l'avalage dans les *Chroniques gargantuines* », in *Etudes seiziémistes offertes à V. L. Saulnier*, Genève, 1980.
1. Voir L. II chap. 32. − 2. L'équilibre de ses humeurs était modifié (autant par la faim que par la soif). − 3. L'énorme cuve de l'abbaye bourguignonne de Cîteaux était très célèbre

Comment Gargantua
mangea six pèlerins en salade

CHAPITRE 38

Notre sujet veut que nous racontions ce qui arriva à six pèlerins qui venaient de Saint-Sébastien, près de Nantes. Pour se loger, cette nuit-là, de peur des ennemis, ils s'étaient cachés au jardin sur les fanes de pois, entre les choux et les laitues.

Gargantua, qui se sentait quelque peu l'estomac creux, demanda si l'on pourrait trouver des laitues pour faire une salade ; apprenant qu'il y en avait qui étaient parmi les plus belles et les plus grandes du pays, car elles étaient grandes comme des pruniers ou des noyers, il voulut y aller lui-même et ramassa à la main ce que bon lui sembla. En même temps il ramassa les six pèlerins qui avaient une si grande peur qu'ils n'osaient parler ni tousser.

Comme il commençait par les laver à la fontaine, les pèlerins se disaient l'un à l'autre à voix basse : « Que faut-il faire ? Nous nous noyons ici, au milieu de ces laitues. Parlerons-nous ? Oui mais si nous parlons, il va nous tuer comme espions. » Comme ils délibéraient ainsi, Gargantua les mit avec ses laitues dans un des plats de la maison, grand comme la tonne de Cîteaux, et commença à les manger avec huile, vinaigre et sel, pour se rafraîchir avant de souper. Il avait déjà avalé cinq des pèlerins. Le sixième restait dans le plat, caché sous une laitue et seul son bourdon dépassait. En le voyant, Grandgousier dit à Gargantua : « Je crois que c'est là une corne de limaçon. Ne mangez pas ça.

– Pourquoi ? dit Gargantua. Ils sont bons tout ce mois-ci. »

Et, tirant le bourdon, il souleva en même temps le pèlerin et il le mangeait bel et bien. Puis il but une effrayante rasade de vin pineau et ils attendirent que l'on apprêtât le souper.

Les pelerins ainsi devorez se tirerent hors les meulles de ses dents les mieulx que faire peurent, et pensoient qu'on les eust mys en quelque basse fousse des prisons. Et lors que Gargantua beut le grand traict, cuyderent noyer en sa bouche, et le torrent du vin presque les emporta au gouffre de son estomach ; toutesfoys, saultans avec leurs bourdons comme font les micquelotz[4], se mirent en franchise l'orée des dentz. Mais par malheur l'un d'eux, tastant avecques son bourdon le pays, à scavoir s'ilz estoient en sceureté, frappa rudement en la faulte d'une dent creuze et ferut le nerf de la mandibule, dont feist tresforte douleur à Gargantua, et commença crier de raige qu'il enduroit. Pour doncques se soulaiger du mal feist aporter son curedentz et, sortant vers le noyer grollier, vous denigea messieurs les pelerins. Car il arrapoit l'un par les jambes, l'aultre par les espaules, l'aultre par la bezace, l'aultre par la foilluze, l'aultre par l'escharpe et le pauvre haire qui l'avoit feru du bourdon le accrochea par la braguette ; toutesfoys ce luy fut un grand heur, car il luy percea une bosse chancreuze qui le martyrisoit depuis le temps qu'ilz eurent passé Ancenys.

Ainsi les pelerins denigez s'en fuyrent à travers la plante à beau trot, et appaisa la douleur.

En laquelle heure feut appellé par Eudemon pour soupper, car tout estoit prest.

« Je m'en voys doncques (dist il) pisser mon malheur[5] ! »

Lors pissa si copieusement que l'urine trancha le chemin aux pelerins, et furent contrainctz passer la grande boyre. Passans de là par l'orée de la Touche, en plain chemin tomberent tous, excepté Fournillier, en une trape qu'on avoit faicte pour prandre les loups à la trainnée[6]. Dont escapperent moyennant l'industrie dudict Fournillier, qui rompit tous les lacz et cordages. De là issus, pour le reste de celle nuyct coucherent en une loge près le Couldray[7]. Et là feurent reconfortez de leur malheur par les bonnes parolles d'un de leur compaignie, nommé Lasdaller[8], lequel leur remonstra que ceste adventure avoit esté predicte par David, *Ps.*[9] :

4. Pèlerins du Mont Saint-Michel ; voir L. V chap. 22, n. 16. – 5. Voir plus bas L. II chap. 33, n. 1. – 6. Voir L. V chap. 25, n. 11 ; cette méthode consiste à attirer la bête sur la trace d'une proie morte traînée à terre. – 7. Voir plus haut chap. 4, n. 3. – 8. Las d'aller, fatigué de marcher ; voir *Quart L.* chap. 40, n. 13. – 9. Psaume 124/123 ; Rabelais raille la manie, courante au 16e siècle, d'appliquer des paroles de l'Ecriture à des circonstances de la vie

Les pèlerins ainsi dévorés s'écartèrent du mieux qu'ils purent des meules de ses dents ; ils pensaient qu'on les avait jetés dans quelque basse fosse des prisons et, quand Gargantua but sa grande rasade, ils crurent se noyer dans sa bouche : le torrent de vin faillit les entraîner jusqu'au gouffre de son estomac. Toutefois, en sautant avec leurs bourdons comme font les pèlerins de Saint-Michel, ils se dégagèrent à la lisière des dents. Mais, par malheur, l'un d'eux, tâtant le terrain avec son bourdon pour savoir s'ils étaient en sécurité, frappa rudement dans le creux d'une dent gâtée et heurta le nerf de la mâchoire, ce qui causa une très vive douleur à Gargantua qui commença à crier, sous l'effet de la rage qu'il endurait. Donc, pour soulager son mal, il fit apporter son cure-dent et, sortant vers le noyer grollier, il vous dénicha messieurs les pèlerins, car il en extirpait un par les jambes, un autre par les épaules, un autre par la besace, un autre par la bourse, un autre par l'écharpe ; quant au pauvre hère qui l'avait frappé de son bourdon, il l'accrocha par la braguette ; toutefois, ce fut une chance pour lui, car il lui perça une enflure chancreuse qui le martyrisait depuis qu'ils avaient dépassé Ancenis.

C'est ainsi que les pèlerins dénichés s'enfuirent à travers les vignes au grand trot et que s'apaisa la douleur.

Au même moment, Gargantua fut appelé par Eudémon pour le souper, car tout était prêt.

« Je m'en vais donc, dit-il, pisser mon malheur ! »

Alors il pissa si copieusement que l'urine coupa la route aux pèlerins, qui furent obligés de franchir la grande rigole. De là, passant par l'orée du petit bois, ils tombèrent tous, à l'exception de Fournillier, dans une fosse qu'on avait creusée en plein milieu du chemin pour prendre les loups à la chausse-trape. Grâce à l'ingéniosité dudit Fournillier, qui rompit les liens et les cordages, ils purent s'en échapper. Sortis de là, ils couchèrent pour le reste de cette nuit dans une cabane près du Coudray où ils furent réconfortés de leur malheur grâce aux bonnes paroles de l'un de leurs compagnons, nommé Lasdaller, qui leur fit remarquer que cette mésaventure avait été prédite par David, dans les Psaumes :

« *Cum exurgerent homines in nos, forte vivos deglutissent
nos* : quand nous feusmes mangez en salade, au grain du sel.
*Cum irasceretur furor eorum in nos, forsitan aqua absorbuis-
set nos* : quand il beut le grand traict. *Torrentem pertransivit
anima nostra* : quand nous passames la grande boyre. *Forsitan
pertransisset anima nostra aquam intolerabilem* : de son urine,
dont il nous tailla le chemin. *Benedictus dominus qui non dedit
nos in captionem dentibus eorum. Anima nostra sicut passer
erepta est de laqueo venantium* : quand nous tombasmes en la
trape. *Laqueus contritus est* : par Fournillier, *et nos liberati
sumus. Adjutorium nostrum* [10], etc. »

Comment le Moyne fut festoyé par Gargantua et des beaulx propos qu'il tient en souppant

CHAPITRE XXXIX

Quand Gargantua feut à table et la premiere poincte des
morceaux feut baufrée, Grandgousier commença raconter la
source et la cause de la guerre meue entre luy et Picrochole, et
vint au poinct de narrer comment frere Jan des Entommeures
avoit triumphé à la defence du clous de l'abbaye, et le loua
au dessus des prouesses de Camille, Scipion, Pompée, Cesar
et Themistocles. Adoncques requist Gargantua que sus l'heure
feust envoyé querir, affin qu'avecques luy on consultast de
ce qu'estoit à faire. Par leur vouloir l'alla querir son maistre
d'hostel et l'admena joyeusement, avecques son baston de
croix, sus la mulle de Grandgousier.

Quand il feut venu, mille charesses, mille embrassemens,
mille bons jours feurent donnez : « Hes ! frere Jan, mon amy !
Frere Jan, mon grand cousin, frere Jan, de par le diable ! L'acol-
lée, mon amy !

– A moy la brassée !

et d'en tirer des déductions prophétiques. – 10. La formule finale, très
usuelle, et invoquant le nom du Seigneur, est omise ici.

CHAPITRE 39 : Sur l'importance de ce chapitre dans la construction du
Gargantua, voir G. Demerson, *Rabelais*, Paris, 1991, p. 61.

« *Quand des hommes se dressèrent contre nous, peut-être nous auraient-ils engloutis tout vivants :* c'est quand nous fûmes mangés en salade, à la croque au sel. *Quand leur colère s'enflamma contre nous, alors les eaux nous auraient submergés :* c'est quand il but la grande rasade. *Notre âme a passé le torrent :* c'est quand nous avons franchi la grande rigole. *Peut-être notre âme eût-elle franchi le flot irrésistible :* c'est celui de son urine dont il nous coupa le chemin. *Béni soit l'Eternel qui ne nous a pas livrés en proie à leurs crocs. Notre âme s'est échappée comme l'oiseau du filet des oiseleurs :* c'est quand nous sommes tombés dans le piège. *Le filet a été rompu* (par Fournillier) *et nous avons été libérés. Notre secours est...* etc. »

Comment le moine fut fêté par Gargantua et des beaux propos qu'il tint en soupant
CHAPITRE 39

Quand Gargantua fut attablé et qu'ils eurent bâfré les premiers morceaux qui leur tombaient sous la dent, Grandgousier commença à raconter l'origine et la cause de la guerre déclenchée entre Picrochole et lui-même. Il en arriva au moment de narrer comment Frère Jean des Entommeures avait triomphé lors de la défense du clos de l'abbaye. Il fit son éloge et plaça sa prouesse au-dessus de celles de Camille, Scipion, Pompée, César et Thémistocle. Gargantua demanda donc que sur l'heure on l'envoyât quérir pour délibérer avec lui de ce qu'il convenait de faire. Son maître d'hôtel, selon leur volonté, l'alla quérir et le ramena joyeusement, avec son bâton de croix, sur la mule de Grandgousier.

Quand il fut arrivé, ce furent mille gentillesses, mille accolades, mille salutations : « Hé ! Frère Jean, mon ami, Frère Jean, mon grand cousin, Frère Jean, de par le diable, l'accolade, mon ami !

— A moi l'embrassade !

– Czà, couillon, que je te estrene de force de t'acoller ! » Et frere Jan de rigoller : jamais homme ne feut tant courtoys ny gracieux. « Czà, czà, dist Gargantua, une escabelle icy, aupres de moy, à ce bout.

– Je le veulx bien (dist le Moyne), puis qu'ainsi vous plaist. Page, de l'eau ! Boute, mon enfant, boute : elle me refraischira le faye. Baille icy, que je guargarize.

– *Deposita cappa*[1], dist Gymnaste, oustons ce froc.

– Ho ! par Dieu (dist le Moyne), mon gentil homme, il y a un chapitre *in statutis ordinis*[2] auquel ne plairoit le cas.

– Bren (dist Gymnaste), bren pour vostre chapitre ! Ce froc vous romp les deux espaules. Mettez bas.

– Mon amy (dist le moyne), laisse le moy car, par Dieu, je n'en boy que mieulx. Il me faict le corps tout joyeux. Si je le laisse, messieurs les pages en feront des jarretieres, comme il me feut faict une foys à Coulaines[3]. Davantaige je n'auray nul appetit. Mais si en cest habit je m'assys à table, je boiray, par Dieu, et à toy et à ton cheval, et de hayt ! Dieu guard de mal la compaignie ! J'avoys souppé, mais pource ne mangeray je poinct moins, car j'ay un estomac pavé, creux comme la botte Sainct Benoist[4], tousjours ouvert comme la gibbessiere d'un advocat. De tous poissons, fors que la tanche[5]... Prenez l'aesle de la Perdrys ou la cuisse d'une Nonnain : n'est ce falotement[6] mourir, quand on meurt le caiche[7] roidde ? Nostre prieur ayme fort le blanc de chappon.

– En cela (dist Gymnaste), il ne semble poinct aux renars, car des chappons, poules, pouletz qu'ilz prenent jamais ne mangent le blanc.

– Pourquoy ? (dist le moyne).

– Par ce (respondit Gymnaste) qu'ilz n'ont poinct de cuisiniers à les cuyre. Et s'ilz ne sont competentement cuitz, il demeurent rouge et non blanc. La rougeur des viandes est indice

1. Formule liturgique indiquant le moment où l'officiant doit ôter sa chape. – 2. On sait que Rabelais dut demander l'absolution au pape pour avoir enfreint les statuts de l'Ordre bénédictin. – 3. Le château de Coulaines était situé non loin de Chinon. – 4. Voir plus bas *Quart L.* chap. 16, n. 6 ; cette grande *botte* creuse était la cuve du couvent bénédictin de Bologne. – 5. Début d'un proverbe indiquant la partie la plus savoureuse des poissons en général ; Frère Jean ne se limite pas à ce plat de carême. – 6. En falot, c'est-à-dire en joyeux drille. Tout ce passage, depuis *perdrys* jusqu'à *jadeau de vergne* est une addition de 1542. – 7. Selon un dicton latin, *Qui de nonnain jouit meurt en tendant le vit.*

– Viens là, mon couillon, que je t'éreinte à force de te serrer dans mes bras ! » Et Frère Jean de jubiler ! Jamais nul homme ne fut si aimable ni gracieux. « Là, là, dit Gargantua. Sur une escabelle, ici, au bout, à côté de moi !

– Je veux bien, dit le moine, puisque tel est votre bon plaisir. Page, de l'eau ! Donne, mon enfant, donne ! Elle me rafraîchira le foie. Verse par ici, que je me gargarise.

– Déposez la chape, dit Gymnaste. Otons ce froc.

– Oh ! pardieu ! dit le moine, mon gentilhomme, il y a, dans les statuts de l'ordre, un chapitre auquel cette proposition ne conviendrait guère !

– Merde, dit Gymnaste, merde pour votre chapitre. Ce froc vous brise les deux épaules : mettez-le bas !

– Mon ami, dit le moine, laissez-le-moi, car, pardieu ! je n'en bois que mieux : il me rend le corps tout joyeux. Si je le laisse, messieurs les pages en feront des jarretières ; on m'a fait le coup une fois à Coulaine. En plus je n'aurai aucun appétit. Mais si je m'assieds à table en cet habit, je boirai, pardieu ! à toi et à ton cheval, et de bon cœur. Dieu garde de mal la compagnie ! J'avais soupé, mais je n'en mangerai pas moins, car j'ai l'estomac pavé et creux comme la botte de saint Benoît, toujours ouvert comme la sacoche d'un avocat. De tout poisson autre que la tanche… Prenez l'aile de la perdrix ou la cuisse d'une nonnain. N'est-ce pas mourir en joyeux drille que de mourir la quille raide ? Notre prieur aime beaucoup le blanc de chapon.

– En cela, dit Gymnaste, il ne ressemble point aux renards, car ils ne mangent jamais le blanc des chapons, des poules et des poulets qu'ils prennent.

– Pourquoi ? dit le moine.

– Parce que, répondit Gymnaste, ils n'ont pas de cuisiniers pour les faire cuire et s'ils ne sont cuits à point, ils restent rouges et non pas blancs. La rougeur des viandes indique qu'elles ne sont assez cuytes, exceptez les gammares et escri-vices que l'on cardinalize à la cuyte.

— Feste Dieu Bayart[8]! dist le moyne, l'enfermier de nostre abbaye n'a doncques la teste bien cuyte, car il a les yeulx rouges comme un jadeau de vergne! Ceste cuisse de Levrault est bonne pour les goutteux[9]. A propos truelle[10], pourquoy est ce que les cuisses d'une damoizelle sont tousjours fraisches?

— Ce problesme (dist Gargantua) n'est ny en Aristoteles ny en Alexandre Aphrodise, ny en Plutarque[11].

— C'est (dist le Moyne) pour trois causes[12] par lesquelles un lieu est naturellement refraischy : *primo*, pour ce que l'eau decourt tout du long; *secundo*, pour ce que c'est un lieu umbrageux, obscur et tenebreux, auquel jamais le Soleil ne luist; et, tiercement, pour ce qu'il est continuellement esventé des ventz du trou de bize, de chemise et d'abondant de la braguette. Et dehayt! Page, à la humerie! Crac, crac, crac[13]! Que Dieu est bon, qui nous donne ce bon piot! J'advoue[14] Dieu, si j'eusse esté au temps de Jesuchrist, j'eusse bien engardé que les juifz ne l'eussent prins au jardin de Olivet[15]. Ensemble, le diable me faille si j'eusse failly de coupper les jarretz à messieurs les Apostres qui fuyrent tant laschement après qu'ilz eurent bien souppé, et laisserent leur bon maistre au besoing. Je hayz plus que poizon un homme qui fuyt quand il fault jouer de cousteaux[16]. Hon! que je ne suis roy de France pour quatre vingtz ou cent ans. Par Dieu, je vous metroys en chien courtault[17] les fuyars de Pavye[18]! Leur fiebvre quartaine!

---

8. C'est ainsi que jurait Bayard. Cf. *Quart L.*, chap. 67, n. 8. – 9. Pline recommande en effet la patte de levraut aux goutteux, mais, chez lui, ce remède est strictement à usage externe! – 10. Début d'un proverbe permettant une transition facétieuse; voir *Tiers L.* chap. 18, n. 14. – 11. Ces trois auteurs avaient écrit des *Problemata* célèbres. Voir plus haut chap. 10, n. 17; le livre de Plutarque s'intitulait *Problèmes de banquet*. – 12. Voir *Quart L.*, ch. 43, n. 6. – 13. Bruit des verres se choquant. – 14. Voir plus haut chap. 8, n. 17. – 15. Frère Jean imite Clovis saisi d'une sainte fureur au récit de la capture du Christ au jardin des Oliviers. Les Réformés n'étaient pas les seuls à insister sur le fait que le Christ devait entrer librement dans sa passion pour sauver les hommes. – 16. Rétrospectivement cette phrase explique l'attitude de Frère Jean étripant les ennemis; mais, dans ce contexte, elle rappelle irrésistiblement le zèle intempestif de saint Pierre tirant l'épée contre les gardes venus arrêter Jésus; il est permis de penser que, si Rabelais condamne l'apathie des moines, il répète au guerrier la parole du mont des Oliviers : « Tous ceux qui prennent le glaive périront par le glaive. » – 17. A qui on a coupé la queue et les oreilles et qu'on a châtré. – 18. Le patriotisme français blessé par la défaite expliquait la capture du roi par l'abandon de certains de ses soldats.

qu'elles ne sont pas assez cuites, sauf pour les homards et les écrevisses que l'on cardinalise à la cuisson.

– Fête Dieu Bayard ! dit le moine, l'infirmier de notre abbaye n'a donc pas la tête bien cuite : il a les yeux rouges comme une jatte de vergne ! Cette cuisse de levraut est bonne pour les goutteux. A propos de bottes, pourquoi les cuisses d'une demoiselle sont-elles toujours fraîches ?

– Ce problème, dit Gargantua, n'est ni dans Aristote, ni dans Alexandre d'Aphrodise, ni dans Plutarque.

– C'est, dit le moine, pour trois raisons qui font qu'un lieu est naturellement rafraîchi. Primo, parce que l'eau ruisselle tout le long ; secundo, parce que c'est un lieu ombragé, obscur et ténébreux où le soleil ne luit jamais ; et troisièmement parce qu'il est continuellement éventé par les vents du trou de bise, de la chemise et, en complément, de la braguette. Et allez ! page, à la boisson ! Crac ! crac ! crac ! Que Dieu est bon de nous donner ce bon piot ! Je confesse Dieu, si j'avais vécu au temps de Jésus-Christ, j'aurais bien empêché les Juifs de le prendre au jardin des Oliviers. Le diable m'abandonne si je n'eusse pas coupé les jarrets à Messieurs les Apôtres qui s'enfuirent si lâchement après avoir bien soupé et laissèrent leur bon maître en difficulté. Je crains plus que le poison un homme qui s'enfuit quand il faut jouer du couteau. Ah ! que ne suis-je roi de France pour quatre-vingts ou cent ans ! Pardieu ! J'accommoderais en chiens coupés les fuyards de Pavie ! La fièvre quarte les emporte ! Pourquoi ne mouraient-ils

Pourquoy ne mouroient ilz là plus tost que laisser leur bon prince en ceste necessité ? N'est il meilleur et plus honorable mourrir vertueusement bataillant, que vivre fuyant villainement ? Nous ne mangerons gueres d'oysons ceste année. Ha ! mon amy, baille de ce cochon. Diavol ! il n'y a plus de moust. *Germinavit radix Jesse*[19]. Je renye ma vie, je meurs de soif ! Ce vin n'est de pires. Quel vin beuviez vous à Paris ? Je me donne au diable si je n'y tins plus de six moys pour un temps maison ouverte à tous venens. Congnoissez vous frere Claude des Haulx Barrois ? O le bon compaignon que c'est ! Mais quelle mousche l'a picqué ? Il ne faict rien que estudier de puis je ne scay quand. Je n'estudie poinct, de ma part. En nostre abbaye, nous ne estudions jamais, de peur des auripeaux. Nostre feu abbé disoit que c'est chose monstrueuse veoir un moyne scavant. Par Dieu, monsieur mon amy, *magis magnos clericos non sunt magis magnos sapientes*[20] ! Vous ne veistes oncques tant de lievres comme il y en a ceste année. Je n'ay peu recouvrir ny Aultour, ny tiercelet[21] de lieu du monde. Monsieur de la Bellonniere[22] m'avoit promis un Lanier[23], mais il m'escripvit n'a gueres qu'il estoit devenu patays. Les perdris nous mangeront les aureilles mesouan ! Je ne prens poinct de plaisir à la tonnelle, car je y morfonds. Si je ne cours, si je ne tracasse, je ne suis poinct à mon aize. Vray est que saultant les hayes et buissons, mon froc y laisse du poil. J'ay recouver un gentil levrier. Je donne au diable si luy eschappe lievre. Un lacquays le menoit à monsieur de Maulevrier[24], je le destroussay. Feis je mal ?

— Nenny, frere Jean (dist Gymnaste), nenny, de par tous les diables, nenny !

— Ainsi, dist le moyne, à ces diables, ce pendent qu'ilz durent ! Vertus Dieu, qu'en eust faict ce boyteux ? Le cor Dieu, il prent plus de plaisir quand on luy faict present d'un bon couble[25] de beufz !

---

19. Cette citation d'une antienne prophétisant la venue du Christ sert de transition entre l'idée du manque de *moût* ou de *mou* (équivoque faisant allusion à une virilité déficiente) et la phrase suivante, qui donne un sens français aux sons latins : « je r'nie ma vie, j'ai sé » (j'ai soif). – 20. La syntaxe de ce latin n'est pas d'un *moyne sçavant* « les plus grands clercs ne sont pas les savants les plus meilleurs. » – 21. Voir chap. 12, n. 20. – 22. Château à Cravant (Yonne) appartenant sans doute à la famille des seigneurs de Basché. – 23. Oiseau utilisé pour chasser le gibier le plus commun. – 24. Seigneur boiteux et avare, voisin de la Devinière Rabelais l'a choisi pour son nom ; voir *Quart L.*, Prologue, n. 133. – 25. Voir chap. 10, n. 1.

pas sur place plutôt que d'abandonner leur bon prince en ce péril ? N'est-il pas meilleur et plus honorable de mourir en combattant que de vivre en s'enfuyant bassement ?… Nous ne mangerons guère d'oisons cette année… Ah ! mon ami, passe-moi de ce cochon… Diantre ! Il n'y a plus de moût : *La souche de Jessé a monté*. Ma bouche a cessé de pinter… Ce vin n'est pas des plus mauvais. Quel vin buviez-vous à Paris ? Je me donne au diable si, fut un temps, je n'y ai pas tenu plus de six mois table ouverte à tout venant… Connaissez-vous Frère Claude des Haulx-Barrois ? Oh ! le brave compagnon que c'est ! Mais quelle mouche l'a piqué ? Il ne fait qu'étudier depuis je ne sais combien de temps. Pour ma part, je n'étudie pas. Dans notre abbaye, nous n'étudions jamais, de peur des oreillons. Feu notre abbé disait que c'est une chose monstrueuse que de voir un moine savant. Pardieu, monsieur mon ami, les plus grands clercs ne sont pas les savants les plus meilleurs. Vous n'avez jamais vu autant de lièvres que cette année. Je n'ai pu récupérer ni autour ni tiercelet nulle part. Monsieur de la Bellonnière m'avait promis un lanier, mais il m'a écrit il y a peu qu'il était devenu pantois. En cet an, les perdrix vont nous manger les oreilles. Je ne prends pas de plaisir à l'affût car j'y attrape du mal. Si je ne cours pas, si je ne m'affaire pas, je ne suis pas à mon aise. Il est vrai qu'en sautant les haies et les buissons, j'y laisse du poil de mon froc. J'ai récupéré un joli lévrier. Je me donne au diable si un lièvre lui échappe. Un laquais le menait à monsieur de Maulévrier ; je l'ai détroussé. Ai-je mal fait ?

— Nenni, Frère Jean, dit Gymnaste, nenni, de par tous les diables, nenni !

— Alors, dit le moine, à la santé de ces diables, pendant qu'il y en a encore ! Vertu Dieu ! Qu'en aurait fait ce boiteux ? Cordieu ! il a plus de plaisir quand on lui fait cadeau d'une bonne paire de bœufs !

– Comment (dist Ponocrates), vous jurez frere Jean ?

– Ce n'est (dist le moyne) que pour orner mon langaige. Ce sont couleurs de rethorique Ciceroniane. »

Pourquoy les Moynes sont refuyz du monde et pourquoy les ungs ont le nez plus grand que les aultres

CHAPITRE XL

« Foy de christian ! (dist Eudemon) je entre en grande resverie considerant l'honnesteté de ce moyne, car il nous esbaudist icy tous. Et comment doncques est ce qu'on rechasse les moynes de toutes bonnes compaignies, les appellans Trouble feste, comme abeilles chassent les freslons d'entour leurs rousches ?

Ignavum fucos pecus (dist Maro[1])
a presepibus arcent. »

A quoy respondit Gargantua : « Il n'y a rien si vray que le froc et la cogule tire à soy les opprobres, injures et maledictions du monde, tout ainsi comme le vent dict Cecias attire les nues[2]. La raison peremptoire est par ce qu'ilz mangent la merde du monde, c'est à dire les pechez[3] et, comme mache-merdes, l'on les rejecte en leurs retraictz : ce sont leurs conventz et abbayes, separez de conversation politicque comme sont les retraictz d'une maison. Mais si entendez pourquoy un cinge en une famille est tousjours mocqué et herselé, vous entendrez pourquoy les moynes sont de tous refuys, et des vieux et des jeunes. Le cinge ne guarde poinct la maison comme un chien, il ne tire pas l'aroy comme le beuf, il ne produict ny laict, ny layne comme la brebis, il ne porte pas le faiz comme le cheval. Ce qu'il faict est tout conchier et degaster, qui est la cause pourquoy de tous repceoyt mocqueries et bastonnades[4]. Semblable-

CHAPITRE 40 : 1. C'est le nom ancien du poète latin Virgile, auteur de ce vers : « Elles chassent loin de leur ruche les frelons, troupe inutile » (*Géorgiques* IV, 168) ; Voir L. V chap. 2, n. 14. – 2. Erasme, dans les *Adages*, prend le vent Cecias comme symbole d'un être qui attire sur lui les maux. – 3. Erasme, reprenant la parole du prophète Osée, écrit que les prélats se nourrissent des péchés du monde (*Adages* III, 2, 37). – 4. Dans ce passage, Rabelais adapte au cas des moines les traits que Plutarque décochait aux flat-

– Comment ? dit Ponocrates, vous jurez, Frère Jean ?

– Ce n'est, dit le moine, que pour orner mon langage. Ce sont couleurs de rhétorique cicéronienne. »

Pourquoi les moines sont retirés du monde et pourquoi les uns ont le nez plus grand que les autres

CHAPITRE 40

« Foi de chrétien, dit Eudémon, je deviens tout troublé en considérant la valeur de ce moine, car il réjouit le cœur de tous ceux qui sont ici. Et comment se fait-il donc qu'on écarte les moines de toutes les bonnes compagnies en les traitant de trouble-fête, comme les abeilles chassent les frelons du voisinage de leurs ruches ?

> Elles éloignent de leurs ruches, dit Virgile,
> la troupe paresseuse des frelons. »

A cela, Gargantua répondit : « Il n'y a rien de plus vrai, le froc et la cagoule attirent sur eux l'opprobre, les injures et les malédictions de tout le monde, de même que le vent qu'on appelle le Cecias attire les nues. La raison indiscutable en est qu'ils mangent la merde du monde, c'est-à-dire les péchés, et qu'en tant que mange-merde on les rejette dans leurs latrines, à savoir leurs couvents et leurs abbayes, écartés de la vie publique comme les latrines sont écartées de la maison. Et si vous comprenez pourquoi, dans un cercle de famille, un singe est toujours ridiculisé et tracassé, vous comprendrez pourquoi les moines sont fuis de tous, vieux et jeunes. Le singe ne garde pas la maison comme un chien ; il ne tire pas l'araire comme le bœuf ; il ne donne ni lait ni laine comme la brebis ; il ne porte pas de fardeaux comme le cheval. Il ne fait que tout conchier et saccager. C'est pourquoi il reçoit de tous moqueries et bastonnades. De même, un moine, j'entends un de ces

ment, un moyne (j'entends de ces ocieux moynes) ne laboure comme le paisant, ne garde le pays comme l'homme de guerre, ne guerist les malades comme le medicin, ne presche ny endoctrine le monde comme le bon docteur evangelicque et pedagoge, ne porte les commoditez et choses necessaires à la republicque comme le marchant. Ce est la cause pourquoy de tous sont huez et abhorrys.

— Voyre, mais (dist Grandgousier) ilz prient Dieu pour nous.

— Rien moins (respondit Gargantua). Vray est qu'ilz molestent tout leur voisinage à force de trinqueballer leurs cloches.

— Voyre, dist le Moyne, une messe, unes matines, unes vespres bien sonnez, sont à demy dictes.

— Ilz marmonnent grand renfort de legendes et pseaulmes nullement par eulx entenduz. Ilz content force patenostres entrelardées de longs *Ave Mariaz*, sans y penser ny entendre. Et ce je appelle mocque-Dieu, non oraison. Mais ainsi leurs ayde Dieu s'ilz prient pour nous, et non par paour de perdre leurs miches et souppes grasses. Tous vrays Christians, de tous estatz, en tous lieux, en tous temps, prient Dieu et l'Esperit prie et interpelle [5] pour iceulx, et Dieu les prent en grace. Maintenant tel est nostre bon frere Jean. Pourtant chascun le soubhaite en sa compaignie. Il n'est poinct bigot, il n'est poinct dessiré, il est honeste, joyeux, deliberé, bon compaignon. Il travaille, il labeure, il defent les opprimez, il conforte les affligez, il subvient ès souffreteux, il garde les clous de l'abbaye.

— Je foys (dist le moyne) bien dadvantaige. Car en despeschant nos matines et anniversaires [6] on cueur, ensemble je fois des chordes d'arbaleste, je polys des matraz et guarrotz [7], je foys des retz et des poches à prendre les connis. Jamais je ne suis oisif. Mais, or czà, à boyre ! à boyre, czà ! Aporte le fruict. Ce sont chastaignes du boys d'Estrocz [8]. Avec bon vin nouveau,

teurs en les comparant à des singes. – 5. Traduction d'un passage de l'Epître aux Romains de saint Paul ; Rabelais ne suit pas le texte adopté par l'Eglise ; ici, le sens est : « plaide en notre faveur » ; l'intercession des moines paraît dérisoire à côté de cette intervention divine, qui nous assure la Grâce. – 6. Service célébré à l'anniversaire d'un décès. – 7. Ces deux termes désignent des sortes de grosses flèches adaptées aux arbalètes. – 8. En Vendée.

moines oisifs, ne laboure pas comme le paysan, ne garde pas le pays comme l'homme de guerre, ne guérit pas les malades comme le médecin, ne prêche pas ni n'instruit les gens comme le bon docteur évangélique et le pédagogue, ne transporte pas comme le marchand les biens de consommation et les choses nécessaires à la société. C'est pourquoi ils sont hués et abhorrés par tout le monde.

— Sans doute, dit Grandgousier, mais ils prient Dieu pour nous.

— Rien moins, dit Gargantua. Il est vrai qu'ils assomment tout leur voisinage à force de brimballer leurs cloches.

— Pardi, messe, matines ou vêpres bien sonnées sont à moitié dites, répondit le moine.

— Ils marmonnent quantité d'antiennes et de psaumes qu'ils ne comprennent nullement. Ils disent force patenôtres entrelardées de longs Ave Maria sans y penser, sans comprendre et je n'appelle pas cela prier, mais se moquer de Dieu. Mais que Dieu les aide s'ils prient pour nous autrement que par peur de perdre leurs miches et leurs soupes grasses. Tous les vrais chrétiens, en tout lieu, en tout temps et quelle que soit leur situation, prient Dieu ; l'Esprit intercède et prie pour eux, et Dieu les prend en grâce. Mais maintenant, voici quel est notre bon Frère Jean ; voici pourquoi chacun recherche sa compagnie : il n'est point bigot ; ce n'est point une face de carême ; il est franc, joyeux, généreux, bon compagnon ; il travaille ; il peine à la tâche ; il défend les opprimés ; il console les affligés ; il secourt ceux qui souffrent ; il garde les clos de l'abbaye.

— Je fais, dit le moine, bien davantage, car au chœur, en expédiant nos matines et services anniversaires, je fabrique en même temps des cordes d'arbalète, je polis des carreaux et des flèches, je confectionne des filets et des bourses à prendre les lapins. Jamais je ne suis oisif. Mais, par ici, à boire ! A boire par ici ! Apporte le dessert. Ce sont des châtaignes du bois d'Etroc : avec un bon vin nouveau, nous voilà juge de pets. Chez vous, le moût nouveau n'est pas

voy vous là composeur de petz. Vous n'estez encores ceans
amoustillez ? Par Dieu, je boy à tous guez, comme un cheval
de promoteur [9] ! »

Gymnaste luy dist · « Frere Jean, oustez ceste rouppie que
vous pend au nez.

— Ha ! ha ! (dist le Moyne) serois je en dangier de noyer, veu
que suis en l'eau jusques au nez ? Non, non. *Quare* ? *Qui a* [10]
elle en sort bien, mais poinct n'y entre, car il est bien antidoté
de pampre. O mon amy, qui auroit bottes d'hyver de tel cuir,
hardiment pourroit il pescher aux huytres, car jamais ne pren-
droient eau !

— Pourquoy (dist Gargantua) est ce que frere Jean a si beau nez ?

— Par ce (respondit Grandgousier) que ainsi Dieu l'a voulu,
lequel nous faict en telle forme et telle fin, selon son divin
arbitre, que faict un potier ses vaisseaulx [11].

— Par ce (dist Ponocrates) qu'il feut de premieres à la foyre
des nez. Il print des plus beaulx et plus grands.

— Trut avant [12] ! (dist le moyne) selon vraye Philosophie
monasticque, c'est par ce que ma nourrice avoit les tetins
moletz : en la laictant, mon nez y enfondroit comme en beurre et
là s'eslevoit et croissoit comme la paste dedans la met. Les durs
tetins de nourrices font les enfans camuz. Mais guay, guay !
ad formam nasi cognoscitur ad te levavi [13]… Je ne mange
jamais de confitures. Page, à la humerie ! Item, rousties ! »

Comment le Moyne feist dormir Gargantua, et de ses heures et breviaire

CHAPITRE XLI

Le souper achevé, consulterent sus l'affaire instant et feut
conclud que, environ la minuict, ilz sortiroient à l'escarmouche
pour scavoir quel guet et diligence faisoient leurs ennemys.

---

9. Il semble, d'après ce dicton, que les promoteurs ou juges ecclésiastiques
avaient la réputation de manger à tous les râteliers, d'accepter des épices des
deux parties. — 10. La graphie *qui a* est peut-être une coquille pour *quia*.
— 11. Par cette comparaison, saint Paul montrait la dépendance de l'homme par
rapport à son Créateur. — 12. Cri pour faire avancer les bêtes. — 13. *Vers toi,
j'ai levé* est le début d'un psaume ; on désignait facétieusement par ces paroles
le membre dont la longueur passait pour être en rapport avec celle du nez.

encore arrivé. Pardieu ! Je bois à tous abreuvoirs, comme un cheval de juge promoteur ! »

Gymnaste lui dit : « Frère Jean, ôtez cette roupie qui vous pend au nez.

— Ah ! ah ! dit le moine, serais-je en danger de me noyer, vu que j'ai de l'eau jusqu'au nez ? Non, non ! Pourquoi ? parce qu'elle en sort bien, mais n'y entre pas. Il est bien immunisé au jus de la treille ! Oh ! mon ami, quelqu'un qui aurait des bottes d'hiver d'un tel cuir pourrait pêcher hardiment les huîtres ; elles ne prendraient jamais l'eau.

— Pourquoi, dit Gargantua, Frère Jean a-t-il un si beau nez ?

— Parce que Dieu l'a voulu ainsi, dit Grandgousier. Il nous donne forme et fonction selon son divin arbitre, comme fait un potier qui modèle ses vases.

— Parce que, dit Ponocrates, il fut un des premiers à la foire des nez. Il a pris un des plus beaux et des plus grands.

— Hue-là ! dit le moine. Selon la vraie philosophie monastique, c'est parce que ma nourrice avait les tétons mollets : en la tétant, mon nez y enfonçait comme dans du beurre et là levait et croissait comme la pâte dans la maie. Les durs tétons de nourrice font les enfants camus. Mais, gai, gai ! A la forme du nez on connaît celle du *vers-toi-je-lève*. Je ne mange jamais de conserves. Page ! A la boisson ! Et des rôties aussi ! »

Comment le moine fit dormir Gargantua. De ses heures et de son bréviaire
CHAPITRE 41

Le souper achevé, ils délibérèrent sur la situation pressante et conclurent qu'ils sortiraient en patrouille vers minuit pour se renseigner sur le guet et la vigilance des ennemis.

En ce pendent, qu'il se reposeroient quelque peu pour estre plus frais. Mais Gargantua ne povoit dormir en quelque façon qu'il se mist. Dont luy dist le moyne : « Je ne dors jamais bien à mon aise, si non quand je suis au sermon, ou quand je prie Dieu. Je vous supplye commencons vous et moy les sept pseaulmes[1] pour veoir si tantost ne serez endormy. »

L'invention pleut tresbien à Gargantua. Et commenceant le premier pseaulme, sus le poinct de *Beati quorum*, s'endormirent et l'un et l'aultre. Mais le moyne ne faillit oncques à s'esveiller avant la minuict, tant il estoit habitué à l'heure des matines claustralles. Luy esveillé, tous les aultres esveilla, chantant à pleine voix la chanson :

> Ho, Regnault, reveille toy, veille.
> O Regnault, reveille toy[2].

Quand tous furent esveillez, il dict : « Messieurs, l'on dict que matines commencent par tousser[3], et souper par boyre. Faisons au rebours : commencons maintenant noz matines par boyre et de soir, à l'entrée de souper, nous tousserons à qui mieulx mieulx. »

Dont dist Gargantua : « Boyre si tost après le dormir ? Ce n'est vescu en diete de medicine. Il se fault premier escurer l'estomach des superfluitez et excremens.

— C'est, dist le moyne, bien mediciné. Cent diables me saultent au corps s'il n'y a plus de vieulx hyvrognes, qu'il n'y a de vieulx medicins. J'ay composé avecques mon appetit en telle paction que tousjours il se couche avecques moy, et à cela je donne bon ordre le jour durant, aussy avecques moy il se lieve. Rendez tant que vouldrez voz cures, je m'en voys après mon tyrouer[4].

— Quel tyrouer (dist Gargantua) entendez vous ?

— Mon breviaire, dist le Moyne. Car tout ainsi que les faulconniers, davant que paistre leurs oyseaux, les font tyrer quelque pied de poulle pour leurs purger le cerveau des phlegmes et pour les mettre en appetit, ainsi, prenant ce joyeux petit breviaire au

---

CHAPITRE 41 : 1. Les sept psaumes de la pénitence ; c'est seulement le second qui commence par *Beati quorum* (« Bienheureux ceux dont… »). — 2. Chanson de bergers. — 3. Les moines ont froid au petit matin. — 4. La *cure* est une boulette d'étoupe destinée à purger le faucon. Le *tiroir* est un vomitif qui fait office d'apéritif.

En attendant, ils se reposeraient un peu pour être plus frais. Mais Gargantua ne pouvait dormir de quelque posture qu'il se mît. Alors le moine lui dit : « Je ne dors jamais bien à mon aise, sauf quand je suis au sermon ou quand je prie Dieu. Commençons, vous et moi, je vous prie, les sept psaumes pour voir si vous ne serez pas bientôt endormi. »

L'idée convint tout à fait à Gargantua et, ayant commencé le premier psaume, ils s'endormirent tous les deux en arrivant à *Bienheureux ceux qui...* Mais le moine ne manqua pas de s'éveiller avant minuit, tant il était habitué à l'heure des matines au cloître. Etant éveillé, il éveilla tous les autres en chantant à pleine voix la chanson :

> Oh, Regnault, réveille-toi, veille,
> Oh, Regnault, réveille-toi.

Quand ils furent tous éveillés, il dit : « Messieurs, on dit que les matines commencent par des toux et le souper par de la boisson. Faisons le contraire : commençons maintenant nos matines par boire, et le soir, au début du souper, nous tousserons à qui mieux mieux. »

Ce qui fit dire à Gargantua : « Boire aussitôt après avoir dormi, ce n'est pas conforme aux lois de la diététique. Il faut d'abord se vider l'estomac des déchets et des excréments.

– C'est bien diététisé, dit le moine. Que cent diables me sautent au corps s'il n'y a pas plus de vieux ivrognes qu'il n'y a de vieux médecins ! J'ai conclu avec mon appétit un pacte tel qu'il se couche toujours avec moi (ce à quoi je donne bon ordre pendant la journée) et qu'il se lève également avec moi. Rendez vos boulettes vomitives tant que vous voudrez, moi je m'en vais à mon tiroir apéritif.

– De quel tiroir voulez-vous parler ? dit Gargantua.

– De mon bréviaire, dit le moine, car de même que les fauconniers, avant que de donner à manger à leurs oiseaux, leur font *tirer* quelque patte de poule pour leur purger le cerveau des humeurs et les mettre en appétit, de la même

matin, je m'escure tout le poulmon et voy me là prest à boyre[5].

— A quel usaige (dist Gargantua) dictez vous ces belles heures?

— A l'usaige (dist le moyne) de Fecan[6] : à troys pseaulmes et troys leçons[7], ou rien du tout qui ne veult. Jamais je ne me assubjectis à heures ; les heures sont faictez pour l'homme et non l'homme pour les heures[8]. Pourtant je foys des miennes à guise d'estrivieres, je les acourcis ou allonge quand bon me semble. *Brevis oratio penetrat celos, longua potatio evacuat cyphos*[9]. Où est escript cela ?

— Par ma foy (dist Ponocrates), je ne scay, mon petit couillaust, mais tu vaulx trop.

— En cela (dist le Moyne) je vous ressemble. Mais *Venite apotemus*[10]. »

L'on apresta carbonnades à force et belles souppes de primes[11], et beut le moyne à son plaisir. Aulcuns luy tindrent compaignie, les aultres s'en deporterent. Après, chascun commença soy armer et accoustrer. Et armerent le moyne contre son vouloir, car il ne vouloit aultres armes que son froc davant son estomach et le baston de la croix en son poing. Toutesfoys, à leur plaisir feut armé de pied en cap et monté sus un bon coursier du royaulme[12], et un gros braquemart au cousté. Ensemble Gargantua, Ponocrates, Gymnaste, Eudemon et vingt et cinq des plus adventureux de la maison de Grandgousier, tous armez à l'advantaige, la lance au poing, montez comme sainct George, chascun ayant un Harquebouzier en crope.

---

5. La récitation de son bréviaire est donc un vomitif qui, le purgeant de ses humeurs flegmatiques, le met en état de boire : voir plus haut chap. 5, n. 11 et plus bas *Quart L.* chap. 20, n. 25 et chap. 21. — 6. Selon le rite des bénédictins de Fécamp, près du Havre ; il y a peut-être un jeu de mots avec la locution dialectale *Fais quanse*, fais semblant. — 7. Expression méprisante, un peu comme : « à tarif réduit » ; les matines étaient écourtées à trois psaumes et trois leçons pendant une très brève période de l'année liturgique. — 8. Frère Jean, comme Erasme, applique aux minutieuses règles monastiques la condamnation que le Christ portait contre le sabbat des Juifs (Marc, 2, 27). — 9. « On va aux cieux après courte prière, après longue beuverie on a vidé son verre. » — 10. « Venez que nous buvions ! » Parodie de la formule qui invite à l'adoration pendant la liturgie de matines. — 11. Voir plus haut chap. 21, n. 9. — 12. Le *royaume* désignait le royaume de Naples.

façon, en prenant le matin ce joyeux petit bréviaire, je me récure la poitrine et me voilà prêt à boire.

– A quel usage, dit Gargantua, récitez-vous ces belles heures ?

– A l'usage de Fécamp, dit le moine : trois psaumes et trois leçons, ou rien du tout si on veut. Jamais je ne m'astreins aux heures : les heures sont faites pour l'homme et non l'homme pour les heures. C'est pourquoi je règle les miennes comme des étrivières : je les raccourcis ou les allonge comme bon me semble : *Courte tirade emplit le ciel, longue rasade vide l'écuelle.* Où est écrit cela ?

– Par ma foi, dit Ponocrates, je ne sais pas, mon petit couillaud, mais tu vaux ton pesant d'or !

– En cela, dit le moine, je vous ressemble. Mais venez que nous buvions. »

On prépara des grillades en quantité et de belles tartines matutinales, et le moine but son content. Certains lui tinrent compagnie, d'autres s'en dispensèrent. Ensuite, chacun commença à s'armer et à s'équiper, et ils armèrent le moine contre sa volonté, car il ne voulait pas d'autres armes que son froc sur sa poitrine et le bâton de la croix à son poing. Toutefois, il fut selon leurs vœux armé de pied en cap, monté sur un bon coursier du royaume de Naples avec un gros braquemart au côté, en même temps que Gargantua, Ponocrates, Gymnaste, Eudémon et vingt-cinq parmi les plus vaillants de la maison de Grandgousier, tous solidement armés, la lance au poing, montés comme saint Georges et portant chacun un arquebusier en croupe.

Comment le Moyne donne couraige à ses compaignons et comment il pendit à une arbre

CHAPITRE XLII

Or s'en vont les nobles champions à leur adventure[1], bien deliberez d'entendre quelle rencontre fauldra poursuyvre, et de quoy se fauldra contregarder quand viendra la journée de la grande et horrible bataille. Et le Moyne leur donne couraige, disant :

« Enfans n'ayez ny paour ny doubte. Je vous conduiray seurement. Dieu et sainct Benoist soient avecques nous ! Si j'avoys la force de mesmes le couraige, par la mort bieu ! je vous les plumeroys comme un canart. Je ne crains rien fors l'artillerie. Toutesfoys je scay quelque oraison, que m'a baillé le soubsecretain[2] de nostre abbaye, laquelle guarentist la personne de toutes bouches à feu[3]. Mais elle ne me profitera de rien, car je n'ay[4] adjouste poinct de foy. Toutesfoys mon baston de croix fera diables. Par Dieu, qui fera la cane de vous aultres, je me donne au diable si je ne le fays moyne en mon lieu et l'enchevestre de mon froc ! Il porte medicine à couhardise de gens. Avez point ouy parler du levrier de monsieur de Meurles, qui ne valloit rien pour les champs ? Il luy mist un froc au col : par le corps Dieu ! il n'eschappoit ny lievre ny regnard devant luy et, que plus est, couvrit toutes les chiennes du pays, qui au paravant estoit esrené et *frigidis et maleficiatis*[5]. »

Le Moyne, disant ces parolles en cholere, passa soubz un noyer, tyrant vers la Saullaye[6], et embrocha la visiere de son heaulme à la roupte[7] d'une grosse branche du noyer. Ce non

---

CHAPITRE 42 : Sur l'importance de ce chapitre dans l'économie du roman, voir G. Demerson, *Rabelais*, p. 61.
1. Expression parodiant le style des romans de chevalerie. – 2. Titre imaginaire. – 3. C'était un lieu commun que de considérer que l'invention de l'artillerie avait réussi à affadir l'intrépidité des bons soldats (voir Machiavel, *Discours sur la 1ʳᵉ Décade de Tite-Live*, II, 17). – 4. Les éditions précédentes porten, *je n'y adjouste*. – 5. Rubrique des *Décrétales* concernant les gens frigides et rendus impuissants par sortilèges ; voir *Tiers L.* chap. 14, n. 9. – 6. Voir plus haut chap. 4, n. 7. – 7. Extrémité d'une branche *rompue* (et non « sur sa *route*, au passage »)

Comment le moine encourage
ses compagnons et comment il pendit à un arbre
CHAPITRE 42

A présent, les nobles champions s'en vont à la rencontre de l'aventure, bien décidés à discerner les cas où il leur faudra poursuivre un engagement et ceux où ils devront se tenir sur la défensive quand viendra le jour de la grande et horrible bataille. Et le moine leur donne courage en disant :

« Enfants, n'ayez ni peur ni inquiétude, je vous conduirai en sûreté. Que Dieu et saint Benoît soient avec nous. Si ma force égalait mon cœur, morbleu, je vous les plumerais comme un canard ! Je ne crains rien que l'artillerie. Toutefois, je connais certaine oraison que m'a confiée le sous-sacristain de notre abbaye, oraison qui protège la personne de toutes les bouches à feu. Mais elle ne me servira à rien, car je n'y ai ajouté point de foi. Cependant mon bâton de croix fera diablement merveilles. Pardieu, celui d'entre vous qui fera la poule mouillée, je me donne au diable si je ne le fais pas moine à ma place et ne le harnache pas de mon froc : il porte remède à la couardise des gens. N'avez-vous pas entendu parler du lévrier de Monsieur de Meurles qui ne valait rien pour chasser aux champs ? Il lui mit un froc au cou. Par le corps Dieu ! Ni lièvre ni renard qui l'avait au cul ne lui échappait, et, qui plus est, il couvrit toutes les chiennes du pays, lui qui auparavant était éreinté, chapitre *des impuissants et maléficiés*. »

Le moine, disant ces mots avec colère, passa sous un noyer du côté de la Saulaie et embrocha la visière de son heaume au moignon d'une grosse branche du noyer.

obstant donna fierement des esperons à son cheval, lequel estoit chastouilleur à la poincte, en maniere que le cheval bondit en avant et le moyne, voulant deffaire sa visiere du croc, lasche la bride et de la main se pend aux branches, ce pendent que le chèval se desrobe dessoubz luy. Par ce moyen demoura le Moyne pendent au noyer et criant à l'aide et au meurtre, protestant aussi de trahison.

Eudemon premier l'aperceut et, appellant Gargantua : « Sire, venez et voyez Absalon pendu[8] ! » Gargantua venu considera la contenence du moyne et la forme dont il pendoit, et dist à Eudemon : « Vous avez mal rencontré[9], le comparant à Absalon. Car Absalon se pendit par les cheveux, mais le moyne, ras de teste, s'est pendu par les aureilles.

— Aydez moy (dist le Moyne), de par le diable ! N'est il pas bien le temps de jazer ? Vous me semblez les prescheurs decretalistes[10] qui disent que quiconques voira son prochain en danger de mort, il le doibt sus peine d'excommunication trisulce[11] plustoust admonnester de soy confesser et mettre en estat de grace que de luy ayder. Quand doncques je les voiray tombez en la riviere et prestz d'estre noyez, en lieu de les aller querir et bailler la main, je leur feray un beau et long sermon *de contemptu mundi et fuga seculi* ; et, lors qu'ilz seront roides mors, je les iray pescher.

— Ne bouge (dist Gymnaste), mon mignon, je te voys querir, car tu es gentil petit *monachus* :

> *Monachus in claustro*
> *Non valet ova duo ;*
> *Sed quando est extra,*
> *Bene valet triginta* [12].

« J'ay veu des pendus plus de cinq cens, mais je n'en veis oncques qui eust meilleure grace en pendilant, et, si je

8. La Bible conte comment Absalon, passant sous un chêne, demeura pendu par les cheveux, qu'il avait le tort de porter longs ; ses poursuivants le tuèrent facilement. — 9. *Rencontrer* : signifie faire une remarque spirituelle. — 10. Les *Décrétales* de Grégoire IX recommandaient un formalisme vétilleux, notamment au chapitre 13 du titre 38 du livre V. — 11. « Une excommunication à trois éclairs » ; comme dans les caricatures politiques, le pape est assimilé à Jupiter maniant le foudre *trisulce*. Voir du Bellay, *Regrets*, sonnet 106 : « l'autre du Vatican délâche son tonnerre… » et, plus bas *Quart L.* chap. 50, n. 17, L. V chap. 8, n. 8. — 12. Proverbe en latin de cuisine : le moine n'a jamais beaucoup de valeur, surtout au couvent.

Malgré tout il donna brutalement des éperons à son cheval qui se montrait chatouilleux quand on le piquait, de sorte qu'il bondit en avant. Le moine voulant décrocher sa visière lâche la bride et se pend aux branches par la main pendant que le cheval se dérobe sous lui. Ainsi le moine resta suspendu au noyer, criant à l'aide et au meurtre et protestant aussi qu'on l'avait trahi.

Eudémon l'aperçut le premier et dit en appelant Gargantua : « Sire, venez et voyez Absalon pendu ! » Gargantua, s'étant approché, examina l'attitude du moine et la façon dont il était suspendu, et il dit à Eudémon : « Vous êtes mal tombé en le comparant à Absalon, car Absalon se pendit par les cheveux tandis que le moine, ras de poil, s'est pendu par les oreilles.

– Aidez-moi, dit le moine, de par le diable ! C'est bien le moment de jaser ! Vous ressemblez aux prédicateurs décrétalistes qui disent que quiconque verra son prochain en danger de mort doit, sous peine d'excommunication trifide, l'exhorter à se confesser et à se mettre en état de grâce plutôt que de l'aider. Aussi, quand je les verrai tombés à la rivière et prêts à se noyer, au lieu d'aller les chercher et de leur tendre la main, je leur ferai un beau grand sermon sur le mépris du monde et la fuite du siècle ; quand ils seront raides morts, j'irai les repêcher !

– Ne bouge pas, mon mignon, dit Gymnaste je vais aller te chercher car tu es un gentil petit moine :

> Moine dans sa moinière
> d'œufs ne vaut pas la paire
> mais moine ailleurs
> de trente œufs a la juste valeur.

« Des pendus, j'en ai vu plus de cinq cents, mais je n'en ai jamais vu qui eussent meilleure allure en pendillant ; si

l'avoys aussi bonne, je vouldroys ainsi pendre toute ma vye.

– Aurez vous (dist le Moyne) tantost assez presché? Aidez moy, de par Dieu, puis que de par l'aultre[13] ne voulez. Par l'habit que je porte, vous en repentirez *tempore et loco prelibatis.* »

Allors descendit Gymnaste de son cheval et, montant au noyer, souleva le moyne par les goussetz[14] d'une main et, de l'autre, deffist sa visiere du croc de l'arbre, et ainsi le laissa tomber en terre et soy après.

Descendu que feut, le Moyne se deffist de tout son arnoys et getta l'une piece après l'autre parmy le champ, et, reprenant son baston de la croix, remonta sus son cheval, lequel Eudemon avoit retenu à la fuite.

Ainsi s'en vont joyeusement, tenans le chemin de la Saullaye.

Comment l'escharmouche de Picrochole feut rencontré par Gargantua. Et Comment le Moyne tua le capitaine Tyravant [1] et puis fut prisonnier entre les ennemys

CHAPITRE XLIII

Picrochole, à la relation de ceulx qui avoient evadé à la roupte lors que Tripet fut estripé, feut esprins de grand courroux, ouyant que les diables avoient couru suz ses gens, et tint son conseil toute la nuict, au quel Hastiveau[2] et Toucquedillon conclurent que sa puissance estoit telle qu'il pourroit defaire tous les diables d'enfer s'ilz y venoient. Ce que Picrochole ne croyoit du tout, aussy ne s'en defioit il.

Pourtant envoya soubz la conduicte du conte Tyravant, pour descouvrir le pays, seize cens chevaliers tous montez sus chevaulx legiers en escharmousche, tous bien aspergez d'eau beniste et chascun ayant pour leur signe[3] une estolle en

---

13. Voir chap. 35, n. 5. – 14. Pièce de l'armure placée sous les aisselles.

CHAPITRE 43 : 1. Ce nom peut signifier « En avant, marche », ou, au contraire, « qui fuit avant » (avant la bataille). – 2. Nom burlesque d'un cuisinier du *Quart L.* (chap. 40, n. 35). – 3. Insigne permettant de reconnaître les soldats d'une même troupe.

j'avais aussi bonne grâce, je voudrais pendre ainsi toute ma vie.

– Aurez-vous, dit le moine, bientôt fini de prêcher ? Aidez-moi, au nom de Dieu, puisque vous ne voulez le faire au nom de l'Autre. Sur l'habit que je porte, vous vous en repentirez en temps et lieu déterminés. »

Alors Gymnaste descendit de son cheval et, montant au noyer, souleva le moine d'une main par les goussets et de l'autre dégagea sa visière de la branche qui l'accrochait ; ainsi, il le laissa tomber à terre et sauta après lui.

Le moine, redescendu, se défit de toute son armure qu'il jeta pièce après pièce au milieu du champ et, reprenant son bâton de croix, il remonta sur son cheval qu'Eudémon avait retenu dans sa fuite.

Ainsi, ils s'en vont joyeusement en suivant le chemin de la Saulaie.

Comment Gargantua rencontra la patrouille de Picrochole et comment le moine tua le capitaine Tyravant puis fut fait prisonnier par les ennemis

CHAPITRE 43

Au rapport de ceux qui s'étaient sauvés en déroute quand Tripet avait été étripé, Picrochole fut pris d'une grande colère en apprenant que les diables s'étaient rués sur ses gens. Il tint conseil toute la nuit ; Hastiveau et Toucquedillon conclurent que sa puissance était telle qu'il pourrait défaire tous les diables d'enfer s'ils venaient s'y frotter, éventualité à laquelle Picrochole ne croyait pas du tout, et c'est pourquoi il ne s'en défiait pas.

Aussi, pour reconnaître le terrain, envoya-t-il en patrouille, sous les ordres du comte Tyravant, seize cents chevaliers, tous montés sur des chevaux légers, tous bien aspergés d'eau bénite, chacun portant pour insigne une étole en escharpe, à toutes adventures s'ilz rencontroient les diables, que par vertus tant de ceste eau Gringorienne[4] que des estolles, yceulx feissent disparoir et esvanouyr. Coururent doncques jusques près la Vau Guyon et la Maladerye[5], mais oncques ne trouverent personne à qui parler, dont repasserent par le dessus[6] et, en la loge et tugure pastoral, près le Couldray, trouverent les cinq pelerins. Lesquelz, liez et baffouez[7] emmenerent, comme s'ilz feussent espies, non obstant les exclamations, adjurations et requestes qu'ilz feissent. Descendus de là vers Seuillé, furent entenduz par Gargantua, lequel dist à ses gens : « Compaignons, il y a icy rencontre, et sont en nombre trop plus dix foys que nous : chocquerons nous sus eulx ?

– Que diable (dist le moyne) ferons nous doncq ? Estimez vous les hommes par nombre et non par vertus et hardiesse ? » Puis s'escria : « Chocquons, diables, chocquons ! »

Ce que entendens, les ennemys pensoient certainement que feussent vrays diables, dont commencerent fuyr à bride avallée, excepté Tyravant, lequel coucha sa lance en l'arrest et en ferut à toute oultrance le moyne au milieu de la poictrine ; mais, rencontrant le froc horrifique, rebouscha par le fer, comme si vous frappiez d'une petite bougie contre une enclume. Adoncq le moyne, avec son baston de croix, luy donna entre col et collet sus l'os Acromion[8], si rudement qu'il l'estonna et feist perdre tout sens et movement, et tomba ès piedz du cheval. Et voyant l'estolle qu'il portoit en escharpe, dist à Gargantua : « Ceulx cy ne sont que prebstres, ce n'est q'un commencement de moyne, par sainct Jean, je suis moyne parfaict, je vous en tueray comme de mousches ! »

Puis le grand gualot courut après, tant qu'il atrapa les derniers et les abbastoit comme seille, frapant à tors et à travers.

---

4. Eau bénite selon la formule de saint Grégoire pour purifier les édifices profanés. – 5. Léproserie proche de Chinon. – 6. Le plateau qui domine ces localités. – 7. Ces deux verbes sont synonymes. – 8. Extrémité de l'omoplate.

écharpe, à tout hasard, afin que s'ils rencontraient les diables ils les fissent disparaître et s'évanouir grâce au pouvoir de l'eau lustrale et des étoles. Ils galopèrent donc jusqu'aux alentours de La Vauguyon et de la Maladrerie, mais pas une fois ne trouvèrent à qui parler ; ils repassèrent alors sur les hauteurs et, près du Coudray, dans la cabane servant d'abri aux bergers, trouvèrent les cinq pèlerins. Ils les emmenèrent ligotés et bâillonnés comme s'ils eussent été des espions, en dépit des exclamations, des supplications et des prières qu'ils purent imaginer. Redescendus vers Seuilly, ils furent entendus par Gargantua qui dit à ses gens : « Compagnons, c'est la bataille et ils nous sont au moins dix fois supérieurs en nombre. Allons-nous les cogner ?

– Que diable, dit le moine, allons-nous faire ? Estimez-vous les hommes d'après leur nombre ou d'après leur vertu et leur courage ? » Puis il s'écria : « Cognons, diables, cognons ! »

En entendant cela, les ennemis pensaient que, pour de bon, c'étaient de vrais diables et, en conséquence, commencèrent à fuir à bride abattue, excepté Tyravant qui mit sa lance en arrêt et en frappa de toutes ses forces le moine au milieu de la poitrine. Mais en heurtant l'horrifique froc, il écacha son fer, comme si vous frappiez avec une petite bougie contre une enclume. Alors le moine, avec son bâton de croix, l'atteignit entre col et collet, sur la crête de l'omoplate, si rudement qu'il l'assomma et lui fit perdre toute connaissance et tout mouvement ; il tomba aux pieds du cheval. En voyant l'étole qu'il portait en écharpe, Frère Jean dit à Gargantua : « Ceux-ci ne sont que prêtres ; ce n'est qu'un commencement de moine. Par saint Jean ! Moi, je suis un moine accompli. Je vous en tuerai autant que mouches. »

Puis il leur courut derrière au grand galop, si bien qu'il rattrapa les derniers. Il les abattait comme seigle, en frappant à tort et à travers.

Gymnaste interrogua sus l'heure Gargantua s'ilz les debvoient poursuyvre. A quoy dist Gargantua : « Nullement, car selon vraye discipline militaire, jamais ne fault mettre son ennemy en lieu de desespoir. Par ce que telle necessité luy multiplie sa force et accroist le couraige, qui ja estoit deject et failly. Et n'y a meilleur remede de salut à gens estommiz et recreuz que de ne esperer salut aulcun. Quantes victoires ont esté tollues des mains des vaincqueurs par les vaincuz, quand il ne se sont contentés de raison mais ont attempté du tout mettre à inter-nition et destruire totallement leurs ennemys, sans en vouloir laisser un seul pour en porter les nouvelles. Ouvrez tousjours à voz ennemys toutes les portes et chemins, et plus tost leurs faictes un pont d'argent affin de les renvoyer[9].

– Voyre, mais (dist Gymnaste) ilz ont le moyne[10].

– Ont ilz (dist Gargantua) le moyne ? Sus mon honneur que ce sera à leur dommaige ! Mais, affin de survenir à tous azars, ne nous retirons pas encores : attendons icy en silence. Car je pense ja assez congnoistre l'engin de noz ennemys : il se guident par sort non par conseil. »

Iceulx ainsi attendens soubz les noiers, ce pendent le moyne poursuyvoit, chocquant tous ceulx qu'il rencontroit sans de nully avoir mercy. Jusque à ce qu'il rencontra un chevalier qui portoit en crope un des pauvres pelerins et là, le voulent mettre à sac, s'escria le pelerin : « Ha ! monsieur le priour, mon amy, monsieur le priour, sauvez moy, je vous en prie ! »

Laquelle parolle entendue, se retournerent arriere les enne-mys et, voyans que là n'estoit que le moyne qui faisoit cest esclandre, le chargerent de coups comme on faict un asne de boys ; mais de tout rien ne sentoit, mesmement quand ilz fra-poient sus son froc, tant il avoit la peau dure. Puis le baillerent à guarder à deux archiers et, tournans bride, ne veirent personne contre eulx, dont exstimerent que Gargantua estoit fuy avecques

9. On a souvent remarqué qu'un beau désespoir arrive à secourir le vaincu (par ex. Machiavel, *Discours sur la 1re Décade de Tite-Live*, III, 13) mais l'expression du *pont d'argent* est attribuée à Alphonse d'Aragon par les Apophtegmes d'Erasme. – 10. Voir plus haut chap. 12, n. 21 et *Quart L.* chap. 16, n. 15.

Sur l'instant, Gymnaste demanda à Gargantua s'ils devaient les poursuivre. Gargantua répondit : « Absolument pas ; en bonne règle militaire, il ne faut jamais acculer son ennemi au désespoir. Une telle extrémité multiplie ses forces et accroît son courage déjà abattu et défaillant ; il n'y a pas de meilleure chance de salut pour des gens ébranlés et à bout de fatigue que de n'espérer aucun salut. Combien de victoires ont été arrachées par les vaincus des mains des vainqueurs quand ceux-ci ne se sont pas raisonnablement limités, quand ils ont voulu anéantir complètement leurs ennemis et les détruire totalement, sans accepter d'en laisser un seul pour aller porter les nouvelles. Ouvrez toujours à vos ennemis toutes les portes et tous les chemins ; allez jusqu'à leur faire un pont d'argent pour les faire revenir sur leurs pas.

– Certes, dit Gymnaste, mais ils ont le moine.

– Ils ont le moine ? dit Gargantua. Sur mon honneur, ce ne sera qu'à leurs dépens ! Mais, pour parer à toute éventualité, ne nous retirons pas encore. Attendons ici en silence, car je pense déjà connaître suffisamment la tactique de nos ennemis. Ils s'en remettent au hasard plus qu'ils n'obéissent à la raison. »

Pendant qu'ils attendaient ainsi sous les noyers, le moine continuait la poursuite, cognant tous ceux qu'il rencontrait, sans avoir pitié de qui que ce fût, jusqu'au moment où il rattrapa un cavalier qui portait en croupe un des pauvres pèlerins. Alors, comme il voulait abattre l'autre, le pèlerin s'écria : « Ah ! Monsieur le Prieur, mon ami, Monsieur le Prieur, sauvez-moi, je vous en prie ! »

En entendant ces mots, les ennemis se retournèrent et, voyant que le moine était seul à faire tout ce raffut, ils le chargèrent de coups, comme on charge un âne de bois. Mais il ne sentait rien du tout, surtout quand ils frappaient sur son froc, tant il avait la peau dure. Ensuite, ils le donnèrent à garder à deux archers et, tournant bride, ils ne virent personne leur faire face et en conclurent que Gargantua s'était enfui avec sa troupe. Ils galopèrent donc vers les

sa bande. Adoncques coururent vers les Noyrettes[11] tant roiddement qu'ilz peurent pour les recontrer et laisserent là le moyne, seul avecques deux archiers de guarde.

Gargantua entendit le bruit et hennissement des chevaulx, et dict à ses gens : « Compaignons, j'entends le trac de noz ennemys et ja appercoy aulcuns d'iceulx qui viennent contre nous à la foulle. Serrons nous icy et tenons le chemin en bon ranc, par ce moyen nous les pourrons recepvoir à leur perte et à nostre honneur. »

Comment le Moyne se deffist de ses guardes et comment l'escarmouche de Picrochole feut deffaicte

Chapitre XLIV

Le Moyne, les voyant ainsi departir en desordre, conjectura qu'ilz alloient charger sus Gargantua et ses gens, et se contristoit merveilleusement de ce qu'il ne les povoit secourir. Puis advisa la contenence de ses deux archiers de guarde, lesquelz eussent voluntiers couru après la troupe pour y butiner quelque chose, et tousjours regardoient vers la vallée en laquelle ilz descendoient. Dadvantaige, syllogisoit disant : « Ces gens icy sont bien mal exercez en faictz d'armes. Car oncques ne me ont demandé ma foy et ne me ont ousté mon braquemart. »

Soubdain après, tyra son dict braquemart et en ferut l'archier qui le tenoit à dextre, luy coupant entierement les venes jugulaires et arteres spagitides du col, avecques le guarguareon, jusques ès deux adenes[1] et, retirant le coup, luy entreouvrit la mouelle spinale entre la seconde et tierce vertebre ; là tomba l'archier tout mort. Et le moyne, detournant son cheval à gauche, courut sus l'aultre, lequel voyant son compaignon mort et le moyne adventaigé sus soy cryoit à haulte voix : « Ha ! monsieur le priour, je me rendz, monsieur le priour, mon bon amy, monsieur le priour ! »

11. Lieudit planté de noyers.

Chapitre 44 : 1. Parodie des grands coups d'épée donnés dans les romans de chevalerie, mais ici le carabin a la parole.

Noyrettes aussi rapidement qu'ils purent pour les rattraper et laissèrent sur place le moine, seul avec deux archers pour le garder.

Gargantua entendit le bruit et les hennissements des chevaux et dit à ses gens : « Compagnons, j'entends le train de nos ennemis et j'aperçois déjà quelques-uns d'entre eux qui viennent sur nous en masse. Regroupons-nous ici et avançons en bon ordre. Ainsi nous pourrons les recevoir à leurs dépens et tout à notre honneur. »

Comment le moine se débarrassa de ses gardes et comment la patrouille de Picrochole fut défaite

CHAPITRE 44

Le moine, en les voyant s'éloigner ainsi, en désordre, présuma qu'ils allaient fondre sur Gargantua et ses gens et se contristait grandement de ne pouvoir les secourir. Alors il avisa l'attitude de ses deux archers de garde, qui auraient volontiers couru derrière la troupe pour faire quelque butin ; ils regardaient sans cesse vers la vallée où descendaient les autres. Frère Jean se mettait à raisonner en se disant : « Ces gens-ci sont bien peu expérimentés en matière d'armes, car ils ne m'ont pas une fois demandé ma parole et ne m'ont pas ôté mon braquemart. »

Aussitôt, il tira le braquemart en question et en frappa l'archer qui le gardait à droite, lui coupant complètement les veines jugulaires et les artères carotides, avec la luette, jusqu'aux amygdales et, en retirant son arme, il lui fendit la moelle épinière entre la deuxième et la troisième vertèbre : l'archer tomba là, raide mort. Et le moine, tournant son cheval à gauche, fonça sur l'autre qui, voyant son compagnon mort et le moine en posture favorable contre lui, criait d'une forte voix : « Ah ! Monsieur le Prieur, je me rends ! Monsieur le Prieur, mon bon ami, Monsieur le Prieur ! »

Et le moyne cryoit de mesmes : « Monsieur le posteriour, mon amy, monsieur le posteriour, vous aurez sus voz posteres [2] !

– Ha ! (disoit l'archier) monsieur le priour, mon mignon, monsieur le priour, que Dieu vous face abbé !

– Par l'habit (disoit le moyne) que je porte, je vous feray icy cardinal ! Rensonnez vous les gens de religion ? Vous aurez un chapeau rouge à ceste heure, de ma main. »

Et l'archier cryoit : « Monsieur le priour, monsieur le priour, monsieur l'abbé futeur, monsieur le cardinal, monsieur le tout ! Ha, ha, hes ! non, Monsieur le priour, mon bon petit seigneur le priour, je me rends à vous.

– Et je te rends (dist le moyne) à tous les diables ! »

Lors, d'un coup luy tranchit la teste, luy coupant le test sus les os petrux et en levant les deux os bregmatis et la commissure sagittale [3], avecques grande partie de l'os coronal ; ce que faisant, luy tranchit les deux meninges et ouvrit profondement les deux posterieurs ventricules du cerveau, et demoura le craine pendent sus les espaules à la peau du pericarane, par derriere, en forme d'un bonnet doctoral, noir par dessus, rouge par dedans [4]. Ainsi tomba roidde mort en terre.

Ce faict, le Moyne donne des esperons à son cheval et poursuyt la voye que tenoient les ennemys, lesquelz avoient rencontré Gargantua et ses compaignons au grand chemin et, tant estoient diminuez au nombre pour l'enorme meurtre que y avoit faict Gargantua avecques son grand arbre, Gymnaste, Ponocrates, Eudemon et les aultres, qu'ilz commencoient soy retirer à diligence, tous effrayez et perturbez de sens et entendement, comme s'ilz veissent la propre espece [5] et forme de mort davant leurs yeulx.

Et – comme vous voyez un asne, quand il a au cul un œstre Junonicque [6] ou une mouche qui le poinct, courir çà et là, sans voye ny chemin, gettant sa charge par terre, rompant son frain et renes, sans aulcunement respirer ny prandre repos, et ne scayt on qui le meut car l'on ne veoit rien qui le touche –, ainsi

2. Frère Jean se rappelle sa grammaire latine qui associe les deux comparatifs *prior* et *posterior*. – 3. Voir L. V chap. 26, n. 14. – 4. Le bonnet des docteurs était encore rond, à la différence de celui dont est coiffé Rabelais sur certains portraits posthumes. – 5. Voir plus haut chap. 31, n. 10. – 6. Un *taon* semblable à celui que Junon envoya contre sa rivale Io métamorphosée en vache ; voir L. V chap. 39, n. 1.

Le moine criait sur le même ton : « Monsieur le Postérieur, mon ami, Monsieur le Postérieur, il va vous en cuire sur votre postérieur !

– Ah ! disait l'archer, Monsieur le Prieur, mon mignon, Monsieur le Prieur, que Dieu vous fasse abbé !

– Par l'habit que je porte, dit le moine, je vais vous faire cardinal ici même : vous rançonnez les gens de religion ? Vous aurez un chapeau rouge sur-le-champ, et de ma main. »

Et l'archer criait : « Monsieur le Prieur, Monsieur le Prieur, Monsieur l'Abbé futur, Monsieur le Cardinal, Monsieur le Tout ! Ah ! ah ! Eh ! non, Monsieur le Prieur, mon bon petit seigneur le Prieur, je me rends à vous !

– Et moi, dit le moine, je te rends à tous les diables ! »

Alors, d'un seul coup, il lui trancha la tête en lui ouvrant le crâne au-dessus du temporal, en enlevant les deux pariétaux et la suture sagittale avec une grande partie du frontal. Ce faisant, il lui trancha les deux méninges et les deux ventricules latéraux du cerveau. L'autre resta le crâne pendant sur les épaules, retenu par-derrière par la peau du péricrâne à la façon d'un bonnet de docteur, noir au-dehors, rouge au-dedans. Ainsi, il tomba à terre, raide mort.

Cela fait, le moine donne des éperons à son cheval et se lance sur la trace des ennemis qui avaient rencontré Gargantua et ses compagnons en terrain découvert. Leurs effectifs avaient tellement diminué à cause de l'énorme massacre qu'avaient fait Gargantua avec son grand arbre, Gymnaste, Ponocrates, Eudémon et les autres, qu'ils commençaient à se retirer précipitamment, tout effrayés, le sens et l'esprit troublés comme s'ils avaient eu sous les yeux la réelle et tangible apparence de la mort.

Et, comme vous voyez un âne, quand il a au cul un de ces taons que lâche Junon ou une mouche qui le pique, courir çà et là, en tous sens, jetant sa charge à terre, rompant son frein et ses rênes, sans prendre le moins du monde ni respiration ni repos, sans que l'on sache ce qui le prend, puisque l'on ne voit rien qui le touche, de la même façon,

fuyoient ces gens de sens desprouveuz, sans scavoir cause de fuyr, tant seulement les poursuit une terreur Panice[7], laquelle avoient conceue en leurs ames.

Voyant le moyne que toute leur pensée n'estoit si non à guaigner au pied, descend de son cheval et monte sus une grosse roche qui estoit sus le chemin et, avecques son grand braquemart, frappoit sus ces fuyars à grand tour de bras sans se faindre ny espargner[8]. Tant en tua et mist par terre, que son braquemart rompit en deux pieces. Adoncques pensa en soy mesmes que c'estoit assez massacré et tué, et que le reste debvoit eschapper pour en porter les nouvelles.

Pourtant saisit en son poing une hasche de ceulx qui là gisoient mors et se retourna de rechief sus la roche, passant temps à veoir fouyr les ennemys et cullebuter entre les corps mors, excepté que à tous faisoit laisser leurs picques, espées, lances et hacquebutes, et ceulx qui portoient les pelerins liez, il les mettoit à pied et delivroit leurs chevaulx au dictz pelerins, les retenent avecques soy l'orée de la haye. Et Toucquedillon, lequel il retint prisonnier.

Comment le Moyne amena les pelerins et les bonnes parolles que leur dist Grandgousier

CHAPITRE XLV

Ceste escarmouche parachevée, se retyra Gargantua avecques ses gens, excepté le Moyne, et, sus la poincte du jour, se rendirent à Grandgousier, lequel en son lict prioit Dieu pour leur salut et victoire. Et, les voyant tous saulfz et entiers, les embrassa de bon amour et demanda nouvelles du moyne. Mais Gargantua luy respondit que sans doubte leurs ennemys avoient le moyne. « Ilz auront (dist Grandgousier) doncques male encontre. » Ce que avoit esté bien vray. Pourtant, encores est le proverbe en usaige de bailler le moyne à quelcun.

7. Erasme avait rappelé que la *terreur panique* était une épouvante collective inexplicable provoquée par le dieu Pan ; voir L. V chap. 39, n. 1 et 7. – 8. Ces deux verbes sont synonymes.

CHAPITRE 45 : Sur ce chapitre, voir A. J. Krailsheimer, *Rabelais and the Franciscans*, pp. 44, 108, 175, 239 et M. A. Screech, *L'Evangélisme de Rabelais*, Genève, 1959, p. 94.

ces gens fuyaient, ayant perdu le sens, sans que l'on sût la cause de leur fuite. Seule les poursuit une terreur panique, terreur qu'ils avaient conçue en leurs âmes.

Le moine, voyant que leur seule préoccupation était d'assurer leur fuite, descend de cheval et monte sur une grosse roche en surplomb du chemin ; avec son grand braquemart, il frappait sur ces fuyards à tour de bras, sans se ménager, sans épargner sa peine. Il en tua tant, en jeta tant à terre qu'il brisa son braquemart en deux. Alors il se dit en lui-même que c'était assez massacré et tué, que le reste devait en réchapper pour en porter la nouvelle.

En conséquence, il empoigna la hache de l'un de ceux qui gisaient là, morts, et retourna sur son rocher, prenant du bon temps à voir les ennemis culbuter dans leur fuite parmi les cadavres ; cependant, à tous, il faisait déposer piques, épées, lances et arquebuses. Quant à ceux qui portaient les pèlerins ligotés, il leur faisait mettre pied à terre et donnait leurs chevaux aux pèlerins en question qu'il gardait près de lui, le long de la haie, avec Toucquedillon qu'il retint prisonnier.

Comment le moine ramena les pèlerins et les bonnes paroles que leur dit Grandgousier

CHAPITRE 45

Cette escarmouche terminée, Gargantua se retira avec ses gens à l'exception du moine, et, au point du jour, ils se rendirent auprès de Grandgousier qui, dans son lit, priait Dieu pour leur salut et leur victoire ; en les voyant tous sains et saufs, il les embrassa de bon cœur et leur demanda des nouvelles du moine. Mais Gargantua lui répondit que les ennemis avaient sûrement le moine. « Ils n'auront donc pas de chance ! » dit Grandgousier. Ce qui s'était effectivement vérifié. C'est pourquoi le proverbe *donner le moine à quelqu'un* est encore en usage.

Adoncques commenda qu'on aprestast tresbien à desjeuner pour les refraischir. Le tout apresté, l'on appella Gargantua, mais tant luy grevoit de ce que le moyne ne comparoit aulcunement, qu'il ne vouloit ny boyre ny manger.

Tout soubdain le moyne arrive et, dès la porte de la basse court, s'escria : « Vin frays, vin frays, Gymnaste mon amy ! »

Gymnaste sortit et veit que c'estoit frere Jan qui amenoit cinq pelerins[1] et Toucquedillon prisonnier, dont Gargantua sortit au davant et luy feirent le meilleur recueil que peurent, et le menerent davant Grandgousier, lequel l'interrogea de toute son adventure. Le moyne luy disoit tout et comment on l'avoit prins, et comment il s'estoit deffaict des archiers, et la boucherie qu'il avoit faict par le chemin, et comment il avoit recouvert les pelerins et amené le capitaine Toucquedillon. Puis se mirent à bancqueter joyeusement tous ensemble.

Ce pendent Grandgousier interrogeoit les pelerins, de quel pays ilz estoient, dont il venoient et où ilz alloient.

Lasdaller pour tous respondit : « Seigneur je suis de Sainct Genou en Berry ; cestuy cy est de Paluau ; cestuy cy est de Onzay ; cestuy cy est de Argy et cestuy cy est de Villebrenin[2]. Nous venons de Sainct Sebastian, près de Nantes, et nous en retournons par noz petites journées.

– Voyre, mais (dist Grandgousier) qu'alliez vous faire à Sainct Sebastian ?

– Nous allions (dist Lasdaller) luy offrir noz votes[3] contre la peste.

– O (dist Grandgousier), pauvres gens, estimez vous que la peste vienne de sainct Sebastian ?

– Ouy vrayement (respondit Lasdaler), noz prescheurs nous l'afferment.

– Ouy (dist Grandgousier), les faulx prophetes vous annoncent ilz telz abuz ? Blasphement ilz en ceste façon les justes et sainctz de Dieu, qu'ilz les font semblables aux diables, qui ne font que mal entre les humains ? Comme Homere escript que la

1. Ils étaient *six* au chap. 38. – 2. Localités des environs de Châteauroux, que la peste ravageait encore en 1526. – 3. Saint Sébastien était invoqué contre la peste.

Alors il ordonna que l'on préparât un très bon déjeuner pour les réconforter. Quand tout fut prêt, on appela Gargantua. Mais il avait tant de peine de ne point voir le moine de retour, qu'il ne voulait ni boire ni manger.

Mais subitement le moine arrive et, depuis la porte de la cour basse, il s'écria : « Du vin frais, du vin frais, Gymnaste, mon ami ! »

Gymnaste sortit et vit que c'était Frère Jean qui amenait cinq pèlerins et Toucquedillon prisonnier. Alors Gargantua sortit à sa rencontre, ils lui firent le meilleur accueil qu'ils pouvaient et le conduisirent devant Grandgousier, qui l'interrogea sur toute son aventure. Le moine lui raconta tout : comment on l'avait pris et comment il s'était débarrassé des archers, comment il avait fait une boucherie sur le chemin et comment il avait récupéré les pèlerins et ramené le capitaine Toucquedillon. Puis ils se mirent à banqueter joyeusement, tous ensemble.

Cependant, Grandgousier demandait aux pèlerins de quel pays ils étaient, d'où ils venaient et où ils allaient.

Lasdaller répondit pour tous : « Seigneur, je suis de Saint-Genou en Berry ; celui-ci est de Palluau ; celui-ci d'Onzay ; celui-ci d'Argy et celui-ci de Villebernin. Nous venons de Saint-Sébastien, près de Nantes, et nous rentrons par petites étapes.

– Bon, dit Grandgousier, mais qu'alliez-vous faire à Saint-Sébastien ?

– Nous allions, dit Lasdaller, lui offrir nos invocations contre la peste.

– Oh ! dit Grandgousier, pauvres gens, estimez-vous que la peste vienne de Saint-Sébastien ?

– Oui, assurément, répondit Lasdaller, nos prédicateurs nous l'affirment.

– Oui ? dit Grandgousier. Les faux prophètes vous annoncent-ils de telles bourdes ? Blasphèment-ils les justes et les saints de Dieu en des termes qui les assimilent aux diables, qui ne font que du mal parmi les hommes ? Ils rappellent

peste fut mise en l'oust des Gregoys par Apolo, et comme les
Poetes faignent un grand tas de Vejoves et dieux malfaisans[4].
Ainsi preschoit à Sinays[5] un Caphart, que sainct Antoine mettoit le feu ès jambes, sainct Eutrope faisoit les hydropiques,
sainct Gildas les folz, sainct Genou les gouttes[6]. Mais je le
puniz en tel exemple — quoy qu'il me appellast Heretique —
que depuis ce temps Caphart quiconques n'est auzé entrer en
mes terres. Et m'esbahys si vostre roy les laisse prescher par
son royaulme telz scandales[7]. Car plus sont à punir que ceulx
qui par art magicque ou aultre engin auroient mis la peste par
le pays. La peste ne tue que le corps, mais telz imposteurs
empoisonnent les ames[8]. »

Luy disans ces parolle, entra le moyne tout deliberé et leurs
demanda : « Dont este vous, vous aultres pauvres hayres ?

— De Sainct Genou, dirent ilz.

— Et comment (dist le moyne) se porte l'abbé Tranchelion, le
bon beuveur[9] ? Et les moynes, quelle chere font ilz ? Le cor
Dieu, ilz biscotent voz femmes ce pendent que estes en romi-
vage !

— Hinhen ! (dist Lasdaller) je n'ay pas peur de la mienne.
Car qui la verra de jour ne se rompera ja le col pour l'aller visiter la nuict.

— C'est (dist le moyne) bien rentré de picques[10] ! Elle pourroit
estre aussi layde que Proserpine, elle aura par Dieu la saccade,
puis qu'il y a moynes au tour. Car un bon ouvrier mect indif-
ferentement toutes pieces en œuvre. Que j'aye la verolle, en

---

4. Depuis les Pères de l'Eglise, on considérait souvent les dieux des Anciens
comme l'incarnation des diables, à qui les poètes avaient prêté des noms et
des aventures fictifs. C'est au début de l'*Iliade* qu'Homère attribue à Apollon
l'origine de la peste qui ravageait l'armée grecque ; Véjove était un surnom
de Jupiter ou d'Apollon malfaisant, comme le rappellent les commentaires
marginaux de l'*Eloge de la folie* d'Erasme (chap. 46) ; voir plus bas L. V
chap. 6, n. 3. — 5. Voir plus haut chap. 4, n. 3. — 6. Ce transfert superstitieux
des pouvoirs maléfiques des dieux païens aux saints chrétiens s'explique
tout simplement, selon la suggestion de Rabelais, par de mauvais jeux de
mots (*Eutrope - hydropique ; genoux - Genou ; Gildas - les gilles*, c'est-à-
dire les bouffons) ; voir *Quart L.* chap. 7, n. 10. — 7. La Sorbonne demandait
à François Ier d'agir pour faire respecter le culte des saints guérisseurs ; Rabelais milite pour le camp adverse. — 8. Paraphrase de la mise en garde proférée
par le Christ contre les faux prophètes (Matthieu, 10, 28). — 9. Antoine de
La Garde de Tranchelion fut abbé de Saint-Genou de 1512 à 1520 ; il dissipa
les biens du monastère. — 10. Expression ironique empruntée au vocabulaire
du jeu ; voir *Quart L.* chap. 33, n. 11 ; *Tiers L.* chap. 34, n. 13, etc.

Homère qui écrit que la peste fut répandue dans l'armée des Grecs par Apollon, et les poètes qui imaginent une multitude de Lucifers et de dieux malfaisants. Ainsi, à Cinais, un cafard prêchait que saint Antoine donnait l'inflammation aux jambes, que saint Eutrope était responsable des hydropiques, saint Gildas des fous, saint Genou des goutteux. Mais je le punis si exemplairement, bien qu'il me traitât d'hérétique, que, depuis ce temps-là, aucun cafard n'a osé pénétrer sur mes terres ; je suis sidéré s'il est vrai que votre roi les laisse prononcer dans son royaume des prédications aussi scandaleuses, car ils sont plus répréhensibles que ceux qui par l'art de la magie ou d'autres artifices auraient répandu la peste dans le pays. La peste ne tue que le corps, mais de tels imposteurs empoisonnent les âmes. »

Comme il disait ces mots, le moine entra, d'un air décidé, et il leur demanda : « D'où êtes-vous, vous autres, pauvres hères ?

— De Saint-Genou, dirent-ils.

— Et comment se porte l'abbé Tranchelion, ce bon buveur ? dit le moine. Et les moines, quelle chère font-ils ? Cordieu, ils biscottent vos femmes, pendant que vous pérégrinez vers Rome.

— Heu ! heu ! dit Lasdaller, je n'ai pas peur pour la mienne, car qui la verra de jour n'ira pas se rompre le cou pour la visiter de nuit !

— Voilà, dit le moine, un drôle d'atout ! Elle peut bien être aussi laide que Proserpine, pardieu, elle aura la secousse du moment qu'il y a des moines aux alentours, car un bon ouvrier met indifféremment toutes pièces en œuvre. Que j'attrape la vérole si vous ne les trouvez pas engrossées à

cas que ne les trouviez engroissées à vostre retour, car seulement l'ombre du clochier d'une abbaye est feconde.

– C'est (dist Gargantua) comme l'eau du Nile en Egypte,
si vous croyez Strabo ; et Pline, *lib. vij, chap. iij* [11] advise que
c'est de la miche, des habitz et des corps. »

Lors dist Grandgousier : « Allez vous en, pauvres gens, au
nom de Dieu le createur, lequel vous soit en guide perpetuelle.
Et dorenavant ne soyez faciles à ces otieux et inutiles voyages.
Entretenez voz familles, travaillez chascun en sa vocation,
instruez voz enfans [12] et vivez comme vous enseigne le bon
Apostre sainct Paoul. Ce faisans vous aurez la garde de Dieu,
des anges et des sainctz avecques vous, et n'y aura peste ny
mal qui vous porte nuysance. »

Puis les mena Gargantua prendre leur refection en la salle,
mais les pelerins ne faisoient que souspirer et dirent à Gargantua : « O que heureux est le pays qui a pour seigneur un tel
homme ! Nous sommes plus edifiez et instruictz en ces propos
qu'il nous a tenu, qu'en tous les sermons que jamais nous
feurent preschez en nostre ville.

– C'est (dist Gargantua) ce que dict Platon, *lib. v De rep.* [13],
que lors les republiques seroient heureuses quand les roys
philosopheroient ou les philosophes regneroient. »

Puis leur feist emplir leurs bezaces de vivres, leurs bouteilles
de vin, et à chascun donna cheval pour soy soulager au reste
du chemin, et quelques carolus pour vivre.

11. Le géographe Strabon et le naturaliste Pline prétendent que l'absorption de
l'eau du Nil rendait les Egyptiennes particulièrement fécondes ; *la miche, les
habits et les corps* représentent les trois domaines où l'eau du Nil se révélait
bénéfique : céréales, textiles et diététique (voir Plutarque, *D'Isis et d'Osiris*,
6, 28 et 33). – 12. Les humanistes, et Erasme en particulier, présentaient les
pèlerinages comme nuisibles à la vie sociale et familiale, ils s'appuyaient
notamment sur certains passages de saint Paul Galates 6, 10 ; Timothée I, 5, 8.
– 13. Ce passage de la *République* (L. V, 473 d) était commenté par tous les
humanistes.

votre retour, car la seule ombre d'un clocher d'abbaye est
fécondante.

– C'est, dit Gargantua, comme l'eau du Nil, en Egypte,
si l'on en croit Strabon. Et Pline, au livre VII, chapitre III,
pense que cette fécondité est valable pour les céréales, le
textile et la génération. »

Grandgousier dit alors : « Allez-vous-en, pauvres gens,
au nom de Dieu le créateur ; que celui-ci vous soit un guide
perpétuel ; désormais, ne vous embarquez pas pour ces
voyages ineptes et inutiles. Entretenez vos familles, travaillez chacun selon votre vocation, instruisez vos enfants
et vivez comme vous l'enseigne le bon apôtre saint Paul.
Ce faisant, vous serez sous la protection de Dieu, des anges
et des saints, et il n'y aura peste ni mal qui puisse vous
nuire. »

Ensuite Gargantua les emmena se restaurer dans la gran-
d'salle. Mais les pèlerins ne faisaient que soupirer et ils
dirent à Gargantua : « Qu'il est heureux, le pays qui a un
tel homme pour seigneur ! Nous sommes plus édifiés et
instruits par ces propos qu'il nous a tenus que par tous les
sermons qui ont pu être prêchés dans notre ville.

– C'est, répondit Gargantua, ce que dit Platon au livre V
de *La République* : les républiques seront heureuses quand
les rois philosopheront, ou quand les philosophes régne-
ront. »

Puis il fit emplir leurs besaces de vivres, leurs bouteilles
de vin, leur donna à chacun un cheval pour leur adoucir le
reste du chemin, et quelques carolus pour vivre.

Comment Grandgousier traicta humainement Toucquedillon prisonnier

CHAPITRE XLVI

Toucquedillon fut presenté à Grandgousier et interrogé par icelluy sus l'entreprinze et affaires de Picrochole, quelle fin il pretendoit par ce tumultaire vacarme. A quoy respondit que sa fin et sa destinée estoit de conquester tout le pays s'il povoit, pour l'injure faicte à ses fouaciers.

« C'est (dist Grandgousier) trop entreprint : qui trop embrasse peu estrainct. Le temps n'est plus d'ainsi conquester les royaulmes avecques dommaige de son prochain frere christian ; ceste imitation des anciens Hercules, Alexandres, Hannibalz, Scipions, Cesars [1] et aultres telz est contraire à la profession de l'evangile, par lequel nous est commandé, guarder, saulver, regir et administrer chascun ses pays et terres, non hostilement envahir les aultres. Et ce que les Sarazins et Barbares jadis appelloient prouesses, maintenant nous appellons briguanderies et mechansetez. Mieulx eust il faict soy contenir en sa maison, royallement la gouvernant, que insulter en la mienne, hostillement la pillant, car par bien la gouverner l'eust augmentée, par me piller sera destruict.

« Allez vous en, au nom de Dieu ; suyvez bonne entreprinse, remonstrez à vostre roy les erreurs que congnoistrez, et jamais ne le conseillez ayant esgard à vostre profit particulier, car avecques le commun est aussy le propre perdu. Quand est de vostre ranczon, je vous la donne entierement et veulx que vous soient rendues armes et cheval.

« Ainsi fault il faire entre voisins et anciens amys, veu que ceste nostre difference n'est poinct guerre proprement, comme Platon, *li. v De rep.*, vouloit estre non guerre nommée, ains sedition, quand les Grecz meuvoient armes les ungs contre les aultres [2].

CHAPITRE 46 : Sur l'ensemble des chapitres suivants, voir D. Ménager, « La politique du don », in *Journ. of Mediev. and Renaiss. Stud.* 1978-2.
1. Au début du chapitre 39, Grandgousier professait son admiration pour les imitateurs de ces grands guerriers. – 2. Erasme avait appliqué aux chrétiens cette distinction platonicienne entre *sédition* et *guerre*.

Comment Grandgousier traita humainement Toucquedillon prisonnier

CHAPITRE 46

Toucquedillon fut présenté à Grandgousier qui l'interrogea sur les desseins et les menées de Picrochole et lui demanda à quoi tendait cette retentissante agression. A cela, il répondit que son but et sa vocation étaient de conquérir tout le pays, s'il le pouvait, pour prix de l'injustice faite à ses fouaciers.

« C'est trop d'ambition, dit Grandgousier : qui trop embrasse mal étreint. Le temps n'est plus de conquérir ainsi les royaumes en causant du tort à son prochain, à son frère chrétien. Imiter ainsi Hercule, Alexandre, Annibal, Scipion, César et autres conquérants antiques est incompatible avec le fait de professer l'Evangile, qui nous commande de garder, de sauver, de régir et d'administrer nos propres terres et non d'envahir celles des autres avec des intentions belliqueuses ; ce que jadis les Sarrasins et les Barbares appelaient des prouesses, nous l'appelons maintenant brigandage et sauvagerie. Picrochole eût mieux fait de rester en ses domaines et de les gouverner en roi, que de venir faire violence aux miens et de les piller en ennemi. Bien gouverner les eût enrichis, me piller les détruira.

« Allez-vous-en, au nom de Dieu, suivez une bonne voie : faites remarquer à votre roi les erreurs que vous décèlerez et ne le conseillez jamais en fonction de votre propre profit, car la perte des biens communs ne va pas sans celle des biens particuliers. Pour ce qui est de votre rançon, je vous en fais don entièrement, et à ma volonté on vous rendra vos armes et votre cheval.

« C'est ainsi qu'il faut agir entre voisins et amis de longue date, vu que ce différend qui nous oppose n'est pas vraiment une guerre : ainsi, Platon, au livre V de *La République*, ne voulait pas que l'on parlât de guerre mais de

Ce que si par male fortune advenoit, il commande qu'on use de toute modestie. Si guerre la nommez, elle n'est que superficiaire : elle n'entre poinct au profond cabinet[3] de noz cueurs. Car nul de nous n'est oultraigé en son honneur, et n'est question, en somme totale, que de rabiller quelque faulte commise par nos gens, j'entendz et vostres et nostres. Laquelle, encores que congneussiez, vous doibvez laisser couler oultre, car les personnages querelans estoient plus à contempner que à ramentevoir, mesmement leurs satisfaisant selon le grief, comme je me suis offert. Dieu sera juste estimateur de nostre different[4], lequel je supplye plus tost par mort me tollir de ceste vie et mes biens deperir davant mes yeulx, que par moy ny les miens en rien soit offensé. »

Ces parolles achevées, appella le moyne et davant tous luy demanda : « Frere Jan, mon bon amy, estes vous qui avez prins le capitaine Toucquedillon icy present ?

— Syre (dist le moyne), il est present ; il a eage et discretion, j'ayme mieulx que le sachez par sa confession, que par ma parolle. »

A doncques dist Toucquedillon : « Seigneur, c'est luy veritablement qui m'a prins et je me rends son prisonnier franchement.

— L'avez vous (dist Grandgousier au moyne) mis à rançon ?

— Non, dist le moyne. De cela je ne me soucie.

— Combien (dist Grandgousier) voudriez vous de sa prinse ?

— Rien, rien (dist le moyne), cela ne me mene pas. »

Lors commenda Grandgousier que, present Toucquedillon, feussent contez au moyne soixante et deux mille saluz[5] pour celle prinse. Ce que feut faict ce pendent qu'on feist la collation au dict Toucquedillon, au quel demanda Grandgousier s'il vouloit demourer avecques luy, ou si mieulx aymoit retourner à son roy. Toucquedillon respondit qu'il tiendroit le party lequel il luy conseilleroit.

---

3. Petit meuble ou petite chambre où l'on enferme ce qu'on a de plus précieux. – 4. Cette idée se retrouve à la fin de l'*Adage* d'Erasme : « La guerre est agréable à ceux qui ne la font pas ». – 5. Monnaie d'occupation des Anglais administrant Paris ; elle représentait la Salutation angélique et avait un pouvoir d'achat très élevé. Voir *Quart L.* chap. 54, n. 17.

troubles internes, quand les Grecs prenaient les armes les uns contre les autres. Si par malheur la chose arrivait, il prescrit d'user d'une totale modération. Même si vous parlez ici de guerre, elle n'est que superficielle. Ce différend n'entre pas dans le plus profond de nos cœurs, car nul d'entre nous n'est blessé en son honneur. Il n'est question, en tout et pour tout, que d'effacer quelque faute commise par nos gens (j'entends les vôtres et les nôtres) et, encore que vous la connussiez, vous eussiez dû la laisser passer, car les acteurs antagonistes étaient plus dignes de mépris que de mémoire, surtout dédommagés comme je le leur avais proposé. Dieu sera le juste arbitre de notre différend et je Le supplie de m'arracher à cette vie et de laisser mes biens dépérir sous mes yeux, plutôt que de Le voir offensé en quoi que ce soit par moi-même ou par les miens. »

Sur ces paroles, il appela le moine et, devant tout le monde, lui demanda : « Frère Jean, mon bon ami, est-ce vous qui avez pris le capitaine Toucquedillon, ici présent ?

– Sire, dit le moine, il est présent. Il a l'âge de raison ; j'aime mieux que vous l'appreniez sur sa parole que de ma bouche. »

Alors Toucquedillon dit : « Seigneur, la vérité est que c'est lui qui m'a pris et je me rends à lui sans réticence.

– Lui avez-vous assigné une rançon ? demanda Grandgousier au moine.

– Non, dit le moine. Je ne me soucie point de cela.

– Combien, dit Grandgousier, demanderiez-vous pour sa prise ?

– Rien, rien, dit le moine, ce n'est pas cela qui me fait agir. »

Alors, Grandgousier ordonna qu'en présence de Toucquedillon soixante-deux mille saluts d'or fussent comptés au moine pour cette prise, ce qui fut fait pendant qu'on faisait une collation pour ledit Toucquedillon. Grandgousier lui demanda s'il voulait rester avec lui ou s'il aimait mieux retourner auprès de son roi. Toucquedillon répondit qu'il prendrait le parti qu'il lui conseillerait.

« Doncques (dist Grandgousier) retournez à vostre roy et Dieu soit avecques vous. »

Puis luy donna une belle espée de Vienne[6], avecques le fourreau d'or faict à belles vignettes d'orfeverie, et un collier d'or pesant sept cens deux mille marcz[7], garny de fines pierreries, à l'estimation de cent soixante mille ducatz et dix mille escuz, present honorable. Après ces propos, monta Toucquedillon sus son cheval. Gargantua, pour sa seureté, luy bailla trente hommes d'armes et six vingt archiers soubz la conduite de Gymnaste, pour le mener jusques ès portes de la Roche Clermaud, si besoing estoit.

Icelluy departy, le moyne rendit à Grandgousier les soixante et deux mille salutz qu'il avoit repceu, disant : « Syre, ce n'est ores que vous doibvez faire telz dons. Attendez la fin de ceste guerre, car l'on ne scait quelz affaires pourroient survenir. Et guerre faicte sans bonne provision d'argent n'a qu'un souspirail de vigueur. Les nerfz des batailles sont les pecunes.

— Doncques (dist Grandgousier) à la fin je vous contenteray par honneste recompense, et tous ceulx qui me auront bien servy. »

Comment Grandgousier manda querir ses legions et comment Toucquedillon tua Hastiveau, puis fut tué par le commandement de Picrochole

CHAPITRE XLVII

En ces mesmes jours, ceulx de Bessé, du Marché Vieux, du bourg Sainct Jacques, du Trainneau, de Parillé, de Riviere, des Roches Sainct Paoul, du Vau Breton, de Pautille, du Brehemont, du pont de Clam, de Cravant, de Grandmont, des Bourdes, de la Ville au Mere, de Huymes, de Sergé, de Hussé, de Sainct Louant, de Panzoust, des Coldreaux, de Verron, de Coulaines, de Chosé, de Varenes, de Bourgueil, de l'Isle Boucard, du Croulay, de

6. Vienne en Dauphiné était réputée pour ses armuriers. – 7. 175 tonnes.

« En ce cas, dit Grandgousier, retournez auprès de votre roi et que Dieu soit avec vous. »

Puis il lui donna une belle épée de Vienne, avec son fourreau d'or décoré de beaux pampres d'orfèvrerie, un collier d'or pesant sept cent deux mille marcs, garni de fines pierreries estimées cent soixante mille ducats, plus, en manière de présent honorifique, dix mille écus. Après cette conversation, Toucquedillon monta sur son cheval ; pour sa sécurité, Gargantua lui donna trente hommes d'armes et cent vingt archers conduits par Gymnaste, pour l'accompagner jusqu'aux portes de La Roche-Clermault et parer à toute éventualité.

Quand il fut parti, le moine rendit à Grandgousier les soixante-deux mille saluts qu'il avait reçus, en disant : « Sire, ce n'est pas en ce moment que vous devez faire de pareils dons. Attendez la fin de cette guerre, car on ne sait quels événements pourraient se produire et une guerre menée sans une bonne réserve d'argent n'a qu'un mince souffle de vigueur. Le nerf des batailles, ce sont les finances.

– Alors, dit Grandgousier, je vous honorerai à la fin, d'une juste récompense, vous et tous ceux qui m'auront bien servi. »

Comment Grandgousier mobilisa ses légions et comment Toucquedillon tua Hastiveau, puis fut tué sur ordre de Picrochole
CHAPITRE 47

Dans le même temps, ceux de Bessé, du Vieux-Marché, du Bourg Saint-Jacques, du Traîneau, de Parilly, de Rivière, des Roches Saint-Paul, du Vau-Breton, de Pontille, de Bréhémont, du Pont de Clam, de Cravant, de Grandmont, des Bourdes, de Lavillaumer, de Huismes, de Segré, d'Ussé, de Saint-Louand, de Panzoult, des Coudreaux, de Véron, de Coulaine, de Chouzé, de Varennes, de Bourgueil, de

Narsy, de Cande, de Montsoreau[1] et aultres lieux confins envoieront devers Grandgousier ambassades, pour luy dire qu'ilz estoient advertis des tordz que luy faisoit Picrochole et, pour leur ancienne confederation, ilz luy offroient tout leur povoir tant de gens, que d'argent et aultres munitions de guerre.

L'argent de tous montoit, par les pactes qu'ilz luy avoient six vingt quatorze millions deux escuz et demy d'or. Les gens estoient quinze mille hommes d'armes, trente et deux mille chevaux legiers, quatre vingtz neuf mille harquebousiers, cent quarante mille adventuriers, unze mille deux cens canons, doubles canons, basilicz et spiroles, pionniers[2] quarante sept mille ; le tout souldoyé et avitaillé pour six moys et quatre jours. Lequel offre Gargantua ne refusa, ny accepta du tout. Mais, grandement les remerciant, dist qu'il composeroit ceste guerre par tel engin que besoing ne seroit tant empescher de gens de bien. Seulement envoya qui ameneroit en ordre les legions, lesquelles entretenoit ordinairement en ses places de la Deviniere, de Chaviny, de Gravot et Quinquenays[3], montant en nombre deux mille cinq cens hommes d'armes, soixante et six mille hommes de pied, vingt et six mille arquebuziers, deux cens grosses pieces d'artillerye, vingt et deux mille pionniers et six mille chevaulx legiers, tous par bandes[4], tant bien assorties de leurs thesauriers, de vivandiers, de mareschaulx, de armuriers et aultres gens necessaires au trac de bataille ; tant bien instruictz en art militaire, tant bien armez, tant bien recongnoissans et suivans leurs enseignes, tant soubdains à entendre et obeir à leurs capitaines, tant expediez à courir, tant fors à chocquer, tant prudens à l'adventure, que mieulx ressembloient une harmonie d'orgues et concordante[5] d'horologe, q'une armée ou gensdarmerie. Toucquedillon arrivé se presenta à Picrochole et luy compta au long ce qu'il avoit et faict et veu. A la fin,

---

CHAPITRE 47 : 1. Localités de la région de Chinon ou de Saumur, où les Rabelais possédaient des terres. – 2. Corps au service de l'artillerie. – 3. Localités du Chinonais : les Rabelais avaient des propriétés, au moins dans les deux premières. – 4. Sous François Ier, la *bande* correspond à peu près à une compagnie d'infanterie en langage moderne. – 5. Mot calqué sur le latin *concordantia : harmonie.*

L'Ile-Bouchard, du Croulay, de Narcay, de Candes, de Montsoreau et d'autres localités voisines envoyèrent des délégations auprès de Grandgousier pour lui dire qu'ils étaient avertis des torts que lui causait Picrochole et, qu'en vertu de leur ancienne alliance, ils lui offraient tout ce qui était en leur pouvoir, tant en hommes qu'en argent et autres fournitures de guerre.

Le total de leur argent s'élevait, d'après leurs comptes, à cent trente-quatre millions deux écus et demi d'or. Les troupes comptaient quinze mille hommes d'armes, trente-deux mille chevau-légers, quatre-vingt-neuf mille arquebusiers, cent quarante mille mercenaires, onze mille deux cents canons, doubles canons, basilics et spiroles, quarante-sept mille fantassins ; le tout avec solde et ravitaillement pour six mois et quatre jours. Gargantua ne refusa ni n'accepta totalement cette offre ; mais il leur dit, en les remerciant chaleureusement, qu'il conduirait cette guerre de telle façon qu'il ne serait pas nécessaire de mobiliser autant d'honnêtes gens. Il dépêcha seulement des émissaires pour ramener en bon ordre les légions qu'il entretenait d'ordinaire en ses places de la Devinière, de Chavigny, de Gravot et de Quinquenays, qui comptaient deux mille cinq cents hommes d'armes, soixante-six mille hommes de pied, vingt-six mille arquebusiers, deux cents grosses pièces d'artillerie, vingt-deux mille fantassins et six mille chevau-légers, tous par compagnies, si bien pourvues d'intendants, avec leurs vivandiers, leurs maréchaux, leurs armuriers et les autres personnes indispensables au train de guerre, si bien instruites en l'art militaire, si bien équipées, reconnaissant et suivant si bien leurs enseignes, si promptes à comprendre leurs capitaines et à leur obéir, si vives à la course, si rudes à l'assaut, si prudentes à la progression, qu'elles ressemblaient plus à une harmonie d'orgue ou à un mécanisme d'horlogerie qu'à une armée ou à un corps de troupe. A son arrivée, Toucquedillon se présenta à Picrochole et lui raconta en détail ce qu'il avait

conseilloit par fortes parolles qu'on feist apoinctement avecques Grandgousier, lequel il avoit esprouvé le plus homme de bien du monde, adjoustant que ce n'estoit ny preu ny raison molester ainsi ses voisins, desquelz jamais n'avoient eu que tout bien. Et, au reguard du principal, que jamais ne sortiroient de ceste entreprinse que à leur grand dommaige et malheur, car la puissance de Picrochole n'estoit telle que, aisement, ne les peust Grandgousier mettre à sac. Il n'eust achevé ceste parolle que Hastiveau dist tout hault : « Bien malheureux est le prince qui est de telz gens servy, qui tant facilement sont corrompuz, comme je congnoys Toucquedillon. Car je voy son couraige tant changé que voluntiers se feust adjoinct à noz ennemys pour contre nous batailler et nous trahir, s'ilz l'eussent voulu retenir. Mais, comme vertus est de tous, tant amys que ennemys, louée et estimée, aussi meschanceté est tost congneue et suspecte. Et posé que d'icelle les ennemys se servent à leur profit, si[6] ont ilz tousjours les meschans et traistres en abhomination. »

A ces parolles, Toucquedillon impatient tyra son espée et en transperca Hastiveau un peu au dessus de la mammelle guauche, dont mourut incontinent. Et tyrant son coup du corps, dist franchement : « Ainsi perisse qui feaulx serviteurs blasmera. »

Picrochole soubdain entra en fureur et, voyant l'espée et fourreau tant diapré, dist : « Te avoit on donné ce baston pour en ma presence tuer malignement mon tant bon amy Hastiveau ? »

Lors commenda à ses archiers qu'ilz le meissent en pieces. Ce que feut faict sus l'heure, tant cruellement que la chambre estoit toute pavée de sang. Puis feist honorablement inhumer le corps de Hastiveau et celluy de Toucquedillon getter par sus les murailles, en la vallée.

Les nouvelles de ces oultraiges feurent sceues par toute l'arme, dont plusieurs commencerent murmurer contre Picrochole, tant

6. *Posé que... si...* à supposer que... alors...

fait et vu. A la fin il lui conseillait fortement de conclure un arrangement avec Grandgousier. Il avait trouvé que c'était le plus grand homme de bien du monde, ajoutant qu'il n'y avait ni profit ni raison à malmener ainsi ses voisins dont ils n'avaient jamais retiré que du bien, essentiellement, et que jamais ils ne sortiraient de cette aventure qu'à leur perte et pour leur malheur, car la puissance de Picrochole n'était pas telle que Grandgousier ne les pût aisément massacrer.

Il n'avait pas achevé ces paroles que Hastiveau dit en haussant la voix : « Il est bien malheureux, le prince que servent de telles gens, si faciles à corrompre. Je comprends que Toucquedillon est de ceux-ci, car je vois que son attitude est tellement changée qu'il se serait volontiers joint à nos ennemis pour lutter contre nous et nous trahir, s'ils avaient voulu le retenir. Mais de même que la vertu est louée et estimée de tous, tant amis qu'ennemis, de même la perfidie est vite reconnue et manifeste ; et à supposer que les ennemis en usent à leur profit, ils ont toujours en horreur les perfides et les traîtres. »

A ces mots, Toucquedillon hors de lui tira son épée et en transperça Hastiveau un peu au-dessus de la mamelle gauche ; il en mourut sur-le-champ. Retirant son arme Toucquedillon dit avec assurance : « Qu'ainsi périsse qui blâmera de loyaux serviteurs ! »

Picrochole entra subitement en fureur et dit, en voyant l'épée et son fourreau ainsi diaprés : « T'avait-on donné cette arme pour en ma présence tuer diaboliquement mon si bon ami Hastiveau ? »

Alors, il ordonna à ses archers de le mettre en pièces, ce qui fut fait dans l'instant, avec une telle sauvagerie que la salle en était toute pavée de sang. Ensuite il fit inhumer dignement le corps de Hastiveau et jeter celui de Toucquedillon dans la vallée, par-dessus les murailles.

La nouvelle de ces atrocités se répandit dans toute l'armée et plusieurs commencèrent à murmurer contre Picrochole,

que Grippe Pinault luy dist : « Seigneur, je ne scay quelle yssue sera de ceste entreprinse. Je voy voz gens peu confermés en leurs couraiges. Ilz considerent que sommes icy mal pourveuz de vivres et ja beaucoup diminuez en nombre, par deux ou troys yssues. Davantaige, il vient grand renfort de gens à voz ennemys. Si nous sommes assiegez une foys, je ne voy poinct comment ce ne soit à nostre ruyne totale.

— Bren, bren ! dist Picrochole, vous semblez les anguillez de Melun : vous criez davant qu'on vous escorche[7] ! Laissés les seulement venir. »

Comment Gargantua assaillit Picrochole dedans la Roche Clermaud et defist l'armée dudict Picrochole

CHAPITRE XLVIII

Gargantua eut la charge totale de l'armée : son pere demoura en son fort et, leur donnant couraige par bonnes parolles, promist grandz dons à ceulx qui feroient quelques prouesses. Puis gaignerent le gué de Vede et, par basteaulx et pons legierement faictz, passerent oultre d'une traicte. Puis, considerant l'assiete de la ville, que estoit en lieu hault et adventageux, delibera celle nuyct sus ce qu'estoit de faire. Mais Gymnaste luy dist : « Seigneur, telle est la nature et complexion des Francoys que ilz ne valent que à la premiere poincte. Lors ils sont pires que diables. Mais s'ilz sejournent, ilz sont moins que femmes[1]. Je suis d'advis que à l'heure presente, après que voz gens auront quelque peu respiré et repeu, faciez donner l'assault. »

L'advis feut trouvé bon. Adoncques produict toute son armée en plain camp, mettant les subsides du cousté de la montée. Le moyne print avecques luy six enseignes de gens de pied

---

7. Ce proverbe déforme peut-être un « cri » de poissonnier les anguilles qu'on crie avant de les écorcher sont évidemment très fraîches. Voir L. V chap. 21, n. 20.

CHAPITRE 48 : 1. Ce jugement porté par l'historien latin Tite-Live sur les Gaulois était fréquemment appliqué aux Français.

si bien que Grippepinault lui dit : « Seigneur, je ne sais comment se terminera cette affaire. Le moral de vos gens me semble mal assuré. Ils observent qu'ici nous sommes mal approvisionnés en vivres et déjà fortement diminués en nombre à la suite de deux ou trois sorties. De plus quantité de gens viennent prêter main-forte à vos ennemis. Si jamais nous sommes assiégés, je ne vois pas comment ce ne pourrait être pour notre perte totale.

– Merde ! merde ! dit Picrochole, vous êtes comme les anguilles de Melun : vous criez avant qu'on vous écorche. Laissez-les seulement arriver. »

Comment Gargantua donna l'assaut à Picrochole dans La Roche-Clermault et défit l'armée dudit Picrochole
CHAPITRE 48

Gargantua eut la charge totale de l'armée. Son père resta dans son château fort et les encouragea par de bonnes paroles en promettant de grands dons à ceux qui accompliraient quelque prouesse. Ensuite, ils gagnèrent le gué de Vède qu'ils franchirent d'une traite grâce à des bateaux et à des ponts sommairement établis. Considérant alors la position de la ville qui, étant sise sur une hauteur, lui donnait l'avantage, Gargantua décida d'attendre la nuit pour voir ce qu'il convenait de faire. Mais Gymnaste lui dit : « La nature et le tempérament des Français sont tels qu'ils n'ont de valeur qu'au premier assaut. Ils sont alors pires que diables ; mais s'ils temporisent, ils valent moins que des femmes. Je suis d'avis que vous fassiez donner l'assaut dans l'heure, quand vos gens auront pris le temps de souffler et de se refaire quelque peu. »

L'idée fut trouvée bonne. Il déploie alors toute son armée en pleine campagne, en plaçant les réserves du côté de la hauteur. Le moine prit avec lui six compagnies de gens de

et deux cens hommes d'armes et, en grande diligence, traversa les marays et gaingna au dessus le puy, jusques au grand chemin de Loudun.

Ce pendent l'assault continuoit; les gens de Picrochole ne scavoient si le meilleur estoit sortir hors et les recepvoir[2], ou bien guarder la ville sans bouger. Mais furieusement sortit avecques quelque bande d'hommes d'armes de sa maison, et là feut receu et festoyé à grandz coups de canon qui gresloient devers les coustaux, dont les Gargantuistes se retirerent au val pour mieulx donner lieu à l'artillerye.

Ceulx de la ville defendoient le mieulx que povoient, mais les traictz passoient oultre par dessus sans nul ferir. Aulcuns de la bande saulvez de l'artillerie donnerent fierement sus nos gens, mais peu profiterent, car tous feurent repceuz entre les ordres et là ruez par terre. Ce que voyans, se vouloient retirer, mais ce pendent le moyne avoit occupé le passaige. Parquoy se mirent en fuyte, sans ordre ny maintien. Aulcuns vouloient leur donner la chasse, mais le moyne les retint, craignant que suyvant les fuyans perdissent leurs rancz et que, sus ce poinct, ceulx de la ville chargeassent sus eulx. Puis, attendant quelque espace et nul ne comparant à l'encontre, envoya le duc Phrontiste[3] pour admonnester Gargantua à ce qu'il avanceast pour gaigner le cousteau à la gauche, pour empescher la retraicte de Picrochole par celle porte. Ce que feist Gargantua en toute diligence, et y envoya quatre legions de la compaignie de Sebaste[4]; mais si tost ne peurent gaigner le hault, qu'ilz ne rencontrassent en barbe Picrochole et ceulx qui avecques luy s'estoient espars. Lors chargerent sus roiddement. Toutesfoys, grandement feurent endommaigez par ceulx qui estoient sus les murs en coupz de traict et artillerie. Quoy voyant, Gargantua en grande puissance alla les secourir, et commença son artillerie à hurter sus ce quartier de murailles, tant que toute la force de la ville y feut revocquée.

---

2. Ce verbe garde son sens militaire dans tout le passage. – 3. *Le Sage*, terme grec. – 4. Ce mot tiré du grec signifie « Auguste », « Respectable ».

pied et deux cents hommes d'armes, et traversa les marais en grande diligence ; il arriva au-dessus du Puy, jusqu'à la grand'route de Loudun.

Pendant ce temps, l'assaut se poursuivait. Les gens de Picrochole ne savaient pas s'il valait mieux sortir pour les recevoir ou bien garder la ville, sans bouger, mais Picrochole sortit comme un enragé avec une bande d'hommes d'armes de sa maison et fut alors accueilli et fêté à grands coups de canon qui tombaient comme grêle sur le flanc des coteaux, ce qui amena les Gargantuistes à se retirer dans la vallée pour laisser le champ libre à l'artillerie.

Ceux de la ville répliquaient du mieux qu'ils pouvaient, mais les tirs passaient trop haut, sans atteindre personne. Quelques membres de la bande, ayant échappé à l'artillerie, se ruèrent rudement sur nos gens, mais peu purent persévérer car ils furent tous pris entre les lignes, où ils furent jetés bas. Comprenant la situation, ils voulaient battre en retraite ; mais pendant ce temps, le moine avait occupé le passage, aussi prirent-ils la fuite sans ordre ni discipline. Certains voulaient les poursuivre, mais le moine les retint, de peur qu'en poursuivant les fuyards ils ne rompissent leurs rangs et que ceux de la ville n'en profitassent pour les charger à ce moment-là. Puis, il attendit un peu et, comme nul ne se présentait en face de lui, il envoya le duc Phrontiste pour inciter Gargantua à progresser pour occuper le coteau sur la gauche et empêcher Picrochole de battre en retraite de ce côté. Ce que Gargantua fit promptement en envoyant quatre légions de la compagnie de Sébaste. Mais ils n'avaient pas atteint le sommet, qu'ils se trouvaient nez à nez avec Picrochole et ceux qui s'étaient dispersés avec lui. Alors ils les chargèrent vivement, mais toutefois avec de grandes pertes dues aux traits et à l'artillerie de ceux qui étaient sur les remparts. Ce que voyant, Gargantua alla leur porter un puissant renfort, et son artillerie commença à mitrailler cette partie des remparts, si bien que toutes les forces de la ville furent rappelées à cet endroit.

Le moyne, voyant celluy cousté lequel il tenoit assiegé denué de gens et guardes, magnanimement tyra vers le fort, et tant feist qu'il monta sus luy, et aulcuns de ses gens, pensant que plus de crainte et de frayeur donnent ceulx qui surviennent à un conflict que ceulx qui lors à leur force combattent. Toutesfoys ne feist oncques effroy[5], jusques à ce que tous les siens eussent guaigné la muraille, excepté les deux cens hommes d'armes qu'il laissa hors pour les hazars. Puis s'escria horriblement et les siens ensemble et, sans resistence, tuerent les guardes d'icelle porte, et la ouvrirent ès hommes d'armes, et en toute fiereté coururent ensemble vers la porte de l'Orient, où estoit le desarroy. Et par derriere renverserent toute leur force. Voyans les assiegez de tous coustez et les Gargantuistes avoir gaigné la ville, se rendirent[6] au moyne à mercy. Le moyne leurs feist rendre les bastons et armes, et tous retirer et reserrer par les eglises, saisissant tous les bastons des croix et commettant gens ès portes pour les garder de yssir. Puis, ouvrant celle porte orientale, sortit au secours de Gargantua.

Mais Picrochole pensoit que le secours luy venoit de la ville et, par oultrecuidance, se hazarda plus que devant, jusques à ce que Gargantua s'escrya : « Frere Jan, mon amy, frere Jan, en bon heure soyez venu ! »

Adoncques, congnoissant Picrochole et ses gens que tout estoit desesperé, prindrent la fuyte en tous endroictz. Gargantua les poursuyvit jusques près Vaugaudry, tuant et massacrant, puis sonna la retraicte.

5. Voir *Quart L.* chap. 13, n. 11. – 6. Le verbe a pour sujet : *les forces de Picrochole*.

Le moine, voyant dépourvu de troupes et de gardes ce côté-là, qui était celui qu'il assiégeait, se porta bravement vers les murailles et fit si bien qu'il les escalada avec un certain nombre de ses hommes, pensant que ceux qui arrivent au combat à l'improviste causent plus de crainte et de frayeur que ceux qui luttent alors de front. Toutefois, il ne fit aucun bruit jusqu'à ce que les siens eussent gagné la muraille dans leur totalité, à part deux cents hommes d'armes qu'il laissa à l'extérieur pour parer à toute éventualité. Puis il poussa un cri terrible, et les siens en même temps que lui, et, sans rencontrer de résistance, ils tuèrent les gardes de cette porte-là qu'ils ouvrirent aux hommes d'armes et ils coururent farouchement vers la porte orientale où régnait la confusion. Ils renversèrent par-derrière tout ce qui était en état de combattre. Voyant qu'ils étaient assiégés de tous côtés et que les Gargantuistes avaient pris la ville, ils se rendirent à la merci du moine. Il leur fit déposer leurs armes et leurs équipements et les fit tous arrêter et enfermer dans les églises, confisquant tous les bâtons des croix et plaçant des gens aux portes pour les empêcher de sortir. Puis, ouvrant la porte du côté est, il sortit au secours de Gargantua.

Mais Picrochole, pensant que du secours lui arrivait de la ville, eut la témérité de prendre plus de risques qu'auparavant, jusqu'au moment où Gargantua s'écria : « Frère Jean, mon ami, Frère Jean ; à la bonne heure, soyez le bienvenu ! »

Alors, comprenant que la situation était désespérée, Picrochole et ses gens prirent la fuite dans tous les sens. Gargantua les poursuivit jusque du côté de Vaugaudry, en tuant et en massacrant, puis il sonna la retraite.

Comment Picrochole fuiant feut surprins de males fortunes et ce que feit Gargantua après la bataille

CHAPITRE XLIX

Picrochole, ainsi desesperé, s'en fuyt vers l'Isle Bouchart[1] et, au chemin de Riviere[2], son cheval bruncha par terre, à quoy tant feut indigné que, de son espée, le tua en sa chole[3]. Puis, ne trouvant personne qui le remontast, voulut prendre un asne du moulin qui là aupres estoit ; mais les meusniers le meurtrirent tout de coups et le destrousserent de ses habillemens, et luy baillerent pour soy couvrir une meschante sequenye[4].

Ainsi s'en alla le pauvre cholericque. Puis, passant l'eau au port Huaux[5] et racontant ses males fortunes, feut advisé par une vieille Lourpidon que son royaulme luy seroit rendu à la venue des Cocquecigrues : depuis ne scait on qu'il est devenu. Toutesfoys, l'on m'a dict qu'il est de present pauvre gaignede-nier à Lyon[6], cholere comme davant. Et tousjours se guemente à tous estrangiers de la vonue des Cocquecigrues, esperant cer-tainement, scelon la prophetie de la vieille, estre à leur venue reintegré à son royaulme.

Après leur retraicte, Gargantua premierement recensa les gens et trouva que peu d'iceulx estoient peryz en la bataille, scavoir est quelques gens de pied de la bande du capitaine Tol-mere[7], et Ponocrates qui avoit un coup de harquebouze en son pourpoinct. Puis les feist refraischer[8] chascun par sa bande et commanda ès thesauriers que ce repas leur feust defrayé et payé, et que l'on ne feist oultrage quelconques en la ville, veu qu'elle estoit sienne, et après leur repas ilz comparussent en la place davant le chasteau, et là seroient payez pour six moys. Ce que feut faict, puis feist convenir davant soy en ladicte place tous ceulx qui là restoient de la part de Picrochole, esquelz presens tous ses Princes et capitaines, parla comme s'ensuyt.

CHAPITRE 49 : 1. Chef-lieu du canton, arrondissement de Chinon. – 2. Près de L'Ile-Bouchard. – 3. Accès de colère bilieuse. – 4. Sarrau de paysan. – 5. Près d'Azay-le-Rideau, en direction de Tours. – 6. Tel est le sort d'outre-tombe que le chapitre 30 du *Pantagruel* imaginait pour « tous les Chevaliers de la Table Ronde ». – 7. Capitaine Levaillant. – 8. *Se refraîchir* signifie *changer de vêtements, se mettre au repos.*

Comment Picrochole dans sa fuite fut pris par malchance et ce que fit Gargantua après la bataille

CHAPITRE 49

Picrochole en tel désespoir s'enfuit vers L'Ile-Bouchard et, au chemin de Rivière, son cheval broncha et tomba à terre ; il en fut tellement exaspéré que, dans sa rage, il le tua avec son épée. Puis, ne trouvant personne qui lui fournît une nouvelle monture, il voulut prendre un âne au moulin qui se trouvait près de là ; mais les meuniers le rouèrent de coups et le détroussèrent de ses vêtements, lui donnant pour se couvrir une méchante souquenille.

Ainsi s'en alla notre pauvre colérique. Traversant ensuite la rivière à Port-Huault et racontant ses infortunes, il rencontra une vieille sorcière qui lui prédit que son royaume lui serait rendu à la venue des coquecigrues. Depuis, on ne sait ce qu'il est devenu. Toutefois l'on m'a dit qu'il est à présent pauvre gagne-petit à Lyon, colérique comme auparavant. Il s'inquiète toujours auprès de tous les étrangers de l'arrivée des coquecigrues, avec le ferme espoir que, selon la prophétie de la vieille, il recouvrera son royaume à leur venue.

Après la retraite, Gargantua commença par recenser les gens et constata qu'il y en avait peu qui étaient morts dans la bataille : il s'agissait de quelques gens de pied de la compagnie du capitaine Tolmère et de Ponocrates qui avait reçu un coup d'arquebuse dans le pourpoint. Puis il les fit se restaurer, compagnie par compagnie, et commanda aux trésoriers que ce repas soit remboursé et réglé, et que l'on ne commît nul excès à travers la ville, vu qu'elle était sienne ; après leur repas, ils se rassembleraient sur la place, devant le château, et là, ils seraient payés pour six mois. Ce qui fut fait. Puis il réunit devant lui, sur cette place, tous les gens de Picrochole qui restaient et, en présence de ses princes et de ses capitaines, il s'adressa à eux en ces termes :

La contion que feist Gargantua ès vaincus

CHAPITRE L

Nos peres, ayeulx et ancestres de toute memoyre ont esté de ce sens et ceste nature que des batailles par eulx consommées ont, pour signe memorial des triumphes et victoires, plus voluntiers erigé trophées et monumens ès cueurs des vaincuz par grace[1], *que ès terres par eulx conquestées par architecture. Car plus estimoient la vive souvenance des humains acquise par liberalité que la mute inscription des arcs, colomnes et pyramides, subjecte ès calamitez de l'air et envie d'un chascun.*

Souvenir assez vous peut de la mansuetude dont ilz userent envers les Bretons à la journée de Sainct Aubin du Cormier[2] *et à la demolition de Parthenay*[3]. *Vous avez entendu et, entendent, admirez le bon traictement qu'il feirent ès Barbares de Spagnola, qui avoient pillé, depopulé et saccaigé les fins maritimes de Olone et Thalmondoys*[4].

Tout ce ciel a esté remply des louanges et gratulations que vous mesmes et vos peres feistes lors que Alpharbal, roy de Canarre, non assovy de ses fortunes, envahyt furieusement le pays de Onys[5], *exercent la piraticque*[6] *en toutes les isles Armoricques et regions confines. Il feut en juste bataille navale prins et vaincu de mon pere, au quel Dieu soit garde et protecteur. Mais quoy ? Au cas que les aultres roys et Empereurs — voyre qui se font nommer Catholicques*[7] *— l'eussent miserablement traicté, durement emprisonné et rançonné extremement, il le traicta courtoisement, amiablement le logea avecques soy en son palays et, par incroyable debonnaireté, le renvoya en saufconduyt, chargé de dons, chargé de graces, chargé de toutes offices d'amytié. Qu'en est il advenu ? Luy, retourné en*

CHAPITRE 50 : 1. Complément de *érigé* (de même que *par architecture*). – 2. En 1488 La Trémoille y écrasa le duc d'Orléans, le futur Louis XII, qui commandait les Bretons. – 3. En 1487, Charles VIII démantela la place mais accorda une retraite honorable à sa garnison. – 4. Par un procédé qui laisse présager l'ironie des philosophes du 18e siècle, Rabelais suppose que les sauvages d'Haïti ont effectué une expédition colonisatrice contre les côtes des Sables-d'Olonne. – 5. Aunis ; voir plus haut chap. 13, n. 1. – 6. L'art de piraterie. – 7. Allusion évidente au *rex catholicus*, Charles Quint, qui emprisonna, rançonna et humilia François Ier après la bataille de Pavie.

La harangue que fit Gargantua aux vaincus

CHAPITRE 50

Du plus loin que l'on se souvienne, nos pères, nos aïeux et nos ancêtres ont préféré, tant par bon sens que par un penchant naturel, perpétuer le souvenir de leurs triomphes et de leurs victoires dans les batailles qu'ils ont livrées en érigeant leurs trophées et leurs monuments dans les cœurs des vaincus, en les graciant, plutôt qu'en faisant œuvre d'architecture sur les terres conquises. Car ils attachaient plus de prix à la vivante reconnaissance des hommes gagnée par la générosité, qu'aux inscriptions muettes des arcs, des colonnes et des pyramides, exposées aux intempéries et à la malveillance du premier venu.

Vous pouvez vous souvenir de la mansuétude dont ils firent preuve envers les Bretons le jour de la bataille de Saint-Aubin-du-Cormier et lors du démantèlement de Parthenay. On vous a fait savoir, et ce savoir provoque votre étonnement, le bon traitement qu'ils réservèrent aux barbares d'Hispaniola qui avaient pillé, dépeuplé et saccagé les régions maritimes des Sables-d'Olonne et du Talmondais.

Tout le ciel que vous voyez a été rempli des louanges et des actions de grâce que vous-mêmes et vos pères adressâtes après qu'Alpharbal, roi de Canarre, non content de sa bonne fortune, fit la folie d'envahir le pays d'Aunis, se livrant à la piraterie dans toutes les îles armoricaines et les contrées voisines. Dans un loyal combat naval, il fut vaincu et capturé par mon père (que Dieu le garde et le protège !). Mais voilà ! Alors que les autres rois et empereurs, même parmi ceux qui se font appeler catholiques, l'eussent misérablement traité, emprisonné sans pitié et lourdement rançonné, il le traita courtoisement, lui fit l'amitié de le loger chez lui, dans son palais, et, avec une incroyable débonnaireté, le renvoya en toute liberté, chargé de dons, chargé de faveurs, chargé de tous les témoignages de l'amitié. Qu'en

ses terres, feist assembler tous les princes et estatz de son royaulme, leurs exposa l'humanité qu'il avoit en nous congneu et les pria sur ce deliberer, en façon que le monde y eust exemple, comme avoit ja en nous de gracieuseté honeste, aussi en eulx de honesteté gratieuse. Là feut decreté, par consentement unanime, que l'on offreroit entierement leurs terres[8], dommaines et royaulme à en faire selon nostre arbitre. Alpharbal en propre personne soubdain retourna avecques neuf mille trente et huyt grandes naufz oneraires, menant non seulement les thesors de sa maison et lignée royalle, mais près que de tout le pays. Car, soy embarquant pour faire voille au vent Vesten Nordest[9], chascun à la foulle gettoit dedans icelle or, argent, bagues, joyaulx, espiceries, drogues et odeurs aromaticques, Papegays, Pelicans, Guenons, Civettes, Genettes, Porczespicz. Poinct n'estoit filz de bonne mere reputé qui dedans ne gettast ce que avoit de singulier. Arrivé que feut, vouloit baiser les piedz de mondict pere : le faict feut estimé indigne et ne feut toleré, ains feut embrassé socialement. Offrit ses presens : ilz ne feurent receupz, par trop estre excessifz. Se donna mancipe et serf voluntaire, soy et sa posterité : ce ne feut accepté, par ne sembler equitable. Ceda par le decret des estatz ses terres et royaulme, offrant la transaction et transport signée, scellé et ratifié de tous ceulx qui faire le debvoient : ce fut totalement refusé et les contractz gettés au feu. La fin feut que mon dict pere commença lamenter de pitié et pleurer copieusement, considerant le franc vouloir et simplicité des Canarriens et, par motz exquis et sentences congrues, diminuoit le bon tour qu'il leur avoit faict, disant ne leur avoit faict bien qui feut à l'estimation d'un bouton, et si rien d'honnesteté leur avoit monstré, il estoit tenu de ce faire. Mais tant plus l'augmentoit Alpharbal. Quelle feut l'yssue ? En lieu que

---

8. Les terres des Canarriens, désignés par le pronom *on*. – 9. Ce vent W-N-E souffle en direction de l'Impossible !

résulta-t-il ? Revenu dans ses terres, Alpharbal réunit tous les princes et les états de son royaume, leur exposa les sentiments humanitaires qu'il avait découverts chez nous et les pria de délibérer à ce propos, afin que le monde trouvât en eux un exemple de magnanimité aimable, de la même façon qu'il avait déjà trouvé en nous un exemple d'amabilité magnanime. Ils décrétèrent alors d'un commun accord que leurs terres, leurs domaines et leurs royaumes seraient remis à notre entière disposition. Alpharbal en personne revint aussitôt avec neuf mille trente-huit grands navires marchands transportant les trésors non seulement de sa maison et de la famille royale, mais de presque tout le pays. Car, alors qu'il s'embarquait pour faire voile ouest-nord-est, tous en foule jetaient dans le navire or, argent, bagues, joyaux, épices, baumes aromatiques et parfums, perroquets, pélicans, guenons, civettes, genettes, porcs-épics. Il n'y avait fils de bonne famille qui n'y jetât ce qu'il avait de plus rare. Quand il fut arrivé à destination, il voulait baiser les pieds de mon père ; la chose fut jugée déshonorante et ne fut pas tolérée, mais il fut embrassé chaleureusement. Il offrit ses présents qu'on n'accepta pas car ils étaient excessifs. Il se livra comme esclave et serf de plein gré, avec toute sa descendance. On n'y consentit pas car cela apparut comme une injustice. Il céda, sur décision de ses états, ses terres et son royaume, offrant l'acte de transaction et de passation, signé, scellé et ratifié par tous ceux qui avaient autorité pour le faire. On opposa un refus absolu et les contrats furent jetés au feu. Le résultat, ce fut que mon père, apitoyé, se mit à se lamenter et à pleurer abondamment en se rendant compte de la bonne volonté et de l'humilité des Canarriens ; il minimisait par d'exquises paroles et des propos pleins de courtoisie l'attitude magnanime qu'il avait eue, disant qu'il ne leur avait rien fait qui valût un bouton et que, s'il leur avait témoigné un peu de générosité, c'est qu'il se devait de le faire. Mais Alpharbal n'en magnifiait que davantage sa conduite. Qu'en advint-il ? Alors que

pour sa rançon prinze à toute extremité eussent [10] peu tyran-
nicquement exiger vingt foys cent mille escutz et retenir pour
houstaigers ses enfants aisnez, ilz se sont faictz tributaires
perpetuelz et obligez nous bailler par chascun an deux mil-
lions d'or affiné à vingt quatre Karatz. Ilz nous feurent l'année
premiere icy payez ; la seconde, de franc vouloir, en paierent
xxiij cens mille escuz ; la tierce, xxvj cens mille ; la quarte,
troys millions ; et tant tousjours croissent de leur bon gré que
serons contrainctz leurs inhiber de rien plus nous apporter.
C'est la nature de gratuité : car le temps, qui toutes choses
ronge et diminue, augmente et accroist les biensfaictz, par ce
q'un bon tour, liberalement faict à homme de raison, croist
continuement par noble pensée et remembrance.

Ne voulant doncques aulcunement degenerer de la debon-
naireté hereditaire de mes parens, maintenant je vous absoluz
et delivre, et vous rends francs et liberes comme par avant.
D'abondant, serez à l'yssue des portes payez chascun pour
troys moys, pour vous pouvoir retirer en voz maisons et familles,
et vous conduiront en saulveté six cens hommes d'armes et
huyct mille hommes de pied, soubz la conduicte de mon escuyer
Alexandre, affin que par les paisans ne soyez oultragez. Dieu
soit avecques vous !

Je regrette de tout mon cueur que n'est icy Picrochole, car
je luy eusse donné à entendre que sans mon vouloir, sans
espoir de accroistre ny mon bien ny mon nom, estoit faicte
ceste guerre. Mais puis qu'il est esperdu, et ne scayt on où ny
comment est esvanouy, je veulx que son royaulme demeure
entier à son filz. Lequel, par ce qu'est par trop bas d'eage (car
il n'a encores cinq ans accomplyz), sera gouverné et instruict
par les anciens princes et gens scavans du royaulme. Et, par
autant q'un royaulme ainsi desolé seroit facilement ruiné si
on ne refrenoit la convoytise et avarice des administrateurs

---

10. Les éditions précédentes portent *eussions* et *eussiont*. Il y a ici une allusion à la conduite de Charles Quint qui, par le traité de Madrid, s'était fait
livrer les deux fils de François Ier. A vrai dire sa méfiance était très justifiée.

pour sa rançon, acceptée en dernier recours, nous eussions pu tyranniquement exiger vingt fois cent mille écus et garder comme otages les aînés de ses enfants, ils se sont constitués perpétuels tributaires et se sont obligés à nous verser chaque année deux millions d'or pur à vingt-quatre carats. La première année ils nous furent payés ici même. La deuxième, ils versèrent de leur propre chef deux millions trois cent mille écus, la troisième, deux millions six cent mille, la quatrième trois millions et ils augmentent toujours de la sorte, de leur plein gré, si bien que nous serons contraints de leur intimer de ne plus rien nous donner. C'est la nature même de la générosité : le temps qui ronge et amoindrit toutes choses augmente et accroît les bienfaits, car une bonne action, accomplie libéralement au profit d'un homme de bon sens, fructifie continuellement grâce à la noblesse de la pensée et de sa gratitude.

Ne voulant donc aucunement dégénérer de la bénignité héritée de mes parents, à présent je vous pardonne et vous délivre, je vous laisse aller francs et libres comme avant. De plus, en franchissant les portes, chacun d'entre vous sera payé pour trois mois, afin que vous puissiez rentrer dans vos foyers, au sein de vos familles. Six cents hommes d'armes et huit mille fantassins vous conduiront en sûreté, sous le commandement de mon écuyer Alexandre, pour éviter que vous ne soyez malmenés par les paysans. Que Dieu soit avec vous !

Je regrette de tout mon cœur que Picrochole ne soit pas ici, car je lui aurais fait comprendre que cette guerre avait lieu en dépit de ma volonté et que je ne souhaitais pas accroître mes biens ou ma renommée. Mais puisqu'il a disparu et qu'on ne sait où ni comment il s'est évanoui, je tiens à ce que son royaume revienne intégralement à son fils ; comme celui-ci est d'un âge trop tendre (il n'a pas encore cinq ans révolus), il sera dirigé et formé par les anciens princes et les gens de science du royaume. Et, puisqu'un royaume ainsi décapité serait facilement conduit à la ruine si l'on ne réfrénait la convoitise et la cupidité de ses admi-

d'icelluy, je ordonne et veux que Ponocrates soit sus tous ses gouverneurs entendant, avecques auctorité à ce requise, et assidu avecques l'enfant jusques à ce qu'il le congnoistra idoine de povoir par soy regir et regner.

Je considere que facilité trop enervée et dissolue de pardonner ès malfaisans leur est occasion de plus legierement de rechief mal faire par ceste pernicieuse confiance de grace.

Je considere que Moyse, le plus doulx homme qui de son temps feust sus le terre[11]*, aigrement punissoit les mutins et seditieux au peuple de Israel.*

Je considere que Jules Cesar, empereur tant debonnaire que de luy dict Ciceron que sa fortune rien plus souverain n'avoit si non qu'il pouvoit, et sa vertus meilleur n'avoit sinon qu'il vouloit tousjours sauver et pardonner à un chascun ; icelluy toutesfoys, ce non obstant, en certains endroictz punit rigoureusement les aucteurs de rebellion.

A ces exemples, je veulx que me livrez avant le departir : premierement, ce beau Marquet, qui a esté source et cause premiere de ceste guerre par sa vaine oultrecuidance ; secondement, ses compaignons fouaciers, qui feurent negligens de corriger sa teste folle sus l'instant ; et finablement, tous les conseillers, capitaines, officiers et domestiques de Picrochole, lesquelz le auroient incité, loué, ou conseillé de sortir ses limites pour ainsi nous inquieter.

Comment les victeurs Gargantuistes feurent recompensez après la bataille

CHAPITRE LI

Ceste concion faicte par Gargantua, feurent livrez les sediteux par luy requis, exceptez Spadassin, Merdaille et Menuail, lesquelz estoient fuyz six heures davant la bataille (l'un jusques

---

11. Expression littéralement traduite de la Bible (Nombres 12, 3).

nistrateurs, j'ordonne et veux que Ponocrates soit intendant de tous les gouverneurs, qu'il ait l'autorité nécessaire pour cela et qu'il veille sur l'enfant tant qu'il ne le jugera pas capable de gouverner et de régner par lui-même.

Je considère que ce penchant trop veule et mou qu'est la faiblesse de pardonner aux méchantes gens, leur offre l'occasion de plus facilement commettre de nouveaux méfaits, à cause de cette néfaste assurance de l'impunité.

Je considère que Moïse, l'homme le plus doux qui fut sur terre en son temps, punissait sévèrement ceux qui se mutinaient et entraient en sédition au sein du peuple d'Israël.

Je considère Jules César, empereur si débonnaire que, au dire de Cicéron, avoir le pouvoir de toujours sauver tout un chacun et de lui pardonner était à ses yeux le degré souverain de la réussite, et qu'avoir la volonté de le faire était son plus grand mérite ; malgré tout, dans certains cas, malgré ces maximes, il punit impitoyablement les fauteurs de rébellion.

A ces exemples, je veux qu'avant de partir vous me livriez : premièrement ce beau Marquet qui a été la source et la cause initiale de cette guerre par la faute de son outre-cuidance ; deuxièmement ses compagnons fouaciers qui ont négligé de calmer sa tête folle au moment voulu, et enfin tous les conseillers, les capitaines, les officiers et les familiers de Picrochole qui l'auraient encouragé ou glorifié, ou lui auraient conseillé de sortir de ses frontières pour nous tourmenter ainsi.

Comment les Gargantuistes vainqueurs furent récompensés après la bataille

CHAPITRE 51

La harangue de Gargantua terminée, on livra les séditieux qu'il avait réclamés, à l'exception de Spadassin, de Merdaille et de Menuail qui s'étaient enfuis six heures avant la bataille,

au col de L'Aignel[1], d'une traicte; l'aultre jusques au val de Vyre[2]; l'aultre jusques à Logroine[3]), sans derriere soy reguarder ny prandre alaine par chemin, et deux fouaciers, lesquelz perirent en la journée. Aultre mal ne leurs feist Gargantua, sinon qu'il les ordonna pour tirer[4] les presses à son imprimerie, laquelle il avoit nouvellement instituée.

Puis ceulx qui là estoient mors il feist honorablement inhumer en la vallée des Noirettes et au camp de Bruslevieille. Les navrés il feist panser et traicter en son grand Nosocome. Après, advisa ès dommaiges faictz en la ville et habitans, et les feist rembourcer de tous leurs interestz à leur confession et serment[5]. Et y feist bastir un fort chasteau, y commettant gens et guet pour, à l'advenir, mieulx soy defendre contre les soubdaines esmeutes.

Au departir, remercia gratieusement tous les soubdars de ses legions qui avoient esté à ceste defaicte et les renvoya hyverner en leurs stations et guarnisons. Exceptez aulcuns de la legion Decumane, lesquelz il avoit veu en la journée faire quelques prouesses, et les capitaines des bandes, lesquelz il amena avecques soy devers Grandgousier.

A la veue et venue d'iceulx, le bon homme feut tant joyeux que possible ne seroit le descripre. Adonc leurs feist un festin, le plus magnificque, le plus abundant et plus delitieux que feust veu depuis le temps du roy Assuere[6]. A l'issue de table, il distribua à chascun d'iceulx tout le parement de son buffet, qui estoit au poys de dishuyt cent mille quatorze bezans d'or en grand vases d'antique, grands poutz, grans bassins, grands tasses, couppes, potetz, candelabres, calathes, nacelles, violiers[7], drageouoirs et aultre telle vaisselle, toute d'or massif, oultre la pierrerie, esmail et ouvraige, qui par estime de tous excedoit en pris la matiere d'iceulx. Plus, leurs feist conter de ses coffres à chascun douze cens mille escutz contens. Et d'abundant, à chascun d'iceulx donna à perpetuité (excepté s'ilz mouroient

---

CHAPITRE 51 : 1. En 1515 les troupes de François Ier avaient franchi les Alpes par le col d'Agnello. – 2. Dans le Calvados. – 3. Logrono, à la frontière de la Navarre et de l'Espagne. – 4. Il fallait tirer les barres qui transmettent la pression grâce à une vis. – 5. Il suffisait aux spoliés de garantir sur l'honneur l'exactitude de leur déclaration. – 6. La Bible mentionne le festin donné pendant plusieurs mois par Assuérus aux officiers de sa cour et au peuple. – 7. Ce sont plus exactement de petit pots d'apothicaires (pour le miel violat).

l'un jusqu'au col d'Agnello d'une traite, un autre jusqu'au Val de Vire et le dernier jusqu'à Logrono, sans regarder derrière lui ni reprendre haleine en chemin, à l'exception également de deux fouaciers qui moururent dans la journée. Gargantua ne leur fit pas d'autre mal que de les préposer à serrer les presses de son imprimerie récemment fondée.

Quant à ceux qui étaient morts sur place, il les fit inhumer honorablement dans la vallée des Noyrettes et au champ de Brûlevieille. Il fit panser et soigner les blessés dans son grand hôpital. Ensuite, il s'inquiéta des torts causés à la ville et aux habitants, il les fit rembourser de tous leurs dommages sur la foi de leurs dires et de leur parole et il fit bâtir un puissant château qu'il pourvut de troupes et de sentinelles pour avoir à l'avenir une meilleure défense contre les troubles imprévus.

En partant, il remercia chaleureusement tous les soldats de ses légions qui avaient contribué à la victoire et il les renvoya prendre leurs quartiers d'hiver dans leurs postes et leurs garnisons, à part quelques légionnaires d'élite qu'il avait vus accomplir certaines prouesses le jour de la bataille, ainsi que les capitaines des compagnies qu'il emmena avec lui auprès de Grandgousier.

En les voyant arriver, le bonhomme fut si joyeux qu'il serait impossible de le décrire. Il leur fit alors préparer le festin le plus magnifique, le plus copieux et le plus délicieux que l'on ait vu depuis le temps du roi Assuérus. En sortant de table il distribua entre tous la garniture complète de son buffet ; elle pesait un million huit cent mille quatorze besants d'or en grands vases à l'antique, grands pots, grands bassins, grandes tasses, coupes, pichets, candélabres, jattes, nefs, jardinières, drageoirs et autre vaisselle de même type, toute en or massif, sans parler des pierreries, émaux et ciselures qui de l'avis de tous avaient plus de prix que la matière des objets. De plus, il fit compter à chacun un million deux cent mille écus sonnants et trébuchants, pris à ses coffres ; de surcroît, il donna à chacun d'eux, à titre perpé-

sans hoirs) ses chasteaulx et terres voizines selon que plus leurs estoient commodes. A Ponocrates donna la Roche Clermaud, à Gymnaste le Couldray, à Eudemon Montpensier, Le Rivau à Tolmere, à Ithybole Montsoreau, à Acamas Cande, Varenes à Chironacte, Gravot à Sebaste, Quinquenays à Alexandre, Ligré à Sophrone[8], et ainsi de ses aultres places.

Comment Gargantua feist bastir pour le moyne l'abbaye de Theleme[1]

CHAPITRE LII

Restoit seulement le moyne à pourvoir, lequel Gargantua vouloit faire abbé de Seuillé, mais il le refusa. Il luy voulut donner l'abbaye de Bourgueil ou de Sainct Florent[2], laquelle mieulx luy duiroit, ou toutes deux s'il les prenoit à gré. Mais le moyne luy fist responce peremptoire que, de moyne, il ne vouloit charge ny gouvernement : « Car, comment (disoit il) pourroy je gouverner aultruy, qui moymesmes gouverner ne scaurois[3] ? Si vous semble que je vous aye faict et que puisse à l'advenir faire service agreable, oultroyez moy de fonder une abbaye à mon devis. »

La demande pleut à Gargantua, et offrit tout son pays de Theleme, jouste la riviere de Loyre, à deux lieues de la grande

---

8. Les noms des capitaines nouvellement mentionnés sont tirés du grec : Ithybole est le Capitaine « Tir-tendu » ; Acamas : « Sans-fatigue » ; Chironacte : « Main-à-la-Pâte », Sophrone : « Le Sage ».

CHAPITRE 52 : Parmi les nombreuses études suscitées par cet épisode, on notera : L. Marin, « Les corps utopiques rabelaisiens » et *Utopiques : jeux d'espace*, Paris, Minuit, 1973 ; F. Rigolot, *Langages de Rabelais*, pp. 77-98 ; J. Schwartz, « Gargantua's Device and the Abbaye of Thelema », in *Yale French Stud.* 1972, pp. 232-242 ; D. Ménager, « La politique du don dans les derniers chapitres du *Gargantua* », in *Journ. of Med. and Renaiss. Stud.* 1978 ; F. Billacois, « Thélème dans l'espace et en son temps », in *Etudes rabelaisiennes* 1980 ; A. Tournon, « L'abbé de Thélème », in *Saggi e Ricerche di Lett. Francese* 1987, et les articles de D. Desrosiers-Bonin et M. Huchon in *Rabelais en son temps* (éd. M. Simonin, Paris, 1995).
1. D'après le grec, c'est l'abbaye nommée *Désir* ; cf. P. Nykrog, « Panurge, Thélème et la Dive Bouteille », in *Revue d'histoire littéraire de la France*, juillet 1965. – 2. Ces deux abbayes bénédictines étaient parmi les plus riches et les plus anciennes d'Anjou. – 3. Il parle avec la banalité sentencieuse de Socrate et d'Erasme.

tuel (sauf s'ils mouraient sans héritiers), des châteaux et des terres du voisinage selon leur convenance : à Ponocrates il donna la Roche-Clermault, à Gymnaste Le Coudray, à Eudémon Montpensier, Le Riveau à Tolmère, à Ithybole Montsoreau, à Acamas Candes, Varennes à Chironacte, Gravot à Sébaste, Quinquenays à Alexandre, Ligré à Sophrone et fit de même pour ses autres possessions.

Comment Gargantua fit bâtir pour le moine l'abbaye de Thélème
CHAPITRE 52

Il ne restait plus qu'à doter le moine : Gargantua voulait le faire abbé de Seuilly, mais il refusa. Il voulut lui donner l'abbaye de Bourgueil ou celle de Saint-Florent, celle qui lui conviendrait le mieux ou toutes les deux s'il lui plaisait. Mais le moine lui répondit catégoriquement qu'il ne voulait ni se charger de moines, ni en gouverner : « Comment, disait-il, pourrais-je gouverner autrui, alors que je ne saurais me gouverner moi-même ? S'il vous semble que je vous aie rendu et que je puisse à l'avenir vous rendre quelque service qui vous agrée, permettez-moi de fonder une abbaye à mon idée. »

La requête agréa à Gargantua, qui offrit tout son pays de Thélème, le long de la Loire, à deux lieues de la grande forest du port Huault. Et requist à Gargantua qu'il instituast sa religion[4] au contraire de toutes aultres.

« Premierement, doncques (dist Gargantua), il n'y fauldra ja bastir murailles au circuit, car toutes aultres abbayes sont fierement murées.

Voyre, dist le moyne, et non sans cause : où mur y a et davant et derriere, y a force murmur, envie et conspiration mutue. »

Davantaige, veu que en certains convents de ce monde est en usance que, si femme aulcune y entre (j'entends des preudes et publicques), on nettoye la place par laquelle elles ont passé, feut ordonné que, si religieux ou religieuse y entroit par cas fortuit, on nettoiroit curieusement tous les lieulx par lesquelz auroient passé. Et, par ce que ès religions de ce monde tout est compassé, limité et reiglé par heures, feut decreté que là ne seroit horrologe ny quadrant aulcun. Mais selon les occasions et oportunitez seroient toutes les œuvres dispensées. Car (disoit Gargantua) la plus vraye perte du temps qu'il sceust estoit de compter les heures – quel bien en vient il ? – et la plus grande resverie du monde estoit soy gouverner au son d'une cloche et non au dicté de bon sens et entendement.

Item, par ce qu'en icelluy temps on ne mettoit en religion des femmes, si non celles que estoient borgnes, boyteuses, bossues, laydes, defaictes, folles, insensées, maleficiées et tarées, ny les hommes si non catarrez, mal nez, niays et empesche de maison...

« A propos (dist le moyne), une femme qui n'est ny belle ny bonne, à quoy vault toille[5] ?

– A mettre en religion, dist Gargantua.

– Voyre, dist le moyne, et à faire des chemises ! »

... feut ordonné que là ne seroient repceues, si non les belles, bien formées et bien naturées, et les beaulx, bien formez et bien naturez.

Item, par ce que ès conventz des femmes ne entroient les

---

4. Son ordre religieux. Ce sens se retrouve quelques lignes plus bas.
– 5. *Toile* et *t-elle* se prononçaient de la même façon.

forêt de Port-Huault. Il pria Gargantua d'instituer son ordre au rebours de tous les autres.

« Alors, dit Gargantua, pour commencer, il ne faudra pas construire de murailles alentour, car toutes les autres abbayes sont sauvagement murées.

– C'est vrai, dit le moine, et cela ne reste pas sans effet : là où il y a des murs devant aussi bien que derrière, il y a force murmures, envies et conspirations réciproques. »

Bien plus, vu qu'il est d'usage, en certains couvents de ce monde, que, si quelque femme y pénètre (j'entends une de ces femmes prudes et pudiques), on nettoie l'endroit par où elle est passée, il fut ordonné que s'il y entrait par hasard un religieux ou une religieuse, on nettoierait soigneusement tous les endroits par où ils seraient passés. Et parce que dans les couvents de ce monde tout est mesuré, limité et réglé par les heures canoniques, on décréta qu'il n'y aurait là ni horloge ni cadran, mais que toutes les occupations seraient distribuées au gré des occasions et des circonstances. Gargantua disait que la plus sûre perte de temps qu'il connût c'était de compter les heures (qu'en retire-t-on de bon ?) et que la plus grande sottise du monde c'était de se gouverner au son d'une cloche et non selon les règles du bon sens et de l'intelligence.

En outre, parce qu'en ce temps-là on ne faisait entrer en religion que celles des femmes qui étaient borgnes, boiteuses, bossues, laides, souffreteuses, folles, insensées, maléficiées et tarées, et que les hommes catarrheux, mal nés, niais, fardeaux de maison…

« A propos, dit le moine, une femme ni belle ni bonne, à quoi sert *touelle* ?

– A mettre en religion, dit Gargantua.

– C'est vrai, dit le moine, et à faire des chemises de toile. »

… on ordonna que ne seraient reçus en ce lieu que femmes belles, bien formées et de bonne nature, et hommes beaux, bien formés et de bonne nature.

En outre, parce que dans les couvents de femmes, les

hommes, si non à l'emblée[6] et clandestinement, feut decreté que ja ne seroient là les femmes, au cas que n'y feussent les hommes, ny les hommes, en cas que n'y feussent les femmes.

Item, par ce que tant hommes que tant femmes, une foys repceuez en religion après l'an de probation[7], estoient forcez et astrinctz y demeurer perpetuellement leur vie durant, feust estably que tant hommes que femmes là repceuz sortiroient quand bon leurs sembleroit, franchement et entierement[8].

Item, par ce que ordinairement les religieux faisoient troys veuz — scavoir est de chasteté, pauvreté et obedience —, fut constitué que là honorablement on peult estre marié, que chascun feut riche et vesquist en liberté.

Au reguard de l'eage legitime, les femmes y estoient repceues depuis dix jusques à quinze ans, les hommes depuis douze jusques à dix et huict.

Comment feust bastie et dotée
l'abbaye des Thelemites

CHAPITRE LIII

Pour le bastiment et assortiment[1] de l'abbaye, Gargantua feist livrer de content vingt et sept cent mille huyt cent trente et un mouton à la grand laine[2], et par chascun an, jusques à ce que le tout feust parfaict, assigna sus la recepte de la Dive[3] seze cent soixante et neuf mille escuz au soleil, et autant à l'estoille poussiniere[4]. Pour la fondation et entretenement d'icelle, donna à perpetuité vingt troys cent soixante neuf mille cinq cens quatorze nobles à la rose[5] de rente fonciere, indemnez, amortyz et solvables par chascun an à la porte de l'abbaye. Et de ce leurs passa belles lettres.

6. Cette locution adverbiale est synonyme de *clandestinement*. — 7. D'essai, c'est-à-dire de « noviciat ». — 8. Librement et sans restriction. C'est la condition de la liberté exprimée par la devise et le nom de Thélème, qui signifie *Volonté droite*, *Désir souverain*, selon le texte grec de l'Ecriture sainte.

CHAPITRE 53 : 1. Finition, fourniture de meubles et autres choses nécessaires. — 2. Voir plus haut chap. 8, n. 51. — 3. Ce péage de la Dive, petite rivière du Mirebalais, ne devait pas rapporter beaucoup ! — 4. Autant d'écus portant sur la face non pas un soleil. comme les pièces frappées par Louis XI, mais les sept étoiles de la Pléiade ou Poussinière : cette monnaie n'a cours que dans l'imagination de Rabelais. — 5. Monnaie d'or anglaise portant la fameuse Rose.

hommes n'entraient qu'à la dérobée, clandestinement, on décréta qu'il n'y aurait pas de femmes si les hommes n'y étaient, ni d'hommes si les femmes n'y étaient.

En outre, parce que les hommes aussi bien que les femmes, une fois reçus en religion, étaient, après l'année probatoire, forcés et contraints d'y demeurer continûment leur vie durant, il fut établi que les hommes aussi bien que les femmes admis en ces lieux sortiraient quand bon leur semblerait, entièrement libres.

En outre, parce que d'habitude les religieux faisaient trois vœux, à savoir de chasteté, de pauvreté et d'obéissance, on institua cette règle que, là, on pourrait en tout bien tout honneur être marié, que tout le monde pourrait être riche et vivre en liberté.

Quant à l'âge légal, on recevait les femmes de dix à quinze ans et les hommes de douze à dix-huit.

Comment fut bâtie et dotée l'abbaye des Thélémites
CHAPITRE 53

Pour la construction et l'aménagement de l'abbaye, Gargantua fit verser comptant deux millions sept cent mille huit cent trente et un Moutons-à-la-grande-laine et, pour chaque année, jusqu'à ce que tout soit achevé, il assigna, pris sur la recette de la Dive, un million six cent soixante-neuf mille Ecus-au-soleil et autant à l'étoile Poussinière. Pour sa fondation et son entretien il fit don, à titre perpétuel, de deux millions trois cent soixante-neuf mille cinq cent quatorze Nobles-à-la-rose de rente foncière, garantis, amortis et payables chaque année à la porte de l'abbaye, et il leur délivra les actes y afférant.

Le bastiment feut en figures exagone, en telle façon que à chascun angle estoit bastie une grosse tour, tour ronde à la capacité de soixante pas en diametre, et estoient toutes pareilles en grosseur et protraict. La riviere de Loyre decoulloit sus l'aspect de Septentrion. Au pied d'icelle estoit une des tours assise, nommée Artice, et, tirant vers l'Orient, estoit une aultre nommée Calaer ; l'aultre ensuivant, Anatole ; l'aultre après, Mesembrine ; l'aultre après, Hesperie ; la derniere, Cryere. Entre chascune tour estoit espace de troys cent douze pas[6]. Le tout basty à six estages, comprenent les caves soubz terre pour un. Le second estoit voulté à la forme d'une anse de panier[7] ; le reste estoit embrunché de guy de Flandres à forme de culz de lampes, le dessus couvert d'Ardoize fine, avec l'endousseure[8] de plomb à figures de petitz manequins[9] et animaulx bien assortiz et dorez, avec les goutieres que yssoient hors la muraille entre les croyzées, pinctes en figure diagonale de or et azur[10], jusques en terre où finissoient en grands eschenaulx qui tous conduisoient en la riviere, par dessoubz le logis.

Ledict bastiment estoit cent foys plus magnificque que n'est Bonivet, ne Chambourg, ne Chantilly[11], car en ycelluy estoient neuf mille troys cens trente et deux chambres, chascune guarnie de arriere chambre, cabinet, guarderobbe, chapelle[12] et yssue en une grande salle. Entre chascune tour, au mylieu dudict corps de logis, estoit une viz brizée[13] dedans icelluy mesmes corps[14], de laquelle les marches estoient part de porphyre, part de pierre Numidicque[15], part de marbre serpentin[16], longues de xxij piedz ; l'espesseur estoit de troys doigtz, l'assiete par nombre de douze entre chascun repous[17]. En chascun repous estoient deux beaulx arceaux d'antique, par lesquelz estoit repceu la clarté, et par iceulx on entroit en un cabinet faict à clere voys[18], de largeur de

---

6. A peu près 260 m. – 7. Cette forme de voûte est caractéristique du style Louis XII. – 8. L'*endossure* est le revêtement protecteur du faîte. – 9. Ornements en forme de bonshommes. – 10. Ce sont les couleurs héraldiques du royaume de France. – 11. Ce sont les trois plus célèbres châteaux de l'époque ; la première édition ne mentionnait que Bonivet, construit par Guillaume Gouffier près de Poitiers ; il était le seul que l'on pouvait considérer comme achevé en 1534-1535. – 12. Chaque appartement avait donc son oratoire. – 13. Un escalier tournant avec des « repos » (paliers). – 14. Ce n'est donc pas un escalier logé dans une tourelle extérieure. – 15. Marbre rouge célèbre dans l'antiquité. – 16. Marbre vert à mouchetures. – 17. Les paliers sont séparés par douze marches. – 18. Les paliers étaient donc percés d'arcades à l'antique et prolongés par des sortes de loggias extérieures.

On la bâtit en hexagone pour les structures, de telle sorte qu'à chaque angle s'élevait une grosse tour ronde mesurant soixante pas de diamètre ; elles étaient toutes semblables par leur taille et leur configuration. La Loire coulait au nord et sur sa rive se dressait une des tours, baptisée Arctique ; la suivante, regardant vers l'est, était appelée Bel-Air ; l'autre, en continuant, Orientale ; l'autre après, Antarctique ; l'autre ensuite, Occidentale et la dernière, Glaciale. Il y avait entre les tours un espace de trois cent douze pas. Tout l'édifice comportait six étages en comptant les caves sous terre ; le second était voûté en anse de panier et tout le reste était plaqué de gypse des Flandres, sculpté en culs-de-lampe ; le toit, couvert d'ardoise fine, se terminait par un faîtage de plomb représentant de petits personnages et animaux, bien assortis et dorés. Les gouttières saillaient du mur entre les croisées, peintes en diagonale d'or et d'azur, jusqu'à terre où elles aboutissaient à de grands chéneaux qui tous conduisaient à la rivière, en contrebas du logis.

Celui-ci était cent fois plus magnifique que Bonnivet, Chambord ou Chantilly, car il comptait neuf mille trois cent trente-deux appartements, chacun comportant arrière-chambre, cabinet, garde-robe, oratoire et vestibule donnant sur une grande salle. Entre deux tours, au milieu du corps de logis, se trouvait un escalier à vis interrompue dont les marches partie en porphyre, partie en pierre de Numidie, partie en serpentine étaient longues de vingt-deux pieds ; leur épaisseur était de trois doigts, et on comptait douze marches entre deux paliers. A chaque palier, il y avait deux belles arcades à l'antique par lesquelles entrait la lumière et qui donnaient accès à une loggia à claire-voie, de la même

ladicte viz, et montoit jusques au dessus la couverture, et là finoit en pavillon. Par icelle viz on entroit de chascun cousté en une grande salle, et des salles ès chambres.

Depuis la tour Artice jusques à Cryere estoient les belles grandes librairies en Grec, Latin, Hebrieu, Francoys, Tuscan et Hespaignol, disparties par les divers estaiges selon iceulx langaiges.

Au mylieu estoit une merveilleuse viz, de laquelle l'entrée estoit par le dehors du logis en un arceau large de six toizes. Icelle estoit faicte en telle symmetrie et capacité que six hommes d'armes[19], la lance sus la cuisse, povoient de fronc ensemble monter jusques au dessus de tout le bastiment.

Depuis la tour Anatole jusques à Mesembrine estoient belles grandes galleries, toutes pinctes des antiques prouesses, histoires et descriptions de la terre. Au milieu estoit une pareille montée et porte comme avons dict du cousté de la riviere. Sus icelle porte estoit escript en grosses lettres antiques[20] ce que s'ensuit.

Inscription mise sus la grande porte de Theleme[1]
CHAPITRE LIV

> *Cy n'entrez pas, hypocrites, bigotz,*
> *Vieulx matagotz, marmiteux, borsouflez,*
> *Torcoulx*[2], *badaulx plus que n'estoient les Gotz*
> *Ny Ostrogotz, precurseurs des magotz*[3],
> *Haires, cagotz, caffars empantouflez,*
> *Gueux mitouflez*[4], *frapars escorniflez,*
> *Befflez, enflez, fagoteurs*[5] *de tabus,*
> *Tirez ailleurs pour vendre voz abus!*

19. Des cavaliers; il s'agit d'une rampe. – 20. Romaines (et non gothiques).

CHAPITRE 54 : Sur la poétique de ce chapitre, voir J. Plattard, « Rabelais réputé poète », in *Revue des études rabelaisiennes* 1912, et J.-P. Chambon, « A. de La Vigne source de Rabelais ? », in *Etudes rabelaisiennes* 1993.
1. Ce poème écrit pour être placardé sur une porte semble l'exacte contre-partie de *Cry*, poésie destinée à convoquer, par exemple à un Mystère, toutes sortes de gens que l'on énumère à perdre haleine. – 2. Tous les qualificatifs qui précèdent sont synonymes d'hypocrites. – 3. La tradition médiévale avait confondu les effrayants envahisseurs barbares avec les ennemis de Dieu symbolisés dans l'*Apocalypse* par Gog et Magog. Dans son *IVe Coq à l'Asne*, Marot entasse de semblables injures, où revient sans cesse la syllabe *gotz*. Voir ci-dessous L. II chap. 8, n. 12. – 4. Allusion aux ordres mendiants, pour qui la pauvreté évangélique n'est qu'un « camouflage »; voir *Tiers L.* chap. 22. – 5. Allusion vraisemblable au fagot, bûcher pour les hérétiques.

largeur que la vis. Celle-ci montait jusqu'au-dessus du toit et là, se terminait par un pavillon. Par cette vis on accédait, de chaque côté, à une grande salle, et des salles aux appartements.

Depuis la tour Arctique jusqu'à la tour Glaciale régnaient les grandes bibliothèques de grec, latin, hébreu, français, italien et espagnol, réparties sur les différents étages, selon les langues.

Il y avait au centre une merveilleuse vis où l'on entrait depuis l'extérieur du logis par un arceau large de six toises. Ses dimensions avaient été harmonieusement calculées de façon à permettre à six hommes d'armes, la lance à la cuisse, de monter ensemble, de front, jusqu'au haut du bâtiment.

Depuis la tour Orientale jusqu'à la tour Antarctique s'ouvraient de belles et grandes galeries, toutes ornées de peintures représentant les prouesses antiques et des descriptions détaillées de la terre. Au milieu, il y avait une montée et une porte semblables à celles que nous avons mentionnées du côté de la rivière. Sur la porte était rédigée, en capitales romaines, l'inscription suivante :

L'inscription mise sur la grande porte de Thélème
CHAPITRE 54

> *Ci n'entrez pas, hypocrites, bigots,*
> *Vieux matagots, souffreteux bien enflés,*
> *Torcols, idiots plus que n'étaient les Goths*
> *Ou les Ostrogoths, précurseurs des magots,*
> *Porteurs de haires, cagots, cafards empantouflés.*
> *Gueux emmitouflés, frappards écorniflés,*
> *Bafoués, enflés, qui allumez les fureurs ;*
> *Filez ailleurs vendre vos erreurs.*

Voz abus meschans
Rempliroient mes camps
De meschanceté
Et, par faulseté,
Troubleroient mes chants
Vos abus meschans.

Cy n'entrez pas, maschefains, practiciens[6],
Clers, basauchiens[7], mangeurs du populaire,
Officiaulx, scribes et pharisiens[8],
Juges anciens, qui les bons parroiciens,
Ainsi que chiens, mettez au capulaire.
Vostre salaire est au patibulaire,
Allez y braire : icy n'est faict exces
Dont en voz cours on deust mouvoir proces.

Proces et debatz
Peu font cy d'ebatz,
Où l'on vient s'esbatre.
A vous, pour debatre,
Soient en pleins cabatz
Proces et debatz.

Cy n'entrez pas, vous, usuriers chichars,
Briffaulx[9], leschars, qui tousjours amassez,
Grippeminaulx, avalleurs de frimars[10],
Courbez, camars, qui en vous coquemars
De mille marcs ja n'auriez assez.
Poinct esguassez n'estes, quand cabassez[11]
Et entassez, poiltrons à chicheface[12].
La male mort en ce pas vous deface !

6. C'est-à-dire insatiables ; voir L. II chap. 7, n. 39 et L. V, chap. 14, n. 11 ; à partir de ce vers, Rabelais inaugure la satire des gens de justice. – 7. La Basoche était la corporation des clercs du Palais de Justice : voir Tiers L. chap. 21, n. 11. – 8. Dans l'Evangile, scribes et pharisiens s'opposaient au Christ au nom d'un légalisme formel. – 9. Ce sobriquet désigne en général des moines gloutons, mais dans le contexte présent, c'est le parasitisme qui est stigmatisé. – 10. Voir plus haut chap. 20, n. 22. – 11. Voir sept vers plus haut et, au catalogue de la Librairie de Saint Victor : Le Cabatz des notaires. – 12. Chiche-face était un monstre pour épouvanter les petits enfants.

Ces erreurs de méchants
Empliraient mes champs
De méchanceté
Et par fausseté
Troubleraient mes chants,
Ces erreurs de méchants.

Ci n'entrez pas, juristes mâchefoins,
Clercs, basochiens, qui le peuple mangez,
Juges d'officialité, scribes et pharisiens,
Juges anciens qui les bons paroissiens
Ainsi que des chiens jetez au charnier ;
Votre salaire est au gibet.
Allez-y braire ; ici on ne fait nul excès
Qui puisse en vos cours susciter un procès.

Pour procès et débats,
Il n'y a guère de lieu d'ébat
Ici où l'on vient s'ébattre ;
Pour votre soûl débattre,
Puissiez-vous avoir plein cabas
De procès et débats.

Ici n'entrez pas, vous, usuriers avares,
Gloutons, lécheurs, qui toujours amassez,
Grippeminauds, souffleurs de brouillard,
Courbés, camards, qui dans vos coquemars
De mille marcs n'auriez pas assez.
Vous n'êtes pas écœurés pour ensacher
Et entasser, flemmards à la maigre face ;
Que la male mort sur-le-champ vous efface.

Face non humaine
De telz gens qu'on maine
Raire ailleurs[13] *: ceans*
Ne seroit seans.
Vuidez ce dommaine,
Face non humaine.

Cy n'entrez pas, vous, rassotez mastins[14],
Soirs ny matins, vieux chagrins et jalous,
Ny vous aussi, seditieux, mutins,
Larves, lutins, de Dangier palatins[15],
Grecz ou Latins, plus à craindre que Loups,
Ny vous, gualous, verollez jusqu'à l'ous.
Portez voz loups[16] *ailleurs paistre en bonheur,*
Croustelevez remplis de deshonneur !

Honneur, los, deduict[17]
Ceans est deduict
Par joyeux acords.
Tous sont sains au corps.
Par ce, bien leur dict
Honneur, los, deduict.

Cy entrez, vous, et bien soyez venuz
Et parvenuz, tous nobles chevaliers.
Cy est le lieu où sont les revenuz
Bien advenuz, affin que entretenuz,
Grands et menuz, tous soyez à milliers.
Mes familiers serez et peculiers,
Frisques, gualliers, joyeux, plaisans, mignons,
En general tous gentilz compaignons.

---

13. Usuriers tels qu'on doit les mener ailleurs manier leur rasoir. — 14. On désignait ainsi les maris jaloux. — 15. Gardes du Palais de Danger, le Mari Jaloux du *Roman de la Rose*. — 16. Ce terme permet un jeu de mots. — 17. Ce vers marque le passage au *Cry* invitatoire proprement dit : après avoir expulsé ceux qui s'acquittent mal des trois vœux monacaux (les hypocrites qui interprètent mal le vœu d'obéissance, les avares qui ne comprennent pas le vœu de pauvreté, les vérolés et les jaloux qui ignorent la vraie chasteté), l'inscription invite les chevaliers et les prêcheurs, qui professent la vraie liberté, la vraie richesse, et les dames, dont le commerce est plus prude et plus sage que le célibat.

Ah ! face inhumaine
De ces gens ! Qu'on les mène
Tondre ailleurs. Céans
Ce serait malséant ;
Quittez ce domaine,
Face inhumaine.

Ci n'entrez pas, vous, balourds mâtins,
Ni soirs ni matins, vieux chagrins et jaloux ;
Vous non plus, rebelles, mutins,
Ectoplasmes, lutins, de Danger comtes palatins,
Grecs ou latins, plus à craindre que loups ;
Ni vous, galeux, vérolés jusqu'au cou ;
Emmenez vos lupus ronger ailleurs de bon cœur
Croûteux, couverts de déshonneur.

Honneur, louange, bon temps
Sont ici constants
D'un joyeux accord.
Tous sont sains de corps
Aussi leur dis-je vraiment :
Honneur, louange, bon temps.

Ci entrez, et soyez bienvenus,
Bien réussis, vous tous, nobles chevaliers.
C'est ici le lieu où les revenus
Sont bien reçus pour qu'entretenus
Grands et peuple menu, vous soyez par milliers.
Vous serez mes intimes et mes familiers :
Gaillards et délurés, joyeux, plaisants, mignons,
Tous de la classe des gentils compagnons.

Compaignons gentilz,
Serains et subtilz,
Hors de vilité,
De civilité
Cy sont les oustilz [18],
Compaignons gentilz.

Cy entrez, vous qui le sainct Evangile,
En sens agile annoncez, quoy qu'on gronde.
Ceans aurez un refuge et bastille
Contre l'hostile erreur qui tant postille,
Par son faulx stile, empoizonner le monde.
Entrez, qu'on fonde icy la foy profonde,
Puis qu'on confonde, et par voix et par rolle,
Les ennemys de la saincte parolle.

La parolle saincte
Ja ne soit extaincte
En ce lieu tressainct.
Chascun en soit ceinct [19],
Chascune ay enceincte
La parolle saincte.

Cy entrez, vous, dames de hault paraige,
En franc couraige. Entrez y en bon heur,
Fleurs de beaulté à celeste visaige,
A droit corsaige, à maintien prude et saige :
En ce passaige est le sejour d'honneur.
Le hault seigneur, qui du lieu fut donneur
Et guerdonneur [20], *pour vous l'a ordonné*
Et, pour frayer à tout, prou or donné

Or donné par don
Ordonne pardon
A cil qui le donne,

---

18. Les *outils de civilité* sont les instruments de haute culture. – 19. Métaphores propres à saint Paul : 1 Thessaloniciens, 5, 8 ; Ephésiens 6, 14. – 20. Synonyme de donneur.

Compagnons gentils,
Sereins et subtils,
Sans nulle bassesse,
De délicatesse,
Voici les outils,
Compagnons gentils.

Ci entrez, vous, qui le saint Evangile
Annoncez en sens agile malgré ce qu'on gronde ;
Vous aurez céans refuge et bastille ;
Contre l'hostile erreur qui tant distille
Son faux style pour en empoisonner le monde :
Entrez, que l'on fonde ici la foi profonde,
Puis que l'on confonde par écrit et par vives paroles
Les ennemis de la sainte Parole.

Que la Parole sainte
Désormais ne soit éteinte
En ce lieu très saint.
Que chacun en soit ceint,
Que chacune porte en son sein
La parole sainte.

Ci entrez, vous, dames de haut parage,
Sans ambages, entrez sous d'heureux présages,
Fleurs de beauté au céleste visage,
Sveltes comme pages, au maintien pudique et sage.
Faire séjour ici est gage d'honneur.
Le grand seigneur qui fut du lieu donateur
Et dispensateur, a pour vous tout ordonné
Et a, pour parer à tout, beaucoup d'or donné.

Or donné par don
Ordonne pardon
A qui le dispense.

> *Et tresbien guerdonne* [21]
> *Tout mortel preu d' hom*
> *Or donné par don.*

Comment estoit le manoir des Thelemites

CHAPITRE LV

Au millieu de la basse court [1] estoit une fontaine magnificque de bel Alabastre. Au dessus, les troys Graces avecques cornes d'abondance, et gettoient l'eau par les mamelles, bouche, aureilles, yeulx et aultres ouvertures du corps.

Le dedans du logis, sus ladicte basse court, estoit sus gros pilliers de Cassidoine et Porphyre, à beaulx ars d'antique, au dedans desquelz estoient belles gualeries longues et amples, aornées de pinctures et cornes de cerfz, licornes, Rhinoceros, Hippopotames, dens de Elephans et aultres choses spectables.

Le logis des dames comprenoit depuis la tour Artice, jusques à la porte Mesembrine. Les hommes occupoient le reste. Devant ledict logis des dames, affin qu'elles eussent l'esbate-ment, entre les deux premieres tours, au dehors, estoient les lices [2], l'hippodrome, le theatre et natatoires, avecques les bains mirificques à triple solier, bien garniz de tous assorte-mens et foyzon d'eau de Myre [3].

Jouxte la riviere estoit le beau jardin de plaisance. Au mil-lieu d'icelluy, le beau Labyrynte. Entre les deux aultres tours estoient les jeux de paulme et de grosse balle. Du cousté de la tour Cryere estoit le vergier, plein de tous arbres fructiers, toutes ordonnées en ordre quincunce [4]. Au bout estoit le grand parc, foizonnant en toute sauvagine.

Entre les tierces tours estoient les butes pour l'arquebuse, l'arc et l'arbaleste; les offices hors la tour Hesperie, à simple estaige; l'escurye au delà des offices. La faulconnerie au davant

---

21. Voir note précédente; le sujet de ce verbe est le mot *Or* qui réapparaît dans le dernier vers pour faire écho au premier vers du quintil la disposition des vers, les jeux de sonorités, la richesse acrobatique des rimes sont bien dans l'art des « Rhétoriqueurs ».

CHAPITRE 55 : 1. Voir plus haut chap. 45. – 2. Terrains de sport plus spéciale-ment adaptés aux tournois. – 3. La myrrhe est un parfum oriental. – 4. La disposition en quincone était recommandée par les traités de jardinage et d'agriculture inspirés des Anciens.

Et c'est haute récompense,
Pour tout homme de droit sens
Qu'or donné par don.

Comment était le manoir des Thélémites
CHAPITRE 55

Au milieu de la cour intérieure, il y avait une magnifique fontaine de bel albâtre. Au-dessus, les trois Grâces, portant des cornes d'abondance, rejetaient l'eau par les mamelles, la bouche, les oreilles, les yeux et autres orifices du corps.

La partie intérieure du logis située au-dessus de cette cour était portée par de gros piliers de calcédoine et de porphyre et de beaux arcs à l'antique, qui délimitaient de belles galeries, longues et vastes, ornées de peintures et de cornes de cerfs, licornes et rhinocéros, de dents d'hippopotames ou d'éléphants, et d'autres intéressantes décorations.

Les appartements des dames allaient de la tour Arctique à la porte Antarctique. Les hommes occupaient le reste. En face des appartements des dames, il y avait pour les distraire, entre les deux premières tours et en dehors, les lices, l'hippodrome, le théâtre et les bains avec les mirifiques piscines à trois niveaux, bien pourvues de tout l'équipement nécessaire et d'eau de myrrhe en abondance.

Le long de la rivière, c'était le beau jardin d'agrément; en son milieu, le beau labyrinthe. Entre les deux autres tours, les jeux de paume et de ballon. Du côté de la tour Glaciale, le verger, planté de toute espèce d'arbres fruitiers, tous disposés en quinconce. Au bout s'étendait le grand parc, foisonnant de toutes sortes de bêtes sauvages.

Entre la troisième paire de tours, se trouvaient les buttes pour tirer à l'arquebuse, à l'arc et à l'arbalète; à l'extérieur de la tour Occidentale, les communs à un seul étage. Au-delà des communs, les écuries; devant eux, la fauconnerie

d'icelles, gouvernée par asturciers[5] bien expers en l'art, et estoit annuellement fournie par les Candiens, Venitiens et Sarmates[6] de toutes sortes d'oiseaux paragons, Aigles, Gerfaulx, Autours, Sacres[7], Laniers[8], Faulcons, Esparviers, Esmerillons[9] et aultres, tant bien faictz et domesticquez que, partans du chasteau pour s'esbatre ès champs, prenoient tout ce que rencontroient. La venerie[10] estoit un peu plus loing, tyrant vers le parc.

Toutes les salles, chambres et cabinetz estoient tapissez en diverses sortes selon les saisons de l'année. Tout le pavé estoit couvert de drap verd. Les lictz estoient de broderie. En chascune arriere chambre estoit un miroir de christallin[11] enchassé en or fin, au tour garny de perles, et estoit de telle grandeur qu'il povoit veritablement representer toute la personne[12]. A l'issue des salles du logis des dames estoient les parfumeurs et testonneurs, par les mains desquelz passoient les hommes quant ilz visitoient les dames. Iceulx fournissoient par chascun matin les chambres des dames d'eau rose, d'eau de naphe et d'eau d'ange[13], et à chascune la precieuse cassollette vaporante de toutes drogues aromatiques.

Comment estoient vestuz les religieux et religieuses de Theleme

CHAPITRE LVI

Les dames, au commencement de la fondation, se habilloient à leur plaisir et arbitre. Depuis feurent reformeez par leur franc vouloir[1] en la façon que s'ensuyt. Elles portoient chausses d'escarlatte ou de migraine[2], et passoient lesdictes chausses

---

5. Les *autoursiers* ne s'occupaient pas seulement des autours, mais de tous les oiseaux de chasse. – 6. Les Vénitiens faisaient commerce des oiseaux de chasse qu'ils exportaient de Candie (Crète) ; les gerfauts venaient d'Europe septentrionale (pays des antiques Sarmates). – 7. Sorte de faucon plus spécialement réservé aux proies de grande taille. – 8. Oiseau de proie de moindre valeur. – 9. Les oiseaux de volerie étaient rangés par ordre de taille décroissant ; celui-ci est le plus petit, mais il est très agressif. – 10. Le chenil pour la chasse à courre. – 11. Cristal artificiel (différent du cristal de roche). – 12. La fabrication de tels miroirs relevait alors du rêve d'anticipation. – 13. Voir *Sciomachie*, n. 98.

CHAPITRE 56 : 1. Les mots *par leur franc vouloir* ne figuraient pas dans la première édition Rabelais attire l'attention sur le fait que la réforme de la discipline n'est pas imposée. – 2. Drap mi-teint de graine colorante ; voir plus haut chap. 8, n. 22.

qui était régie par des autoursiers bien experts en l'art et fournie chaque année par les Crétois, les Vénitiens et les Sarmates de toutes sortes d'oiseaux de pure race : aigles, gerfauts, autours, sacres, laniers, faucons, éperviers, émerillons et autres, si bien dressés et domestiqués qu'en partant du château pour voler aux champs, ils prenaient tout ce qu'ils rencontraient. Le chenil était un peu plus loin, en allant vers le parc.

Toutes les salles, les chambres et les cabinets étaient tapissés de façon diverse suivant la saison de l'année. Tout le carrelage était recouvert de drap vert. Les lits étaient faits de broderie. Dans chaque arrière-chambre, il y avait un miroir de cristal, enchâssé d'or fin et garni de perles tout autour, d'une taille telle qu'il pouvait faire voir vraiment toute la personne. Aux portes des appartements des dames, se tenaient les parfumeurs et les coiffeurs. Entre leurs mains passaient les hommes quand ils rendaient visite aux dames, et ils pourvoyaient chaque matin les chambres des dames d'eau de rose, d'eau de fleur d'oranger et d'eau de myrrhe ; à chacune ils apportaient la précieuse cassolette, toute fumante de toute sorte de vapeurs aromatiques.

Comment étaient vêtus les religieux et les religieuses de Thélème
CHAPITRE 56

Les dames, aux premiers temps de la fondation, s'habillaient selon leur plaisir et leur goût. Depuis, et de leur plein gré, la réforme suivante a été faite : elles portaient des bas d'écarlate ou de cochenille, qui montaient au-dessus du genou de trois doigts exactement, et cette lisière était

le genoul au dessus par troys doigtz justement, et ceste liziere estoit de quelques belles broderies et descoupeures. Les jartieres estoient de la couleur de leurs bracelletz et comprenoient le genoul au dessus et dessoubz. Les souliers, escarpins et pantoufles de velours cramoizi, rouge, ou violet, deschicquettées à barbe d'escrevisse[3].

Au dessus de la chemise vestoient la belle Vasquine[4] de quelque beau camelot[5] de soye. Sus icelle vestoient la Verdugale[6] de tafetas blanc, rouge, tanné, grys, etc. Au dessus, la cotte de tafetas d'argent, faict à broderies de fin or et à l'agueille entortillé[7] ou, selon que bon leur sembloit et correspondent à la disposition de l'air, de satin, damas, velours orange, tanné, verd, cendré, bleu, jaune, clair, rouge, cramoyzi, blanc, drap d'or, toille d'argent, de canetille, de brodure selon les festes.

Les robbes, selon la saison, de toille d'or à frizure d'argent, de satin rouge couvert de canetille d'or, de tafetas blanc, bleu, noir, tanné, sarge de soye, camelot de soye, velours, drap d'argent, toille d'argent, or traict[8], velours ou satin porfilé d'or en diverses protraictures.

En esté, quelques jours, en lieu de robbes portoient belles Marlottes[9], des parures susdictes, ou quelques bernes[10] à la Moresque, de velours violet à frizure d'or sus canetille d'argent, ou à cordelieres d'or garnies aux rencontres de petites perles Indicques. Et tousjours le beau panache scelon les couleurs des manchons et bien guarny de papillettes d'or. En hyver, robbes de tafetas des couleurs comme dessus, fourrées de loups cerviers, genettes noires, martres de Calabre, zibelines et aultres fourrures precieuses.

Les patenostres, anneaulx, jazerans[11], carcans[12], estoient de fines pierreries, escarboucles, rubys, balays, diamans, saphiz, esmeraudes, turquoyzes, grenatz, agathes, berilles[13], perles et unions d'excellence.

L'acoustrement de la teste estoit selon le temps : en hyver à la mode Francoyse, au prin temps à l'Espagnole, en esté à la

---

3. Fines découpures pratiquées sur les bords des *crevés* des escarpins. – 4. Corset très raide. – 5. Forte étoffe de poil de chèvre. – 6. Vaste jupon empesé qui faisait office de crinoline. – 7. Le *tortillé* est un ornement en forme de vermicelle. – 8. Or étiré : la richesse de matière dépasse tout le luxe imaginé par les contes de fées. – 9. Pardessus court et ouvert. – 10. Pardessus court, ouvert et sans manches. – 11. Chaînes à gros maillons. – 12. Larges colliers. – 13. Emeraudes pâles. – 14. Les portraits des élégantes Italiennes montrent que leur coiffure était plus compliquée que celle des Françaises et

de belle broderie et de guipure. Les jarretières étaient de la couleur de leurs bracelets et elles prenaient le genou par en dessus et par en dessous. Les souliers, escarpins et pantoufles étaient en velours cramoisi, rouge ou violet, découpés en barbes d'écrevisse.

Par-dessus leur chemise, elles revêtaient la belle basquine d'un beau camelot de soie. Elles passaient sur celle-ci le vertugadin de taffetas blanc, rouge, fauve, gris, etc. Par-dessus, la cotte de taffetas d'argent brodé d'or fin et d'arabesques faites à l'aiguille, ou, selon que bon leur semblait et suivant l'air du temps, de satin, de damas, de velours orangé, fauve, vert, cendré, bleu, jaune clair, rouge, brillant, blanc, de drap d'or, de toile d'argent de canetille, de broderie, suivant les fêtes.

Les robes étaient selon la saison de toile d'or à frisure d'argent, de satin rouge couvert de canetille d'or, de taffetas blanc, bleu, noir, fauve, de serge de soie, de camelot de soie, de velours, de drap d'argent, de toile d'argent, de fil d'or, de velours ou de satin avec fils d'or apparents, dessinant divers motifs.

En été, certains jours, elles portaient au lieu de robes de belles chasubles avec les mêmes décorations ou quelque surtout à la mauresque, de velours violet à frisure d'or sur canetille d'argent, ou à cordelière d'or, garnis aux coutures de petites perles indiennes. Et toujours le beau panache assorti à la couleur des manchons et bien garni de pampilles d'or. En hiver, c'étaient des robes de taffetas dans les couleurs susdites, fourrées de loup cervier, de genette noire, de martre de Calabre, de zibeline et d'autres fourrures précieuses.

Les chapelets, les bagues, les chaînes, les colliers étaient en fines pierreries : escarboucles, rubis, balais, diamants, saphirs, émeraudes, turquoises, grenats, agates, et unions hors de pair.

Le type de coiffure variait avec le temps : en hiver, à la française ; au printemps, à l'espagnole ; en été, à la toscane, sauf les jours de fête et les dimanches où elles portaient la

Tusque[14], exceptez les festes et dimanches, esquelz portoient accoustrement Francoys, par ce qu'il est plus honorable et mieulx sent la pudicité matronale[15].

Les hommes estoient habillez à leur mode : chausses, pour le bas, d'estamet ou serge drapée d'escarlatte, de migraine, blanc ou noir ; les hault[16], de velours d'icelles couleurs, ou bien près approchantes, brodées et deschicquetées selon leur invention ; le pourpoint de drap d'or, d'argent, de velours, satin, damas, tafetas, de mesmes couleurs, deschicquettés, broudez et acoustrez en paragon ; Les aguillettes de soye de mesmes couleurs, les fers[17] d'or bien esmaillez ; les sayez et chamarres[18] de drap d'or, toille d'or, drap d'argent, velours porfilé à plaisir ; les robbes autant precieuses comme des dames ; les ceinctures de soye, de couleurs du pourpoinct ; chascun la belle espée au cousté, la poignée dorée, le fourreau de velours de la couleur des chausses, le bout d'or et de orfevrerie, le poignart de mesmes. Le bonnet de velours noir, garny de force bagues[19] et boutons d'or, la plume blanche par dessus, mignonnement partie à paillettes d'or au bout desquelles pendoient en papillettes beaulx rubiz, esmerauldes, etc.

Mais telle sympathie estoit entre les hommes et les femmes que, par chascun jour, ilz estoient vestuz de semblable parure. Et, pour à ce ne faillir, estoient certains gentilz hommes ordonnez pour dire ès hommes par chascun matin quelle livrée les dames vouloient en icelle journée porter, car le tout estoit faict selon l'arbitre des dames.

En ces vestemens tant propres et accoustremens tant riches, ne pensez que eulx ny elles perdissent temps aulcun, car les maistres des garderobbes avoient toute la vesture tant preste par chascun matin, et les dames de chambre tant bien estoient aprinses, que en un moment elles estoient prestes et habillez de pied en cap. Et, pour iceulx acoustremens avoir en meilleur oportunité, au tour du boys de Theleme estoit un grand corps de maison long de demye lieue, bien clair et assorty, en laquelle demouroient les orfevres, lapidaires, brodeurs, tailleurs, tireurs

qu'elle laissait les cheveux plus à découvert. – 15. La coiffure « à la mode Françoise » comportait une coiffe recouverte par un chaperon. – 16. Le *haut-de-chausses*, sorte de short, était souvent d'une étoffe plus précieuse ou plus ornée que le *bas-de-chausses* auquel il se joignait vers le milieu des cuisses. – 17. Les ferrets, qui protégeaient et ornaient les extrémités des aiguillettes. – 18. Vestes très amples. – 19. Voir chap. 8 n. 39. – 20. Voir chap. 24, §2.

coiffure française, parce qu'elle est plus décente et sied mieux à la retenue des dames.

Les hommes étaient habillés à leur façon : bas-de-chausses de lainage ou de serge drapée, d'écarlate, de cochenille, blancs ou noirs ; hauts-de-chausses de velours des mêmes couleurs ou dans les mêmes tons, brodés et découpés à leur idée ; pourpoint de drap d'or, d'argent, de velours, de satin, de damas, de taffetas, toujours dans les mêmes couleurs, découpé, brodé et passementé, à la pointe de l'élégance ; aiguillettes de soie dans les mêmes teintes ; ferrets en or bien émaillé, saies et chamarres de drap ou de toile d'or, de drap d'argent, de velours rebrodé à plaisir ; robes aussi précieuses que celles des dames ; ceintures de soie aux couleurs du pourpoint ; chacun une belle épée au côté, poignée dorée, fourreau de velours de la couleur des chausses, bout d'or et d'orfèvrerie ; le poignard de même ; bonnet de velours noir, garni de force boutons et glands d'or ; au-dessus, la plume blanche, joliment divisée par des paillettes d'or au bout desquelles pendaient en guise de pampilles de beaux rubis, des émeraudes, etc.

Mais une telle sympathie régnait entre les hommes et les femmes, que chaque jour ils étaient vêtus des mêmes parures et, pour ne pas y manquer, certains gentilshommes étaient préposés pour dire chaque matin aux messieurs quelle livrée les dames souhaitaient porter ce jour-là, car tout se faisait d'après la volonté des dames.

Ne pensez pas qu'hommes et femmes perdissent de leur temps à se vêtir si élégamment ni à se parer si richement, car les maîtres des garde-robes tenaient chaque matin les habits tout prêts. Les femmes de chambre étaient si expertes qu'en un instant les dames étaient prêtes, habillées de pied en cap. Et, pour se procurer ces vêtements plus commodément, il y avait, près du bois de Thélème, un grand corps de bâtiment, long d'une demi-lieue, bien clair et bien aménagé, dans lequel demeuraient les orfèvres, les lapidaires, les brodeurs, les tailleurs, les fileurs d'or, les veloutiers, les

d'or, veloutiers, tapissiers et aultelissiers [20], et là œuvroient chascun de son mestier, et le tout pour les susdictz religieux et religieuses. Iceulx estoient fourniz de matiere et estoffe par les mains du seigneur Nausiclete [21], lequel par chascun an leurs rendoit sept navires des Isles de Perlas et Canibales [22], chargées de lingotz d'or, de soye crue, de perles et pierreries. Si quelques unions tendoient à vetusté et changeoient de naïfve blancheur, icelles par leur art renouvelloient en les donnant à manger à quelques beaulx cocqs [23], comme on baille cure ès faulcons [24].

Comment estoient reiglez les Thelemites à leur maniere de vivre

CHAPITRE LVII

Toute leur vie estoit employée non par loix [1], statuz ou reigles, mais selon leur vouloir et franc arbitre. Se levoient du lict quand bon leur sembloit, beuvoient, mangeoient, travailloient, dormoient quand le desir leur venoit. Nul ne les esveilloit, nul ne les parforceoit ny à boyre, ny à manger, ny à faire chose aultre quelconques. Ainsi l'avoit estably Gargantua. En leur reigle n'estoit que ceste clause :

FAY CE QUE VOULDRAS.

Par ce que gens liberes, bien nez, bien instruictz, conversans en compaignies honnestes, ont par nature un instinct et aguillon qui tousjours les poulse à faictz vertueux et retire de vice, lequel ilz nommoient honneur. Iceulx, quand par vile subjection et

---

21. Ce nom tiré du grec signifie : « célèbre pour ses bateaux ». – 22. Petites Antilles du Sud, qui étaient en train de détrôner les célèbres *perles* d'Orient. – 23. C'était une recette donnée par Averroès et pratiquée à Ceylan. – 24. Voir plus haut chap. 41, n. 4.

CHAPITRE 57 : Parmi les nombeux commentaires de ce chapitre, voir notamment M. A. Screech, *Rabelais*, pp. 249-257 ; D. Ménager, *Rabelais en toutes lettres*, Paris, 1989, p. 61 ; G. Demerson, *Rabelais*, p. 50 ; L. Sozzi, « Quelques aspects de la notion de *dignitas hominis* », in *Etudes rabelaisiennes* 1988, p. 172.
1. Jusqu'ici, Rabelais a montré comment, dans son manoir idéal, les vœux de pauvreté et de chasteté n'étaient pas de mise. Il va maintenant opposer à l'obéissance contraignante la notion de liberté fondée sur la faculté que l'homme a de discerner le bien.

tapissiers et les haute-liciers ; chacun y œuvrait à son métier, uniquement pour le service de nos religieux et religieuses ; ils étaient fournis en matières premières et en étoffe par les soins du seigneur Nausiclète, qui leur envoyait chaque année des îles Perlas et Cannibales sept navires chargés de lingots d'or, de soie brute, de perles et de pierreries. Si quelques perles avaient tendance à vieillir et perdaient leur blancheur native, on les rajeunissait artificiellement en les donnant à manger à quelques beaux coqs, comme on donne leur cure aux faucons.

Comment était réglé le mode de vie des Thélémites
CHAPITRE 57

Toute leur vie était régie non par des lois, des statuts ou des règles, mais selon leur volonté et leur libre arbitre. Ils sortaient du lit quand bon leur semblait, buvaient, mangeaient, travaillaient, dormaient quand le désir leur en venait. Nul ne les éveillait, nul ne les obligeait à boire ni à manger, ni à faire quoi que ce soit. Ainsi en avait décidé Gargantua. Et toute leur règle tenait en cette clause :

FAIS CE QUE VOUDRAS.

Parce que les gens libres, bien nés, bien éduqués, vivant en bonne société, ont naturellement un instinct, un aiguillon qu'ils appellent honneur et qui les pousse toujours à agir vertueusement et les éloigne du vice. Quand une vile et contraignante sujétion les abaisse et les asservit, pour

contraincte sont deprimez et asserviz, detournent la noble affection par laquelle à vertuz franchement tendoient, à deposer et enfraindre ce joug de servitude. Car nous entreprenons tousjours choses defendues et couvoitons ce que nous est denié.

Par ceste liberté entrerent en louable emulation de faire tous ce que à un seul voyoient plaire. Si quelqun ou quelcune disoit « beuvons », tous buvoient ; si disoit « jouons », tous jouoient ; si disoit « allons à l'esbat ès champs », tous y alloient. Si c'estoit pour voller ou chasser, les dames, montées sus belles hacquenées[2], avecques leurs palefroy[3] gourrier, sus le poing mignonement enguantelé portoient chascune ou un Esparvier, ou un Laneret[4], ou un Esmerillon[5] : les hommes portoient les aultres oyseaulx.

Tant noblement apprins qu'il n'estoit entre eulx celluy ne celle qui ne sceust lire, escripre, chanter, jouer d'instrumens harmonieux, parler de cinq et six langaiges, et en iceulx composer tant en carme que en oraison solue. Jamais ne feurent veuz chevaliers tant preux, tant gualans, tant dextres à pied et à cheval, plus vers, mieulx remuans, mieulx manians tous bastons que là estoient. Jamais ne feurent veues dames tant propres, tant mignonnes, moins fascheuses, plus doctes à la main, à l'aguerille, à tout acte muliebre honneste et libere, que là estoient.

Par ceste raison, quand le temps venu estoit que aulcun d'icelle abbaye, ou à la requeste de ses parens, ou pour aultres causes voulust issir hors, avecques soy il emmenoit une des dames, celle laquelle l'auroit prins pour son devot[6], et estoient ensemble mariez. Et, si bien avoient vescu à Theleme en devotion et amytié, encores mieulx la continuoient ilz en mariaige ; d'autant se entreaymoient ilz à la fin de leurs jours comme le premier de leurs nopces.

Je ne veulx oublier vous descripre un enigme[7] qui fut trouvé aux fondemens de l'abbaye, en une grande lame de bronze. Tel estoit comme s'ensuyt.

---

2. Cheval facile à monter, convenable pour une dame. – 3. Cheval de promenade. – 4. Voir plus haut chap. 55, n. 8. – 5. Voir chap. 55, n. 9. – 6. Voir le mot *dévotion* dans la phrase suivante. – 7. Voir plus haut chap. 2, n. 1.

déposer et briser le joug de servitude ils détournent ce noble sentiment qui les inclinait librement vers la vertu, car c'est toujours ce qui est défendu que nous entreprenons, et c'est ce qu'on nous refuse que nous convoitons.

Grâce à cette liberté, ils rivalisèrent d'efforts pour faire, tous, ce qu'ils voyaient plaire à un seul. Si l'un ou l'une d'entre eux disait : « buvons », tous buvaient ; si on disait : « jouons », tous jouaient ; si on disait : « allons nous ébattre aux champs », tous y allaient. Si c'était pour chasser au vol ou à courre, les dames montées sur de belles haquenées, avec leur fier palefroi, portaient chacune sur leur poing joliment ganté un épervier, un lanier, un émerillon ; les hommes portaient les autres oiseaux.

Ils étaient si bien éduqués qu'il n'y avait aucun ou aucune d'entre eux qui ne sût lire, écrire, chanter, jouer d'instruments de musique, parler cinq ou six langues et s'en servir pour composer en vers aussi bien qu'en prose. Jamais on ne vit des chevaliers si preux, si nobles, si habiles à pied comme à cheval, si vigoureux, si vifs et maniant si bien toutes les armes, que ceux qui se trouvaient là. Jamais on ne vit des dames si élégantes, si mignonnes, moins ennuyeuses, plus habiles de leurs doigts à tirer l'aiguille et à s'adonner à toute activité convenant à une femme noble et libre, que celles qui étaient là.

Pour ces raisons, quand le temps était venu que l'un des Thélémites voulût sortir de l'abbaye, soit à la demande de ses parents, soit pour d'autres motifs, il emmenait avec lui une des dames, celle qui l'avait choisi pour chevalier servant, et ils étaient mariés ensemble. Et s'ils avaient bien vécu à Thélème en affectueuse amitié, ils cultivaient encore mieux cette vertu dans le mariage ; leur amour mutuel était aussi fort à la fin de leurs jours qu'aux premiers temps de leurs noces.

Je ne veux pas oublier de vous rapporter une énigme que l'on trouva en creusant les fondations de l'abbaye, sur une grande plaque de bronze. La voici telle qu'elle était :

Enigme en prophetie

CHAPITRE LVIII

Pauvres humains qui bon heur attendez,
Levez vos cueurs[1] et mes dictz entendez.
S'il est permis de croyre fermement
Que, par les corps qui sont au firmament,
Humain esprit de soy puisse advenir
A prononcer les choses à venir,
Ou si l'on peut, par divine puissance,
Du sort futur avoir la congnoissance,
Tant que l'on juge en asseuré discours
Des ans loingtains la destinée et cours,
Je fois scavoir à qui le veult entendre
Que cest Hyver prochain, sans plus attendre,
Voyre plus tost, en ce lieu où nous sommes,
Il sortira une maniere d'hommes,
Las du repoz et faschez du sejour,
Qui franchement iront, et de plein jour,
Subourner gens de toutes qualitez
A different et partialitez.
Et qui vouldra les croyre et escouter
(Quoy qu'il en doibve advenir et couster),
Ilz feront mettre en debatz apparentz
Amys entre eulx et les proches parents.
Le filz hardy ne craindra l'impropere[2]
De se bender contre son propre pere ;
Mesmes les grandz de noble lieu sailliz
De leurs subjectz se verront assailliz,
Et le debvoir d'honneur et reverence

CHAPITRE 58 : Sur cette énigme, voir notamment M. A. Screech, « The sense of Rabelais's Enigme en prophetie », in *Bibliothèque d'humanisme et Renaissance*, 1956, pp. 392-404 et *Rabelais*, pp. 258-272.
1. Traduction d'un appel solennel adressé par le prêtre aux fidèles au moment où les prières de la messe doivent se faire plus ardentes. A partir du vers suivant, l'Enigme est empruntée au poète Mellin de Saint-Gelais (sauf les dix derniers vers) dans la langue sibylline des Pronostications populaires, c'est un jeu de paume qui est décrit. – 2. Mellin de Saint-Gelais fait allusion au jeu en termes empruntés à la description des guerres civiles, mais Rabelais retrouve le sens originel de ces métaphores pour décrire les oppositions religieuses de son temps.

Enigme en prophétie

CHAPITRE 58

Pauvres humains qui le bonheur attendez,
Haut les cœurs ! Et mes paroles écoutez.
S'il est permis de croire fermement
Que, par les astres qui sont au firmament,
L'esprit humain puisse de lui-même parvenir
A prophétiser les choses à venir,
Ou si l'on peut, par une divine puissance,
Du sort futur avoir connaissance,
Au point de sûrement conjecturer
Du lointain avenir le cours et la destinée,
Je fais savoir à qui voudra l'entendre
Que l'hiver prochain, sans plus attendre,
Et même plus tôt, en ce lieu où nous sommes,
Il surgira une race d'hommes
Qui, lassés du repos, dégoûtés de ne rien faire,
Iront d'un libre pas et en pleine lumière
Pousser les gens de toute condition
A s'affronter en rivales factions.
Et si l'on veut les croire et les écouter,
Quoi qu'il doive advenir, quoi qu'il doive en coûter,
Ils feront entrer en conflit, visiblement
Les amis entre eux et les proches parents ;
Le fils effronté ne craindra point la honte amère
De se dresser contre son propre père ;
Même les grands, de haut lieu sortis
Par leurs sujets se verront assaillis
Et les devoirs d'honneur et de déférence

Perdra pour lors tout ordre et difference,
Car ilz diront que chascun à son tour
Doibt aller hault et puis faire retour.
Et sur ce poinct aura tant de meslées,
Tant de discordz, venues et allées,
Que nulle histoyre où sont les grands merveilles
A faict recit d'esmotions pareilles.
Lors se verra maint homme de valeur
Par l'esguillon de jeunesse et chaleur,
Et croire[3] *trop ce fervent appetit,*
Mourir en fleur et vivre bien petit.
Et ne pourra nul laisser cest ouvrage,
Si une fois il y met le couraige,
Qu'il n'ayt emply par noises et debatz
Le ciel de bruit et la terre de pas.
Alors auront non moindre authorité
Hommes sans foy que gens de verité :
Car tous suyvront la creance et estude
De l'ignorante et sotte multitude,
Dont le plus lourd sera receu pour juge[4].
O dommaigeable et penible deluge[5] *!*
Deluge, dy je, et à bonne raison,
Car ce travail ne perdra sa saison,
Ny n'en sera delivrée la terre
Jusques à tant qu'il en sorte à grand erre
Soubdaines eaux, dont les plus attrempez
En combatant seront pris et trempez.
Et à bon droict : car leur Cueur adonné
A ce combat n'aura point perdonné
Mesme aux troppeaux des innocentes bestes,
Que de leurs nerfz et boyaulx deshonnestes
Il ne soit faict, non aux dieux sacrifice,
Mais au mortelz ordinaire service[6].
Or maintenant je vous laisse penser
Comment le tout se pourra dispenser,
Et quel repoz en noise si profonde

---

3. *Et [par] croire* : et pour avoir cru. – 4. Les arbitres sont évoqués dans la langue propre à la polémique religieuse du temps. – 5. Ce langage apocalyptique désigne aussi la sueur des joueurs. – 6. Pour la fabrication des cordes de raquettes.

Perdront alors toute valeur et tout sens
Car on dira que chacun à son tour
Doit s'avancer puis faire demi-tour ,
A ce propos, il y aura tant de mêlées,
Tant de combats, de venues et d'allées,
Que nulle histoire relatant grandes merveilles
N'a fait allusion à une agitation pareille.
On pourra voir alors maint homme de valeur
Poussé par l'aiguillon de jeunesse et l'ardeur
Accordant trop de foi à cet appel violent,
Mourir en sa fleur et vivre peu de temps.
Et nul ne pourra délaisser ce labeur
Une fois qu'il y aura mis tout son cœur,
Sans avoir empli par querelles et débats
Le ciel de tumulte et la terre de pas.
C'est alors qu'auront la même autorité
Hommes sans foi et gens de vérité ;
Car tous adopteront les positions passionnées
De la foule ignorante, insensée :
Le plus lourdaud sera choisi pour juge.
Oh ! dévastateur et pénible déluge !
Je dis déluge avec de bonnes raisons,
Car ces épreuves ne seront plus de saison
Et la terre n'en aura délivrance
Que quand jailliront en abondance
De soudaines eaux, dont les mieux trempés,
Surpris en combattant, se verront inondés,
Et ce sera bien fait, car à ces joutes occupé,
Leur cœur n'aura pas su épargner
Ces troupeaux d'innocents animaux
Que, de leurs nerfs et de leurs vils boyaux,
Il ne soit pas fait aux dieux sacrifice
Mais objets qui aux mortels rendent service.
Et maintenant je vous laisse à penser
Comment tout cela pourra se passer
Et quel repos, dans une crise si profonde,

Aura te corps de la machine ronde[7] *!*
Les plus heureux, qui plus d'elle tiendront,
Moins de la perdre et gaster s'abstiendront,
Et tascheront en plus d'une maniere
A l'asservir et rendre prisonniere,
En tel endroict que la pauvre deffaicte
N'aura recours que à celluy qui l'a faicte,
Et pour le pis de son triste accident
Le clair Soleil, ains que estre en occident,
Lairra espandre obscurité sur elle,
Plus que d'eclipse ou de nuyct naturelle,
Dont en un coup perdra sa liberté
Et du hault ciel la faveur et clarté,
Ou pour le moins demeurera deserte.
Mais elle, avant ceste ruyne et perte,
Aura long temps monstré sensiblement
Un violent et si grand tremblement,
Que lors Ethna ne feust tant agitée
Quand sur un filz de Titan fut jectée[8] *;*
Et plus soubdain ne doibt estre estimé
Le mouvement que feit Inarimé[9]*,*
Quand Tiphœus si fort se despita
Que dens la mer les montz precipita.
Ainsi sera en peu d'heure rengée
A triste estat et si souvent changée,
Que mesme ceulx qui tenue l'auront
Aulx survenans occuper la lairront.
Lors sera près le temps bon et propice
De mettre fin à ce long exercice[10]*,*
Car les grans eaulx dont oyez deviser
Feront chascun la retraicte adviser.
Et toutesfoys, devant le partement,
On pourra veoir en l'air apertement

---

7. Cette expression désigne traditionnellement la terre dans l'ordre cosmique ; dans l'énigme elle représente la balle. Le verbe *tenir* dans le vers suivant participe de la même ambiguïté. – 8. Les Anciens évoquaient l'emprisonnement des fils de la Terre sous l'Etna pour décrire les tremblements de terre ; le lecteur sera surpris et amusé de voir qu'il ne s'agit que des mouvements de la balle. – 9. Ischia ; Virgile attribue aux soubresauts du Titan vaincu Typhée les séismes qui agitent cette île. – 10. *Exercer* pouvait signifier également : torturer, malmener.

Pourra trouver le corps de la machine ronde !
Les plus heureux qui le plus d'elle retireront
De ne la perdre ni la gâcher s'efforceront
Et tâcheront de plus d'une manière
De la détenir et de la garder prisonnière,
Si bien que la pauvre, déchiquetée,
N'aura recours qu'auprès de qui l'aura créée ;
Et pour accroître la tristesse de son destin,
Le clair soleil, avant que d'être à son déclin
Laissera tomber l'obscurité sur elle,
Plus dense qu'en éclipse ou qu'en nuit naturelle ;
Elle perdra d'un coup sa liberté
Et sa faveur due au ciel avec sa clarté
Ou pour le moins elle demeurera isolée.
Mais, avant cette chute désolée,
Longtemps elle aura manifesté clairement
Un violent et si grand tremblement,
Que l'Etna ne fut pas tant bouleversé
Quand il fut sur un fils de Titan jeté ;
Et c'est moins brusque qu'il faut se représenter
Le mouvement que fit Ischia
Quand Typhée si fort se courrouça
Que dans la mer les monts il précipita.
Ainsi, elle sera mise en peu de temps
En triste état et si souvent cédée
Que même ceux qui conquise l'auront
A leurs successeurs tenir la laisseront.
Alors sera proche le moment propice
Pour mettre un terme à ce long exercice,
Car les grandes eaux dont nous avons parle
Pousseront chacun à se retirer ;
Toutefois, avant de se séparer,
Dans l'air on pourra nettement remarquer

> L'aspre chaleur d'une grand flamme esprise[11],
> Pour mettre à fin les eaux et l'entreprise.
> Reste, en après ces accidens parfaictz[12],
> Que les esleuz joyeusement refaictz[13]
> Soient de tous biens et de manne celeste,
> Et d'abondant par recompense honeste
> Enrichiz soient ; les aultres en la fin
> Soient denuez. C'est la raison, affin
> Que ce travail en tel poinct terminé,
> Un chascun ayt son sort predestiné.
> Tel feut l'accord. O qu'est à reverer.
> Cil qui en fin pourra perseverer[14] !

La lecture de cestuy monument parachevée, Gargantua souspira profondement et dist ès assistans : « Ce n'est de maintenant que les gens reduictz[15] à la creance evangelique sont persecutez. Mais bien heureux est celluy qui ne sera scandalizé[16] et qui tousjours tendra au but, au blanc[17] que Dieu par son cher filz nous a prefix[18], sans par ses affections charnelles estre distraict ny diverty. »

Le Moyne dist : « Que pensez vous en vostre entendement estre par cest enigme designé et signifié ?

– Quoy ? dist Gargantua, le decours et maintien de verité divine.

---

11. Ces feux qui marquent la fin du jeu sont présentés comme les Feux du Jugement dernier. – 12. A partir de ce vers, le texte est de Rabelais lui-même, l'auteur souligne l'interprétation évangélique qu'on pouvait donner de la récompense promise aux joueurs. Le sens qui, dans l'Enigme, est une *signification* finale (le jeu) devient un *signifiant* symbolique qui renvoie à de plus hauts mystères. – 13. Munis à nouveau de tous leurs biens. – 14. La première édition donnait de ces dix vers une version sensiblement différente, mais dont la portée évangélique était la même : *Reste en après que yceulx trop obligez, / Penez, lassez, travaillez, affligez, / Par le sainct vueil de l'eternel seigneur, / De ces travaulx soient refaictz en bonheur / Là verra l'on par certaine science / Le bien et fruict qui sort de patience, / Car cil qui plus de peine aura souffert / Auparavant, du lot pour lors offert / Plus recepvra. O qu'est à reverer / Cil qui pourra enfin perseverer.* Le dernier vers traduit la parole du Christ promettant la récompense au juste qui persévérera malgré le déchaînement de l'iniquité et le découragement de beaucoup. – 15. C'est le verbe employé par les prédicateurs évangéliques pour désigner le retour à la foi de la primitive Eglise. – 16. Qui ne perdra pas la foi par suite des persécutions ; ce verbe est directement calqué sur le texte de l'Evangile. – 17. Le *blanc* désigne le centre de la cible. – 18. Rabelais insiste sur la notion chrétienne de prédestination.

Une grande flamme dont le souffle brûlant
Mettra fin à l'inondation et à l'affrontement.
Au reste, après la conclusion de ces événements,
Les élus retrouveront joyeusement
Tous leurs biens et la manne que le ciel dispense
Et de plus, honorés d'une récompense,
Seront enrichis. Et les autres à la fin
Se retrouveront tout nus. Cette raison est donnée enfin
Pour que ces épreuves ainsi terminées
Chacun ait le sort qui lui était destiné.
Voilà les conventions. Il faut révérer
Celui qui jusqu'à la fin pourra persévérer !

Quand la lecture de ce document fut achevée, Gargantua poussa un profond soupir et dit à ceux qui se trouvaient là : « Ce n'est pas d'aujourd'hui que les gens ramenés à la foi en l'Evangile sont persécutés ; mais bienheureux celui qui ne faillira pas et tendra toujours au but que Dieu nous a fixé par son cher Fils, sans en être distrait ni détourné par les tentations de la chair. »

Le moine dit : « Dans votre esprit, que pensez-vous que cette énigme désigne et représente ?

– Quoi ! dit Gargantua, c'est le cours et la persistance de la vérité divine.

– Par sainct Goderan[19] ! (dist le Moyne), telle n'est mon exposition. Le stille est de Merlin le prophete[20] : donnez y allegories et intelligences tant graves que vouldrez et y ravassez, vous et tout le monde, ainsy que vouldrez. De ma part, je n'y pense aultre sens enclous qu'une description du Jeu de Paulme soubz obscures parolles. Les suborneurs de gens sont les faiseurs de parties, qui sont ordinairement amys ; et après les deux chasses[21] faictes, sort hors le jeu celluy qui y estoyt, et l'aultre y entre. On croyt le premier qui dict si l'esteuf est sus ou soubz la chorde. Les eaulx sont les sueurs ; les chordes[22] des raquestes sont faictes de boyaulx de moutons ou de chevres ; la machine ronde est la pelote ou l'esteuf[23]. Après le jeu, on se refraischit devant un clair feu et change l'on de chemise, et voluntiers bancquete l'on, mais plus joyeusement ceulx qui ont guaingné. Et grand chere[24] ! »

FIN

Imprimé à Lyon par Francoys Juste

19. Saint enseveli à l'abbaye de Maillezais que fréquenta Rabelais. – 20. Le prénom de Saint-Gelais, auteur de cette énigme, n'est pas différent du nom de Merlin l'Enchanteur des romans de la Table Ronde. – 21. Services, en langage de jeu. – 22. Comme il n'y avait pas de filet, c'étaient les spectateurs qui indiquaient si la balle était bien passée par-dessus la corde. – 23. La préposition *ou* marque la synonymie. – 24. Dans les éditions antérieures, la tirade du Moyne était la suivante : *« Je pense que c'est la description du jeu de paulme, et que la machine ronde est l'esteuf, et ces nerfs et boyaulx de bestes innocentes sont les racquestes, et ces gentz eschauffez et desbatans sont les joueurs. La fin est que, après avoir bien travaillé, ilz s'en vont repaistre et grand chière ! »*

– Par saint Goderan ! dit le moine, ce n'est pas mon interprétation : le style est celui de Merlin le Prophète. Trouvez-y des allégories et des significations aussi profondes que vous voudrez et ratiocinez là-dessus tant qu'il vous plaira, vous et tout le monde. Pour ma part, je pense qu'aucun autre sens n'y est enclos qu'une description du jeu de paume en termes obscurs. Ceux qui poussent les gens à s'affronter, ce sont les organisateurs de rencontres, qui sont en général des amis ; après les deux premiers services, celui qui était sur le terrain en sort et un autre y entre. On se fie au premier qui dit si la balle est passée en dessus ou en dessous du filet. Les eaux, ce sont les sueurs ; les cordes des raquettes sont faites de boyaux de moutons ou de chèvres ; la machine ronde, c'est la pelote ou la balle. Après la partie, on se réconforte devant un feu clair et l'on change de chemise puis on banquette volontiers, mais ceux qui ont gagné le font de meilleur cœur que les autres. Et grand' chère ! »

FIN

Imprimé à Lyon par François Juste

Bibliographie élémentaire

G. Demerson, *Rabelais*, Fayard, 1992.

M. de Dieguez, *Rabelais par lui-même*, Seuil, Ecrivains de toujours, 1960.

J. Larmat, *Rabelais*, Hatier, Connaissance des Lettres, 1973.

M. Lazard, *Rabelais l'humaniste*, Hachette, 1993.

D. Ménager, *Rabelais en toutes lettres*, Bordas, 1989.

G. Milhe Poutingon, *François Rabelais. Bilan critique*, Nathan Université, 1996.

J. Y. Pouilloux, *Rabelais : rire est le propre de l'homme*, Découvertes Gallimard, 1993.

V.-L Saulnier, *Rabelais dans son enquête* (2 tomes), SEDES, 1982-1983.

M. A. Screech, *Rabelais*, Gallimard, 1993

Table

jamais le masle masculant, elles responderont que ce sont bestes, mais elles sont femmes, bien entendentes les beaulx et joyeux menuz droictz de superfection, 70.

Gaudebilleaux sont grasses tripes de coiraux Coiraux sont beufz engressez à la creche et prez guimaulx. Prez guimaulx sont qui portent herbe deux fois l'an. D'iceulx gras beufz avoient faict tuer troys cens soixante sept mille et quatorze, pour estre à mardy gras sallez, affin qu'en la prime vere ilz eussent beuf de saison à tas, pour au commencement des repastz faire commemoration de saleures et mieulx entrer en vin, 72.

« Je boy pour la soif advenir. Je boy eternellement, ce m'est eternité de beuverye et beuverye de eternité », 76.
« Un synonyme de jambon ?
– C'est une compulsoire de beuvettes », 78.
« Le grand Dieu feist les planettes et nous faisons les platz netz », 82.

Soubdain qu'il fut né, ne cria comme les aultres enfans « Mies ! mies ! », mais à haulte voix s'escrioit « A boire ! à boire ! à boire ! », 88.
Je vous diz que à Dieu rien n'est impossible. Et s'il vouloit, les femmes auroient doresnavant ainsi leurs enfans par l'aureille, 90.

Et luy feurent ordonnées dix et sept mille neuf cens treze vaches de Pautille et de Brehemond pour l'alaicter ordinairement, 92.
Au seul son des pinthes et flaccons il entroit en ecstase, comme s'il goustoit les joyes de paradis, .
[...] dodelinant de la teste, monichordisant des doigtz et barytonant du cul, 94.

Pour la braguette feurent levées seize aulnes un quartier d'icelluy mesmes drap, 98.
Vous l'eussiez comparée à une belle corne d'abondance, telle que voyez ès antiquailles [...] – tousjours gualante, suc-

culente, resudante, tousjours verdoyante, tousjours fleurissante, tousjours fructifiante, plene d'humeurs, plenede fleurs,
plene de fruictz plene de toutes delices, 98.
Pour ses aneaulx (lesquelz voulut son pere qu'il portast pour
renouveller le signe antique de noblesse) il eut au doigt
indice de sa main gauche une escarboucle grosse comme un
œuf d'austruche, 104.

Ces glorieux de court et transporteurs de noms [...] voulens
en leurs divises signifier espoir, font protraire une sphere;
des pennes d'oiseaulx pour poines; de l'Ancholie pour
melancholie; la Lune bicorne pour vivre en croissant; [...]
un lict sans ciel, pour un licentié, que sont homonymies tant
ineptes, tant fades, tant rusticques et barbares, que l'on doibvroit [...] faire un masque d'une bouze de vache à un chascun d'iceulx qui en vouldroit dorenavant user en France
après la restitution des bonnes lettres, 108.

Galli (ce sont les Francoys ainsi appellez parce que blancs
sont naturellement comme laict, que les Grecz nomme *gala*)
voluntiers portent plumes blanches sus leurs bonnetz. Car
par nature ilz sont joyeux, candides, gratieux et bien amez, et
pour leur symbole et enseigne ont la fleur plus que nulle
aultre blanche, c'est le lys, 118.

Les petitz chiens de son pere mangeoient en son escuelle.
Luy de mesmes mangeoit avecques eux. Il leurs mordoit les
aureilles. Ilz luy graphinoient le nez. Il leurs souffloit au cul.
Ilz luy leschoient les badigoinces, 124.

Lors il les mena par les grands degrez du chasteau, passant
par la seconde salle, en une grande gualerie par laquelle
entrerent en une grosse tour et, eulx montans par d'aultres
degrez, dist le fourrier au maistre d'hostel : « Cest enfant
nous abuse, car les estables ne sont jamais au hault de la
maison », 128.

Et ne pensez que la beatitude des Heroes et semidieux qui
sont par les champs Elysiens soit en leur Asphodele, ou

Ambrosie ou Nectar, comme disent ces vieilles ycy. Elle est (scelon mon opinion) en ce qu'ilz se torchent le cul d'un oyzon, 140.

« Mais je vous diz qu'en ce seul propos que j'ay presentement davant vous tenu à mon filz Gargantua, je congnois que son entendement participe de quelque divinité, tant je le voy agu, subtil, profund et serain. Et parviendra à degré souverain de sapience, s'il est bien institué. Pourtant je veulx le bailler à quelque homme scavant pour l'endoctriner selon sa capacité, et n'y veulx rien espargner. » De faict l'on luy enseigna un grand docteur sophiste, nommé maistre Thubal Holoferne, 142.

A tant, son pere aperceut que vrayement il estudioit tresbien et y mettoit tout son temps, toutesfoys qu'en rien ne prouffitoit. Et que pis est en devenoit fou, niays, tout resveux et rassoté, 144.
[...] consulta Grandgousier avecques le viceroy quel precepteur l'on luy pourroit bailler, et feut avisé entre eulx que à cest office seroit mis Ponocrates, pedaguogede Eudemon, et que tous ensemble iroient à Paris, pour congnoistre quel estoit l'estude des jouvenceaulx de France pour icelluy temps, 148.

Elle estoit grande comme six Oriflans et avoit les pieds fenduz en doigtz, comme le cheval de Jules Cesar, les aureilles ainsi pendentes comme les chievres de Languegoth et une petite corne au cul, 150.

Le peuple de Paris est tant sot, tant badault et tant inepte de nature, q'un basteleur, un porteur de rogatons, un mulet avecques ses cymbales, un vielleuz au mylieu d'un carrefour assemblera plus de gens que ne feroit un bon prescheur evangelicque, 154.

Après, en tel train d'estude le mist qu'il ne perdoit heure quelconques du jour, ains tout son temps consommoit en lettres et honeste scavoir, 194.

Attendens la concoction et digestion de son past, ilz faisoient mille joyeux instrumens et figures Geometricques et, de mesmes, praticquoient les canons Astronomicques, 198.

De sa lance doncq, asserée, verde et roide, rompoit un huys, enfoncoit un harnoys, acculoyt une arbre, enclavoyt un aneau, enlevoit une selle d'armes, un aubert, un gantelet. Le tout faisoit armé de pied en cap, 198.

Passans par quelques prez ou aultres lieux herbuz, visitoient les arbres et plantes, les conferens avec les livres des anciens qui en ont escript, 204.

Notez icy que son disner estoit sobre et frugal, car tant seulement mangeoit pour refrener les haboys de l'estomach, 208. Durant icelluy repas estoit continuée la leçon du disner tant que bon sembloit ; le reste estoit consommé en bons propous, tous lettrez et utiles, 204.

Si prioient Dieu le createur en l'adorant et ratifiant leur foy envers luy et, le glorifiant de sa bonté immense et luy rendant grace de tout le temps passé, se recommandoient à sa divine clemence pour tout l'advenir. Ce faict entroient en leur repous, 206.

Semblablement, ou alloient veoir comment on tiroit les metaulx, ou comment on fondoit l'artillerye, ou alloient veoir les lapidaires, orfevres et tailleurs de pierreries, ou les Alchymistes et monoyeurs, ou les haultelissiers, les tissotiers, les velotiers, les horologiers, miralliers, Imprimeurs, organistes, tinturiers et aultres telles sortes d'ouvriers, et par tout donnans le vin, aprenoient et consideroient l'industrie et invention des mestiers, 208.

Ce pendent les mestaiers, qui là auprès challoient les noiz, accoururent avec leurs grandes gaules et frapperent sus ces fouaciers comme sus seigle verd […] Finablement les aconceurent et cousterent de leurs fouaces environ quatre ou cinq douzeines, toutesfoys ilz les payerent au pris acoustumé, 218. Ce faict et bergiers et bergieres feirent chere lye avecques ces fouaces et beaulx raisins, et se rigollerent ensemble au son de la belle bouzine, 216.

Adoncques, sans ordre et mesure, prindrent les champs les uns parmy les aultres, gastans et dissipans tout par où ilz passoient, sans espargner ny pauvre ny riche, ny lieu sacré ny prophane ; emmenoient beufz, vaches, thoreaux, veaulx, genisses, brebis, moutons, chevres et boucqs, poulles, chappons, poulletz, oysons, jards, oyes, porcs, truyes, guoretz, abastans les noix, vendeangeans les vignes, emportans les seps, croullans tous les fruictz des arbres, 218.

Ainsi sortit en beau sayon, mist son froc en escharpe et de son baston de la Croix donna sy brusquement sus les ennemys qui, sans ordre ne enseigne, ne trompette, ne tabourin parmy le cloz vendangeoient. [...] qu'il les renversoyt comme porcs, frapant à tors et à travers, à vieille escrime. Es uns escarbouilloyt la cervelle, ès aultres rompoyt bras et jambes, ès aultres deslochoyt les spondyles du coul, ès aultres demoulloyt les reins, avalloyt le nez, poschoyt les yeulx, fendoyt les mandibules, enfoncoyt les dens en la gueule, descroulloyt les omoplates, sphaceloyt les greves, desgondoit les ischies, debezilloit les fauciles, 224.

Or laissons les là et retournons à nostre bon Gargantua qui est à Paris, bien instant à l'estude de bonnes lettres et exercitations athletiques, et le vieux bon homme Grandgousier, son pere, qui après souper se chauffe les coilles à un beau clair et grand feu, et, attendent graisler des chastaines, escript au foyer avec un baston brusle d'un bout dont on escharbotte le feu, faisant à sa femme et famille de beaulx contes du temps jadis, 232.

« Ma deliberation n'est de provocquer, ains de apaiser ; d'assaillir, mais defendre ; de conquester, mais de guarder mes feaulx subjectz et terres hereditaires, ès quelles est hostillement entré Picrochole, sans cause ny occasion, et de jour en jour poursuit sa furieuse entreprinse avecques exces non tolerables à personnes liberes », 236.

« Quelle furie doncques te esmeut maintenant, toute alliance brisée, toute amitié conclupuée, tout droict trespassé, envahir hostilement ses terres, sans en rien avoir esté par luy ny les siens endommaigé, irrité, ny provocqué ? Où est foy ? Où est loy ? Où est raison ? Où est humanité ? Où est craincte de Dieu ? Cuyde tu ces oultraiges estre recellés ès esperitz eternelz et au Dieu souverain qui est juste retributeur de noz entreprinses ? », 242.

« Tant jazer ! dist Picrochole. Saisissez ce qu'ilz ont amené. » Adoncques prindrent argent et fouaces et beufz et charrettes et les renvoyerent sans mot dire, si non que plus n'aprochas-sent de si près pour la cause qu'on leur diroit demain. Ainsi sans rien faire retournerent devers Grandgousier et luy conterent le tout, adjoustans qu'il n'estoit aulcun espoir de les tirer à paix, sinon à vive et forte guerre, 250.

Là present estoit un vieux gentil homme esprouvé en divers hazars et vray routier de guerre, nommé Echephron, lequel ouyant ces propous dist : « J'ay grand peur que toute ceste entreprinse sera semblable à la farce du pot au laict, duquel un cordouannier se faisoit riche par resverie, puis, le pot cassé, n'eut de quoy disner. Que pretendez vous par ces belles conquestes ? Quelle sera la fin de tant de travaulx et traverses ? – Ce sera, dist Picrochole, que, nous retournez, repouserons à noz aizes. »
Dont dist Echephron : « Et si par cas jamais n'en retournez ? Car le voyage est long et pereilleux. N'est ce mieulx que dès maintenant nous repouson, sans nous mettre en ces hazars ? – O, dist Spadassin, par Dieu, voicy un bon resveux ! », 258.

« Je suis (dist Gymnaste) pauvre Diable.
– Ha, dist Tripet, […] monsieur le Diable, descendez, que je aye le roussin et si bien il ne me porte, vous maistre Diable me porterez. Car j'ayme fort qu'un Diable tel m'emporte », 262.

Adoncques monta Gargantua sus sa grande jument, accompaigné comme davant avons dict. Et trouvant en son chemin un hault et grand arbre (lequel communement on nommoit l'arbre de sainct Martin, pource qu'ainsi estoit creu un bourdon que jadis sainct Martin y planta), dist : « Voicy ce qu'il me failloit. Cest arbre me servira de bourdon et de lance. » Et l'arrachit facillement de terre, et en ousta les rameaux et le para pour son plaisir.

Ce pendent sa jument pissa pour se lascher le ventre, mais ce fut en telle abondance qu'elle en feist sept lieues de deluge, et deriva tout le pissat au gué de Vede et, tant l'enfla devers le fil de l'eau, que toute ceste bande des ennemys furent en grand horreur noyez, 268.

Les pelerins ainsi devorez se tirerent hors les meulles de ses dents les mieulx que faire peurent, et pensoient qu'on les eust mys en quelque basse fousse des prisons. Et lors que Gargantua beut le grand traict, cuyderent noyer en sa bouche, et le torrent du vin presque les emporta au gouffre de son estomach ; toutesfoys, saultans avec leurs bourdons comme font les micquelotz, se mirent en franchise l'orée des dentz. Mais par malheur l'un d'eux, tastant avecques son bourdon le pays, à scavoir s'ilz estoient en sceureté, frappa rudement en la faulte d'une dent creuze et ferut le nerf de la mandibule, dont feist tresforte douleur à Gargantua, et commenca crier de raige qu'il enduroit, 280.

En nostre abbaye, nous ne estudions jamais, de peur des auripeaux. Nostre feu abbé disoit que c'est chose monstrueuse veoir un moyne scavant, 288.

« La raison peremptoire est par ce qu'ilz mangent la merde du monde, c'est à dire les pechez et, comme machemerdes, l'on les rejecte en leurs retraictz : ce sont leurs conventz et abbayes, separez de conversation politicque comme sont les retraictz d'une maison », 290.

« Je ne dors jamais bien à mon aise, si non quand je suis au sermon, ou quand je prie Dieu. Je vous supplye commencons vous et moy les sept pseaulmes pour veoir si tantost ne serez endormy », 296.

Et – comme vous voyez un asne, quand il a au cul un œstre Junonicque ou une mouche qui le poinct, courir çà et là, sans voye ny chemin, gettant sa charge par terre, rompant son frain et renes, sans auculnement respirer ny prandre repos, et ne scayt on qui le meut car l'on ne veoit rien qui le touche –, ainsi fuyoient ces gens de sens desprouveuz, sans scavoir cause de fuyr, 312.

Lors dist Grandgousier : « Allez vous en, pauvres gens, au nom de Dieu le createur, lequel vous soit en guide perpetuelle. Et dorenavant ne soyez faciles à ces otieux et inutilles voyages. Entretenez voz familles, travaillez chascun en sa vocation, instruez voz enfans et vivez comme vous enseigne le bon Apostre sainct Paoul. Ce faisans vous aurez la garde de Dieu, des anges et des sainctz avecques vous », 320.

« C'est (dist Grandgousier) trop entreprint : qui trop embrasse peu estrainct. Le temps n'est plus d'ainsi conquester les royaulmes avecques dommaige de son prochain frere christian ; ceste imitation des anciens Hercules, Alexandres, Hannibalz, Scipions, Cesars et aultres telz est contraire à la profession de l'evangile », 322.

Seulement envoya qui ameneroit en ordre les legions, lesquelles entretenoit ordinairement en ses places de la Deviniere, de Chaviny, de Gravot et Quinquenays, montant en nombre deux mille cinq cens hommes d'armes, soixante et six mille hommes de pied, vingt et six mille arquebuziers, deux cens grosses pieces d'artillerye, vingt et deux mille pionniers et six mille chevaulx legiers, tous par bandes, tant bien assorties de leurs thesauriers, de vivandiers, de mareschaulx, de armuriers et aultres gens necessaires au trac de bataille ; tant bien instruictz en art militaire, tant bien armez, tant bien recongnoissans et suivans leurs enseignes, tant soubdains à entendre et obeir à leurs capitaines, tant expediez à courir, tant fors à chocquer, tant prudens à l'adventure, que mieulx ressembloient une harmonie d'orgues et concordance d'horologe, q'une armée ou gensdarmerie, 326.

« Ne voulant doncques aulcunement degenerer de la debonnaireté hereditaire de mes parens, maintenant je vous absoluz et delivre, et vous rends francs et liberes comme par avant. D'abondant, serez à l'yssue des portes payez chascun pour troys moys, pour vous pouvoir retirer en voz maisons et familles, et vous conduiront en saulveté six cens hommes d'armes et huyct mille hommes de pied, soubz la conduicte de mon escuyer Alexandre, affin que par les paisans ne soyez oultragez. Dieu soit avecques vous ! », 344.

Et, par ce que ès religions de ce monde tout est compassé, limité et reiglé par heures, feut decreté que là ne seroit horrologe ny quadrant aulcun. Mais selon les occasions et oportunitez seroient toutes les œuvres dispensées, 352.

Item, par ce que ordinairement les religieux faisoient troys veuz – scavoir est de chasteté, pauvreté et obedience –, fut constitué que là honorablement on peult estre marié, que chascun feut riche et vesquist en liberté, 354.

conversans en compaignies honnestes, ont par nature un instinct et aguillon qui tousjours les poulse à faictz vertueux et retire de vice, lequel ilz nommoient honneur. Iceulx, quand par vile subjection et contraincte sont deprimez et asserviz, detournent la noble affection par laquelle à vertuz franchement tendoient, à deposer et enfraindre ce joug de servitude. Car nous entreprenons tousjours choses defendues et couvoitons ce que nous est denié.

Par ceste liberté entrerent en louable emulation de faire tous ce que à un seul voyoient plaire, 374.

Et, si bien avoient vescu à Theleme en devotion et amytié, encores mieulx la continuoient ilz en mariaige ; d'autant se entreaymoient ilz à la fin de leurs jours comme le premier de leurs nopces, 376.

« Par sainct Goderan ! (dist le Moyne), telle n'est mon exposition. Le stille est de Merlin le prophete : donnez y allegories et intelligences tant graves que vouldrez et y ravassez, vous et tout le monde, ainsy que vouldrez. De ma part, je n'y pense aultre sens enclous qu'une description du Jeu de Paulme soubz obscures parolles », 386.

RÉALISATION : PAO ÉDITIONS DU SEUIL

GROUPE CPI

Achevé d'imprimer en août 2003 par
BUSSIÈRE CAMEDAN IMPRIMERIES
à Saint-Amand-Montrond (Cher)
N° d'édition : 30032-6. - N° d'impression : 033530/1.
Dépôt légal : septembre 1996.
Imprimé en France

Collection Points